THE BEST OF SABINE R. ULIBARRÍ

PASÓ POR AQUÍ
Series on the Nuevomexicano Literary Heritage
Edited by Genaro M. Padilla and
Erlinda Gonzales-Berry

THE BEST OF SABINE R. ULIBARRÍ

SELECTED STORIES

EDITED & WITH AN INTRODUCTION
BY DICK GERDES

UNIVERSITY OF NEW MEXICO PRESS

ALBUQUERQUE

I dedicate this book to my parents:
Sabiniano and Simonita Ulibarrí

Amarti and Amarta/Amarti y Amarta, He's Got a Cross
and He Ain't Christian/Tiene cruz y no es cristiano,
Amena Karanova/Amena Karanova, Cruzto, Indian
Chief/El cacique Cruzto, The Condor/El Cóndor, Rising
Gold, Falling Gold/Ore que sube, oro que baja were
originally published in *El cóndor* by Arte Público Press
(1989) and are reprinted by permission of the publisher.

Mónico/Mónico, The Gallant Stranger/El forastero gentil,
Blondie/La güera, A Bear and a Love Affair/Un oso y un
amor, Don Nicomedes/Don Nicomedes were originally
published in *Primeros Encuentro/First Encounters by*
Sabine R. Ulibarrí by Bilingual Press (1982),
Arizona State University, and are reprinted by permission
of the publisher.

Darkling Doves/Palomas negras, The Judge Is My
Hostage/El juez, mi rehén, Governor Glu Glu/
Gobernador Glu Glu were originally published in *El*
gobernador Glu Glu y otros cuentos/Governor Glu Glu
and Other Stories by Bilingual Press (1988), Arizona
State University, and are reprinted by permission of the
publisher. *My Wonder Horse/Mi caballo mago* and *Man*
Without a Name/Hombre sin nombre are from *Tierra*
Amarilla: Stories of New Mexico/Cuentos de Nuevo
Mexico, English translation © 1971 by the University of
New Mexico Press.

LIBRARY OF CONGRESS CATALOGING-IN-PUBLICATION DATA

Ulibarrí, Sabine R.
[Short stories. English & Spanish. Selections]
The best of Sabine Ulibarrí : selected stories /
edited & with an introduction by Dick Gerdes.—1st ed.
p.   cm.—(Pasó por aquí)
ISBN 0-8263-1457-0
I. Gerdes, Dick.   II. Title.   III. Series.
PQ7079.2.U4A2 1993   93–12714
863-dc20   CIP

Contents

v

INTRODUCTION

DICK GERDES

THIS COLLECTION OF NARRATIVE WORKS BY SABINE REYES Ulibarrí represents approximately one third of the total number of stories he has written to date. The selections (in English and in Spanish) included here have been taken from five published volumes of short stories— *Tierra Amarilla* (1964), *Primeros encuentros/First Encounters* (1982), *Pupurupú* (1987), *El gobernador Glu Glu/Governor Glu Glu* (1988), and *El Cóndor and Other Stories* (1989)—and two yet unpublished volumes— "Fantasías y fantasmas de Quito/Fantasies and Phantoms of Quito" and "Sueños/Dreams." This edition makes available to readers for the first time a representative anthology of stories from volumes published outside of New Mexico (Arizona, California, Michigan, Mexico, Texas). Until now, most readers of Ulibarrí's works have been familiar mainly with the English-Spanish second edition of Ulibarrí's first work, *Tierra Amarilla* (University of New Mexico Press, 1971), the first edition of which appeared in Ecuador in 1964. Ulibarrí's books of poetry and literary criticism first appeared in Mexico and Spain, because while most of Ulibarrí's later books have been published in bilingual format, he has always written first in Spanish and then translated the majority of his own texts into English. All of this attests to the fact that Ulibarrí's literary corpus indeed appeals to a broad audience. It also supports his own belief that a writer's reaction to an ex-

perience can be effectively communicated only through a singular style, even though the story itself may communicate a universal truth. Hence, it is not surprising that his stories have been reprinted in almost three dozen regional and national anthologies, many of which are textbooks used in elementary, high school, and university literature and culture courses.

Sabine R. Ulibarrí was born in 1919 in Tierra Amarilla, New Mexico, a small northern Hispanic community nestled in the Sangre de Cristo Mountains. His long fifty-year career as educator, writer, poet, essayist, critic, and statesman began in the Río Arriba County Schools in 1938, where he taught for two years before going on to teach at the El Rito Normal School from 1940 to 1942. After receiving the Distinguished Flying Cross for having flown thirty-five combat missions over Europe during World War II, about which he is now writing another short story collection, Ulibarrí returned to study under the G.I. Bill at the University of New Mexico, graduating with a degree in English and Spanish in 1947. The following year he received an assistantship to teach Spanish and earned an M.A. degree after writing his thesis on the works of Spanish novelist Benito Pérez Galdós. After teaching for some years at the University of New Mexico, he took a leave of absence for three years in order to pursue a Ph.D. in Spanish at the University of California–Los Angeles. Ulibarrí returned to full-time teaching in New Mexico after receiving his doctorate in 1958. He published his dissertation on the works of Spanish poet Juan Ramón Jiménez in 1962.

In his early years, Ulibarrí wrote poetry and published his first book, *Al cielo se sube a pie* (*One Gets to Heaven on Foot*), in 1961 in Mexico. This book, now out of print, represents the poet's need to attain a spiritual understanding of love and compassion, elements that the poet strives to beautify through his admiration for women and their potential to spiritualize the phys-

ical world. A second book of poetry, *Amor y Ecuador* (*Love and Ecuador*) was published in Spain in 1966. Ulibarrí had lived in Ecuador coordinating federally funded educational programs for the University of New Mexico in the 1960s and had become enchanted with the country's people, their multiethnic cultures, and the magnificent scenery and civilizations of the imposing Andes region. For his work in Ecuador, he was given the Distinguished Citizen Award and Honorary Citizen Award from the city of Quito in 1963 and 1964. The second part of *Amor y Ecuador* continues the search for beauty and a deeper comprehension of love, peace, and harmony.

After founding the University of New Mexico Andean Center in Quito, Ecuador, in 1968, and coordinating the program for one year, Ulibarrí became the President of the American Association of Teachers of Spanish and Portuguese in 1969, and served as Executive Council Member from 1970 to 1975. Beginning in 1973, he served as chair of the Department of Modern and Classical Languages at the University of New Mexico for ten years. Ulibarrí retired from the University of New Mexico in 1988, and received the University of New Mexico Regents Meritorious Service Medal in 1989. He has continued to teach courses on Spanish literature during the 1990s.

Ulibarrí has lectured on topics of education and cultural understanding and appreciation throughout the United States and the Hispanic world for most of his life. His lecture essays show his awareness of the political changes that have taken place in American society since the early 1970s. In fact, he takes a firm position concerning problems facing society in an introduction to the anthology *La fragua sin fuego/No Fire in the Forge* (1971):

> The "We are Americans" and "This is America" crowd keeps fighting a pluralistic society and promoting a monolingual

citizenry in the most narrow-minded and short-sighted way. Their belief appears to be that being different is un-American, that homogeneity (as in milk), that mass production (as in doughnuts), is the great American purpose. I submit that ignorance and stupidity are criminal and infinitely more un-American. Human beings are not refrigerators and cannot be forced into the same mold. ¡Viva la diferencia!

He adds that "We [Hispanos] never set out in search of the American dream. The American dream came to us unannounced and uninvited. For most of my people the American dream remains just that, a dream, unfulfilled and unrealized. The mainstream has marginalized us." Clearly, Ulibarrí's writings sought to promote change by defending the right of Hispanics to preserve their own culture.

Not unexpectedly, many of Ulibarrí's stories portray the land and the people from northern New Mexico. Together, these stories present a living mosaic of Hispanic, Indian, and Anglo people sharing an awe-inspiring yet oftentimes harsh landscape of forests, mountains, rivers, and animals. They also preserve remembered human histories and legends, such as La Llorona. Other stories are based on Ulibarrí's overseas experiences, particularly in Ecuador.

The stories included in this edition have been selected to reflect Ulibarrí's singular style and vision of life. These are reflected through universal human themes that, in turn, transcend the attractive regional quality of his stories. In many ways, Ulibarrí's stories are strikingly similar to the style of early oral narratives—they are conversational in tone, expressly brief, rich in local color, and more often than not narrate incidents involving a memorable character or real-life person whom he had probably known, met, or heard about through other stories. In fact, practically every title in this col-

lection refers to characters whom Ulibarrí has effectively and unforgettably captured with humor, wit, tenderness, and sincerity. One is left with feelings of warmth, admiration, and respect for these characters as the narrator pays homage to persons who deeply affected him in one way or another. Hence, some of these stories derive from the collective Hispanic folk traditions and legends of Ulibarrí's community. Others spring directly from the author's own experiences, including childhood memories of growing up in northern New Mexico or, later on in life, teaching and travelling abroad.

Herein lies the magical quality of Ulibarrí's stories: like any good storyteller, he appeals to the reader's imagination. In many instances, his tales exude fantasy, mystery, and humor that, in effect, uphold the state of New Mexico's slogan as "the land of enchantment." His stories blend fantastic and realistic elements to create the unexpected—something humorous, something marvelous. This blending ultimately engages the reader on one level as a delightful pastime and, on another more profound level urges him or her to consider broader perspectives on life and its meaning for human beings. From *Tierra amarilla* to *El Condor*, the reader encounters all kinds of strange but likeable creatures like a legendary singing cowboy, witches, ghosts, a spirit with magical rings, the mystical and secret *penitentes*, an Indian chief, gallant foreigners who do good deeds, and strong-willed grandmothers. In other stories, there is a scientist who creates men from vegetable matter, eliminating perspiration and bad breath and making them healers and lovers of beautiful women. Another character flies through the air on a bed instead of a carpet. Another brings a Greek statue to life with an embrace and finds ecstasy, and a retired university professor, transformed into an Aztec god, helps some Ecuadorian Indians avenge their centuries-old social ills.

Because Ulibarrí's stories are humorous, romantic,

and even sentimental at times, they do not propose answers to the world's problems, but rather permit readers to view them from new perspectives. The stories place readers in unusual positions so as to see the world and, consequently, judge it differently. They include themes not only of rural life in New Mexico and eccentric people who live or lived there during the narrator's youth, but also maturation, self-identity, mutual and self-respect, of coming to grips with multiethnic American history, discovering the meaning of friendship, equality, and love, and making commitments to enhance life's beauties and mysteries. On this level of significance, Ulibarrí's stories are serious attempts to penetrate exterior life in order to speculate about psychological and philosophical concerns of wide import.

In this sense, Ulibarrí's stories magically place readers in situations that force them to look inward and reevaluate experiences such as love, sadness, growing up and separating from loved ones, experiencing losses and yet growing stronger because of it. These elements come beaming through time and time again. In fact, the choice of the lead story for this anthology, probably Ulibarrí's most ambitious attempt to deal with these profound themes in an interior, almost mirror-like fashion, focuses on a would-be writer struggling to free himself from the omnipresence of his father and become an individual. At the same time Ulibarrí uses the metafictional theme of writing about writing in a cathartic fashion. This process enables him to dispel fears, i.e., the loss of hope, the possibility of tragic failure, through the writing of the story itself. The narrator, struggling in his early attempts to become a writer, acquires that identity through the act of writing a book about his father. The title of the story, "Hombre sin nombre," becomes ironically subverted, because the narrator has a name, Alejandro, and in the story publishes the book about his father, thereby giving an iden-

tity to his father but also a separate, distinct identity to himself as writer.

Basically, Ulibarrí is able to communicate profound themes by creating situations that at first glance may seem down-to-earth but become somewhat strange; the reader finds his or her expectations inverted. In this way readers are able to regard seriously and specifically—not merely sentimentally or nostalgically—different aspects or elements of modern society that they may have ignored. For instance, the experience of having or knowing grandparents or an extended family, once generally familiar, has become less and less a common occurrence in today's fragmented, urbanized world, resulting in people who may be distanced or alienated from life's basic relationships. By presenting experiences or characters that challenge readers' expectations, the stories focus the reader's imagination on elements of society that many have grown accustomed to overlooking or dismissing as obsolete or unnecessary. In some ways Ulibarrí's narrative may seem quite simple, folksy, and down home; for example, one may expect a traditional or conventional grandmother, but what is this one doing smoking cigars or getting rich as a loan shark? The defamiliarization process encourages the reader to reevaluate the relationships that many people have come to dismiss as unimportant.

For all readers, this volume of short stories by Ulibarrí will serve as one more link in the narrative tradition, creating greater understanding and appreciation of the variety of regional and universal cultural values; perhaps it will work to strengthen readers' lives as they search for meaning, understanding, and love. John Gardner says in *On Moral Fiction*, "a good book is one that, for its time, is wise, sane, and magical, one that clarifies life and tends to improve it." This is the true impact of Ulibarrí's works.

Since 1985, Sabine Ulibarrí has received prestigious

awards for his writings, service, and contribution to the promotion of better cultural understanding in multiethnic societies: Honoree, Albuquerque Feria Artesana (1985); Mexican Government Award for Promotion of Hispanic Culture (1986); New Mexico Governor's Award for Excellence and Achievement in Literature (1987); University of New Mexico Symposium Dedicated to the Works of Sabine R. Ulibarrí (1988); and Honoree, The American Association of Teachers of Spanish and Portuguese (1990). Ulibarrí will probably not be remembered for these fine accolades, however; rather he will live on in the hearts of the people he met, knew, became friends with, worked with, taught, and inspired. He will live each time a reader picks up one of his books and becomes enthralled in his delightful narratives. This book is more than a collection of stories; it is his life. Sabine Reyes Ulibarrí is a fine storyteller, poet, essayist, intellectual, teacher, mentor, and cultural ambassador. To me he is also a fine colleague and a dear friend. Few people have touched my life the way "Uli" has.

THE BEST OF SABINE R. ULIBARRÍ

Man Without a Name

CHAPTER I

WHEN I FINISHED THE BOOK THAT HAD BROUGHT ME TO Tierra Amarilla, my Aunt Clotilda invited all the family to celebrate. Everyone knew that I had spent the summer writing a book about my father, who had died two years before. So they already knew the subject of the work. The entire family accepted the invitation, something which amazed me. Understanding the Turriagas as I did, I knew that only a family tragedy could bring them together. I did not think my book would be a tragedy—quite the contrary—and I felt somewhat annoyed by this unexpected interest. Could it be an outpouring of family pride? It could be, for they were all dyed-in-the-wool sentimentalists. Could it be morbid curiosity? Could they want to see how I had revived the dead? Very possibly. Were they interested in my literary undertaking? Perhaps. They had always been very fond of me and had predicted a great future for me. These explanations seemed logical and reasonable, but I was still uncertain.

All my doubts were resolved by the arrival of the first guests, my Uncle Victor and Aunt Frances. When they knocked at the door, I sprang to open it. My uncle's eyes filled with tears when he saw me. He embraced me. Then I knew why they came. They were coming to my father's funeral for the second time!

HOMBRE SIN NOMBRE

CAPITULO I

AL TERMINAR EL LIBRO QUE AQUÍ ME HABÍA TRAÍDO, MI
tía Clotilde convidó a todos los familiares a una
fiesta para celebrarlo. Todo Tierra Amarilla sabía ya
que yo había pasado el verano haciendo un libro
sobre mi padre fallecido hacía doce años. De modo
que sabían ya de qué se trataba. Todos aceptaron la
invitación, lo que me extrañó bastante. Conociendo a
los Turriaga como yo los conocía, sabía que sólo una
tragedia en la familia podría reunirlos. No creía yo
que mi libro fuera ninguna tragedia—ni mucho
menos, y me sentí irritado con este inesperado
interés—. ¿Sería efusión familiar? Podía serlo,
porque todos eran unos sentimentales rematados.
¿Sería curiosidad morbosa? Muy posible.
¿Querrían ver cómo resucitaba yo a los muertos?
¿Sería interés por mi empresa literaria? Quizá. A
mí me habían querido todos siempre, y siempre
habían pronosticado un gran destino para mí. Estas
consideraciones parecían lógicas y razonables, pero
no me convencían.

Se resolvieron todas mis dudas con la llegada de
los primeros huéspedes, mi tío Víctor y mi tía
Francisquita. Cuando llamaron a la puerta, yo salté a
abrir. En cuanto me vió mi tío se le llenaron los ojos
de lágrimas y me abrazó. Entonces supe por qué
venían. ¡Venían al entierro de mi padre, la segunda
vez!

This scene was repeated over and over as the guests kept arriving. The atmosphere became more and more gloomy, because the women burst into uncontrolled weeping at the arrival of each Turriaga. I felt completely discouraged and disappointed. What had been full of promise at the outset was fast changing into a memorial service.

If I had not been one hundred percent Turriaga myself, I would have ended by insulting them all. Several times I was on the point of doing so, such was my bitterness. But I knew my people. They were Turriagas first and foremost. That was their religion, a religion composed of love and hate, envy and affection, respect and scorn, nobility and vulgarity—everything good and everything bad. I looked at them with affection and forgave them once more.

Though apparently forgotten, my book lay arrogantly on the table. It was more intensely alive than any person at the gathering. It was mystery, superstition, witchcraft. It contained living specters and dead conceits. It was the splendid past of an illustrious family. They looked at it askance. Some with apprehension, others with suspicion, a few with simple curiosity, all with real respect. What secrets might it conceal? What truths would it speak? Nobody dared mention it, and I, of course, said nothing.

My aunt passed the refreshments, a delicious chokecherry wine. This wine, whose floating lights concealed more mysteries than all the books that have been or are yet to be written, saved the occasion. It gave me my greatest triumph or my most crushing defeat. I still do not know which. In any case, the wine changed the atmosphere of the party to one of good humor and gaiety, although still obviously sentimental. Some of the family recalled the picnics we used to have in Rincón de las Nutrias, Rincón de los Apaches, and other places. Each one

Esta escena se repitió muchas veces, según iban llegando los invitados. Pero aquello resultaba cada vez más triste porque las mujeres rompían a llorar desaforadamente con la llegada de cada Turriaga. Yo me sentía completamente desanimado y desilusionado. Lo que había empezado por estar lleno de promesas, se iba convirtiendo en una conmemoración fúnebre.

Si yo no hubiera sido Turriaga cien por cien habría acabado con insultarlos, y varias veces estuve al punto de hacerlo—tan amargo me sentía—. Pero yo conocía a mi gente. Primero eran Turriagas que cristianos. Esa era su religión, una religión compuesta de amor y de odio, de envidia y de cariño, de respeto y desprecio, de lo noble y lo vulgar—lo bueno y lo malo. Los contemplé con cariño y los perdoné una vez más.

Mi manuscrito yacía arrogante sobre la mesa, aparentemente olvidado. No obstante era lo más vivo de aquella concurrencia. Era el misterio, la superstición, la brujería. Contenía difuntos vivos y vanidades muertas. Era el pasado glorioso de una ilustre familia. Lo miraban de reojo. Unos con recelo, otros con sospechas, pocos con verdadera y simple curiosidad—todos con respeto—. ¿Qué secretos guardaría? ¿Qué verdades diría? Nadie se atrevía a mencionarlo, y por supuesto, yo me quedaba callado.

Mi tía pasó los refrescos, un precioso vino de capulín. Este vino, en cuyas flotantes luces había más misterios que en todos los libros escritos o por escribir, salvó la noche, me dio mi mayor triunfo o mi mayor derrota, todavía no lo sé. En todo caso el vino le dio un ambiente alegre y jocoso, aunque visiblemente sentimental, a la fiesta. Unos recordaban las romerías que antes hacíamos al Rincón de las Nutrias, al Rincón de los Apaches, y a otros sitios. Cada cual se acordaba de algún

remembered some incident, some anecdote, some joke, some trick with which my father had charmed and delighted everyone.

The wine and the Turriaga blood had now become thoroughly mixed. Nobody realized that my father was making them laugh from beyond the grave, that the deceased was having his way with them after death as he had in life. I did. I felt his presence in a way I could not understand. It seemed to me that his spirit was emanating from my voice! Even from my own breath? I turned my thoughts inward, trying with all my being to penetrate the shadows which did not permit me to see his form even while his spirit imposed itself on my consciousness with an almost physical force.

Suddenly a voice reached me. It was Vincent, who was saying, "That Alexander! He was quite a man!" Without knowing why, I leaped proudly to my feet and shouted with a voice that even to me sounded strange. "Not just *was;* he still *is!*"

A deep silence fell like a black pall over that room full of movement and noisy chatter. Everyone looked at me, astonished and fearful. When I realized what I had done, I did not know where to turn. I stammered something to the effect that as long as a Turriaga could laugh, Alexander would still live. There were some nervous titters here and there, and the conversation was resumed.

When the celebration had reached its height, Uncle Victor asked for the floor and began to speak. I swelled with pride, hearing again that sonorous, rich, and impassioned voice that had always impressed me when I was young. I remembered the political campaigns in which Uncle Victor had made his audience laugh or cry while I listened enraptured and swore that some day I would be an orator like him. Now his voice vibrated with emotion as he spoke of my sacrifices and my triumphs.

incidente, de alguna anécdota, de una broma, de un chasco con el cual mi padre había deleitado y hechizado a todo el mundo.

El vino y la sangre Turriaga se habían mezclado ya, y nadie se daba cuenta de que mi padre los estaba haciendo reír desde ultratumba, de que el difunto andaba haciendo de las suyas entre ellos después de la muerte como antes lo había hecho en la vida. Yo sí. Yo sentía su presencia de una manera que no me podía explicar. ¡Me parecía que su espíritu estaba emanando de mi voz! ¿De mi propio aliento? Me perdí en mí mismo tratando con todo mi ser de penetrar las nieblas que no me permitían ver su figura cuando su alma se imprimía en mi sensibilidad con una fuerza casi física.

De repente una voz llegó a mi conciencia. Era Vicente que decía: "Ese Alejandro sí que era un hombre." Sin saber por qué, yo me puse de pie soberbiamente y le grité, con una voz que a mí mismo me pareció extraña: "¡No lo era; todavía lo es!"

Un silencio profundo cayó como un manto negro sobre la sala llena de agitación y algazara. Todo el mundo me miraba con espanto y miedo. Yo, cuando me di cuenta de lo que había hecho, no sabía qué hacer. Balbucí algo sobre el hecho de que mientras un Turriaga pudiera reír, viviría Alejandro. Hubo unas risitas nerviosas aquí y ahí y se reanudó la conversación.

Cuando la fiesta alcanzó su apogeo, mi tío Víctor pidió la palabra y empezó a hablar. Me llené de orgullo al oír una vez más su voz sonora, rotunda y apasionada que siempre me había impresionado cuando yo era joven. Recordé las campañas políticas en las que Victoriano hacía llorar o reír a su auditorio mientras yo le escuchaba embobado y juraba que algún día sería yo un orador como él. Ahora la voz le vibraba con emoción hablando de mis sacrificios y mis triunfos.

"And now," he concluded, "I am going to ask my nephew to tell us about his book. That's why we are here."

Tremulous with emotion, I stood up and looked at those wild and passionate people of mine. I had never loved my family as I did at that moment when its members watched me silently, a thousand questions in their eyes. I felt that my poor book stood before the severest possible tribunal—that if this court accepted it, it had achieved success. But if there was a false note in it, it would be dashed to failure here, this very night. Alexander had been the idol, the personification, and the spiritual leader of the Turriagas. They would not permit me, nor would I want, to sell him short.

Conscious of all this, my thoughts turbulent and fearful, I began to speak. I told them how I had promised my mother that I would construct a monument to my father, and that this book was that monument. Little by little, I lost myself in the story. My listeners hung on my words, even snatching them from my lips, as we lived the past together. Even when they began to realize the direction in which the theme was veering—the mental and spiritual struggle of an Alexander whom they never—knew even then they gave me their earnest attention. I saw in their eyes the effort to understand, the question whether to believe or disbelieve. One by one they were becoming convinced of the significance of incidents they had attributed to "Alexander's way" without stopping to evaluate them. They began to perceive the reality behind outward appearances. Their faces revealed the surprise with which they received an Alexander who had lived and died among them without their really knowing him. But they recognized him as legitimate. I am sure of that. I read in their eyes that they loved him as they had loved the other, that the reality of

"Y ahora," terminó, "le voy a pedir a mi sobrino que nos diga de su libro, a eso hemos venido."

Trémulo de emoción, me puse de pie y contemplé a aquella gente mía, apasionada y bárbara, que jamás había querido como la quise en aquel momento, y que me miraba silenciosamente con mil interrogaciones en los ojos. Sentí en ese momento que mi pobre libro estaba ante el tribunal más severo y que si éste lo aceptaba, quedaría logrado. Pero si había una nota falsa en él, aquí fracasaría aquella misma noche. Alejandro había sido el ídolo, la personificación y el jefe espiritual de los Turriaga, y ellos no me permitirían, y yo no querría, perjudicarlo.

Consciente de todo esto y con el alma alborotada y medrosa me puse a hablar. Les conté cómo le había prometido a mi madre levantarle un monumento a mi padre, y que este mi libro era el monumento. Poco a poco me fui perdiendo en mi relato. Mis oyentes estaban pendientes de cada una de mis palabras, me las quitaban a veces al salir de la boca, y vivíamos todos juntos el pasado. Aun cuando empezaron a darse cuenta del rumbo al que iba virando el tema—la lucha mental y espiritual que fue la vida de un Alejandro que ellos nunca conocieron— aun entonces me siguieron prestando su atención. Yo veía en sus ojos el esfuerzo por comprender, la duda entre el creer y el no creer. Uno por uno se fueron convenciendo del verdadero significado e importancia de incidentes que ellos habían atribuído a las "cosas de Alejandro" sin detenerse a valorarlas. Empezaron a percibir la realidad detrás de las apariencias. Sus caras revelaban la sorpresa con que iban recibiendo a un Alejandro que vivió y murió sin que ellos lo conocieran. Pero lo reconocieron como legítimo. Estoy seguro. Leí en sus miradas que lo querían como habían querido al otro, que la realidad

my Alexander was as authentic as theirs, perhaps more so.

I was so absorbed in my own feelings at the end of my talk that I did not realize the uneasy silence that had descended upon the group. They were astonished. They were bewildered, disoriented, as a result of my revelations. I had snatched them out of their world, and they could find no way to get back to it. Their spirits struggled with incomprehensible things in an alien region where I had evoked a figure at once familiar and unknown. They struggled back to the threatened security of familiar things at last, heartsore and fearful. Their eyes, big with questions, watched me with something akin to fright.

Gumersindo, badly disturbed, suggested a toast to the new author in the family. Excessive applause followed this suggestion, as if each one sought in noise and physical action a way to regain the serenity that he had lost. We all drank eagerly, for we needed a drink badly. Everyone congratulated me.

Finally my turn came to propose a toast. I was now quite happy, and my earlier apprehensions had begun to disappear. I took the glass of wine, raised it with a Turriagaesque gesture, and exclaimed, "Let us drink to the monument to my father, to the monument erected in those pages with love, respect, and admiration. Let us drink his favorite toast. You remember how he used to look at himself in his glass and say, 'Let each one drink to himself, and thus he will live forever.'" And taking the glass in both hands, as I had seen my father do so many times, I looked at myself in the wine.

My God! I should never have done it! It was not my face that undulated and smiled in the trembling wine of my cup. The face in that bloody mirror was that of my dead father!

Death was looking at me. It was not the somber death that I had witnessed on the battlefield, but an

de mi Alejandro era tan auténtica como la que ellos le habían dado al suyo, y quizá más. Su vida y su muerte quedaban justificadas.

Quedé tan ensimismado al final de la lectura que ni me di cuenta del silencio inquietante que había descendido sobre el grupo. Estaban asombrados. Estaban aturdidos, fuera de quicio, con mis revelaciones. Los había sacado de su mundo y no podían regresar a él. Su espíritu luchaba con lo incomprensible del más allá en el que yo había evocado una figura al mismo tiempo familiar y desconocida, y por fin regresaban a la seguridad, ya amenazada, de lo conocido, abatidos y medrosos. Sus ojos preguntones me miraban con algo parecido al espanto.

Gumersindo, todo descompuesto, sugirió un brindis al nuevo autor de la familia. El aplauso que acompañó a esta sugestión fue excesivo, como si cada cual buscara en la acción física y en el ruido la manera de recuperar el sosiego que había perdido. De muy buena gana bebimos todos, que bien lo necesitábamos. Todo el mundo me felicitaba.

Al fin me tocó brindar a mí. Ya me encontraba bastante alegre y mis aprensiones anteriores se empezaban a disipar. Tomé la copa de vino y la levanté con un gesto muy turriaguesco y exclamé: "Bebamos al monumento de mi padre, al monumento que amasé en estas páginas con cariño, respeto y admiración. Bebamos pues, al brindis favorito de mi padre, que mirándose en su copa de vino solía decir: 'Bebámonos cada *quien* a sí mismo, y así viviremos para siempre.'" Y tomando la copa con las dos manos, como tantas veces había visto hacer a mi padre, me miré en el vino.

¡Nunca lo hubiera hecho, Dios mío! La cara que ondulaba y sonreía en el trémulo vino de mi copa no era la mía. ¡La cara en el espejo sanguíneo de mi copa era la de mi difunto padre!

La muerte me estaba mirando. No era la muerte

amiable and familiar death that looked out at me through my father's face. Desperately, I drank the toast and collapsed in a chair, almost unconscious. The watching guests were frightened for a moment. Then, thinking me only overcome by emotion, they drank and applauded me noisily.

Little by little I recovered myself and a few moments later I was laughing and joking with the rest. I had never been—as I now think—so amusing and so charming as that night. Everything I said had a jocose tone, and my gaiety floated contagiously through the room provoking, tempting, seducing, titillating. It was as if it were not mine. It was as if I were no longer I.

Some of them realized it.

"A chip off the old block," someone said.

"Like father, like son," another added.

"Alexander would have said, 'Son of a so-and-so,'" remarked a third.

The women put the idea in more concrete terms. "Look at him, Florentina!" said an aunt. "Why, he is exactly like my brother, the spitting image of him!"

"Yes. Even that crease between his eyes is the same as Alexander had."

I heard all this happily.

There was, however, a false note in that hilarity. When I had to go out at night as a child, I started whistling so that nobody would know I was afraid— and also to deceive myself. That was exactly what was happening that night in my aunt's house. They were all laughing and singing to hide the fear they were denying. They were denying it as I denied the existence of the witches and goblins I feared in my childhood, as atheists deny the existence of God.

Gradually an indefinable horror, which I tried to hide, began to penetrate my mind. I wanted to be alone to struggle with my mystery, to analyze the strange anguish that gripped me, to examine the

tenebrosa que presentí en los campos de batalla. Era una muerte afable y familiar que me miraba a través de la cara de mi padre. Me la bebí desesperadamente y me desplomé sobre un sillón casi sin sentido. Me miraron asustados por un momento, pero luego, creyéndome solamente dominado por la emoción, bebieron y me aplaudieron tumultuosamente.

Fui recobrando el brío poco a poco y momentos después reía y disparataba con los demás. Nunca había sido yo—según pienso ahora—tan gracioso y simpático como esa noche. Todo lo que decía tenía un eco de algazara y mi alegría flotaba contagiosa por la habitación provocando, tentando, seduciendo con su cosquilleo. Era como si no fuera mía. Era como si yo no fuera yo.

Hubo quien se dio cuenta. "De tal palo, tal astilla," dijo alguien. "De tales padres, tales hijos," añadió otro. "Alejandro hubiera dicho, 'hijos de un tal . . .'" agregó el tercero. Y las mujeres, concretando más, decían: "Míralo, Florentina, si es uno mismo con mi hermano, alma mía de él." "Sí," respondía mi tía, "hasta esa arruga que tiene entre los ojos es la que tenía Alejandro." Yo oía todo esto feliz.

Había en aquella hilaridad una nota falsa. Cuando yo era niño y tenía que salir de noche, me ponía a silbar para que nadie supiera que tenía miedo, y también para engañarme a mí mismo. Eso era precisamente lo que pasaba allí aquella noche. Reían y cantaban para ocultar el miedo que ellos mismos se negaban. Se lo negaban como yo de niño negaba la existencia de brujas y aparecidos, temiéndolos, como los ateos niegan la existencia de Dios.

A mí mismo me empezó a entrar un terror indefinible que traté de ocultar. Quería estar solo para luchar con mi misterio, para analizar las extrañas sensaciones y congojas que sentía, para investigar las raras experiencias que sufrí, someterlo

extraordinary experience that I had undergone. I felt that I must think it all over rationally. Finally I saw with relief that the guests were getting ready to leave.

But the strangest experience still awaited me. When they said good-bye to me, when their puzzled eyes looked into my face, when they gave me a trembling handshake and slipped away into the street, they were acting as if it had been the deceased Alexander who had amused and entertained them that night.They had decided that I was no longer I! That I was my father!

CHAPTER II

I went up to my room in despair, stumbling at every step, and threw myself upon the bed. I saw nothing, heard nothing. I felt only a dull, leaden pain between my eyes, a buzzing in my ears. My heart pounded as if trying to beat its way out of my breast. My intestines were contracted into hard knots. I thought I must be dying or going crazy. I could not think. I could not weep.

Suddenly a dry, harsh sob, the kind that burns and leaves permanent scars on the soul, surged from the profoundest depths of my being and exploded in the vacuum of my consciousness. Another followed it and another. That violent weeping, mute as the tomb, dry as musty death, burning as the flames of hell, shook and consumed me. There in the fire, in the noise, in the convulsion, in the chaos of my universe, my two worlds, the conscious and the subconscious, crashed into one another, and careened away from their natural orbits. I died and was born again. And I did not know it.

Overborne and trembling, I lay on the bed, without will, without resistance, abjectly suspended between the here and the beyond. My wide-stretched eyes stared into space without seeing, but waiting. My

todo a la prueba de la razón. Vi con alivio que las visitas se preparaban a marcharse.

Pero me faltaba la experiencia más extraña. Al despedirse de mí, al mirarme, confusos, a los ojos, al darme la mano temblorosa, al salir evasivos a la calle, lo hacían como si fuera el difunto Alejandro quien los había divertido y festejado aquella noche. ¡Decidieron que yo ya no era yo! ¡Que yo era mi padre!

CAPITULO II

Subí a mi habitación desesperado, tropezando con todo, y me eché sobre la cama. No veía nada, ni oía nada. Sólo sentía un dolor sordo y pesado entre los ojos y tenía un zumbido en los oídos. El corazón quería salírseme. Tenía las tripas contraídas en nudos duros. Sentí que me moría o me hacía loco. No podía pensar. No podía llorar.

De pronto un sollozo, árido y áspero, de esos que queman y dejan cicatrices permanentes en el alma, nació en lo más profundo de mi ser y estalló en el vacío de mi conciencia. Lo siguió otro, y otro, y aquel violento llanto, mudo como la tumba, seco como la muerte, abrazador como el infierno, me estremecía y me consumía. Ahí en el fuego, en el estruendo, en las erupciones, en el caos de mi universo, mis dos mundos, mi conciencia y mi inconsciencia, se chocaron, andando ambos fuera de sus órbitas. Me morí y volví a nacer. Y no lo supe.

Quedé vencido y trémulo sobre la cama, sin voluntad, sin resistencia, suspendido abyectamente entre el aquí y el más allá. Los ojos abiertos grandes, fijos en el espacio, sin ver, pero esperando. Mis oídos

ears crackled. They heard nothing, but they were listening. My heart kept on beating because it did not know how to stop, but it was preparing itself. In short, all my being—or whatever I was now—was waiting avidly and fearfully, in a state of suspended animation, for the hand and voice of God to give it abilities and direction. It was as if I were another Lazarus, dead but conscious, awaiting the voice of someone who would say, "Arise and walk."

Into this dense silence fell a familiar but long-forgotten voice. The voice of my father! The shocked terror I felt when I first heard and then understood his words is indescribable. Confused, overcome, horrified, I exclaimed,

"I do not know whether I am really hearing nor whether I understand. I do not even know who you are. By the love of my mother, set me free from this torturing uncertainty."

"Calm down, Alex, and listen to me. You should not be surprised that I am here, for you have been suspecting my presence for a long time."

"But where do you come from?"

"From many places, son, but mostly from you yourself."

"What do you mean—from me?"

"Exactly that. A part of my being has lived all these years, hidden and forgotten, in you."

"But why did you wait until now? Why have you come to pursue me?"

"You are wrong, my son. I did not come to pursue you; you came looking for me. I was only awaiting your arrival."

"You confuse me. I did not come in search of you. I don't even admit that you exist, nor that this is anything more than a dream."

"If life is a dream, then this is a dream; if not, this is reality. Believe me, Alex, if I exist—and I do because you have given me a second existence—you

chisporroteaban; no oían pero escuchaban. Mi corazón seguía latiendo porque no sabía cómo parar, pero se preparaba. En fin todo mi ser, o lo que ahora era, esperaba, anhelante y medroso, en una especie de animación suspendida, la mano y la voz de Dios que le diera sus facultades y su destino. Era como si yo fuera un Lázaro, muerto pero consciente, esperando la voz de alguien que le dijera, "Levántate y anda."

En este silencio denso cayó una voz conocida y olvidada. ¡La voz de mi padre! Mi sobresalto al oír primero, y comprender mucho después sus palabras es inexplicable. Todo confuso, vencido y horrorizado, exclamé:

"No sé si oigo, ni si entiendo, ni siquiera quién eres. ¡Por el amor de mi madre, sácame de esta duda!"

"Sosiégate, Alejandrito, y escúchame. El que yo esté aquí no te sorprende tanto porque ya hace tiempo te lo vienes sospechando."

"¿Pero de dónde vienes?"

"De muchas partes, hijo, pero principalmente de tí mismo."

"¿Cómo de mí mismo?"

"Precisamente eso. Parte de mi ser ha vivido todos estos años oculto y olvidado en tí."

"¿Y por qué te aguardaste hasta ahora? ¿Por qué vienes a perseguirme?"

"Te equivocas hijo. Yo no vine a perseguirte a tí; tú viniste en pos de mí. Yo sólo esperaba tu venida."

"Me confundes. Yo no vine ni fui por tí. Ni aun admito que eres, ni que esto es nada más que un sueño."

"Si la vida es sueño, esto es sueño, si no, esto es verdad. Créemelo, Alejandrito, si existo, y existo porque tú me has dado existencia otra vez, me has

have recreated me. The mere fact that you are talking with me proves my reality. You grant me personality by listening to me."

I sat up in bed, terrified. The full import of what was happening had penetrated my mind. I began to understand the danger I was in, and my entire being organized itself, bodily and mentally, for defense. I suddenly realized that the worst had happened, that the greatest threat I had faced in my entire life was before me. I was about to lose my mind, my personality, my very being. I understood that if I lost this struggle, I would no longer be what I had been, what others thought me to be. I would die. I had to defend myself!

A peal of laughter, resonant, gay, somewhat mocking, cut abruptly into my anxiety. It was my father. Yes, it was he. I no longer had the slightest doubt. But my determination not to surrender grew stronger and stronger.

"Don't forget, my boy, that you cannot hide anything from me—as you never could. Living inside you, I know your most intimate thoughts." There was triumph in his voice, mixed with a tinge of something like compassion that did nothing to reassure me.

"Very well, Father," I answered, trying to hide my terror. "For the time being, I accept your existence, if that is what it is. But I warn you that I will tear you out of my consciousness at the first opportunity. You lived your life; let me live mine."

"You no longer have the power to take away my life. You had the power to resuscitate me or not, as you pleased. But once having done so, you will have to put up with me as long as you live, because I shall live, even after you. But let us suppose that you could plunge me back into the oblivion from which you brought me, don't you think it would be cruel to do so?"

vuelto a crear. El mero hecho que hablas conmigo comprueba mi realidad. Tú me concedes personalidad escuchándome."

Me senté en la cama asustado. Al fin había penetrado en mi entendimiento lo que me estaba pasando. Empecé a enterarme del peligro en que me hallaba, y todo mi ser se organizó, corporal y mentalmente, para la defensa. Supe de pronto que las cosas no podían estar peores, que ante mí estaba la mayor amenaza de mi vida. Estaba para perder la mente, la personalidad, o el mismo ser. Supe que si perdía esta lucha dejaría de ser lo que era, lo que otros creían que era, moriría. ¡Tendría que defenderme!

Una carcajada sonora, alegre y algo burlona, cortó mis cavilaciones abruptamente. Era mi padre. Sí, sí era. Ya no me cabía duda. Pero mi determinación de no rendirme se hacía cada vez más fuerte.

"No olvides, hijo mío, que no me puedes ocultar nada, como nunca pudiste, que viviendo dentro de tí conozco tus más íntimos pensamientos." Había triunfo en su voz mezclado con cierta compasión que no convencía.

"Muy bien padre," le respondí, queriendo ocultar mi terror, "acepto por ahora tu realidad, si es que la tienes. Pero te advierto que te arrancaré de mi conciencia a la primera oportunidad. Tú viviste tu vida; déjame vivir la mía."

"No puedes ya quitarme la vida. Pudiste resucitarme o no. Habiéndome resucitado, tendrás que aguantarme mientras vivas, porque aun después de tí viviré. Pero supongamos que pudieras hundirme en el olvido de donde me sacaste, ¿no te parece cruel matarme?"

"I was able to give you life, and I can take it away. And don't talk to me about cruelty when you are planning to kill me. I held your memory in love and respect, and now you want to repay me by destroying me completely. I have to take away that life I accidentally gave you in order to continue my own existence. A man must kill in order to live."

"You have certainly developed a frightful selfishness in my absence. What would you say if I told you that you are the one who does not exist— that you never did exist?"

"I would say that you are crazy, that you died a long time ago. How would you explain my personality, which is completely different from yours?"

"Look here, Alex. Listen to me carefully. The personality and the inner being are two different things. I admit that your personality is your own. You forged it little by little, but the interior materials you used were mine. With them, through your experiences and contacts with outside reality, your personality was formed. You were its architect. Personality, nevertheless, is an exterior thing. But your inner being was always mine. When you were born, you had no character, and I imposed mine upon you before you could develop your own. It was no accident that I gave you the name you bear, that I indoctrinated you in your impressionable years, showed you my soul and wrapped you in it, taught you my songs, gave you my desires, my faults, my anxieties, my hatreds. In short, from your baby days I absorbed you and lived in you. Think carefully, and you will remember that I conditioned every idea, thought, and act that formed your ego— in my own image—and I was there within that image."

There was so much truth in what he said, his logic was so unassailable, that I felt myself weakening again. I looked into my own heart and saw in the

"Como pude darte la vida sabré quitártela. Y no me hables de crueldad siendo que tú te propones quitarme la vida a mí. Yo mantuve tu memoria con amor y respeto y tú me quieres pagar con aniquilarme. Tengo que quitarte la vida prestada y accidental que te di para poder vivir yo. Para vivir hay que matar."

"Has desarrollado un egoísmo espantoso durante mi ausencia. ¿Qué dirías si yo te dijera que eres tú el que no existe, y que nunca exististe?"

"Diría que estás loco, que tú dejaste de existir ya hace mucho. ¿Cómo explicas mi personalidad que es completamente distinta a la tuya?"

"Mira, Alejandrito, escúchame bien. La personalidad y el ser son dos cosas distintas. Admito que tu personalidad es toda tuya. Tú te la has forjado poco a poco, pero los materiales interiores de los cuales te valiste eran míos. Con ellos, a través de tus experiencias y contactos con la realidad exterior, se fue formando tu personalidad, por lo tanto, es cosa exterior. Mas tu íntimo ser fue mío siempre. Cuando tú naciste no tenías ser ninguno, y yo te impuse el mío antes que tuvieras uno propio. Con segunda intención te di el nombre que llevas, te indoctriné en tus años impresionantes, te mostré mi alma y te envolví en ella, te enseñé mis canciones, te di mis apetitos, mis pecados, mis penas, mis odios. En fin, desde tu edad más tierna, yo te absorbí, y viví en tí. Piensa bien y recuerda que yo condicioné todas las ideas, pensamientos, y hechos que formaron tu ser—en mi propia imagen—y dentro de esta imagen estaba yo."

Había tanto de verdad en lo que él decía, su lógica era tan inquebrantable que me sentí flaquear otra vez. Me asomé en mi alma y vi en la niebla de mi

gloom of my universe shadowy masses of forgotten
things that were beginning to stretch and shake off
their long sleep. Terrified, I saw them form in line
and march one by one toward the light of
consciousness to present themselves for recognition.
I knew many of them, but among them were things I
had not forgotten and others that were not mine to
forget. It was a conspiracy of dead things no longer
dead, that, like my father, had come back from the
tomb to torture me, to side with him against me.
Among my own memories, there were many also
that supported my father. How galling to be betrayed
four times! By my own memories, by memories
disguised as mine, by my forgotten experiences, and
by forgotten experiences that I had never had but
that presented themselves as mine. It was a
formidable force that could destroy me.

And what resources could I count on? I saw with
relief that thousands of legitimate memories of my
own intellectual, emotional, and physical experiences
were forming in opposition to the traitors. Allied
with them were my loyal forgotten experiences, now
wearing the uniform of memory. And from all sides,
marching with great dignity, came squads of
ambitions, of dreams, of desires. These were mine.
These were loyal. Forming all these diverse forces
into a martial column came the general of my
universe, my will. His manner was resolute. A smile
of confidence was on his face. As long as he did not
weaken, everything would come out all right.

I saw all this in the shadowy depths of my soul. I
saw the masses among the masses, the shadows
among the shadows. I heard echoes of laughter,
moans, and sobbing long dead. I saw, I listened, and I
regained my courage. Hope returned—elusive and
diffident at first, bold and aggressive later on. I felt
life, hot, wet, electrifying, surge once more through
my veins, and this reaction of my own flesh began to

universo los bultos de mis olvidos que empezaban a desperezarse y a sacudirse de su largo sueño. Los vi con temor hacerse fila y marchar uno por uno hacia la luz de la conciencia y darse a conocer. Conocí muchos, pero entre ellos había olvidos que yo no había olvidado. Era una conjuración de difuntos, que ya no eran difuntos, que como mi padre habían vuelto de entre los muertos a torturarme, a hacer partido con él contra mí. Entre mis recuerdos había tantos que también soportaban a mi padre. ¡Qué feo es ser traicionado cuatro veces! Por mis recuerdos; por los recuerdos que no eran míos, disfrazados como míos; por mis olvidos; y por olvidos ajenos que llevaban mi marca. Era una fuerza formidable que me podía destruir.

¿Y con qué recursos podía contar yo? Vi con alivio que opuestos a los traidores se iban formando millares de mis recuerdos legítimos de mis experiencias intelectuales, emocionales, y físicas. Aliados con ellos estaban mis olvidos leales, ya vestidos con el uniforme de la memoria. Y de todos rumbos venían marchando con suma dignidad patrullas de ambiciones, de ensueños, de deseos; éstos eran míos; éstos eran leales. Aliñando todas estas diversas fuerzas en línea marcial andaba el general de mi universo, mi voluntad, su manera resuelta, en su cara una sonrisa de confianza. Mientras ella no flaqueara, todo saldría bien.

Todo esto vi en el claroscuro de mi alma. Vi los bultos entre los bultos y las sombras entre las sombras. Oí los ecos de risas, de gemidos, de llantos, ya muertos. Vi, escuché y recobré ánimo. Volvieron mis esperanzas—esquivas y hurañas primero, amantes y agresivas después—. Sentí la vida, caliente, húmeda y electrificante correr en mis venas una vez más, y con esta sensualidad empezó a actuar

actuate my confidence in myself. I faced my father and took the initiative.

"You know, Dad, I am getting over my fear because I am beginning to understand you. I am discovering your strengths and your weaknesses. Your power is in me, and your weakness is in yourself. I can make use of both to overcome you. Don't try to trick me. We are mortal enemies. One of us must die, and I have no intention of letting myself get killed."

"I am glad that you understand me, but that business of our being mortal enemies is ridiculous. You always liked to dramatize yourself. If you understand me, you will love me, because knowing people means loving them. There is no reason why, knowing one another and respecting one another, we cannot live together. You can't even conceive of what a tremendous thing it would be for you. Imagine the intellectual force that would be yours if you had recourse to two minds, two lives, to intellectual dimensions never before known to man—the present, the past, the future, and the beyond. My experiences and my unprecedented knowledge would be of incalculable value to you. I could make you the most illustrious man in the world."

"That idea of living together in one body is pure self-delusion. One or the other must die, unless one lives completely subjugated to the will of the other. The first would be preferable. I admit that what you propose might be possible, that I or you or both of us might come to be the most outstanding man that has ever lived. But at the same time, he would be the most unfortunate, tormented man that hell could produce. In any case, I refuse your offer. I will be what I can be through my own efforts. So I beg you, by the love you once had for me—if it was not solely self-love—by the love of my mother, by the love I had for you, to return to the repose in which I found

mi confianza en mí mismo. Me encaré con mi padre y le tomé la iniciativa.

"Sabes, papá, que ya te voy perdiendo el miedo, porque ya te empiezo a comprender. Ya voy conociendo tus fuerzas y tus flaquezas. Tu poder está en mí y tu debilidad está en tí. Sabré valerme de ambos para vencerte. No trates de embaucarme. Somos enemigos mortales; uno de nosotros ha de morir, y yo no tengo ninguna intención de dejarme matar."

"Me alegra eso de que me comprendas, pero eso de que somos enemigos mortales es una insensatez. Siempre te gustó dramatizarte. Si me comprendes, me querrás porque el conocer es querer. No hay por qué conociéndonos y estimándonos no podamos vivir juntos. Para tí sería una realización tan tremenda que ni te la puedes figurar. Imagínate la fuerza intelectual que sería tuya si te valías de dos intelectos, de dos vidas, de dimensiones intelectuales jamás conocidas entre los hombres: el presente, el pasado, el futuro, el más allá. Mis experiencias y conocimientos inauditos te serían de inefable valor. Yo podría hacer de tí el más insigne de los hombres."

"Eso de vivir juntos en una persona es pura quimera. Uno u otro tiene que morir, a no ser que uno viva subyugado a la voluntad del otro. En este caso, lo primero sería preferible. Admito que lo que tú propones sea posible, que yo, o tú, o los dos, llegaría a ser el hombre más notable que jamás ha habido, pero a la vez sería el hombre más desgraciado y torturado que el infierno ha producido. En todo caso, rehuso tu oferta. Llegaré a ser lo que fuere por mi propia cuenta. De modo que te pido que por el amor que me tuviste, si no fue amor propio, por el amor de mi madre, por lo que yo te he querido, que regreses al reposo en que te hallé y me

you and leave me in my former peace. If you do that, I will always love and venerate you, and you will live in even greater esteem in my memory for having sacrificed yourself that I might live. If you don't do it, I can't help hating you and I will have to kill you. The only thing that will be left of you will be a bitter, stinking memory which I will do my best to eliminate. Are you going as a kindly spirit, or will you stay as an evil spirit?"

"You defend yourself like a man. You are my son. I know your problem even better than you, for I see farther in all directions, above and below things. But I cannot do what you want, nor am I able to feel any pity for you. Even if I wanted to, I cannot commit suicide because I am a spirit, and I have no way to do so. In order for me to die, you would have to die, too, for I live only in you. I cannot pity you, for I do not have the necessary equipment. For tears, compassion and love, one has to have eyes, a heart, a body. As long as you deny me yours—and I cannot penetrate into them as I have into your spirit—I am incapable of any emotion. No, Alex. Don't struggle against me. Resign yourself and let's be friends. Let's conquer the world together."

The night passed in these and other arguments. At times my spirit soared to the heights of optimism, only to plummet later into the most dismal pessimism. Then I would begin to rise again like a wounded but indomitable eagle. Meanwhile, I began to perceive that, if my spirit was weakened, that of my adversary was failing even more. Even his voice died away. In one of those instants that seem like an eternity, I saw my salvation for the first time. If my father's spirit was faltering, it was because he lacked strength, strength that I alone could give him or deny him. It was true that I had gone many places stirring and collecting particles of his being in order to create

dejes a mí en el que me encontraste. Si así lo hicieres te querré y te veneraré y vivirás en mi memoria aun en mayor estimación por haberte sacrificado para que yo viviera. Si no lo haces, no puedo menos que odiarte y tendré que matarte, y lo único que quedará de tí será una memoria rencorosa y fétida que haré lo posible por erradicar. Si sigo recordándote, será sólo para maldecirte. ¿Te vas como un espíritu bueno o te quedas como un espíritu malo?"

"Te defiendes como un hombre. Eres hijo mío. Conozco tu problema aún mejor que tú porque veo más allá y más acá que tú, por arriba y por debajo de las cosas, pero no puedo hacer lo que me pides, ni puedo compadecerme de tí. Aunque quisiera, no puedo suicidarme porque soy espíritu y me faltan los medios. Para que yo muera tendrás que morir tú también porque sólo vivo en tí. No me compadezco de tí porque también me falta lo necesario. Para las lágrimas, la compasión y el amor, es necesario tener ojos, corazón y estómago. Mientras tú me niegues los tuyos, y yo no pueda penetrar en ellos como penetré en tu alma, yo soy incapaz de toda emoción. No Alejandrito, no luches contra mí. Resígnate y vamos siendo amigos, vamos conquistando esos mundos."

En esto y otros argumentos se fue la noche. Mi espíritu subía a ratos al más alto optimismo para dar después contra el suelo del pesimismo más lamentable. Luego volvía a subir, cual águila herida pero indomable. Entre tanto empecé a percibir que si mi espíritu se encontraba debilitado, el de mi adversario iba falleciendo aun más. Hasta que su voz se apagó. En uno de esos instantes que son una eternidad vi mi salvación por la primera vez. Si el espíritu de mi padre se desmayaba era porque le faltaban fuerzas, fuerzas que sólo yo podía darle o negarle. Era verdad que yo había recorrido mucha tierra removiendo y recogiendo átomos de su ser,

the phantom that was threatening me. But many particles were lacking. The aggregation of the rest was still defective. My task was to avoid the discovery of the missing ones and cause the disintegration of those collected before their cohesion was complete.

This ray of hope thawed the ice of my tears, which had numbed my brain. And I wept. I wept. I wept as I had not done since the disappointments of childhood. I wept senselessly, abandoned by my intellect which was lying, overcome with exhaustion, near its adversary, another intellect, equally exhausted. I wept and bathed that spirit of mine that had defended me so nobly, bathed it with tears that I had saved for that moment through an entire lifetime. I stopped weeping only when the last tear evaporated in the fever of my soul.

Then I began to walk up and down the room, from one side to the other. I tried to think. I could not. I kept on walking. I tried to pray. The prayers that I knew did not suit the occasion. The ones I formulated sounded false to me. I remembered to smoke. I smoked. I walked and smoked, but I could not think. Suddenly I found myself at the window and looked out, without knowing what I was doing.

It was that magic moment of early dawn when it is neither day nor night. I saw the masses of the shadows and the shadows of the masses detaching themselves and melting again into the blackness. I heard the cries of animals or of desire. Perhaps sobs. I do not know. I heard and saw all this. And I did not know whether I was observing the dawn or my own heart. I fell asleep, or I fainted. I do not know. And I dreamed two dreams, one pleasant, one a nightmare.

CHAPTER III

I went down to breakfast very late. My uncle had already gone to work. It was a lovely day, as autumn days are in Tierra Amarilla. There was in the air a

congregándolos para reconstruir el fantasma que me amenazaba. Pero había todavía muchos átomos que le hacían falta. La agregación de los demás era todavía defectuosa. Mi tarea era evitar el descubrimiento de aquéllos y causar la disgregación de éstos antes de su cementación.

Este rayo de esperanza deshizo el hielo de mis lágrimas, que me tenía el cerebro entumido. Y lloré. Lloré. Lloré como no había llorado desde las primeras desilusiones de mi niñez. Lloré sin sentido, abandonado por el intelecto que yacía vencido junto a otro intelecto vencido, adversario suyo. Lloré y bañé a este espíritu mío que tan noblemente me había defendido, lo bañé con las lágrimas que había guardado toda una vida para este momento. Dejé de llorar cuando la última lágrima se evaporó en la calentura de mi alma.

Después empecé a pasearme de una orilla del aposento al otro. Quise pensar. No pude. Seguí andando. Quise rezar. Las oraciones que sabía no daban al caso. Las que formulé me sonaron falsas. Me acordé de fumar. Fumé. Anduve y fumé pero no pude pensar. De pronto me encontré en la ventana y me asomé para fuera. Sin saber qué me asomaba. Sin saber qué no me asomaba.

Era ese momento mágico de la madrugada cuando la noche y el día se disputan la supremacía. Vi los bultos de las sombras y las sombras de los bultos despegándose y volviéndose a pegar a la negrura. Oí cantos de animales o de deseos. Tal vez llantos. No sé. Todo esto vi y oí. Y no supe si contemplaba el alba o mi alma misma. Y me dormí, o me desmayé. No sé. Y soñé dos sueños. Uno bueno. Uno malo.

CAPITULO III

Ya era tarde cuando bajé al desayuno. Ya mi tío se había ido a trabajar. Era un día precioso como son los días de otoño en Tierra Amarilla. Había en el aire un no sé qué de invitación al ensueño, al

subtle invitation to relaxation and dreaming, but flying above and mixed with this tranquility, fleeting, mysterious gusts wafted the threat of frost that would soon be there. Something of dreams, something of death.

My aunt, busy with her chores, was so distracted that she did not hear me come in. When I greeted her, she jumped and uttered a stifled cry, looking at me as if she were frightened. She controlled herself immediately and said, "I did not wake you, son, because I thought you must be tired and would need the rest."

She did not ask me the customary question about how I had slept, from which fact I deduced that last night's happenings had not escaped her. But I did not want to discuss the matter, either. Particularly when I noticed that she kept watching me out of the corner of her eye and that she was maintaining her distance.

I ate breakfast eagerly. For days, I had not had the appetite I had that morning, and I was delighted with the country breakfast she gave me: eggs, roasted ribs, fried potatoes, gravy, toast, and cheese baked with sugar. I ate a great deal. It seemed that, by eating, I was trying to fill an inner emptiness—or hide something hideous. Apparently the body defends itself from death when the spirit fails. I kept eating, and my aunt watched me in silence.

We did not talk. We had nothing to say to one another, or rather, we could not or did not want to say what was in our minds. Breakfast over, I went out into the street. I found myself deeply depressed, without energy, without spirit. I tried to think about last night, but thought in concrete form escaped me. I reflected distractedly over a thousand different things: the dog I had as a child, a book I had read, my wife's smile, a day on the battlefield. My mind kept jumping from one vague, distant memory to

descanso, pero sobre esto, y junto con él, volaban ráfagas tenues e indescifrables de la amenaza del hielo que no tardaría en llegar. Algo del sueño—algo de la muerte.

Mi tía andaba ocupada con sus quehaceres, y tan distraída estaba que ni me oyó entrar. Cuando le di los buenos días, dio un salto y un medio grito y me miró sobresaltada. Se compuso inmediatamente y me dijo: "No te desperté, hijo, porque creí que estarías muy cansado y que necesitabas el reposo."

No me preguntó cómo había dormido como de costumbre, por lo cual deduje que lo de anoche no se le había escapado. Pero tampoco yo quise discutir el asunto. Particularmente cuando noté que me miraba de soslayo y que mantenía una cierta distancia de mí.

Me desayuné con ganas. Ya hacía días que no tenía el apetito de esa mañana, y me alegré del desayuno de provincia que me dieron; huevos, costillas asadas, papas fritas, salsa, pan tostado y queso de vaca asado con azúcar. Comí mucho. Parecía que quería llenar comiendo un vacío interior o esconder algo feo. Parece que el cuerpo mismo se defiende de la muerte cuando el espíritu falla. Yo comía y mi tía me miraba en silencio.

Nuestra conversación quiso ser pero no fue. No teníamos qué decirnos, o más bien, no podíamos o no queríamos decírnoslo. Salí a la calle en cuanto terminé. Me encontraba desalmado, sin espíritu, sin aliento. Quise pensar de lo de anoche pero el pensamiento se me escapaba, es decir, en lo concreto. Mi mente vagaba distraída sobre mil cosas insignificantes: el perro que tuve de niño, un libro que había leído, una sonrisa de mi mujer, un día de guerra. Saltaba mi mente de recuerdo en recuerdo lejano y vago pero no se detenía en ninguno como

another. It was like a playful kid that sniffs one bush and leaps to another while the shepherd chases after it in vain. So I pursued my intelligence without being able to overtake it. It was as if my own intellect was afraid of me and fled from me and from the conflict I carried within. In this state of mind, or lack of it, I set out for my Uncle Rock's store.

Since my earliest recollection, this store has never changed. Let progress and evolution come and go everywhere else, the store continues to be what it has always been, a commercial institution to serve the cattlemen of Tierra Amarilla Valley. It has everything: food stuffs, clothing, yard goods, seeds, machinery, tools—everything necessary for the sheepherder or the rancher. All these things lie about in a state of well-ordered confusion. A mixture of odors, some pleasant, some not, hangs over the place. This aroma, which has penetrated the merchandise and even the walls themselves, is a combination of freshly ground coffee, hides, tobacco, and innumerable other things. Behind the store is the warehouse where great quantities of merchandise are kept, together with the cowhides and sheep pelts that have been taken in trade.

Uncle Rock's store has always been the meeting place, the social center of the town, where the men gather to pass the time. In the sun or shade of the porch in the summer. Around the huge stove inside during the winter. There they chew tobacco, spit on the firewood, and discuss the weather, the harvest, the cattle. Sometimes they relate their experiences and tell stories or riddles. There are no smutty stories or off-color jokes. My uncle would have thrown out anybody who violated his strict code of conduct; in fact, he did so on several occasions. My Uncle Rock has been dead now for many years, but my Uncle Victor demands the same respect and

cabrito juguetón que olfatea un arbusto y da un salto a otro en seguida mientras el pastor corretea en vano tras de él. Así perseguía yo a mi inteligencia sin lograr alcanzarla. Era como si mi inteligencia misma me tuviera miedo y huyera de mí, de la lucha que yo traía conmigo. En este estado de ánimo, o falta de él, me dirigí hacia la tienda de mi tío Roque.

Desde que yo me acuerdo esta tienda no ha cambiado nada. Vayan y vengan progresos y evoluciones por todas partes, ella sigue siendo lo que siempre ha sido, una institución comercial para el servicio del ganadero del valle de Tierra Amarilla. Hay en ella de todo: comestibles, ropas, paños, semillas, maquinaria, herramientas, todo lo necesario para el borreguero o ranchero. Todo esto se encuentra siempre en un estado de desarreglo arreglado. Sobre todo hay una mezcla de aromas más o menos agradable, que ya ha penetrado hasta en las mercancías y paredes mismas, de café recién molido, de vaqueta, de tabaco y un sin fin de cosas. Detrás de la tienda está la trastienda donde se guardan las cantidades grandes de mercancía, los cueros de res y las zaleas de borrega que se reciben en trato.

La tienda de don Roque ha sido siempre el punto de reunión, el centro social, donde se agregan todos los hombres a matar la vida. En la resolana o sombra del portal en el verano. Alrededor del tremendo calentón adentro en el invierno. Allí mascan tabaco, escupiendo sobre la leña, y discuten el tiempo, la cosecha, el ganado. Algunas veces cuentan sus experiencias, o cuentos, o adivinanzas. Todo esto en un plano moral y respetuoso. Mi tío habría botado al que se saliera de la estricta moral católica, y lo hizo en varias ocasiones. Ya hacía muchos años que mi tío Roque había muerto, pero mi tío Víctor demandaba el mismo respeto y mantenía el mismo

maintains the same regulations. People often said it seemed as if Uncle Rock had never died.

Since it was August, I found the men on the porch, sitting on the benches and the steps or leaning against the wall. They were engaged in an animated discussion of the relative values of two saddle horses. They greeted me with affection when I came up and then renewed their argument, even asking my opinion. I sighed with relief, for I had been afraid they might know what had happened the night before. In Tierra Amarilla, news moves with a phenomenal and inexplicable speed. I smiled, thinking about the discretion of my family and its insistence on keeping its skeletons at home.

Soon bored with the rustic talk, I went into the store to get some cigarettes. My Uncle Victor was alone. He raised his eyes at the sound of the bell fastened to the door to indicate the entrance and departure of customers. His glance was half evasive, half inquisitorial. His expression invited confidence.

"Good morning, Alex. How are you this morning?"

"Very well, thanks. How are you?"

"Well . . . not too well. I couldn't get to sleep at all last night. I tossed and turned all night long."

I did not answer. I knew what was bothering him. I waited a moment and he went on,

"You produced a fine book, worthy of yourself and of your father. I am sure it will bring you money and a big reputation, but . . ."

Once more he stopped, expecting me to say something. But I was in no mood for confidences that morning. The only thing I wanted at the moment was a cigarette. I went behind the counter and helped myself. I held out the money to my uncle, who refused it with a smile that was too affectionate. That was a bad sign. My uncle did not ordinarily act that way. The pause was beginning to be embarrassing, but I had nothing to say, and my

régimen. Mucha gente decía que parecía que mi tío Roque nunca había muerto.

Siendo agosto, encontré la tertulia en el portal sentados en los bancos, en los escalones y arrimados a la pared. Tenían una discusión animada sobre los valores relativos de dos caballos de silla. Al acercarme me saludaron con cariño y reanudaron su querella, y hasta me pidieron mi parecer. Suspiré con alivio porque había temido que se hubieran enterado de lo de anoche porque en Tierra Amarilla las noticias tienen una velocidad fenomenal e inexplicable. Me sonreí al pensar en la discreción de mi familia y en su deseo de guardar sus esqueletos en casa.

Me aburrí pronto de las ramplonerías del día y entré en la tienda a comprar unos cigarros. Mi tío Victor estaba solo y alzó los ojos cuando sonó el timbre que tenía en la puerta para indicar las entradas y salidas de la gente. Su mirada fue entre esquiva e inquisidora. Su expresión invitaba confidencias.

"Buenos días, Alex. ¿Cómo amaneciste?"

"Muy bien gracias, ¿y usted?"

"Pues no muy bien. Se me espantó el sueño anoche y no hice más que darme vueltas casi toda la noche."

No le respondí. Ya sabía de qué pie cojeaba. Esperé un momento y continuó.

"Hiciste un buen libro, digno de tí y de tu padre. Estoy seguro que te ha de traer fama y fortuna, pero . . ."

Otra vez se detuvo, esperando algo de mí. Pero yo no estaba para confidencias esa mañana. Todo lo que yo quería al momento era un cigarro y pasé detrás del mostrador y me suplí de los que quería. Le pasé el dinero a mi tío y me lo rechazó con una sonrisa demasiado cariñosa. Andaban mal las cosas. Mi tío no acostumbraba esos gestos. La pausa empezaba a hacerse bochornosa, pero yo no tenía nada que decir,

35 / HOMBRE SIN NOMBRE

uncle found no words to speak. In silence, I offered him a cigarette.

"No, thanks. You know, your work moved me deeply. That's why I couldn't sleep. I can't believe that my brother Alexander was the way you say, but neither can I refuse to believe it. He is an Alexander completely different from the one I knew, the one we all knew. Nevertheless, the one you presented to us last night was no less real. Can one person be two beings, or more?"

Before I could answer and while I was trying to formulate a reasonable reply, the door of the store opened and Doña Luz came in with her little granddaughter. I thanked God. I greeted the lady and said goodbye to my uncle. I saw that he did not want me to go, but I hurried out into the street, for I was feeling a strange distress that filled me with fear. I walked swiftly to the house, got my fishing rod, and without saying anything to anyone, climbed into my car and started for Rincón. Perhaps there I would be able to calm myself or overcome my adversary, who was beginning to stir in the depths of my soul.

Probably for the first time in my life, I neither saw nor felt the beauty of that landscape which had always thrilled me so. I was no longer a part of it, as I had always been. I was now alien to the nature that surrounded me. I was on a different plane from that which lives and dies and is born again without pain, that which laughs and sings both in life and in death. I was a gloomy spirit, riven and tortured, a soul suspended between life and death, belonging to neither.

How beautifully nature clothes herself and what a smiling face she assumes when she is going to die! It is probably because she knows that the glories of today will be repeated next year and the year after eternally. It may be because she knows that after the winter comes spring, that death is neither sorrow nor

y mi tío no hallaba cómo. En silencio le ofrecí un cigarro.

"No gracias. Sabes que tu obra me ha conmovido mucho. Por eso no pude dormir. No puedo creer que mi hermano Alejandro fuera como tú dices, pero tampoco puedo no créelo. Es un Alejandro completamente distinto al que yo conocí, al que conocieron todos. No obstante el que tú nos presentaste anoche no era menos real. ¿Es que una persona puede ser dos, o más?"

Antes que yo pudiera contestar, y mientras trataba de formular una contestación racional, se abrió la puerta de la tienda y entró doña Luz y su nietecita. Di gracias a Dios. Saludé a la señora y me despedí de mi tío. Vi que se quedó muy insatisfecho. Salí a la calle precipitadamente porque ya sentía unas congojas extrañas que me llenaban de temor. Caminé rápidamente a la casa, cogí mi vara de pescar y sin hablarle a nadie me subí en el coche y me dirigí al Rincón. Quizá allí podría tranquilizarme o vencer a mi adversario que ya empezaba a moverse en las profundidades de mi alma.

Quizá por la primera vez en mi vida no vi ni sentí aquel paisaje que siempre me había llenado de alegría. No, ni fui parte de él como siempre lo había sido. Ahora yo era cosa extraña a la naturaleza que me rodeaba. Me encontraba en un plano distinto a lo que vive y muere y vuelve a nacer sin dolor, a lo que ríe y canta mientras vive y muere. Yo era una alma triste, partida y torturada, una alma suspendida entre la vida y la muerte que ni vivía ni moría.

¡Qué linda se viste y qué risueña se pone la naturaleza cuando va a morir! Será porque sabe que volverá a nacer, que las glorias de hoy se repetirán mañana, y pasado mañana, eternamente. Será porque sabe que después del invierno viene la primavera, que la muerte no es el dolor ni el fin sino el

the end, but a rest and a beginning. She can live because she has not the slightest fear of death. I feared it; therefore I could not live. My father had courted death and received its caresses. And today my father, though dead, was living! I, alive, was dying!

I found myself opening a fence gate on that violated land which had remained virgin as long as it belonged to our family. Then he spoke to me.

"Oh, Allie, if you only knew how every one of those fence posts hurt me as long as I lived! Each one was a stake driven into my very heart."

His arrival did not surprise me, for I had been expecting it. I replied with irritation.

"Don't call me Allie. I am not a child." But, looking at that barbed wire, I felt as he had, and I added,

"You are right about the fence. It is a crime against nature and against God. It is stupid for a man to believe that a piece of land belongs to him. He prides himself on it, takes out papers to prove his ownership, puts up fences, and constructs buildings without realizing that all this is in vain. The land was there long before he was, and it will be there when he is dead. It will continue to be when there is no longer the slightest evidence that he ever existed. Rather, the land owns the man, for it consumes him, digests him, annihilates him." I had read all this somewhere.

"So we are in a mood for speeches! Right out in the middle of the road in the bright sunlight. Come on. Get in, and let's go. You let someone see you talking to yourself, and he will think you are crazy. And he wouldn't be too far off."

The absurdity of the situation struck me like a kiss from a flabby old woman, and I had to laugh. Laughter bubbled up from him—irresistible, contagious laughter—and I laughed with him.

descanso y el comienzo. No le tiene ningún temor a la muerte y por eso puede vivir. Yo temía a la muerte y por eso no podía vivir. Mi padre cortejó a la muerte y recibió sus caricias. ¡Y hoy mi padre vivía muerto! ¡Yo moría vivo!

Me encontré abriendo la puerta de una cerca en aquella tierra ultrajada que había sido virgen mientras fue nuestra. Entonces me habló.

"Ay, Alejandrito, si supieras el dolor que me causó cada uno de esos postes. Cada uno fue una estaca clavada en mi propio corazón."

No me sorprendió su llegada, que bien anticipada la tenía. Le respondí con cierta irritación.

"No me digas Alejandrito. No soy niño." Mas al ver aquellas púas del alambrado sentí lo que mi padre había sentido, y añadí: "En esto tienes razón. Es un crimen contra la naturaleza y contra Dios. Es una estupidez que un hombre crea que un pedazo de tierra le pertenezca. Se jacta en ello, saca papeles para probarlo, le pone cercas, y levanta fincas sin darse cuenta que todo esto es por demás. Antes que él la tierra fue, y cuando él deje de ser, ella todavía será, y continuará siendo cuando ya no haya vestigio alguno de que él existió. Más bien posee la tierra al hombre porque ella se lo come, lo digiere, lo aniquila." Esto lo había leído yo en alguna parte.

"Para oradores estamos. En medio del camino y en pleno sol. Súbete en ese buque y vamos, no te vaya a ver alguien hablando solo y crea que estás loco. No andaría del todo desorientado."

Lo ridículo de la situación me dio en la cara como beso de vieja atrevida y tuve que reírme. Monté en el coche y seguí mi camino, es decir, seguimos nuestro camino. Le retozaba la risa, aquella risa contagiosa

Meanwhile, far back on the borders of consciousness, a little voice was asking, "Can it be that I am really crazy?" I smothered it under another guffaw. Finally the outbursts began to diminish, but before I could reflect on the illogical thing that was happening, my father said,

"Let's go over to the big rocks on your Uncle Ishmael's ranch. There are some good fishing holes there."

"No. We are going to our old ranch." I felt the need to impose my will.

"You know very well that there is no quiet water. Besides, you can't fish there."

"Why not?"

"You'll see."

At that moment, we reached the place where the road turns off toward our old ranch house. The first thing I saw was a big sign that read, "No trespassing." His ironic laughter made me decide to enter in spite of the sign, but when I tried to open the big gate, I met a padlock that admitted no arguments.

I started off raging, and the dust cloud I raised was a witness to my state of mind. I was still determined not to go where my father told me, and I passed the place—in silence, for he said nothing. When I reached the bend in the river, I almost drove into it. There was no bridge ! A flood had carried it away. I was so angry that a "Damn you!" escaped my lips.

Whether I wanted to or not, I ended up at the fishing holes on my Uncle Ishmael's ranch, where I had intended to go in the first place. I was still furious, and for a long time I busied myself baiting my hooks in silence. Little by little, my anger died down. I began to remember the jolly picnics my family used to have in this very place in a romantic, and even more romanticized, past. A feeling of nostalgia for those bygone days, for those beloved

que no se podía resistir, y yo le acompañaba. Entretanto, allá en los detrases de mi conciencia una vocecita me preguntaba: "¿Estaré loco de veras?" Yo la ahogaba con una nueva carcajada. Por fin empezaron a disminuir las explosiones, pero antes que yo pudiera reflexionar sobre lo irracional de lo que acontecía, dijo mi padre:

"Vamos allá a las piedras grandes en el rancho de tu tío Ismael. Hay unos pozos muy buenos allí."

"No, vamos al rancho de nosotros." Sentí la necesidad de imponer mi voluntad.

"Ya tú sabes que allí no hay buenos remansos, y además, no se puede pescar allí."

"¿Por qué no?"

"Ya verás."

En esto llegamos adonde se aparta el camino para la antigua casa de campo nuestra. Lo primero que vi fue tamaño rótulo que decía: "No se permite entrar." Su risita irónica me decidió entrar a pesar del letrero, pero cuando quise abrir el puertón me encontré con un candado que no admitía argumentos. Salí de ahí muy fastidiado, y la polvareda que levanté fue testimonio de ello. Iba determinado a no ir a donde mi padre me decía, y me pasé del lugar—en silencio, porque él no chistaba. Cuando llegué a la vuelta del río, por poco caigo en él. ¡No tenía puente! se lo había llevado una venida. Mi rabia fue tal que se me escapó un "¡Mal rayo te parta!"

Quiera que no quiera fui a dar a los pozos del rancho de mi tío Ismael, adonde había intentado ir en primer lugar. Andaba rabiando y por largo rato me ocupé en ensartar mis anzuelos en silencio. Poco a poco se me fue bajando la calentura y empecé a recordar los alegres días de campo que mi familia había tenido en este mismo sitio en un pasado romántico y más romantizado. Un sentimiento de nostalgia por aquellos días muertos, por aquellos seres queridos, y difuntos, por los muchos sueños

beings now deceased, for the many dreams I had left buried here filled my heart and overflowed my eyes.

"You are very funny. How easily you jump from philosophical lawyer to sentimental poet!"

"Don't you feel a little of what I feel?"

"Not at all, Alex. Not only do I not feel as you do anymore; I do not feel at all."

"Then I am convinced that you are an imposter or, to be more exact, a fraud. Anyone who feels no emotion on this land is not a Turriaga, much less my father."

"You are mistaken. You forget that those sentiments and the tie you feel with the people and with the land are things of the flesh, of the heart. Having neither body nor heart, I find myself above those outworn devotions and free of them. I understand them, but I do not feel them. And I find them a little ridiculous, unworthy of the spirit."

This statement made me quite thoughtful. It was a new facet of this spiritual being that threatened me, something I would have to take into account if I expected to overcome him. If he was incapable of human feelings, I would attack him in the realm of the intellect.

"Cast your hook near that big rock yonder, just where that ray of sunlight strikes. There is a big one over there."

"I don't want to." I was insisting on going my independent way. It was necessary not to let myself be controlled in the slightest. My free will, already threatened, was resisting this latest usurpation.

With this resolution, I kept on fishing and thinking, throwing my line everywhere except the place he had pointed out. And I did not catch a thing. I didn't even have a nibble. Meanwhile, that accursed stone and that confounded ray of light attracted me in spite of my determination. Over and over I found myself looking at them out of the corner of my eye. I

que aquí dejé sepultados, me llenó el alma y quiso rebozarme por los ojos.

"Gracioso estás. Con qué facilidad saltas de abogado filósofo a poeta sentimental."

"¿A poco tú no sientes lo que yo?"

"Lejos de ello, Alejandrito. No sólo no siento como tú sino que no siento del todo."

"Entonces quedo convencido de que eres un impostor, o mejor, una mentira. El que no se siente emocionado en esta sierra no es Turriaga, y mucho menos mi padre."

"Te equivocas y olvidas que esos sentimientos y apego que tú sientes hacia las personas y hacia la tierra son cosas de la carne, del estómago. No teniendo ni carne ni estómago, yo me encuentro en un plano superior a esas querencias caducas y libre de ellas. Las comprendo pero no las siento, y las hallo no poco ridículas, indignas del espíritu."

Esto me puso bastante pensativo. Era una faceta nueva de este ser espiritual que me amenazaba, algo que tendría que tomar en cuenta si esperaba vencerle. Si era incapaz de sentimientos humanos, le atacaría en el reino intelectual.

"Pon el anzuelo junto a la piedra aquella, ahí donde pega ese rayito de luz. Ahí está una grande."

"No quiero." Me empeñaba en seguir mi vía independiente. Era necesario que yo no me dejara vencer ni en lo más mínimo. Mi albedrío, ya amenazado, se resistía a esta nueva usurpación.

Con este tesón seguí pescando y pensando, poniendo el anzuelo en todas partes menos en el lugar que se me había señalado. Y no pesqué nada. Ni picó una siquiera. Entre tanto aquella maldita piedra, y aquel condenado rayito de luz, me atraían a pesar de mi resolución. De continuo me hallaba mirándolos del rabo del ojo, y entonces miraba para

would look away, only to cast sidelong glances in that direction again. When this happened, I scolded myself furiously. But I had to admit that something stronger than I was leading me where I did not want to go.

All this time, my father kept quiet, but the strength of his will was weighing heavily upon me. Conscious of that fact, I redoubled my determination not to yield.

Suddenly, I tossed the hook where I had not wanted to put it. Immediately I caught a big one. Forgetting my defeat for a moment, I uttered a yelp of joy and devoted myself to pulling in my catch. When I had succeeded, I stood gazing at it proudly.

"Didn't I tell you?" My father's voice was ironically triumphant.

His words hit me like a whiplash. Instantly I remembered that I had let myself be worsted. How bitter is the taste of humiliation! In the excitement of gaining a bagatelle, I had lost a soul, I had bartered my integrity, I had allowed myself to be manipulated by alien forces—and for a moment, I had enjoyed my own defeat!

A raging fury seized me, the fury that devours because it begins and ends in the one who engenders it. It has no escape, it is not spent, it putrefies for lack of ventilation.

I seized the cursed fish and hurled it into the water, at the foot of the rock with the ray of sunlight, now a symbol of something horrible. I began to curse and to weep. To weep with dry, scorching, silent tears. Tears that are never seen, but that surge upward and burn within the heart.

In the heavy air about me, my father was laughing. And the white belly of the fish, undulating on the water, accused me. My rage and my shame gnawed at each other—or kissed one another.

In the depths of my consciousness, the figure of

otro lado, para volver a ojearlos de soslayo. Cuando esto ocurría, me reñía con furia. Más porque tenía que admitir que algo más fuerte que yo me llevaba a donde no quería ir.

En todo esto mi padre guardaba silencio, pero la fuerza de su voluntad pesaba ya sobre mí.
Consciente de ello, me determinaba yo una vez más a no ceder.

De repente puse el anzuelo donde no había querido ponerlo, e inmediatamente se cogió un animalón. Di un grito de alegría, olvidando por el momento mi derrota, y me dediqué a sacarlo.
Cuando lo hice, lo contemplé con orgullo.

"¿No te lo dije?" me dijo mi padre con ironía y triunfo.

Sus palabras me dieron en la cara como un azote. Me recordaron de pronto que me había dejado vencer. Cuán amargo es el sabor de la ignominia. En el estímulo de la conquista de una bagatela había yo perdido una alma, había vendido mi integridad, me había dejado dominar por fuerzas extrañas a mí—y por un momento hasta había gozado de mi derrota.

Me arrebató una rabia mala. La rabia que devora porque empieza y acaba en el que la engendra, que no tiene salida, que no se agota, que se pudre por falta de ventilación.

Cogí el maldito pescado y lo arrojé al agua, a la piedra con el rayito de luz, símbolo ahora de algo feo. Me puse a llorar y a maldecir. A llorar con lágrimas secas, calcinantes y silenciosas. Lágrimas que no se ven pero que surcan y queman.

Y en el éter pesado que me rodeaba mi padre se reía. Y la panza blanca del pescado ondulaba en el agua, y también me acusaba. Mi rabia y mi vergüenza se mordían o se besaban.

Allá en el fondo de mi inteligencia empezó a surgir la figura de mi mujer como una imagen salvadora.

my wife began to emerge as a liberating image. Thinking about her, leaning on her memory, I found strength enough to return to my uncle's house and the supper which I badly needed.

CHAPTER IV

After a night filled with bad dreams and worse wakefulness, I decided to go home. I said goodbye to my uncle and aunt during breakfast. In spite of their many expressions of affection, I could not help observing a relief so great they could not hide it. I had to admit that I was making their lives quite complicated. Nevertheless, the relief was not all on their side. I, too, felt myself stimulated and hopeful, now that I was leaving. I wanted to get away at once from that house, that atmosphere, which had treated me in such a tragic way.

I set out with a feeling of exuberance. All my hopes of peace and tranquility were now fixed on my wife and my home. I had proved to myself definitively the day before that I could not depend on my own strength. I thought that once outside that atmosphere so steeped in the personality of my father, once again in surroundings which I dominated, once more absorbed in the reality which was my Mima, I would recover my equilibrium and my normality.

I remembered again with a joy bordering on madness the many times I had found refuge and comfort in Mima's arms—times when, crushed and sorrowful, I had seen the storms of life destroy my most sacred illusions and ambitions. On the tempestuous sea of my personal reality, she, only she, stood always firm and invincible. How many times in moments of passion I had said to her, "You are my only reality!" And it was true. As a young man and even when I was older, I used to go about with my head in the clouds, losing all contact with

Pensando en ella, apoyándome en su memoria, hallé las fuerzas para volver a casa de mis tíos, y a la cena que malamente necesitaba.

CAPITULO IV

Después de una noche llena de malos sueños y de peor insomnio, decidí marcharme a mi casa. Me despedí de mis tíos durante el desayuno. A pesar de sus muchas muestras de cariño no pude menos que observar el gran alivio que no pudieron ocultar. Tuve que admitir que yo les estaba complicando la vida demasiado. No obstante, el alivio no fue todo de ellos. Yo también me sentía un tanto estimulado y esperanzado con mi partida. Quería salir cuanto antes de aquella casa, de aquel ambiente, que tan trágicamente me había usado.

Me puse en camino con cierta exuberancia. Todas mis esperanzas de sosiego y tranquilidad estaban ahora puestas en mi mujer y en mi casa. Ya se me había demostrado definitivamente ayer que no podía contar con mis propias fuerzas. Creía que una vez fuera de este ambiente tan empapado con la personalidad de mi padre, que una vez puesto en un ambiente que yo dominara, que tan pronto como absorbiera la realidad que era mi Mima, recobraría mi equilibrio y mi normalidad.

Recordé una vez más con una alegría que frisaba en la locura las muchas veces que había hallado refugio y consuelo en los brazos de Mima cuando abatido y triste veía las tormentas de la vida destrozar mis más sagradas ilusiones y ambiciones. En ese mar tempestuoso de mi realidad, ella, sólo ella, permanecía firme e invencible. ¡Cuántas veces le había dicho en nuestros momentos apasionados: "Tú eres mi única realidad!" Y en verdad. De joven, y después, de viejo, cuando solía yo algunas veces andar con la cabeza en las nubes, cuando perdía contacto con lo que es, con lo que siempre será, ella

things as they are and will always be. At those times, she set me gently back on the solid base of truth—always preventing me from suffering the shock of a fall.

Now that my mind was wandering through worlds of fantasy or illusion, I needed my wife more than ever. She would not fail me. She never had failed me. My confidence increased as I drew nearer to her.

While I was musing thus, sustaining my entire being on what I hoped and dreamed might be, back in the dim recesses of my consciousness hovered the disquiet which I now recognized as the presence of my father. I kept trying to forget that presence, telling myself that it was not there. It was like trying to ignore a persistent nausea that does not permit itself to be forgotten.

Surely the love that existed between Mima and me, the home that we had built together, the mutual personality that we shared—all positive realities—would be enough to conquer this specter born of nothing. The nothingness of memory and imagination, whose own reality was doubtful. My father, who was dead, had waylaid me, the living, in cowardly fashion. His lust for life was trying to rob me of my existence. He took advantage of the affection I had for him to destroy me. He was the past, the dead. The essence of his being was negative and immoral, and that fact would lead to his destruction.

But what about the big fishing holes? What about the trout? Those wretched questions surged up to torment me and prove to me that my will had already been subjugated. And the face in the wine glass . . . You saw it. It was yours, but it was not you. . . . And your voice, your laughter, your wit. You can no longer convince yourself that they were yours, that what happened was only the result of your aberrant imagination. You have to accept it; it was

me ponía suavemente en la solidez de la verdad—
evitándome siempre el golpe de la caída.

Ahora que mi cabeza, y todo lo que había, o no
había en ella, vagaba por esos mundos de la ilusión o
fantasía, o lo que fuera, sin orientación ninguna,
ahora era cuando necesitaba yo a mi mujer más que
nunca. Y no me faltaría. Jamás me había faltado. Mi
confianza crecía conforme me acercaba a ella.

Mientras así divagaba, apoyando todo mi ser en lo
que yo esperaba y quería que fuera, allá en los
detrases de mi conciencia se revoloteaba la congoja
que ya conocía como la presencia de mi padre.
Trataba de olvidar su presencia, haciéndome creer
que no estaba allí, como el que trata de ignorar un
mareo persistente que no se deja ignorar.

Seguramente el amor que existía entre Mima y yo,
el hogar que nos habíamos hecho, la mutua
personalidad que compartíamos, realidades positivas
todas, podrían vencer este espectro hecho de la nada.
La nada de la memoria y de la imaginación, cuya
realidad era dudosa. Mi padre, muerto, me acechó a
mí, vivo, cobardemente, y su codicia de vida quería
robarme la mía. Se aprovechó del cariño que yo le
tenía para así quitarme la vida. El era el pasado, lo
muerto. Lo negativo e inmoral eran la esencia de su
ser, y ello le destruiría.

¿Pero lo de los pozos grandes? ¿Lo de la trucha?
Estas desgraciadas preguntas venían a atormentarme
y demostrarme a cada momento que ya mi voluntad
había sido subyugada. Y la cara en la copa de vino.
Tú la viste. Era la tuya, pero no eras tú . . . Y su voz,
su risa, su burla. No podías ya convencerte que eran
tuyas, que era tu imaginación extraviada. Tenías que
aceptarlo: tu padre era. No cabía duda. Tu padre era

your father. There is no doubt. Your father is stronger than you. Then what or who are you now, if you are not you? Are you or are you not your father? With whom are you talking right now? With yourself? Then are you two other people besides your father? And who is observing and worrying about all this? A third or fourth you who watches this tragic jest from a reserved seat? And what are the names of all those *yous*? Alex, Alexander Senior, Alexis, Alexander Junior, Allie!

"Mima! Mima!"

"For heaven's sake, Allie, calm down! It isn't so bad. I know you have a serious problem, but with a little good sense and intelligence, you—I mean we—will be O.K."

I took a long time about answering, not only because I did not know what to say, but also because I was on the verge of losing control of the car. It was off the road, traveling at high speed. When I had the vehicle under control and had calmed my jangled nerves a little, I addressed my father—or, rather, myself.

"So now you know. Just wait until we get home, and you will see what becomes of you!"

"If you aren't careful, you won't get home. Keep on driving in the ditch at ninety miles an hour, and you will soon reach a place where you will be with me forever. Take my word for it. No matter how bad this situation may seem, it is a thousand times better than the darkness, the silence, and the motionless stagnation of the place I come from. Here, at least, there is light, there is life, there is struggle."

"What good is light to me if I have to see it from a prison? What good is life if it is someone else's? Or struggle if I must lose?"

"If you persist with those wild ideas, you will drive yourself crazy. As a mad man, you are no good either

más que tú. ¿Entonces, qué o quién eres tú si no eres tú? ¿Eres o no eres tu padre? ¿Con quién hablas ahora? ¿Contigo? ¿Entonces eres dos además de ser tu padre? ¿Y quién observa y se preocupa de todo esto? ¿Un tercer o cuarto tú que contempla esta tragi-burla de un asiento de preferencia? ¿Cómo se llaman todos estos tús? ¡Alex! ¡Alejandro! ¡Alejandrito! ¡Alejandrillo! ¡Alejandrico!

"¡Mima! ¡Mima!"

"Por Dios, Alejandrito, cálmate. No es para tanto. Ya sé que tu problema es grande, pero con un poco de buen sentido y otra tanta inteligencia quedarás, es decir, quedaremos bien."

Me tardé en contestar, no sólo porque no hallaba qué decir, sino también porque ya estaba para perder por completo el dominio del coche. Este ya iba a una velocidad espantosa y fuera del camino. Cuando hube dominado el vehículo y calmado un poco mis nervios alarmados, me dirigí a mi padre, o mejor dicho, a mí.

"Conque ya sabes. Aguarda a que lleguemos a casa y verás lo que será de tí."

"Si no te cuidas, ni llegarás a casa siquiera. Sigue conduciendo por los arroyos a noventa millas por hora y pronto llegarás adonde nunca te despedirás de mí. Toma mi consejo. Por malo que te parezca esto, es mil veces mejor que la obscuridad, el estancamiento, el silencio y la inmovilidad de donde yo vengo. Aquí por lo menos hay luz, hay vida, hay lucha.

"¿De qué me sirve la luz si la he de ver desde una prisión? ¿La vida si ha de ser ajena? ¿La lucha si la he de perder?"

"Si te empeñas en esas tonterías enloquecerás de

to yourself or to me. So watch those ugly moods and fits of temper."

"Even madness would be welcome if it would free me of you. I will seek freedom in an asylum if there is no other way. If I can't get rid of you even there, perhaps in mental emptiness I may learn to endure, possibly even love you."

"Don't say such crazy things!"

The irritation in his voice showed me that the situation had changed. Now he was the one on the defensive. The idea of my death or lunacy filled him with terror. If I died, he died. If my mind failed, he died also, since he lived only in my intelligence. This fact filled me with a macabre complacency. For a morbid moment, I considered suicide and a life of insanity. I would be free of his insufferable presence; I would get rid of this intellectual delirium; I would find peace at last.

But what about Mima, oh, man of little faith? Ah, my wife . . . Remember the war, those days which were as black as this one. In the midst of danger, she filled you with courage and confidence. Have you perchance lost the inner resources you counted on at that time? No. Mima is still the fountain at which I nourish my spirit. She will give me food and drink. Then, restored, I will take my vengeance and I will laugh with her. Together, we will shout with laughter.

My spirits were rising again. I imagined that I had only to see her and all this horror would disappear. That the evil spirit would flee the presence of the good spirit. When I thought of this, I laughed with infantile joy. I laughed like a child. And, like a child, I forgot everything else.

I was now in such a good humor that I even began to notice the road. I was crossing one of those sterile, colorless plains so frequent in New Mexico. If I had not been in such a state of mental torpor, like a

seguro. Loco, ni te sirves a tí ni a mí. De modo que cuidado con esos humores y genios."

"Hasta la locura apetecería si así me libraba de tí. Si no logro desasirme de tí de otra manera, lo buscaré en el manicomio. Si allí no lo logro, quizá aprenda a soportarte, posiblemente hasta quererte, en el vacío mental."

"¡No hables locuras!" La petulancia de su voz me indicó que la situación había cambiado. Ahora era él quien estaba en la defensiva. Mi muerte o mi locura le llenaba de terror. Si yo moría moría él. Si yo enloquecía también fallecía él, ya que sólo vivía en mi inteligencia.

Esto me dió una complacencia macabra. Contemplé por un mórbido momento el suicidio y la vida al margen de la cordura. Así me libraría de su infanda presencia, desecharía este vértigo intelectual, hallaría la paz con que se duerme y se come bien.

Pero, hombre de poca fe, ¿y Mima? Ah, mi mujer. Acuérdate de la guerra, de aquellos días tan negros como éste. En medio del peligro, ella te llenaba de valor y de confianza. ¿Acaso has perdido los recursos interiores con que contabas entonces? No. Mima todavía es la fuente en que me nutro. Ella me dará de beber y de comer, y restablecido, me vengaré—y me reiré, con ella, juntos, a carcajadas nos reiremos.

Otra vez mi espíritu estaba en el ascenso. Me figuraba que sólo tenía que verla y todo este horror se desvanecería. Que el espíritu malo huiría de la presencia del espíritu bueno. Al pensar esto, me reí con alegría infantil. Me reí como un niño. Y, como a un niño, se me olvidó todo.

Me sentía ya de tan buen humor que hasta me empecé a fijar en el camino. Iba cruzando una de esas llanuras neutras y estériles tan frecuentes en Nuevo México. Si no me hubiera encontrado en un estado de ánimo de modorra mental, de niño con

sleepy child, perhaps I might have noticed that the qualities of neutrality, of sterility, reflected my own. But I did not see that fact. No. I peopled the desert with cattle and cowboys, and one of them was I. In fantasy, I saw a wild bull attacking me, but I was escaping. I was escaping from the bull and everything that threatened—and everything was escaping from me.

While I wandered in this illusory world, my car was speeding along the roads. Each moment brought me closer to my home, to my wife, to a rendezvous with my destiny. The urgency of this confrontation began to make itself felt. Little by little, I returned to the realization of my peculiar situation. Slowly I recovered my senses and my feelings. Again I faced the problem of life and death.

In the moments of greatest danger, a man gathers all his faculties about him. Mind and body achieve a superhuman harmony. Every nerve is strained, ready to spring to his defense. The whole being is caught up in that hunger for combat which the soldier feels when he has resolved to do or die and awaits the enemy.

In the midst of a new courage sparked by this overdue resolution, there arose a hunger for my wife, a clamorous, physical hunger. I wanted the fragrance, the warmth, the murmurs, the flavor of life that were in her. I wanted all this for its own sake to establish through it the fact that I was a man, if not the fact of my existence.

I could not forget there in the dark recesses of my mind that if I should die now, my existence would be forever ended. Since I had no child, even my name would disappear. I would live in the memory of a few people for a while, but then absolute oblivion. A child! I needed a child which would carry in itself some traces of my personality, something of my being. If only my name. My thirst for life clamored

sueño, quizá habría notado que esa neutralidad, esa esterilidad, reflejaba la mía. Mas yo no notaba eso. No. Yo poblaba el desierto de reses y vaqueros, y entre ellos andaba yo. En la fantasía veía un toro bravío que me embestía, y que yo me escapaba. Me escapaba del toro y de todo. Todo se me escapaba.

Mientras yo andaba en este mundo iluso mi coche iba a toda velocidad por esos caminos. Con cada momento me acercaba más a mi casa, a mi mujer—a mi rendez-vous con mi destino. La urgencia de la cita empezó a hacerse sentir. Poco a poco empecé a darme cuenta de mi peculiar realidad. Lentamente recobré mis sentidos y sensaciones. Me enfrenté otra vez con mi problema de vida y de muerte.

En los momentos de mayor peligro el hombre reúne alrededor de sí todas sus facultades. Cobra su cuerpo y su inteligencia una armonía más que humana. Cada nervio anda de puntillas listo para saltar a la defensa. Le viene aquella ansia de combate del soldado que ya ha tomado su determinación interior y espera el enemigo.

En medio del nuevo coraje a la tardía determinación se incorporó el hambre por mi mujer, una hambre demandadora, física. Quería el olor, el calor, el rumor, y el sabor de vida que en ella había. Lo quería por sí mismo, y quizá, para establecer por ello mi razón de ser hombre, ya que no razón de ser.

Tampoco podía olvidar allá en los escondrijos de mi conciencia que si yo moría ahora, acabaría para siempre. No teniendo hijo, hasta mi nombre desaparecería. Viviría en la memoria de algunos por poco y, después, olvido absoluto. ¡Un hijo! Necesitaba un hijo que llevara en sí algunas huellas de mi personalidad, algo de mi ser. Mi nombre siquiera. Mi sed de vida clamaba por satisfacción.

to be satisfied. Almost, almost I could understand, even justify, my father's obsession.

Only Mima could give me that life in her vital kisses, or in a child. My desperation increased. The car was no longer running; it was flying. My meeting with my wife or with fate, or with both, was coming close.

What would she say when she saw me? What would I say? I was already in Albuquerque. My torment was almost over. But what about him? Where was he? It did not matter. Mima would get rid of him. How hot it was! And I was hungry. No, not hungry—thirsty. You have to watch the traffic, the people. Mima and I would sleep in peace. We would laugh. Wait! The light is red. Not a trace would remain. . . . Oh, God, do not forsake me! How long it had been since I had prayed! Since the war. Berlin. June twenty-first. In June, I began my book. Damn . . . The light has changed. Let's go.

Fourth Street. It is only a few blocks more. I feel myself ablaze with anxiety, with fear, with hope. Almost unconscious of the people calmly crossing the streets, I darted from one block to another, impelled by a terrifying, and at the same time terrified, will to live. Desperately, I projected my being toward my wife, where I expected to find the life that was escaping me. I longed for the revivifying contact of her flesh.

There is my corner. There is my house. Mima is inside. There is a great knot in my throat. Berlin. How hot and dry my mouth is! You are the only real thing in all this world. If I ever get out of this one . . . My knees and my lower lip tremble. Here I am.

I wanted to hurl myself at the door. I controlled myself. I would frighten Mima. I tried to hide my feelings, to recover some little equilibrium. Something was filling me with an ugly, groveling terror. I opened the door with feigned self-possession.

Casi, casi, podía comprender y justificar la obsesión de mi padre.

Sólo Mima me podía dar esa vida en sus besos vitales, o en un hijo. Mi desesperación aumentaba, y el coche no andaba, volaba. Mi entrevista con mi mujer, o con la suerte, o con ambas, estaba llegando. ¿Qué diría ella al verme? ¿Qué diría yo? Ya estaba en Albuquerque. Ya estaba para terminarse mi suplicio. ¿Y él? ¿Dónde estaba? No importaba. Mima lo despediría. Qué calor hacía aquí. Y tenía hambre. No, no hambre, sed. Hay que fijarse en el tráfico, en la gente. Mima y yo dormiríamos muy a gusto. Nos reiríamos. Espera. Está roja. No quedaría ni un vestigio . . . Dios, no me abandones. Cómo hacía que no rezaba. Desde la guerra. Berlín. 21 de junio. En junio empecé mi libro. ¡Mal rayo! . . . ya cambió. Vamos.

La calle cuarta. Sólo quedan unas cuantas cuadras. Me siento arder de ansiedad, de miedo, de esperanza. Casi ignorante de la gente tranquila que cruzaba las calles, yo me lanzaba de calle a calle impulsado por una aterrizadora, y a la vez aterrizada voluntad de vivir. Desesperadamente proyectaba mi ser hacia mi esposa donde esperaba hallar la vida que ya se me escapaba. Anhelaba el contacto vivificante de su carne.

Allí está mi esquina. Allí está mi casa. Adentro está Mima. Y en la garganta tengo un nudo. Berlín. Qué seca y qué caliente traigo la boca. Tú eres lo único real en el mundo. Si salgo de ésta . . . Me tiemblan las rodillas y el labio inferior. Aquí estoy.

Quise arrojarme a la puerta. Me contuve. Asustaría a Mima. Traté de disimular, de recobrar algún equilibrio cualquiera. Algo me llenaba de un terror servil y feo. Abrí la puerta con aplomo falso.

She was not in the living room. Everything that belonged to me leaped to greet me. Even the stain on the rug. This was mine. I was king here. Those chairs, those books. All of them, all, were a part of me. Here dwelt my memories, my successes, my failures. My gaze took in all these beloved objects. My confidence and my strength were growing fast, until . . .

I saw the portrait of my father. My hopes fell in ruins around me. The face in the portrait and mine in the mirror behind it were the same. For a long, long time I stood fixed to the spot, stupefied. My father's ghost, now sure of me, left me alone.

Staggering, my strength drained, I went into the kitchen searching for my wife, afraid to find her. It was now late. Very late. She was not there. I went on into the bedroom. There I found her stretched out on the bed, asleep. There I found her, and there I lost her forever.

I stared at her in silence for a long time. Because I did not have the strength to wake her. Because I had no desire to do so. It did not matter any longer. Like death, she had a fatal fascination for me. The woman on the bed, my wife Mima, was not my wife. It was not Mima. It was my dead mother!

How long I stood there dully, my mind a blank, I do not know. Suddenly I found myself on the floor and I heard, as from a great distance, the horror-stricken cry of a doomed man. Something—I do not know what—told me that this cry was my own. Then shadows, from whose depths came a tortured scream from Mima —from my mother. The cry, vague and confused, grew weaker and weaker in the blackness and space that undulated about me. Only the echo remained, and I moved with the echo. Together we were lost in the blankness of nothing.

Long, long afterwards, moments or centuries afterwards, I appeared before a macabre court. My

No estaba en la sala. Todo lo mío saltó a saludarme. Hasta la mancha en la alfombra. Esto era mío. Aquí mandaba yo. Esas sillas, esos libros. Todo, todo, era parte de mí. Aquí moraban mis recuerdos, mis éxitos, mis fracasos. Mi vista recorría todos estos objetos amados y mi confianza y mis fuerzas se doblaban, hasta que . . .

Vi el retrato de mi padre. Me corté. La cara del retrato y la mía en el espejo detrás de él eran la misma. Por largo, largo rato quedé clavado, lelo. El espectro de mi padre, seguro de sí, me dejaba solo.

Trastrabillando, aniquilado, entré en la cocina buscando a mi esposa y temiendo hallarla. Ya era tarde. Muy tarde. No estaba ahí. Pasé a la recámara. Ahí la encontré, tumbada sobre la cama, dormida. Allí la hallé, y la perdí para siempre.

La contemplé en silencio por mucho tiempo. Porque no tenía las fuerzas para despertarla. Porque carecía de voluntad. Ya no importaba. Me fascinaba fatalmente esta mujer, como la muerte. La mujer sobre la cama, mi esposa, Mima, no era mi esposa, no era Mima. ¡Era mi difunta madre!

Cuanto tiempo permanecí allí, negativo y borrado, no sé. De repente me encontré en el suelo y oí venir como de muy lejos el grito horrendo de un condenado. Algo, no sé qué, me dijo que ese grito era mío. Luego tinieblas, de cuyas profundidades salía el atormentado grito de Mima, de mi madre, "¡Hijo mío, hijo mío!" Confuso e indefinido el grito de ella se perdía cada vez más en la negrura y en la lejanía que ondulaban en mi rededor. Sólo quedó el eco y con el eco me fui yo, y juntos nos perdimos en la nada de la nada.

Mucho, mucho después, momentos o siglos después, me presenté ante un lúgubre tribunal. Mi

father, dressed in black, was the judge. Each member of the jury carried in his hand a black whip which he kept continually cracking. Each snap produced a sound so revolting that it began to fascinate me. I moved closer, only to recoil in horror and repugnance. Those whips were long, black human tongues! But I had no time to dwell on that, because suddenly bells started tolling. The jury began to chant in unison with the monotonous strokes, beating time with their terrifying whips. "A-lex—is—cra-zy. A-lex—is—cra-zy."

All these things confused and baffled me. I sought help and sympathy in the faces that surrounded me. But when I thought I recognized the face of someone, the features disintegrated in an attempt to smile. All that remained was a formless, moving mass that defied recognition.

I stood passive and irresolute while the first witness testified in my defense. Her testimony was even more devastating. She was saying that I was not crazy, but that I had two heads! This statement stunned me, especially when the jury began to chant as they cracked their whips to the rhythm. "He-has-two-heads." Then, "Cut-off-one. Cut-off-one!"

I tried to speak in my own behalf, but nobody paid any attention to me. Nobody understood me, and I did not understand myself. The judge came running with a mirror and gave it to me. It was true! I did have two heads. One of them was mine; the other was my father's. I fainted away.

Floating on clouds of black smoke, I rose and fell and knew nothing. But I kept hearing the crack of long tongues, of black tongues.

Finally things began to settle down, the smoke to dissipate. Little by little, I came back to myself and realized that I must have been asleep for a long time. I awoke.

padre era el juez, vestido de negro. Los miembros del jurado tenían cada uno un negro látigo en la mano que chasqueaban de continuo. Cada latigazo producía un chasquido muy desagradable, tanto que empezó a fascinarme de una manera irresistible. Fui acercándome sólo para recular lleno de horror y repugnancia. ¡Esos látigos eran largas y negras lenguas humanas! Pero no tuve tiempo de permanecer en esto porque de pronto empezaron a doblar campanas. El jurado empezó a cantar en coro al son de los toques monótonos, al compás de sus azotes aterradores, "El Alex está loco. El Alex está loco."

Todo esto me confundía y me frustraba. Buscaba apoyo y simpatía en las caras que me rodeaban. Pero cuando creía que conocía la cara de alguien, ésta se deshacía al sonreír, y sólo quedaba una masa informe y movible que se desesperaba queriendo ser.

Indeciso e inerte estaba cuando testificó la primera testigo por mi defensa. Su testimonio fue aún más desolador. Ella estaba diciendo que yo no estaba loco, ¡que tenía dos cabezas! Esto me aturdió— especialmente cuando el jurado empezó a cantar y a azotar "¡Tiene dos cabezas!" Luego, "¡Cortarle una, cortarle una!" Quise defenderme pero nadie me hizo caso. Nadie me entendió, ni yo mismo me entendí. El juez vino corriendo con un espejo y me lo dio. ¡En efecto, tenía dos cabezas! Una de ellas era la mía; la otra era la de mi padre. Me desmayé.

Flotando en nubes de humo negro subía y bajaba y no sabía nada. Sólo oía el chasquido de lenguas largas, de lenguas negras.

Por fin las cosas empezaron a asentarse, el humo a desvanecerse. Poco a poco empecé a sentirme y a conocerme, a darme cuenta que quizá hacía mucho que dormía. Desperté.

CHAPTER V

I opened my eyes. Beside me sat a very pretty and tearful young woman who was overcome with joy to see me conscious. She embraced me, she kissed me and wept, apparently with happiness. I could not speak. I did not understand what I was seeing and hearing. In the first place, I had never seen this young woman in my life. Neither had I ever seen the room or the furnishings around me.

No, I had never seen them. I was sure of that. Nevertheless, in some vague, inexplicable manner, the woman and the surroundings were familiar. I wanted to ask a thousand questions, but I could not. I did not have the strength. I could only watch and listen, while I struggled against a numbing drowsiness that drifted over me. Then I fell asleep.

My sleep was long and deep like that of a child. Without any worries. When I awoke, I was alone. I felt very much refreshed, as if I were newborn, as if I were not the same man as yesterday. For several minutes, I took a voluptuous pleasure in the sensation, stretching and turning over and over. But the mystery of the unknown young woman and my strange surroundings sliced abruptly into my enjoyment.

Once again, I stared at the furniture in the bedroom in which I lay. Once again, I had to conclude that I had never seen those furnishings, but that they were not completely unknown to me. It was as if at some time I had dreamed that house, as if I had dreamed that girl all my life. How could I explain all this? And if I did not belong here, where did I belong? The girl thought she knew me, even loved me. Who was she? Who was I? Why was I so happy to be here? Why did this happiness bear nuances and vague echoes of past misfortune, of future misery?

CAPITULO V

Abrí los ojos y vi a una joven muy bonita y muy llorosa que se llenó de alegría al verme restablecido. Me abrazó, me besó y lloró, de gusto parecía. No pudo hablar. Yo no podía comprender nada de lo que veía y oía. En primer término, yo no había visto a esa joven jamás en la vida. Tampoco había visto el lugar ni las cosas que me rodeaban.

No, no los había visto. De eso estaba seguro. Sin embargo, ella y todo lo que ahí había me era familiar, de una manera vaga e inexplicable. Quería hacer mil preguntas, pero no podía, no tenía las fuerzas. Sólo podía ver y escuchar mientras luchaba con un sueño pesado que me quería dominar. Me dormí.

Mi sueño fue largo y profundo. Como el de un niño. Sin preocupaciones. Al despertar me encontré solo. Me sentía muy refrescado, como si hubiera acabado de nacer, como si no fuera el mismo de ayer. Por unos momentos gocé voluptuoso la sensación, estrechándome, dándome vueltas. Pero luego el misterio de la joven desconocida y de mi ambiente extraño cortó mi sensualidad repentinamente.

Una vez más me fijé en los muebles de la alcoba en donde me hallaba. Una vez más tuve que concluir que nunca los había visto pero que no me eran del todo desconocidos. Era como si alguna vez había yo soñado esta casa, como si había soñado a la muchacha toda la vida. ¿Cómo explicarme todo esto? ¿Y si yo no pertenecía aquí, dónde pertenecía? La muchacha creía conocerme, quererme. ¿Quién era ella? ¿Quién era yo? ¿Porqué me llenaba de alegría al hallarme aquí? ¿Por qué tenía mi alegría tonos y ecos vagos de desgracia pasada, de desgracia venidera?

I was considering all this when the girl came back. I tried to speak, but I couldn't. It was not necessary. Smiling happily, she spoke to me.

"Oh, how you frightened me! Thank God . . ." Emotion choked her. She sat down on the edge of the bed and stroked my forehead gently. Her eyes, overflowing with tears, looked at me with ineffable tenderness. I recognized that look, but I could not identify her.

"How long did I sleep?" I asked. I was completely disoriented, unable to say anything else.

"Three days and three nights. Oh, you don't know how I prayed, how I cried! I thought you were dying or losing your mind. The doctor did not know what was wrong. Tell me what happened to you. What hurts you?"

"Three days. Three days! How can that be? Nothing hurts me. I don't know what happened. My only sensation is an indescribable confusion."

"What happened to you before you got here?"

"I don't know. I don't remember anything. That is, I remember it all, but not in a coherent way. Everything is a chaos that nauseates me and drives me crazy."

"When and how did you leave Tierra Amarilla?"

"I don't know that, either. I don't even know that I was in Tierra Amarilla. I don't know. Oh, God!"

"Now, calm down, dear. The doctor does not want you to talk or get excited. Wait a moment. I am going to fix you something to eat. You must be terribly hungry."

She left me with a kiss. I lay there cherishing that kiss. Who was she? Who was I? I did not know who we were. What a ridiculous situation! Here I was in a strange house, and the pretty woman was not completely unknown to me. And I, who was I? I did not know where I came from nor where I was going. But she knew. She would tell me. I only had to ask

En esto estaba cuando la vi entrar. Quise hablar y no pude. No fue necesario. Ella, sonriendo toda, me habló.

"¡Ay qué susto me diste! Gracias a Dios . . ." La emoción le robó la voz. Se sentó en la orilla de la cama y me acarició la frente suavemente con la mano. Sus ojos sumergidos en agua mansa y rebosante me miraban con ternura inefable. Conocí la mirada pero no la identifiqué.

"¿Cuánto dormí?" le pregunté todo desorientado, no sabiendo ni pudiendo decir más.

"Tres días y tres noches. No sabes cuánto he rezado, cuánto he llorado. Creí que te me morías o te me hacías loco. El médico no supo lo que tenías. Dime lo que te pasa. ¿Qué te duele?"

"¡Tres días! Tres días. ¿Cómo ha de ser posible? No me duele nada. Ni sé qué me pasa. Sólo veo y siento una confusión que no puedo describir."

"¿Pues qué te pasó antes de llegar aquí?"

"No sé. No recuerdo nada. Es decir, lo recuerdo todo, pero no de una manera inteligible. Todo es un caos que me marea y me niega la razón."

"¿Cuándo y en qué condiciones saliste de Tierra Amarilla?"

"Tampoco lo sé. Ni siquiera sé que estuve en Tierra Amarilla. No sé. ¡Dios!"

"Cálmate hijo. El médico no quiere que hables ni te excites. Espera un momento. Voy a componerte algo que comer. Tendrás una hambre bárbara."

Con un beso me dejó. Con un beso me quedé. ¿Quién era ella? ¿Quién era yo? No sabía quiénes éramos. Que situación más ridícula. Aquí estaba yo en una casa extraña y la linda mujer no era desconocida. Y yo, ¿quién era? No sabía de dónde venía ni a dónde iba. Pero ella si sabía. Ella me diría. Todo era preguntárselo. Pero tenía miedo, o

her. But I was afraid or ashamed to ask. She was so pretty, she seemed to love me so much, and it thrilled me so to see her. Perhaps I was her husband,or her brother, or her father, or her sweetheart.

The fantastic incongruity of my situation filled me with momentary despair. I started to pray, but my lamentations sounded hollow. I stopped. I would weep. Not that either. I had no tears. Between risibility and the fantastic and incongruous there is little distance. I don't know where my laughter came from, an inner laughter that looked out through my eyes. She found me laughing when she came back with a tray of steaming food that smelled wonderful.

"What are you laughing about, you rascal?"

"Because I am so happy to be with you. But give me something to eat before I die of pure hunger."

"All right, but you can't eat much. The doctor said that you should be limited to soups for a few days. And he is the boss. I brought you chicken and rice soup."

"Meat is what I want."

"Don't upset me, honey. You have done enough of that already. Eat your food."

"All right, I'll eat. Because you tell me to, and because if I don't, I'll die. It seems like years since I have eaten anything."

And I began to eat as if it literally had been years. But even in this pleasant pursuit, I could not free myself from the torment of not knowing the what, how, and when of this new life of mine.

"Tell me, what happened to me? Believe me, I know nothing. My mind refuses me what I need to know."

"Well, as you should know, you spent three months in Tierra Amarilla writing your book. You came back Monday. I was asleep. A cry woke me. It was you. I found you on the floor unconscious beside

vergüenza, preguntarle. Y era tan bonita ella, y parecía quererme tanto, y me emocionaba yo tanto al verla. Acaso era yo su marido, su hermano, su padre, su novio.

Lo fantástico e incongruente de mis condiciones me llenó de desesperación momentáneamente. Me puse a rezar. Pero mis golpes de pecho me sonaron a hueco. Desistí. Lloraría. Tampoco. No tenía lágrimas. De lo fantástico e incongruente a lo irrisorio hay poco trecho. De no sé donde me brotó la risa, risa interior que se me asomaba por los ojos. Así me halló ella cuando regresó con una bandeja llena de manjares humeantes que olían a gloria.

"¿Por qué te ríes, pícaro?"

"Por lo alegre que estoy de estar contigo. Pero dame de comer antes que me muera de puras ganas."

"Pues no vas a comer mucho. El médico dijo que te limitaras a sopas por unos días. De modo es que escoge. Te traje de gallina y de arroz."

"Carne es lo que quiero."

"No me des más pena, hombre, bastante me has apenado ya. Come."

"Bueno, comeré. Porque tú me lo dices y porque ya me lleva el diablo. Parece que hace años que no como."

Empecé a comer como si de veras hiciera años que no comía. Pero aun así dedicado no podía desasirme del martirio del qué, el cómo y el cuándo de ésta mi nueva vida.

"Dime, ¿qué me pasó? Créeme que no sé nada. Mi inteligencia me niega lo que necesito saber."

"Pues, como ya sabes, hacía tres meses que estabas en Tierra Amarilla escribiendo tu libro. El lunes regresaste. Estaba yo dormida. Un grito me despertó. Eras tú. Te hallé en el suelo, desmayado, al lado de

my bed. I tried to revive you, but I couldn't. I called the doctor. He couldn't, either. From that time on, I watched over you day and night, without leaving you a moment. I was afraid to leave you. You had such awful dreams and you said such horrible things. You shouted and cried. So much that it must have affected your voice, because it doesn't sound like yours."

She stopped because she could not go on. Her lips trembled and she burst into tears. She seized my hand as if for support. The doubt and fear that showed in her weeping stirred my heart. Putting my hand over hers, I spoke to her tenderly.

"Don't cry or upset yourself, darling. All that is over."

"If I cry, it is because I am happy. I thought I had lost you. I don't want to live without you."

She kissed me. In that kiss I died again and was reborn. Perhaps the moments in which we live most keenly are the moments of death. For I died in that kiss in which I reached the apogee of my life. The blank past that tortured me was wiped out, the nebulous present also disappeared, and the uncertain future faded from view. I died as I lived.

CHAPTER VI

Grim days followed. The mystery of my life filled me with fear and despair. Every day I kept trying to come closer to what I needed to know. Every day I learned only enough to frustrate me further, there in that bed to which the cursed doctor had condemned me. My evasive mind still refused to tell me who I was, where I was, or who was with me.

I decided that this house must be mine, because everyone treated me as if it were. I also reached the conclusion, because of her caresses and the tenderness with which she cared for me, that the

mi cama. Quise volverte y no pude. Llamé al médico. El tampoco. Desde entonces te he velado de noche y día, sin dejarte un momento. Tenía miedo dejarte. Tenías unos sueños tan feos y decías unas cosas tan bárbaras. Gritabas y llorabas. Tanto que quizá te afectó la voz, porque tu voz no suena como la tuya."

Se detuvo porque no pudo continuar. Los labios le temblaban y los ojos le lloraban. Me cogió de la mano como para sostenerse. La duda y el miedo que se le asomaban entre las lágrimas me volvieron a emocionar. Poniendo la mano sobre la suya le hablé con ternura.

"No llores ni te apenes ya, querida, que ya todo eso pasó."

"Si lloro es de alegría. Es que creía que te perdía. Es que sin ti no puedo vivir."

Y me besó. En ese beso me volví a morir, y volví a nacer. Quizá los momentos en que más se vive son momentos de muerte. Porque en ese beso en que subí a la cima de la vida, dejé de vivir. Ese pasado nulo que tanto me atormentaba dejó de existir, mi actualidad nebulosa también desapareció, y mi futuro incierto se perdió de vista. Morí que viví.

CAPITULO VI

Los días que siguieron fueron un suicidio. El misterio de mi vida me llenaba de temor, de desesperación. Cada día trataba de cerciorarme más de lo que me hacía falta saber. Cada día descubría sólo lo suficiente para frustrarme más, allí en aquella cama a donde me había condenado el condenado médico. Mi inteligencia esquiva aun se negaba a decirme quién era, dónde estaba y quién estaba conmigo.

Deduje que esta casa debía ser la mía porque todo el mundo me trataba como si lo fuera. También llegué a la conclusión que la hermosa mujer, cuyo

lovely woman whose name I did not know must be my wife.

I did not dare to ask her name. Nor to tell her my intimate fears and doubts. I had come to love her with an affection as deep as it was simple, a love almost childlike in its intensity and its innocence. I was afraid of frightening her, of driving her away, of losing her. I was afraid to show her the horrible things I suspected were in my heart or, even worse, the emptiness that seemed to fill it. She wanted to give herself to me completely. I held back, realizing that I had nothing to offer her. A being without being is worthless.

I began to notice a timid, silent apprehension in her. Often I surprised her watching me out of the corner of her eye, trying to analyze what was happening. Her eyes frequently filled with tears, especially when my lack of knowledge of something that evidently should be familiar to me pointed up the weakness of my mind. Finally, I decided to take her completely into my confidence. One day that seemed right for it, I confided in her.

"You know, darling, I am quite sick," I said, trying unsuccessfully to smile.

"You are mistaken in the tense. You were very sick, but you came out all right. In a few days you will be completely recovered and as mean as ever."

"No, dear, it is a little more serious than that. Physically, I am as well as anyone. I have no pain and I feel very strong."

"Well, then, what is the matter?"

"I don't know. Perhaps my mind."

"What do you mean your mind? Tell me."

"I have been trying to tell you for a few days, but I didn't dare."

nombre ignoraba, tendría que ser mi esposa por las caricias que me hacía, por la ternura con que me cuidaba.

Pero no me atrevía a preguntarle su nombre. Ni a contarle mis íntimos temores y dudas. Había llegado ya a quererla con un cariño tan profundo como era sencillo, con amor casi pueril en su intensidad, en su inocencia. Y tenía miedo espantarla, ahuyentarla, perderla. Temía mostrarle lo horrendo que sospechaba que había en mi alma, o aun peor, el vacío que parecía que tenía. Quería ofrecérmele todo. Me detenía cuando pensaba en que no tenía qué ofrecerle. Un ser sin ser no vale nada.

Empecé a notar en ella un recelo silencioso y tímido. De continuo la sorprendía mirándome del rabo del ojo queriendo analizar lo que me pasaba. Se le llenaban los ojos de lágrimas a menudo, especialmente cuando mi falta de conocimiento de algo que evidentemente debía serme familiar ponía en relieve la flaqueza de mi espíritu. Por fin me decidí a ponerla en mi confianza. Un día que parecía destinado para ello confié en ella.

"Sabes, querida, que yo estoy muy enfermo," le dije queriendo sonreír, sin lograrlo.

"Estás equivocado en el tiempo. Estuviste muy malo. Pero saliste bien. En unos cuantos días estarás completamente restablecido y tan atroz como siempre."

"No, chica, es un poco más serio que eso. Físicamente estoy tan bueno y sano como cualquiera. No me duele nada y me siento muy fuerte."

"Pues entonces, ¿que es?"

"No sé. Acaso mi mente."

"¿Cómo así? Dime."

"Hace muchos días que trato de decirte y no me he atrevido."

"Why not? Isn't it my place to take care of you and love you, no matter what happens?"

"What I have to say is not easy. Believe me, I love you with all my heart, and for that reason I don't want to hurt you. Listen and be patient with me. Forgive me if I offend you. I don't know what happened to me. You say I was unconscious. I did not know it. You also tell me that I was writing a book. I did not know that, either. In short, I remember absolutely nothing about my past. The only knowledge I have is what I have acquired since the day I awoke from my swoon. My past is a black night. My present is a kind of fog. My future I can't even guess. I am a very unfortunate man. I don't even know who I am! I have forgotten even that."

"Don't worry, my darling. I will help you recover your memory. You will see. Soon you will be as well as you ever were. All this will be as if it had never happened." She said it only to encourage me. I knew that.

One doctor came and another and then more. After them came the psychologists. At first, I rested my tired spirit on them and left my destiny in their hands. But after much waiting and praying, I saw that they did not know what they were dealing with. They held consultations and whispered together and gave themselves the airs of mystery and apparent wisdom so common to all doctors, especially when they are trying to hide their ignorance. They did nothing but argue and mouth Latin terms and big words that did not fit the case, such as dementia, melancholy, schizophrenia, amnesia, and so on. They bored and insulted me with questions and stupid experiments that succeeded only in exciting me. Completely disillusioned and annoyed, I dismissed them one day and told them not to come back.

"¿Y por qué no? ¿No estoy yo para cuidarte y quererte venga lo que venga?"

"Es que lo que tengo que decir no es fácil. Créeme que te quiero con toda el alma, y que por eso no he querido lastimarte. Escúchame y ten paciencia conmigo—perdóname si te ofendo. No sé lo que me pasó. Tú dices que me desmayé; yo no lo sabía. También dices que escribía un libro; tampoco lo sabía. En efecto no recuerdo absolutamente nada de mi pasado. Los únicos conocimientos que poseo son los que he adquirido desde el día que desperté del desmayo. Mi pasado es una noche totalmente obscura. Mi presente es una niebla. Mi futuro, ni siquiera lo puedo ver. Soy un hombre muy desgraciado. ¡No sé quién soy! Hasta eso se me olvidó."

"No te apenes vida mía. Yo te ayudaré a recobrar tu memoria. Ya verás que pronto estarás tan saludable como siempre. Todo esto será como si no hubiera sido." Lo dijo solamente para animarme. Lo conocí.

Vino un médico, y otro, y otros, y después de ellos, los psicólogos. Al principio apoyé mi cansado espíritu en ellos y dejé en sus manos mi destino. Pero después de mucho esperar y de mucho rogar vi que ellos no sabían de qué se trataba. Se consultaban y se cuchicheaban y se daban aquellos aires de misterio y de aparente sabiduría tan propio de los médicos, especialmente cuando tratan de ocultar su ignorancia. No hacían más que pelotear y magullar latines y palabrotas que no daban al caso, tales como decaimiento de ánimo, melancolía, nervios, vencimiento cerebral, amnesia, etc. Me aburrían y me insultaban con preguntas y experimentos estúpidos que no lograban más que enfadarme y excitarme. Completamente descepcionado y fastidiado los despedí un día y les dije que no volvieran.

One morning I felt strong enough and started to get up. My wife came running to dissuade me and ended by helping me. Leaning on her arm, I took a walk through the house. I saw for the first time what I already knew in my heart. Every object, every picture was as familiar to me as the palm of my hand, but the secret of whom and under what conditions I had known them was beyond my present memory. Everything teased me from behind a veil that covered but suggested.

Suddenly I found myself in the living room. The first thing I saw was a large oil painting above the fireplace. I went over and looked at it with great interest. It was certainly I. Nevertheless, there were hidden, almost indefinable traits in that face that were different from those I had seen that morning in the mirror when I shaved. Then it was not I. It must be a brother or some other relative, perhaps my father. I had almost convinced myself of that when I noticed the scar above the left eye. Instinctively I felt of my left eyebrow. There was an identical scar.

There was no doubt. It was I. But what explained the tenuous but very real difference between the face in the picture and my own? There did not seem to be any discrepancy in our ages. The differences, then, could not be due to the changes wrought by years. Perhaps it was the fault of the artist, whoever he was. Yes, it must be that. The artist had not painted me well. With that thought, I calmed down and continued to examine everything. Always trying to find the secret which was denied me.

Suddenly I came upon a photograph which stopped me in my tracks. It was I, but once again it was not I. It was I without the scar. The face in the photo bore a close resemblance to mine. Nevertheless, there was something vague about it that did not belong to me. In addition, this person was wearing clothes that had been out of style for some time. I

Una mañana me sentí bastante fuerte e hice por levantarme. Mi esposa corrió a disuadirme y terminó por ayudarme. Deteniéndome del brazo me paseó por la casa. Vi por primera vez lo que ya conocía. Cada objeto, cada cuadro me era tan conocido como la palma de mi mano pero el secreto de cuándo y en qué condiciones los conocí estaba más allá de mi memoria. Todo me coqueteaba detrás de un velo que tapaba pero sugería.

De pronto me encontré en la sala. Lo primero que vi fue un gran cuadro al óleo sobre la chimenea. Me dirigí a él y lo observé con interés. Era yo seguramente. No obstante, había en aquella cara rasgos ocultos, casi indefinibles, distintos a los de la cara que había visto esa misma mañana en el espejo cuando me hice la barba. Entonces no era yo. Sería un hermano u otro pariente, quizá mi padre. Casi me había convencido de que eso tenía que ser cuando noté la cicatriz sobre el ojo izquierdo. Instintivamente me palpé la ceja izquierda. Ahí estaba la idéntica cicatriz.

No cabía duda. Era yo. ¿Pero cómo explicar la diferencia tenue, pero real, que había entre la cara del cuadro y la mía? No parecía haber discrepancia entre nuestras edades. Entonces no podían ser las alteraciones de los años. Quizá fuera culpa del artista, quienquiera que fuera. Sí, eso era. El artista no me había pintado bien. Con esto me sosegué y seguí revisando todo. Tratando siempre de hallar el secreto de mis negaciones.

De pronto di con una fotografía que me detuvo súbitamente. Era yo otra vez pero no era yo. Era yo sin la cicatriz. La cara de la foto se parecía a la mía también mucho. Sin embargo había en ella algo vago que no era mío. Además, esta persona llevaba ropa que ya hacía mucho estaba fuera de moda. No pude

could stand it no longer. I questioned my wife, who was watching me attentively and seriously. "It is your father," she replied. I did not want to ask anything more.

The fantastic thing was that my own face was a mixture, a link between the face in the painting and that of the photograph. I could not understand it. I felt myself becoming dizzy. I was led like a somnambulist back to bed, where I feel asleep immediately.

Some days later, finding me gloomy and dispirited, my wife brought me a manuscript.

"Look, here is your book. Read it. Perhaps it may amuse you and cheer you up. Perhaps it may contain the answers to your questions."

I lifted my eyes and noticed how thin she had grown, how pale her face was, how sadness had become a part of her. What I would have given to free her from the suffering that was devouring her! If I could only have said something to cheer her up, but I did not know what, I did not know how.

"Thank you, Mima." I did not know where this name came from.

I began to read indifferently. But as I advanced in the narrative, my apathy changed into something volatile and revivifying. Here, here was the key to my life! My eager, palpitating being was sensing the explanation of its existence. What was written there found a natural echo in the emptiness of my life and began to fill it with a vital resonance. So much so that at times it deafened and stunned me.

When that happened, I had to stop reading until those waves of silent sound ebbed away. I lay still for long periods, trying to understand, trying to remember, trying to synchronize the life of the book with my own.

I accompanied the Alex of the book to his native village, full of love for his father, helped him cover

resistirlo. Se lo pregunté a mi mujer que me miraba atenta y seria. "Es tu padre," me respondió. No quise preguntarle más.

Lo fantástico era que mi cara era un intermedio, una mezcla, entre la cara del cuadro y la de la fotografía. No me lo pude explicar. Me sentí mareado. Fui llevado, como un sonámbulo, a la cama donde me dormí enseguida.

Unos días después, hallándome triste y cabizbajo, me trajo mi mujer un manuscrito.

"Mira, aquí está tu libro. Léelo, quizá te divierta y te entusiasme. Quizá tenga tu salvación."

Levanté la vista y me fijé en lo flaco que se había puesto, en la palidez de su rostro, en la tristeza que se había hecho parte de ella. ¡Cuánto hubiera dado por librarla de la pena maligna que se la estaba comiendo! Le hubiera dicho algo que la alegrara, pero no supe qué, no supe cómo.

"Gracias, Mima." Este nuevo nombre me vino de no sé donde.

Me puse a leer, indiferentemente. Pero a medida que me iba metiendo en la narración se iba convirtiendo mi atrofia en algo volátil y vivificante. Aquí, aquí estaba la clave de mi existencia. Mi ser anhelante y palpitante olfateaba casi su razón de ser. Lo que ahí estaba escrito halló su eco natural en el vacío de mi existencia y empezó a llenarlo con su resonancia vital. Tanto que a veces me ensordecía y aturdía.

Cuando eso ocurría tenía que dejar de leer hasta que se apaciguaban esas olas de sonido silencioso. Permanecía quieto por largos ratos queriendo comprender, queriendo recordar, queriendo sincronizar la vida del libro con la mía.

Acompañé al Alex del libro a su tierra natal, y lleno de amor por su padre, le ayudé a recorrer tierra

time and space gathering information for his book. I suffered with him the frustrations of one who loves deeply and tries in vain to express his feelings. Finally, I identified with him completely. I became convinced that I was Alex.

Clipped to the manuscript were some notes that I read with even greater interest. I felt again the doubts and then the despair of Alex in his struggles with his subconscious mind. I fell back almost lifeless when I read about the night when he saw the face in the glass of wine and about the subsequent appearance of the older Alexander.

Then doubt seized me. Which one was I? Anxiously I hastened to finish the notes. Already the tremendous conflict of the author was raging within me.

I was bitterly disappointed to find that the notes were not complete—that there was no solution. That I would have to find my own answer.

Many days of intellectual upheaval passed for me. I understood things better, but I was deeply enmeshed in the tragedy. Who was I? Sometimes I thought I was the son, sometimes the father, sometimes a combination of the two. But I was never sure.

Meanwhile, Mima grew paler and paler. I did my best to make her happy. I knew very well that she often wept in secret. The traces of her dried tears dampened my own eyes. She was tearing herself to pieces for me, and I was dying for her. She suspected I did not know what. I could not free her from her doubts. Both of us were very thin.

The shadow of my old—or perhaps new—memory rose from my conscious and subconscious suffering and began to reveal unimportant, fragile things, fleeting glimpses of my past. I decided to finish writing Alex's book, beginning with his departure from Tierra Amarilla.

I was engrossed in this work for several months,

y tiempo recogiendo informes para su libro. Sufrí
con él las frustraciones del que quiere mucho y
quiere más expresarlo, sin poderlo. Por fin me
identifiqué con él del todo. Me convencí de que yo
era el Alex.

Adjuntas al manuscrito estaban unas notas que leí
con aún mayor interés. Sentí de nuevo las dudas y
luego la desesperación al luchar Alex con su
inconsciencia. Quedé casi exánime cuando leí lo de
la noche triste cuando se vió en la copa de vino, y la
aparición de Alejandro, el viejo.

Luego me cogió la duda. ¿Era yo éste o era aquél?
Con muchas ansias me apresuré a terminar las notas.
El conflicto tremendo del escritor estaba ya en mí.

Mucha fue mi decepción al ver que las notas no
estaban completas, que no había solución. Que yo
tendría que hallar mi propia solución.

Pasaron muchos días de trastorno intelectual para
mí. Me encontraba mucho más iluminado pero
mucho más enredado. ¿Quién era yo? A ratos me
convencía que era el hijo, a ratos el padre, a ratos
una combinación de ambos. Pero nunca estaba cierto.

Entre tanto, Mima se ponía cada vez más pálida.
Yo me esmeraba más en alegrara. Sabía bien que ella
lloraba mucho en secreto. El vaho de sus lágrimas
secas me humedecía los ojos. Se desvivía por mí, y
yo me moría por ella. Ella sospechaba no sabía qué.
Yo no podía sacarla de sus dudas. Los dos estábamos
muy flacos.

De mi torturada consciencia o inconsciencia surgió
la sombra de mi vieja memoria, o quizá nueva, y
comenzó a revelarme cosas indecisas, frágiles,
hurañas de mi pasado. Me decidí a terminar el libro
del Alex, empezando con su intentada partida de
Tierra Amarilla.

En eso estuve engolfado varios meses, valiéndome

using my weak memory and my imagination to present the reality, or the semblance of reality, which it was my lot to see. Alex's work I left exactly as I found it, without any editing. I continued with my own torture due to my ignorance of who I am or even *if* I am. The manuscript gave me much information, but it denied me much, much more. Perhaps some day another I, like the Alex in the book, may fall unconscious, and from that beginning may spring another novel.

Mima has often wanted to read the manuscript, but I have refused, telling her that she will see it in print, that I am going to dedicate the book to her. I love her so much. I am so afraid that she will reject me as a noxious thing from beyond the tomb when she learns about the crime of my existence. Besides, like the man in the book, I feel a wild hope that my salvation lies in her, that she can give me the reality and life I need—if she does not abandon me.

But I cannot keep the truth from her much longer. Yesterday I received a letter from my publishing house telling me that under separate cover they were sending me several copies of *Man Without a Name*. They should arrive today. How happy Mima was with the news! What anguish I felt—and still feel! Tonight we are celebrating the occasion, she and I— and the one who caused all this misfortune. This person and I are inseparable. Tonight we celebrate. Tomorrow—who knows?

de mi débil memoria y de mi fantasía para presentar la realidad, o el velo de la realidad, que a mi me tocó ver. He dejado el texto de Alex conforme lo hallé, sin redacción ninguna. Yo sigo con mi tormento de no saber quién soy, ni siquiera si soy. El manuscrito me informó mucho pero me negó mucho más. Quizá algún día con otro, yo, como el Alex en el libro, caiga desmayado, y de ahí surja otra novela.

Mima ha querido muchas veces leer el manuscrito pero se lo he negado, diciéndole que ya lo verá impreso, que al cabo se lo voy a dedicar a ella. La quiero tanto. Tengo tanto miedo que me rechace como cosa malsana, cosa de ultratumba, cuando se informe de mi delito de ser. Además, como él del libro, tengo una loca esperanza que en ella está mi salvación, que ella me ha de dar la realidad y vida que me faltan si no me abandona.

Pero ya no puedo ocultárselo mucho más. Ayer recibí carta de la casa editorial que imprimió el libro diciéndome que bajo cubierta me mandaban unos ejemplares de *Hombre sin nombre*. Hoy han de llegar. ¡Qué gusto tuvo Mima! ¡Que dolor tuve y tengo yo! Esta noche celebramos el acto, ella y yo, y el que me causó toda esta desgracia. Este y yo somos inseparables. Esta noche celebramos. Mañana, ¿quién sabe?

My Wonder Horse

He was white. White as memories lost. He was free.
Free as happiness is. He was fantasy, liberty, and
excitement. He filled and dominated the mountain
valleys and surrounding plains. He was a white horse
that flooded my youth with dreams and poetry.

Around the campfires of the country and in the
sunny patios of the town, the ranch hands talked
about him with enthusiasm and admiration. But
gradually their eyes would become hazy and blurred
with dreaming. The lively talk would die down. All
thoughts fixed on the vision evoked by the horse.
Myth of the animal kingdom. Poem of the world of
men.

White and mysterious, he paraded his harem
through the summer forests with lordly rejoicing.
Winter sent him to the plains and sheltered hillsides
for the protection of his females. He spent the
summer like an Oriental potentate in his woodland
gardens. The winter he passed like an illustrious
warrior celebrating a well-earned victory.

He was a legend. The stories told of the Wonder
Horse were endless. Some true, others fabricated. So
many traps, so many snares, so many searching
parties, and all in vain. The horse always escaped,
always mocked his pursuers, always rose above the
control of man. Many a valiant cowboy swore to put

Mi caballo mago

Era blanco. Blanco como el olvido. Era libre.
Libre como la alegría. Era la ilusión, la libertad y la
emoción. Poblaba y dominaba las serranías y las
llanuras de las cercanías. Era un caballo blanco que
llenó mi juventud de fantasía y poesía.

Alrededor de las fogatas del campo y en las
resolanas del pueblo los vaqueros de esas tierras
hablaban de él con entusiasmo y admiración. Y la
mirada se volvía turbia y borrosa de ensueño. La
animada charla se apagaba. Todos atentos a la visión
evocada. Mito del reino animal. Poema del mundo
viril.

Blanco y arcano. Paseaba su harén por el bosque de
verano en regocijo imperial. El invierno decretaba el
llano y la ladera para sus hembras. Veraneaba como
rey de oriente en su jardín silvestre. Invernaba como
guerrero ilustre que celebra la victoria ganada.

Era leyenda. Eran sin fin las historias que se
contaban del caballo brujo. Unas verdad, otras
invención. Tantas trampas, tantas redes, tantas
expediciones. Todas venidas a menos. El caballo
siempre se escapaba, siempre se burlaba, siempre se
alzaba por encima del dominio de los hombres.
¡Cuánto valedor no juró ponerle su jáquima y su

his halter and his brand on the animal. But always he
had to confess later that the mystic horse was more
of a man than he.

I was fifteen years old. Although I had never seen
the Wonder Horse, he filled my imagination and
fired my ambition. I used to listen open-mouthed as
my father and the ranch hands talked about the
phantom horse who turned into mist and air and
nothingness when he was trapped. I joined in the
universal obsession—like the hope of winning the
lottery—of putting my lasso on him some day, of
capturing him and showing him off on Sunday
afternoons when the girls of the town strolled
through the streets.

It was high summer. The forests were fresh, green,
and gay. The cattle moved slowly, fat and sleek in
the August sun and shadow. Listless and drowsy in
the lethargy of late afternoon, I was dozing on my
horse. It was time to round up the herd and go back
to the good bread of the cowboy camp. Already my
comrades would be sitting around the campfire,
playing the guitar, telling stories of past or present,
or surrendering to the languor of the late afternoon.
The sun was setting behind me in a riot of streaks
and colors. Deep, harmonious silence.

I sit drowsily still, forgetting the cattle in the
glade. Suddenly the forest falls silent, a deafening
quiet. The afternoon comes to a standstill. The
breeze stops blowing, but it vibrates. The sun flares
hotly. The planet, life, and time itself have stopped
in an inexplicable way. For a moment, I don't
understand what is happening.

Then my eyes focus. There he is! The Wonder
Horse! At the end of the glade, on high ground
surrounded by summer green. He is a statue. He is
an engraving. Line and form and white stain on a
green background. Pride, prestige, and art incarnate
in animal flesh. A picture of burning beauty and

marca para confesar después que el brujo había sido más hombre que él!

Yo tenía quince años. Y sin haberlo visto nunca el brujo me llenaba ya la imaginación y la esperanza. Escuchaba embobado a mi padre y a sus vaqueros hablar del caballo fantasma que al atraparlo se volvía espuma y aire y nada. Participaba de la obsesión de todos, ambición de lotería, de algún día ponerle yo mi lazo, de hacerlo mío, y lucirlo los domingos por la tarde cuando las muchachas salen a paseo por la calle.

Pleno el verano. Los bosques verdes, frescos y alegres. Las reses lentas, gordas y luminosas en la sombra y en el sol de agosto. Dormitaba yo en un caballo brioso, lánguido y sutil en el sopor del atardecer. Era hora ya de acercarse a la majada, al buen pan y al rancho del rodeo. Ya los compañeros estarían alrededor de la hoguera agitando la guitarra, contando cuentos del pasado o de hoy o entregándose al cansancio de la tarde. El sol se ponía ya, detrás de mí, en escándalos de rayo y color. Silencio orgánico y denso.

Sigo insensible a las reses al abra. De pronto el bosque se calla. El silencio enmudece. La tarde se detiene. La brisa deja de respirar, pero tiembla. El sol se excita. El planeta, la vida y el tiempo se han detenido de una manera inexplicable. Por un instante no sé lo que pasa.

Luego mis ojos aciertan. ¡Allí está! ¡El caballo mago! Al extremo del abra, en un promontorio, rodeado de verde. Hecho estatua, hecho estampa. Línea y forma y mancha blanca en fondo verde. Orgullo, fama y arte en carne animal. Cuadro de belleza encendida y libertad varonil. Ideal invicto y

virile freedom. An ideal, pure and invincible, rising
from the eternal dreams of humanity. Even today my
being thrills when I remember him.

A sharp neigh. A far-reaching challenge that soars
on high, ripping the virginal fabric of the rosy clouds.
Ears at the point. Eyes flashing. Tail waving active
defiance. Hoofs glossy and destructive. Arrogant
ruler of the countryside.

The moment is never ending, a momentary
eternity. It no longer exists, but it will always live.
. . . There must have been mares. I did not see them.
The cattle went on their indifferent way. My horse
followed them, and I came slowly back from the land
of dreams to the world of toil. But life could no
longer be what it was before.

That night under the stars I didn't sleep. I
dreamed. How much I dreamed awake and how
much I dreamed asleep, I do not know. I only know
that a white horse occupied my dreams and filled
them with vibrant sound, and light, and turmoil.

Summer passed and winter came. Green grass gave
place to white snow. The herds descended from the
mountains to the valleys and the hollows. And in
the town they kept saying that the Wonder Horse
was roaming through this or that secluded area. I
inquired everywhere for his whereabouts. Every day
he became for me more of an ideal, more of an idol,
more of a mystery.

It was Sunday. The sun had barely risen above the
snowy mountains. My breath was a white cloud. My
horse was trembling with cold and fear like me. I left
without going to mass. Without any breakfast.
Without the usual bread and sardines in my saddle
bags. I had slept badly, but had kept the vigil well. I
was going in search of the white light that galloped
through my dreams.

On leaving the town for the open country, the
roads disappear. There are no tracks, human or

limpio de la eterna ilusión humana. Hoy palpito todo aún al recordarlo.

Silbido. Reto trascendental que sube y rompe la tela virginal de las nubes rojas. Orejas lanzas. Ojos rayos. Cola viva y ondulante, desafío movedizo. Pezuña tersa y destructiva. Arrogante majestad de los campos.

El momento es eterno. La eternidad momentanea. Ya no está, pero siempre estará. Debió de haber yeguas. Yo no las vi. Las reses siguen indiferentes. Mi caballo las sigue y yo vuelvo lentamente del mundo del sueño a la tierra del sudor. Pero ya la vida no volverá a ser lo que antes fue.

Aquella noche bajo las estrellas no dormí. Soñé. Cuánto soñé despierto y cuánto soñé dormido yo no sé. Sólo sé que un caballo blanco pobló mis sueños y los llenó de resonancia y de luz y de violencia.

Pasó el verano y entró el invierno. El verde pasto dió lugar a la blanca nieve. Las manadas bajaron de las sierras a los valles y cañadas. Y en el pueblo se comentaba que el brujo andaba por este o aquel rincón. Yo indagaba por todas partes su paradero. Cada día se me hacía más ideal, más imagen, más misterio.

Domingo. Apenas rayaba el sol de la sierra nevada. Aliento vaporoso. Caballo tembloroso de frío y de ansias. Como yo. Salí sin ir a misa. Sin desayunarme siquiera. Sin pan y sardinas en las alforjas. Había dormido mal y velado bien. Iba en busca de la blanca luz que galopaba en mis sueños.

Al salir del pueblo al campo libre desaparecen los caminos. No hay rastro humano o animal. Silencio

animal. Only a silence, deep, white, and sparkling. My horse breaks trail with his chest and leaves an unending wake, an open rift, in the white sea. My trained, concentrated gaze covers the landscape from horizon to horizon, searching for the noble silhouette of the talismanic horse.

It must have been midday. I don't know. Time had lost its meaning. I found him! On a slope stained with sunlight. We saw one another at the same time. Together, we turned to stone. Motionless, absorbed, and panting, I gazed at his beauty, his pride, his nobility. As still as sculptured marble, he allowed himself to be admired.

A sudden, violent scream breaks the silence. A glove hurled into my face. A challenge and a mandate. Then something surprising happens. The horse that in summer takes his stand between any threat and his herd, swinging back and forth from left to right, now plunges into the snow. Stronger than they, he is breaking trail for his mares. They follow him. His flight is slow in order to conserve his strength.

I follow. Slowly. Quivering. Thinking about his intelligence. Admiring his courage. Understanding his courtesy. The afternoon advances. My horse is taking it easy.

One by one the mares become weary. One by one, they drop out of the trail. Alone! He and I. My inner ferment bubbles to my lips. I speak to him. He listens and is quiet.

He still opens the way, and I follow in the path he leaves me. Behind us a long, deep trench crosses the white plain. My horse, which has eaten grain and good hay, is still strong. Undernourished as the Wonder Horse is, his strength is waning. But he keeps on because that is the way he is. He does not know how to surrender.

I now see black stains over his body. Sweat and the

blanco, hondo y rutilante. Mi caballo corta el camino con el pecho y deja estela eterna, grieta abierta, en la mar cana. La mirada diestra y atenta puebla el paisaje hasta cada horizonte buscando el noble perfil del caballo místico.

Sería mediodía. No sé. El tiempo había perdido su rigor. Di con él. En una ladera contaminada de sol. Nos vimos al mismo tiempo. Juntos nos hicimos piedra. Inmóvil, absorto y jadeante contemplé su belleza, su arrogancia, su nobleza. Esculpido en mármol, se dejó admirar.

Silbido violento que rompe el silencio. Guante arrojado a la cara. Desafío y decreto a la vez. Asombro nuevo. El caballo que en verano se coloca entre la amenaza y la manada, oscilando a distancia de diestra a siniestra, ahora se lanza a la nieve. Más fuerte que ellas, abre la vereda a las yeguas. Y ellas lo siguen. Su fuga es lenta para conservar sus fuerzas.

Sigo. Despacio. Palpitante. Pensando en su inteligencia. Admirando su valentía. Apreciando su cortesía. La tarde se alarga. Mi caballo cebado a sus anchas.

Una a una las yeguas se van cansando. Una a una se van quedando a un lado. ¡Solos! El y yo. La agitación interna reboza a los labios. Le hablo. Me escucha y calla.

El abre el camino y yo sigo por la vereda que me deja. Detrás de nosotros una larga y honda zanja blanca que cruza la llanura. El caballo que ha comido grano y buen pasto sigue fuerte. A él, mal nutrido, se la han agotado las fuerzas. Pero sigue porque es él y porque no sabe ceder.

Encuentro negro y manchas negras por el cuerpo. La nieve y el sudor han revelado la piel negra bajo el

wet snow have revealed the black skin beneath the white hair. Snorting breath, turned to steam, tears the air. White spume above white snow. Sweat, spume, and steam. Uneasiness.

I felt like an executioner. But there was no turning back. The distance between us was growing relentlessly shorter. God and Nature watched indifferently.

I feel sure of myself at last. I untie the rope. I open the lasso and pull the reins tight. Every nerve, every muscle is tense. My heart is in my mouth. Spurs pressed against trembling flanks. The horse leaps. I whirl the rope and throw the obedient lasso.

A frenzy of fury and rage. Whirlpools of light and fans of transparent snow. A rope that whistles and burns the saddle tree. Smoking, fighting gloves. Eyes burning in their sockets. Mouth parched. Fevered forehead. The whole earth shakes and shudders. The long, white trench ends in a wide, white pool.

Deep, gasping quiet. The Wonder Horse is mine! Both still trembling, we look at one another squarely for a long time. Intelligent and realistic, he stops struggling and even takes a hesitant step toward me. I speak to him. As I talk, I approach him. At first, he flinches and recoils. Then he waits for me. The two horses greet one another in their own way. Finally, I succeed in stroking his mane. I tell him many things, and he seems to understand.

Ahead of me, along the trail already made, I drove him toward the town. Triumphant. Exultant. Childish laughter gathered in my throat. With my newfound manliness, I controlled it. I wanted to sing, but I fought down the desire. I wanted to shout, but I kept quiet. It was the ultimate in happiness. It was the pride of the male adolescent. I felt myself a conqueror.

Occasionally the Wonder Horse made a try for his liberty, snatching me abruptly from my thoughts. For

pelo. Mecheros violentos de vapor rompen el aire. Espumarajos blancos sobre la blanca nieve. Sudor, espuma y vapor. Ansia.

Me sentí verdugo. Pero ya no había retorno. La distancia entre nosotros se acortaba implacablemente. Dios y la naturaleza indiferentes.

Me siento seguro. Desato el cabestro. Abro el lazo. Las riendas tirantes. Cada nervio, cada músculo alerta y el alma en la boca. Espuelas tensas en ijares temblorosos. Arranca el caballo. Remolineo el cabestro y lanzo el lazo obediente.

Vértigo de furia y rabia. Remolinos de luz y abanicos de transparente nieve. Cabestro que silba y quema en la teja de la silla. Guantes violentos que humean. Ojos ardientes en sus pozos. Boca seca. Frente caliente. Y el mundo se sacude y se estremece. Y se acaba la larga zanja blanca en un ancho charco blanco.

Sosiego jadeante y denso. El caballo mago es mío. Temblorosos ambos, nos miramos de hito en hito por un largo rato. Inteligente y realista, deja de forcejar y hasta toma un paso hacia mí. Yo le hablo. Hablándole me acerco. Primero recula. Luego me espera. Hasta que los dos caballos se saludan a la manera suya. Y por fin llego a alisarle la crin. Le digo muchas cosas, y parece que me entiende.

Por delante y por las huellas de antes lo dirigí hacia el pueblo. Triunfante. Exaltado. Una risa infantil me brotaba. Yo, varonil, la dominaba. Quería cantar y pronto me olvidaba. Quería gritar pero callaba. Era un manojo de alegría. Era el orgullo del hombre adolescente. Me sentí conquistador.

El Mago ensayaba la libertad una y otra vez, arrancándome de mis meditaciones abruptamente.

a few moments, the struggle was renewed. Then we went on.

It was necessary to go through the town. There was no other way. The sun was setting. Icy streets and people on the porches. The Wonder Horse full of terror and panic for the first time. He ran and my well-shod horse stopped him. He slipped and fell on his side. I suffered for him. The indignity. The humiliation. Majesty degraded. I begged him not to struggle, to let himself be led. How it hurt me that other people should see him like that!

Finally we reached home.

"What shall I do with you, Mago? If I put you into the stable or the corral, you are sure to hurt yourself. Besides, it would be an insult. You aren't a slave. You aren't a servant. You aren't even an animal."

I decided to turn him loose in the fenced pasture. There, little by little, Mago would become accustomed to my friendship and my company. No animal had ever escaped from that pasture.

My father saw me coming and waited for me without a word. A smile played over his face, and a spark danced in his eyes. He watched me take the rope from Mago, and the two of us thoughtfully observed him move away. My father clasped my hand a little more firmly than usual and said, "That was a man's job." That was all. Nothing more was needed. We understood one another very well. I was playing the role of a real man, but the childish laughter and shouting that bubbled up inside me almost destroyed the impression I wanted to create.

That night I slept little, and when I slept, I did not know that I was asleep. For dreaming is the same when one really dreams, asleep or awake. I was up at dawn. I had to go to see my Wonder Horse. As soon as it was light, I went out into the cold to look for him.

The pasture was large. It contained a grove of trees

Por unos instantes se armaba la lucha otra vez. Luego seguíamos.

Fue necesario pasar por el pueblo. No había remedio. Sol poniente. Calles de hielo y gente en los portales. El Mago lleno de terror y pánico por la primera vez. Huía y mi caballo herrado lo detenía. Se resbalaba y caía de costalazo. Yo lloré por él. La indignidad. La humillación. La alteza venida a menos. Le rogaba que no forcejara, que se dejara llevar. ¡Cómo me dolió que lo vieran así los otros!

Por fin llegamos a la casa. "¿Qué hacer contigo, Mago? Si te meto en el establo o en el corral, de seguro te haces daño. Además sería un insulto. No eres esclavo. No eres criado. Ni siquiera eres animal." Decidí soltarlo en el potrero. Allí podría el Mago irse acostumbrando poco a poco a mi amistad y compañía. De ese potrero no se había escapado nunca un animal.

Mi padre me vió llegar y me esperó sin hablar. En la cara le jugaba una sonrisa y en los ojos le bailaba una chispa. Me vió quitarle el cabestro al Mago y los dos lo vimos alejarse, pensativos. Me estrechó la mano un poco más fuerte que de ordinario y me dijo: "Esos son hombres." Nada más. Ni hacía falta. Nos entendíamos mi padre y yo muy bien. Yo hacía el papel de *muy hombre* pero aquella risa infantil y aquel grito que me andaban por dentro por poco estropean la impresión que yo quería dar.

Aquella noche casi no dormí y cuando dormí no supe que dormía. Pues el soñar es igual, cuando se sueña de veras, dormido o despierto. Al amanecer yo ya estaba de pie. Tenía que ir a ver al Mago. En cuanto aclaró salí al frío a buscarlo.

El potrero era grande. Tenía un bosque y una

and a small gully. The Wonder Horse was not visible anywhere, but I was not worried. I walked slowly, my head full of the events of yesterday and my plans for the future. Suddenly I realized that I had walked a long way. I quicken my steps. I look apprehensively around me. I begin to be afraid. Without knowing it, I begin to run. Faster and faster.

He is not there. The Wonder Horse has escaped. I search every corner where he could be hidden. I follow his tracks. I see that during the night he walked incessantly, sniffing, searching for a way out. He did not find one. He made one for himself.

I followed the track that led straight to the fence. And I saw that the trail did not stop but continued on the other side. It was a barbed-wire fence. There was white hair on the wire. There was blood on the barbs. There were red stains on the snow and little red drops in the hoofprints on the other side of the fence.

I stopped there. I did not go any farther. The rays of the morning sun on my face. Eyes clouded and yet filled with light. Childish tears on the cheeks of a man. A cry stifled in my throat. Slow, silent sobs.

Standing there, I forgot myself and the world and time. I cannot explain it, but my sorrow was mixed with pleasure. I was weeping with happiness. No matter how much it hurt me, I was rejoicing over the flight and the freedom of the Wonder Horse, the dimensions of his indomitable spirit. How he would always be fantasy, freedom, and excitement. The Wonder Horse was transcendent. He had enriched my life forever.

My father found me there. He came close without a word and laid his arm across my shoulders. We stood looking at the white trench with its flecks of red that led into the rising sun.

cañada. No se veía el Mago en ninguna parte pero yo me sentía seguro. Caminaba despacio, la cabeza toda llena de los acontecimientos de ayer y de los proyectos de mañana. De pronto me di cuenta que había andado mucho. Aprieto el paso. Miro aprensivo a todos lados. Empieza a entrarme el miedo. Sin saber voy corriendo. Cada vez más rápido.

No está. El Mago se ha escapado. Recorro cada rincón donde pudiera haberse agazapado. Sigo la huella. Veo que durante toda la noche el Mago anduvo sin cesar buscando, olfateando, una salida. No la encontró. La inventó.

Seguí la huella que se dirigía directamente a la cerca. Y vi como el rastro no se detenía sino continuaba del otro lado. El alambre era de púa. Y había pelos blancos en el alambre. Había sangre en las púas. Había manchas rojas en la nieve y gotitas rojas en las huellas del otro lado de la cerca.

Allí me detuve. No fui más allá. Sol rayante en la cara. Ojos nublados y llenos de luz. Lágrimas infantiles en mejillas varoniles. Grito hecho nudo en la garganta. Sollozos despaciosos y silenciosos.

Allí me quedé y me olvidé de mí y del mundo y del tiempo. No sé cómo estuvo, pero mi tristeza era gusto. Lloraba de alegría. Estaba celebrando, por mucho que me dolía, la fuga y la libertad del Mago, la transcendencia de ese espíritu indomable. Ahora seguiría siendo el ideal, la ilusión y la emoción. El Mago era un absoluto. A mí me había enriquecido la vida para siempre.

Allí me halló mi padre. Se acercó sin decir nada y me puso el brazo sobre el hombro. Nos quedamos mirando la zanja blanca con flecos de rojo que se dirigía al sol rayante.

My Grandmother Charged Interest

My memories of my maternal grandmother stretch over a period of twenty-three years, from the time that I was born until she died. I don't think she changed very much during that time. She always was what she was without ever ceasing to be just that. Now as I write this my memory overflows with tenderness. She never deprived me of her affection and her attention when I was a snivelling kid, when I was a resentful adolescent, or when I entered manhood.

I remember that she smiled when I, a child of six, mischievous and spoiled, called the people of Santa Fe *santafeos*, something that made my cousins very angry. She listened intently when I told her that in the sierras of Tierra Amarilla it was so high that on horseback I could reach out and touch the clouds.

My grandparents' big house in Santa Fe was located at the end and highest part of Cerro Gordo Road. At that time it wasn't a street, it was a wretched, winding road that climbed hills and crossed an arroyo. When it rained or snowed, the best thing was to stay home. A few people lived along the road with farmlands on either side.

The house was big. It had to be. Besides her two daughters and one son, my grandmother had raised four children (her sister's) who had been orphaned in childhood. When I appeared on the scene these

Mi abuela cobraba interés

Mis recuerdos de mi abuela materna se extienden por viente y tres años, desde que yo nací hasta que ella murió. No creo que cambiara mucho en todo ese tiempo. Ella siempre fue lo que fue sin dejar de serlo una sola vez. Ahora, al escribir esto, la memoria se me inunda y me rebosa de ternura. Es que nunca me escatimó su cariño y su tiempo cuando yo era niño mocoso, cuando era adolescente receloso y cuando primero quise ser hombre.

Me acuerdo que ella se sonreía cuando yo, niño de seis años, les decía "santafeos" a la gente de Santa Fe, lo que hacía rabiar a mis primos. Me escuchaba con atención cuando yo le decía que allá en las sierras de Tierra Amarilla era tan alto que andando a caballo yo podía tocar las nubes.

La casa solariega de mis abuelos en Santa Fe estaba situada en las últimas alturas de la calle Cerro Gordo. En ese entonces, no era calle, era un triste camino tortuoso que trepaba laderas y cruzaba un arroyo. Cuando llovía o nevaba lo mejor era quedarse en casa. A lo largo del camino vivían unos cuantos vecinos. Terrenos agrícolas a ambos lados.

La casa era grande. Tenía que serlo. Además de sus dos hijas y un hijo, mi abuela había criado a cuatro sobrinos que se habían quedado huérfanos desde niños. Cuando yo aparecí en la escena toda esta

offspring were grown, and at any moment the house was full of grandchildren.

The furniture was the finest of the time, evidence of my grandmother's exquisite good taste. I still have two of those pieces which I look upon with great pride and affection. The living room and the dining room were forbidden areas for us children, or, it seemed, for everyone, except as a passage to the bedrooms in the back. One went in there on solemn occasions, like Christmas, Easter, and Thanksgiving, or a first communion, a wedding, or a wake. Family life was carried on in the enormous kitchen with its wood stove and its Last Supper table.

Along the back of the house ran a ditch with crystal-clear water. Its bottom held a reddish sand with flakes of talc that flashed in the sunlight. It ran through an orchard embroidered with flowers in the spring. We spent many spring and summer days there, wading in the ditch, climbing the trees, swinging on the hammock or the swing, eating fruit. Green apricots, peaches, apples, and pears are quite good with salt and cookies.

One would think that the big house, the large family, the fruit, and all the work this implies, would have kept my grandmother extraordinarily busy all day. Not so. Quite early each morning she got ready and very soon she hit the streets all dressed up, ready to go shopping or selling. She didn't come back till the sun set. Cooking, washing, and ironing were never worthy of her attention. She was an emancipated woman without the benefit of a social movement.

My grandfather was the same way. He, too, left in the morning to administer his property, to play cards with his friends, and to engage in politics. Everywhere he was known as "Don Anastacio." He got to be assessor of the County of Santa Fe. I don't know how he managed since he didn't speak a word

prole se había multiplicado. De modo que a cualquier momento la casa estaba llena de nietos, tíos y metabolismo.

Los muebles eran de los más finos de la época y demostraban el exquisito buen gusto de mi abuela. Yo conservo dos de esas piezas con máximo orgullo y cariño. Claro está que la sala y el comedor eran sitios vedados para nosotros los chicos, o, al parecer, para todos, excepto para pasar a los dormitorios que estaban al fondo. Allí se entraba para ocasiones grandes y solemnes como Navidades, Pascuas Floridas y Thanksgiving, o, una primera comunión, una boda o un entierro. La vida familiar se hacía en la enorme cocina con su estufa de leña y su mesa de Ultima Cena.

Al lado de la casa corría una acequia con agua cristalina. En su fondo había una arena rojiza salpicada con flecos de talco que despedían brillos. corría por una arboleda bordada con flores de todo color. Allí nos pasábamos los días enteros, mojándosnos en la acequia, trepando los árboles, metiéndonos en la hamaca o en el columpio, comiendo fruta. Los duraznos, albaricoques, manzanos y peras verdes son bien buenos con sal y galletas. Se creería que la casa grande, el familión, la fruta, y todos los quehaceres que todo esto implica, tendrían a mi abuela agitadamente ocupada todo el día. No era nada así. Bien temprano por la mañana empezaba a arreglarse y pronto salía a la calle bien plantada de compras y de ventas. No volvía hasta rayar el sol. El cocinar, lavar y planchar nunca fueron dignos de su atención. Fue mujer emancipada sin necesidad de movimiento social o arbitrio legal. Así mismo el abuelo. El también salía por la mañana a administrar sus terrenos, a jugar a las cartas con los amigos, a politiquear. Llegó a ser Asesor del Condado de Santa Fe. No se cómo se las arregló ya que no hablaba nada de inglés. Un travieso dijo que se había

of English. One wag said that he showed up at the office the first day and announced, "Me ass*i*sor," and that somebody had answered, "So what? Mine is sore too, but I don't brag about it."

I never knew of a single conflict between my grandparents. My grandmother adored my grandfather and waited on him. He let himself be adored. That says it all. A strange couple. He had red hair and green eyes, a big moustache, white, somewhat freckled skin, and he was tall and slim. She was dark with dark eyes, plump and small. He was as stiff and hard as a pole. She was as soft and smooth as a chamois cloth. They saw each other only at night. There was no need for them to see each other during the day.

Every morning someone took my grandmother to the plaza. In the early days it was in a wagon; later, when there were automobiles in the family, by car. Under her black shawl she carried all kinds of bundles, and, of course, a voluminous purse. She divided her money, only she knew why, in different amounts and wrapped it in different handkerchiefs with their respective knots. Late in the afternoon she came home in a taxi.

She had charge accounts in the best ladies' apparel stores and since she was their best customer, they all gave her a discount. She bought the most expensive garments, each one destined for some lady of her choice who at that moment didn't have the least intention of buying a new dress or a coat. She then showed up at the home of the chosen lady, overcame her resistance, and sold her the garment.

She bought the garment at a discount, and when she sold it, she raised the price. Afterward, she charged the buyer interest for buying on the installment plan. My grandmother worked out the economic problem of her society.

Later, when I was older, I saw the mastery of my

presentado el primer día en la oficina y le había dicho a alguien, "Me As*i*sor" y que le habían contestado, "So what?" Mine is sore too, but I don't brag about it." En todas partes se le conocía por "don Anastacio."

Nunca supe de ningún conflicto entre los dos. Mi abuela lo adoraba y le regalaba. El se dejaba adorar. Eso lo dice todo. Curiosa pareja. El era tieso y duro como un palo. Ella era blanda y suave como una gamuza. Se veían de noche. No hacía falta que se vieran de día.

Todas las mañanas traían a mi abuela a la plaza. Primero en carro de caballos, después, cuando hubo automóviles en la familia, en coche. Debajo del tápalo negro llevaba un sinfín de envoltorios y, claro, un bolso bien gordo. Repartía su dinero, sólo ella sabía con qué motivo, en diferentes cantidades y las envolvía en diferentes pañuelos con sus respectivos nudos. Por las tardes tarde volvía en taxi.

Tenía crédito en todos los mejores almacenes de ropas de señoras, y como ella era su mejor cliente, en todos le daban descuentos. Compraba de las prendas más caras, cada una destinada a alguna dama de su elección que en ese momento no tenía la menor intención de comprarse un vestido o un abrigo nuevo. Después se presentaba en la casa de la dama elegida, vencía su resistencia y le vendía la prenda.

Primero compraba la prenda a descuento. Luego le subía el precio. Después le cobraba exagerado interés a la compradora por haberle vendido a plazos. Es que mi abuela supo resolver el problema aritmético de la sociedad.

Más tarde, ya hombrecito, vi la maestría de la

grandmother's ways and means. When my father died in Tierra Amarilla we moved to Santa Fe. My mother built a home on Cerro Gordo Road on a piece of land my grandfather gave her. On certain days, unexpectedly, my grandmother would show up. The two women sat down for a cup of coffee or chocolate with *biscochitos*. They talked about this and that.

"Dear, I want you to try on a dress I've brought you," my grandmother would say suddenly as she untied a package.

"Mother, I don't need a new dress," mother complained. She already knew where this was going.

"How lovely it is!" She gasped on seeing the elegance of the garment.

"The moment I saw it, I said to myself, this has to belong to my daughter. No other woman should have it! And, as you see, I was right."

My mother had no choice but to try on the dress. And of course, it fit her perfectly. Knowing the sizes, shapes, colors and tastes of her clients was the first part of my grandmother's success. Understanding human weaknesses, knowing how to flatter the ego, narcissism, and self-respect of everyone was the second part. Tenacity, perseverance, and patience (all of this in a personal, confidential, and discrete tone) was the third part. Roja's *Celestina* didn't have a softer touch or a more imposing talent. Mother had to buy the dress, as the astute lady of Cerro Gordo very well knew. She trapped others in the same way. Very few got away.

She didn't limit herself to buying and selling. She was also a money lender. School teachers, office workers, married women with stingy husbands, all of those who ran out of money before payday, contributed to the well-being and to the income of my grandmother. The interest she charged was out of

mañas de mi abuela. Cuando se murió mi padre en Tierra Amarilla nos mudamos a Santa Fe. Mi madre hizo construir una casa en Cerro Gordo Road en un terreno que mi abuelo le regaló. En un dado día, de buenas a primeras, llegaba mi abuela. Se sentaban las dos mujeres a tomar café o chocolate con bizcochitos. Charlaban de esto y aquello. De pronto:

"Hijita, quiero que te pruebes un vestido que te he traído," desatando un paquete.

"Mamá, yo no necesito vestido nuevo." Ya sabía a dónde iba.

"No lo compres si no te gusta. Sólo pruébatelo."

"Ay, ¡qué lindo!" Se le escapaba un suspiro al ver la elegancia y buen gusto de la pieza.

"El momento que lo vi me dije: Este tiene que ser de mi hijita. No puede ser de otra. Y ya ves que tenía razón."

Mi madre no tenía más remedio que probarse el vestido. Y por supuesto le quedaba las mil maravillas. Conocer los talles, medidas, colores y gustos de cada una de sus clientes era la primera parte de su éxito. Conocer las flaquezas humanas, saber halagar el egoísmo, narcismo o amor propio de cada quien era la segunda parte. La tenacidad, perseverancia y paciencia (todo con tono personal, confidencial y discreto) era la tercera parte. No tuvo más suave tiento, más imponente talento, la Celestina de Rojas. Mi madre terminaba con comprar el vestido, como ya se lo sabía la astuta dama de Cerro Gordo. De la misma manera atrapaba a las demás. Muy pocas se le escapaban.

No se limitaba a ventas y compras. También se dedicaba a prestamista. Las maestras de las escuelas públicas, oficinistas, casadas con maridos tacaños, todas aquellas a quienes se les acababa la plata antes del día del pago, contribuían al bienestar y a la renta de mi abuela. Los intereses que cobraba eran de otro

this world, but so was the service: home delivery, discretion, the personal touch.

There was a room in her house that was always locked. We called it the "treasure room." It was full of bundles, packages, and boxes. That's where my grandmother kept her merchandise. She had everything there, even fur coats and capes. Jewelry, relics, knickknacks, antiques, things given to her in payment or as a guarantee, or things that were sold to her in an economic squeeze. There were also toys, candy, chocolates, and cookies. Many of these things she forgot. When she gave us goodies they were often hard and dry.

When I got to have a car, I would take my grandmother on her collection rounds once a week. Her clients were scattered all over the city. I was amazed at how that woman moved around since she went everywhere on foot. Another thing I marveled at was the quality of the families who owed her money. Judges, lawyers, politicians, business people. I was extremely impressed. My grandmother was dressing and financing half of Santa Fe! Half of Santa Fe owed her money! Perhaps that is why my grandfather got to be assessor.

My grandmother knew very well who deserved a loan. "I don't have any money," she said when she didn't want to lend the money. "I haven't cashed the checks" (always in the plural). Admitting that she didn't have any money was something that her pride didn't allow her to do. Her alms, works of charity, and gifts were one thing; her business was something else.

The war came. My two brothers and I enlisted in the military, and the three of us ended up overseas. We wrote to our grandmother regularly and told her the bright side of our adventures. She wrote too, through a granddaughter, and kept us up to date on the family.

mundo. Pero también lo eran los servicios: entrega a domicilio, discreción, personalismo.

Había una bodega en la casa que siempre estaba bajo llave. Nosotros lo llamábamos "el cuarto del tesoro." Estaba llenos de bultos, envoltorios y cajas. Allí tenía mi abuela su mercancía. Había de todo, hasta abrigos y capas de pieles. Joyas, reliquias, cachivaches, antigüedades, cosas que le daban en pago, en garantía, o que le vendían en un aprieto pecuniario.

Cuando yo tuve coche llevaba a mi abuela en su ronda de cobranzas una vez por semana. Sus clientes vivían en cada rincón de la ciudad. Era cosa de admirar cómo se movilizaba esa mujer porque iba a todas partes a pie. Otra cosa de maravillar era la calidad de las familias que le debían dinero. Jueces, abogados, políticos, negociantes. Yo sumamente impresionado. ¡Mi abuela vestía o subversionaba a medio Santa Fe! ¡Medio Santa Fe le debía dinero! Quizás por eso mi abuelo llegó a ser Asesor.

Mi abuela sabía muy bien a quien prestarle dinero. "No he cobrado los cheques (siempre en plural)," decía cuando no quería o no podía hacer el préstamos. Admitir que no tenía dinero era algo que su orgullo no le permitía. Sus limosnas, obras de caridad y regalos eran eso. Su negocio era otra cosa.

Vino la guerra. Mis dos hermanos y yo nos alistamos en el servicio militar y resultamos los tres en ultramar. Los tres le escribíamos a la abuela con regularidad y le contábamos el lado alegre de nuestras aventuras. Ella también, a través de una nieta, nos escribía a nosotros y nos tenía al día respecto a la familia.

When my grandmother died, my brothers and I came to the funeral from overseas. The sorrow was deep and painful. The loss was enormous. However, there was among all of us an air of peace and tranquility. Her memory was more than sufficient consolation.

At the cemetery, as the prayers and supplications followed the usual routine, my mind wandered through the flowers and orchards she had planted throughout her life. I remembered, one by one, with deep affection, many lovely moments, and, then, all of them together. I don't know when, but it was quite early that she took possession of her life and made it hers. She trained herself to do what she demanded. She always did what she pleased, without ever offending anyone. She liked money and she liked to spend it. She knew how to earn it first and how to invest it next. She loved fine and elegant things, and she spent her life enjoying them. She was attracted by the challenge of business, and she triumphed and conquered in that arena. She needed the social whirl, and the gossip that entailed, and she indulged in it. Above all, she hated housework and its routine and did not allow it to enslave her. In all of this she earned the affection and respect of all who knew her, and there were many. I am certain she died happy. She was free, alive, and her own person.

After the burial my aunt handed all the grandchildren little bundles my grandmother had left us, each one with its appropriate name. Each was a knotted handkerchief. Inside there was a respectable amount of cash. Her last gesture was typical, all her own. No, we mustn't lament her death, we must celebrate her life!

Her name was Gertruditas Armijo de González, and she was from Cerro Gordo Road.

Murió mi abuela. Vinimos los tres hermanos de sitios muy remotos de Cerro Gordo al entierro. El pesar fue hondo y doloroso. La pérdida enorme. No obstante, había entre todos nosotros un aire de paz y sosiego. Su memoria fue harto consuelo.

En el camposanto, mientras las oraciones y plegarias se repetían en la rutina de rigor, mi mente visitaba las flores y frutales que ella sembró en la vida. Recordé uno por uno, con sumo cariño, mucho bellos momentos, y, luego, todos en conjunto.

Yo no sé cuándo, pero fue buen temprano, atrapó su vida y la hizo suya. La adiestró a que hiciera lo que ella exigía. Hizo siempre lo que quiso porque quiso sin agraviar nunca a nadie. Le gustaba el dinero, y le gustaba gastarlo. Supo ganárselo primero e invertirlo después. Le encantaban las cosas finas y elegantes, y se pasó la vida gozándolas. Le atrajo el reto del comercio y ganó y venció en ese ruedo. Necesitaba el trajín social, la comadrería, y disfrutó. Sobre todo, odiaba el quehacer casero y rutinario y no se dejó esclavizar. En todo esto se ganó el afecto y el respeto de cuantos la conocieron, y fueron muchos. Estoy seguro que murió contenta. Fue libre, fue alegre, fue suya.

Después del entierro mi tía nos repartió a todos los nietos un bultito que mi abuela nos había dejado, cada uno con el nombre de cada quien. Era un pañuelo anudado. Dentro había una cantidad respetable de efectivo. Su último gesto fue típico, todo suyo. No, no hay que lamentar su muerte. Hay que celebrar su vida. Se llamaba Gertruditas Armijo de González, y era de Cerro Gordo.

THE JUDGE IS MY HOSTAGE

THE COURTROOM WAS PACKED. BREATHLESS. SILENT. Still. There was drama in the air. No one dared to speak or whisper. People leaned over in their seats. Expectation. Speculation. Love and hate, life and death were in the balance.

The media had latched on to this one. It had all the elements of sensationalism. There was a man who had died violently. There was a man who had to pay for it. There was a woman between these two men, the woman who made it happen.

The multitude, as in a bullfight, was screaming for blood. The prosecution, always on the side of law and order, was lusting for victory, another trophy on the mantlepiece of justice. Blood and justice. The man and woman only looked for love and life.

The judge sat behind his mental and moral Maginot Line. Very safe, very comfortable. He sat supreme and superior. He looked down with complacence, conviction, and more than a little condescension on the amorphous and faceless masses below him, that is, the sovereign and noble citizenry that elected him and paid his bills. The American voter. This was nothing new to him. He had gone through this many times before. There were winners, and there were losers. Some would live and some

EL JUEZ, MI REHÉN

EL TRIBUNAL ESTABA ATESTADO. INTENSO. SILENCIOSO.
Quieto. Había drama en el aire. Nadie se atrevía a
hablar o susurrar. La gente se encorvaba hacia
adelante en sus asientos. Expectaciones.
Especulaciones. Se jugaban el amor y el odio, la vida
y la muerte.

Los organismos de publicidad se habían prendido a
ésta. Tenía todos los elementos del sensacionalismo.
Había un hombre que había muerto violentamente.
Había un hombre que tenía que pagar. Había una
mujer entre estos dos hombres, la mujer que lo hizo
pasar.

La multitud, como en la corrida, pedía sangre. El
estado, siempre al lado de la ley y el orden, anhelaba
victoria, otro trofeo para la chimenea de la justicia.
Sangre y justicia. El hombre y la mujer sólo buscaban
amor y vida.

El juez sentado detrás de su Línea Maginot mental
y moral. Muy seguro, muy cómodo. Supremo y
superior. Desde su altura miraba con complacencia,
convicción y más que poca condescendencia las
masas amorfas y sin cara situadas más abajo, es decir,
los nobles y soberanos ciudadanos que lo eligieron y
le pagaban sus cuentas. El votante americano. Esto
no era nada nuevo para él. Había pasado por esto
muchas veces. Había vencedores, y había vencidos.
Unos vivirían, y otros morirían. A él le tocaba

would die. It was up to him to decide. He had a direct line to the Statue of Liberty and another direct line to God or the Constitution. He wasn't quite certain which. No one can blame him for feeling sure and secure behind the mental and moral Maginot Line.

The prosecuting attorney. Smug and arrogant. A whole parade of prosecution witnesses had given him the brass ring. The accused would get the death sentence. At the very least, life imprisonment. The passionate and lurid publicity will put my name in the forefront. I am the avenging angel of the right of heaven and the might of the people. State attorney? Governor? Senator? How sweet and sensuous it is to pace back and forth on the very threshold of power and inhale the voluptuous aroma of glory. He sat and gloated as his dreams floated all about him.

The defense attorney was aroused. He was full of rage. The deceased belonged to a rich and powerful family. His client was poor and unknown. Palms had been greased, I.O.U.'s had been collected, threats and promises had been issued. Deceit and double-talk prevailed. Truth hung her head in despair. Justice hid in shame. The accused was guilty as charged, convicted, before the defense had even started.

The voice of the defense attorney reverberated in the stillness of the courtroom, with something of a quiver, with something of a challenge. The silence grew deeper and thicker. The drama in the air vibrated with resonant tones of silence. It was so quiet you could hear your gut growl.

"I call Sofía Salazar, a witness for the defense, to the stand."

Sofía rose from the front row. She walked across the open space in front of the judge to the witness stand. Her feet were as small, delicate, and elegant as a porcelain pin cushion. The clicking of her high and fine heels on the hostile and unrelenting tile spelled

decidir. Tenía una línea directa a la Estatua de la Libertad y otra línea directa a Dios o a la Constitución. No estaba bien seguro a cuál. Nadie puede culparle por sentirse cierto y seguro detrás de su Línea Maginot mental y moral.

El procurador. Presumido y arrogante. Todo un desfile de testigos de la prosecución le habían dado el mango de oro. El acusado recibiría la sentencia de muerte. A lo menos, prisión permanente. La publicidad apasionada y lasciva pondrá mi nombre al frente. Yo soy el ángel vengativo del derecho del cielo y del poder del pueblo. ¿Procurador estatal? ¿Gobernador? ¿Senador? Qué dulce y sensual es pasearse delante del mismo umbral del poder y respirar el voluptuoso aroma de la gloria. Estaba sentado deleitándose en los sueños que le rodeaban.

El abogado de la defensa andaba encendido. Lleno de furia. El muerto pertenecía a una rica y poderosa familia. Su cliente era pobre y desconocido. Se había pasado dinero. Se habían cobrado pagarés, se habían hecho amenazas y promesas. El engaño y la mentira prevalecían. La verdad bajó la cabeza desesperada. La justicia se escondió de vergüenza. El acusado tenía la culpa, estaba condenado, antes de que empezara la defensa.

La voz del abogado de la defensa reverberó en la quietud del tribunal, con un cierto temblor, con un cierto reto. El silencio se hizo más hondo y más espeso. El drama en el aire vibraba con resonantes tonos de silencio. Estaba tan quieto que podías oír el gruñir de tus tripas.

"Llamo a Sofía Salazar, testigo de la defensa, a la tribuna."

Sofía se levantó de la primera fila. Cruzó el espacio delante del juez y caminó hacia la tribuna. Sus pies eran tan pequeños, delicados y elegantes como un alfiletero de porcelana. El clac-clac de sus altos y finos tacones en la loza hostil e inflexible

out a message of purpose and courage for all to hear.

I watched her enthralled, as if from a far-off distance. She had never seemed so tiny, so vulnerable, so fragile, and all alone. I wept for her inside and tried to reach her, to touch her, to let her know I stood beside her.

"Do you solemnly swear to tell the truth, the whole truth, and nothing but the truth?"

"I do."

I saw her standing there. Now, straight and tall, vibrant and defiant. It seemed to me that her life was at that moment as taut as the string on a hunting bow at the very moment when it has been pulled to the breaking point and is about to release the lethal arrow. I could feel her quiver. I felt the vibrations.

The interrogation began. Followed by the cross-examination. My mind wandered and retraced the fateful steps that brought us to this awful circumstance.

My name is Sabino Mora. I am the accused. Accused of murder in the first degree.

I came to Las Alturas University as a young professor of English literature. It was good to be there. A dream had come true. A chance to be with my people. A chance to serve and help our people and enjoy the opportunity for professional growth at the same time. Life was rich and tasty. I had it made.

One thing that I had never taken into consideration was that Las Alturas was a small town. In a small town everyone knows everything that is going on at all times. Everyone knows who, where, what and at what time. I soon learned that if I cut my toenails at night, it was common knowledge the next morning. "Hey, I heard you cut your nails last night!" The more I became aware of this intrusion into my privacy, the more I retracted into my solitude, the more I yearned for the anonymity of the

marcó un mensaje de propósito y coraje para que todos lo oyeran.

La observé fascinado, como de una larga distancia. Nunca me había parecido tan pequeña, tan vulnerable, tan frágil y tan sola. Lloré por ella por dentro y quise alcanzarla, tocarla, hacerle saber que yo estaba a su lado.

"¿Jura usted solemnemente decir la verdad, toda la verdad y nada más que la verdad?"

"Sí."

La vi allí sola. Ahora, recta y alta, vibrante y desafiante. Me parecía que su vida en ese momento estaba tan tirante como la cuerda de un arco de cazador en el mismo momento cuando ha sido estirada hasta el punto de romperse y está para lanzar la flecha mortal. Podía sentirla temblar. Sentí las vibraciones.

Empezó la interrogación. Seguida por la contra-interrogación. Mi mente se extravió a trazar los pasos fatales que nos trajeron a esta terrible circunstancia.

Yo me llamo Sabino Mora. Soy el acusado. Acusado de asesinato en primer grado.

Yo vine a la Universidad de Las Alturas de joven profesor de literatura inglesa. Qué bien estar aquí. Era un sueño realizado. Una oportunidad de estar con mi gente. Una oportunidad de ayudarle a nuestra gente y de crecer profesionalmente a la misma vez. La vida era rica y sabrosa. Había llegado.

Una cosa que yo no había tomado en cuenta es que Las Alturas era un pueblo pequeño. En un pueblo pequeño todo el mundo sabe todo lo que está pasando siempre. Todos saben quién, dónde, qué y a qué hora. Pronto aprendí que si me cortaba las uñas de los pies por la noche, todo el mundo lo sabía por la mañana. "¡Oye, supe te cortaste las uñas anoche!" Cuanto más me daba cuenta de esta intrusión en mi vida privada, más me retiraba a mi soledad, más añoraba la anonimidad de la ciudad, donde uno se

big city, where you could hide away from the multitude in a cozy restaurant, a secluded motel, if only for a night or a few hours, when it was warranted.

Here your life was legal tender, a deck of cards. Common property that could be handled and cashed anywhere, that could be shuffled and dealt anytime.

It doesn't take long for solitude to become loneliness. I would read. I would write. It worked— for awhile. Then I became aware of the abject specter of loneliness looking over my shoulder. When that happened, an uneasiness, even an anguish, would take over. In despair, I'd hit the streets late at night.

There are in Las Alturas magnificent old houses, veritable mansions, of a hundred years ago. I'd walk the streets, when everyone else had gone to bed, and in the serenity and clarity and in the magnifying grace of the mountain air I would contemplate the glory and the glamour of a bygone age. If I only had the money, I'd buy one of those old houses and bring it back to life. How aristocratic and special it would be to live in splendor with the past, with the voices of history all around me silencing the voices of hype and hypocrisy. A good woman, a good book, and a good pen. Life would be complete. Heaven would be here and not there. Fantasy, what would I do without you?

Evidently I was not the only one who suffered the outrageous lances of loneliness. I wasn't the only one who loved old houses, nor the only fan of folly and fantasy.

I soon discovered my phantom lady. She also walked the streets late at night. She also stopped to contemplate the old houses.

In some mysterious and magic manner, the very light of night that revealed the architecture of long ago in all its beauty to me, concealed the loveliness I suspected was in her face. She walked in radiance

puede esconder de la multitud en un cariñoso restaurán, un apartado hotel, aunque fuera sólo por una noche o unas horas, cuando era indicado.

Aquí tu vida era moneda, barajas. Propiedad colectiva, que se podía manosear y cobrar en cualquier parte, que se podía barajar y dar a cualquier momento.

No toma mucho tiempo para que la vida solitaria se vuelva soledad. Leía. Escribía. Sirvió por algún tiempo. Luego me di cuenta del abyecto espectro de la soledad que se asomaba sobre mi hombro. Cuando esto ocurría, un desasosiego, casi una angustia, se apoderaba de mí. En desesperación, salía a la calle tarde por la noche.

Hay en Las Alturas magníficas casas viejas, verdaderas mansiones de hace cien años. Paseaba por las calles, cuando todos se habían acostado, y en la serenidad y claridad, y en la gracia magnificadora del aire de la montaña, contemplaba yo la gloria y el encanto de un tiempo pasado. Si tuviera el dinero, compraría una de esas casas viejas y la haría vivir otra vez. Qué aristocrático y especial sería vivir el esplendor con el pasado, con las voces de la historia a mi alrededor apagando las voces de la mentira y de la hipocresía. Una buena mujer, un buen libro y una buena pluma. La vida estaría completa. El cielo estaría aquí y no allá. ¿Fantasía, que haría sin ti?

Al parecer yo no era el único que sufría las atroces lanzas de la soledad. No era el único que amaba casas viejas. No era el único amante de la locura y la fantasía.

Pronto descubrí a mi mujer fantasma. También ella se paseaba por las calles por la noche. También ella se detenía a contemplar las casas viejas.

De una manera misteriosa y mágica, la misma luz de la noche que me revelaba la arquitectura de otros tiempos, me ocultaba la belleza que yo sospechaba había en su cara. Andaba en resplandor y música,

and music, with a glow all about her, and indeed, in a silent, haunting melody.

We would meet, smile, and never speak. My loneliness would touch hers, and hers mine. My fantasy would engage her fantasy. Yet, we would walk away without a word. Why? I wasn't shy. I suspected she wasn't either. Had the magic of the night, had the miracle of the imagination, had the need of loneliness created an impossible dream, a fabulous ideal? Dreams have a way of going "poof" when you touch them. Ideals shatter when they become real. Too much to gain. Too much to lose. Who has the wisdom to determine which is which? Who can be so stupid as to take a chance when the stakes are so high?

I knew that eventually I would take that chance. For the time being, however, I enjoyed the illusion to the fullest. Much too often the promise of the future is more rewarding than the future itself. Someone told me she was a high school English teacher and that her name was Sofía Salazar.

We fell into a pattern. Right after the ten o'clock news I would go out looking for her. Soon I would find her. Or, maybe she would find me. Always the distance. Always the speculations.

On one of these nights, a moonlit night, I saw the object of my intentions some two blocks away. As usual, there was a glimmering phosphorescence about her. Also, as usual, there was that sort of spasm in my throat, that sort of skip in my heart.

As I stood there enthralled, gazing at my star woman, my moon woman, I saw a car stop beside her. It took me awhile to realize that Sofía was struggling with a man, that she was screaming.

I ran demented. I ran as I never had before. A big, athletic type of a man was forcing her into his car as

con una incandescencia que la circundaba, y por cierto, en una silenciosa melodía de encantamiento.

Nos encontrábamos, nos sonreíamos y nunca hablábamos. Mi soledad la tocaba, y la suya me tocaba a mí. Mi fantasía atraía a la de ella. No obstante, nos apartábamos sin decir palabra. ¿Por qué? Yo no era vergonzoso. Sospechaba que ella tampoco. ¿Fue que la magia de la noche, el milagro de la imaginación, el anhelo de la soledad habían creado un sueño imposible, un ideal inalcanzable? Los sueños tienden a irse—puf—cuando los tocamos. Los ideales se rompen cuando se consiguen. Tanto que ganar. Tanto que perder. ¿Quién tiene la sabiduría para decidir cuál es cuál? ¿Quién puede ser tan idiota para jugárselas cuando los riesgos son tan altos?

Yo sabía que con el tiempo me las jugaría. Por lo pronto, sin embargo, gozaba de la ilusión en total. Tantas veces la promesa del futuro vale más que el futuro mismo. Alguien me dijo que era profesora de inglés de la secundaria y que se llamaba Sofía Salazar.

Caímos en una pauta. Al terminar las noticias de las diez, salía yo a buscarla. Pronto la encontraba. O, tal vez ella me hallaba a mí. Siempre la distancia. Siempre las especulaciones.

Una de esas noches, una noche de luna, vi al objeto de mis intenciones a una distancia de unas dos cuadras. Como siempre, la rodeaba una luciente fosforescencia. También, como siempre, yo tenía una especie de espasmo en la garganta, un cierto salto en el corazón.

Allí fascinado, mirando a mi mujer estrella, mi mujer lunar, vi que se detuvo un coche a su lado. Me tardé en darme cuenta que Sofía estaba luchando con un hombre, que estaba gritando.

Corrí demente. Corrí como nunca había corrido. Un hombre grande, atlético, estaba forzándola a

I arrived. I jumped on his back and put my arm around his throat.

He broke my grip and slammed me to the pavement. I thought every bone in my body was broken. Somehow I managed to grab him by the ankles and knock him over. As he scrambled to one knee, I smashed my knee under his chin with all the strength I could muster. He fell back. Out, I thought.

I turned to Sofía. She fell into my arms, sobbing from top to bottom, and in between.

Suddenly she screamed. He had a gun. I lunged at him and grabbed his gun. He was a powerful man. He flipped me this way and that, sometimes off the ground, I clung tenaciously to the gun, turning it always away from me. In the vortex I kept trying for one big, fast kick to the groin but couldn't manage it.

Suddenly I heard a shot. Everything stopped. We both stood there and stared at each other. I released the gun. He swayed a little. Then he toppled forward on his face. Not a sound, not a sign of life. He just lay there. Sofía and I stood there speechless. My arm around her waist. For some strange reason she was no longer weeping or shaking.

After quite a long time, she disengaged herself from me and slowly walked away to call the police. I remained and stared uncomprehendingly at the limp body stretched before me, a moment ago so full of violence, now, only full of silence.

The police came. They interrogated us and let us go home. We were supposed to report the following morning at the police station and give sworn depositions. I don't know whether this is standard police procedure or not. The facts were obvious: no crime had been committed: it was a clear-cut case of self defense.

What amazed me in the entire procedure was that it was Sofía who answered all the questions, explained everything that had happened. All her wits

entrar en su coche cuando yo llegué. Le salté en la espalda y le metí el brazo debajo de la garganta.

Se soltó y me estrelló en el pavimento. Creí que me había roto cada hueso. De alguna manera logré agarrarlo de los tobillos y derribarlo. Al treparse a una rodilla le pegué con la rodilla en la barba con todas las fuerzas que pude. Cayó. Desmayado, creí.

Me volví a Sofía. Cayó en mis brazos, sollozando de pies a cabeza, y entremedio.

De pronto gritó. El tenía una pistola. Me lancé a él y le arrebaté el arma. Era un hombre fuerte. Me sacudió de aquí a allí, a veces sin tocar el suelo. Pero yo me prendí tenazmente a la pistola, siempre apuntándola en dirección opuesta a mí. En la vorágine yo procuraba una fuerte y rápida patada a las inglés pero no lo conseguí.

De pronto oí un disparo. Todo paró. Los dos nos quedamos de pie mirándonos. Solté la pistola. Tambaleó un poco. Luego se desplomó boca abajo. Ni un sonido, ni una señal de vida. Acostado solamente. Sofía y yo nos quedamos callados. Mi brazo alrededor de su cintura. Por una extraña razón ya no lloraba ni temblaba.

Después de un largo rato se desprendió de mí y se fue lentamente a llamar a la policía. Yo me quedé, sin comprender lo que veía, mirando el cuerpo inerte que yacía ante mí, un momento pasado lleno de violencia, ahora, sólo lleno de silencio.

Vino la policía. Nos interrogaron y nos dejaron ir. Teníamos que presentarnos la mañana siguiente en la estación de policías a dar juramentos. Yo no sé si este es un procedimiento normal o no. Los hechos estaban claros: no se había cometido ningún crimen. Era un caso claro de defensa propia.

Lo que me asombró en todo este procedimiento fue que fue Sofía la que contestó a todas las preguntas, explicó todo lo que había pasado. Todo su ingenio

were about her. I was numb and more than a little dumb. All my faculties were on sabbatical.

The moon over Las Alturas shone down on two people who had walked in gossamer dreams and met in a crushing nightmare as they slowly trudged back home to grim reality.

As it turned out, I didn't have to report to the police station the following morning. The state police came to my apartment bright and early and arrested me for murder.

The dead man was Alfonso Roca of the wealthy and powerful Roca family. The family started out with a general mercantile store in frontier days. They had parlayed the store into a vast financial empire. They now had large real estate holdings, banks, investments of all sorts. People said the family controlled the political life of the county, had a direct line to the governor, and owned a significant number of state legislators. The Rocas were feared and respected by one and all. Don Venustiano Roca was the patriarch of the family. When he cracked the whip or when he burped, people jumped, people shook. When he smiled, the wheat ripened in the fields.

At the police station I was summarily informed of the facts pertaining to my case. This information showed that a tremendous amount of activity and research had been set into motion during the night. The facts were as follows:

1. Sofía Salazar was my mistress. Many people would testify to this in court.
2. She was dating Alfonso Roca at the same time.
3. When I found out, I set him up and killed him in a jealous rage.
4. The murder weapon belonged to me, as attested by the gun shop where it was purchased. The gun had no fingerprints because I was wearing

estaba a sus órdenes. Yo estaba entorpecido y más que un poco estupefacto. Todas mis facultades andaban de sabático.

La luna sobre Las Alturas brilló en dos personas que habían paseado en sutiles sueños y que se conocieron en una aplastante pesadilla al hacer su camino lento a su casa y a la horrenda realidad.

Resultó que no tuve que presentarme en la estación de policías la siguiente mañana. La policía estatal vino a mi apartamiento bien temprano y me prendió por el crimen de asesinato.

El muerto era Alfonso Roca de la rica y poderosa familia Roca. La familia empezó con un comercio mercantil en los tiempos de la frontera. Habían convertido esta tienda en un vasto imperio financiero. Ahora tenían valores en bienes reales, bancos, inversiones de todo tipo. Decían que la familia controlaba la vida política del condado, que tenía una línea directa al gobernador y que eran dueños de un número significante de legisladores. Los Roca eran temidos y respetados de todos. Don Venustiano Roca era el patriarca de la familia. Cuando alzaba el bastón o regoldaba, cada quien saltaba, cada quien se estremecía. Cuando sonreía, se maduraba el trigo en los campos.

En la estación de la policía se me informó arbitrariamente de los hechos pertenecientes a mi caso. Esta información mostró que se habían puesto en movimiento una tremenda actividad e investigación durante la noche. Los hechos son los siguientes:

1. Sofía Salazar era mi querida. Mucha gente testificaría al respecto en la corte.
2. Salía con Alfonso Roca a la misma vez.
3. Cuando yo lo supe, lo atrapé y lo maté en una rabia de celos.
4. El arma del crimen era mía, como se aseguró en el taller donde fue comprada. La pistola no tenía

gloves, as reported by the investigating officers. Alfonso had no gloves.

5. Sofía had been threatened and intimidated by me to say what she did. People would swear that I frequently beat her. She was, therefore, a non-credible and unreliable witness. She had probably conspired with me in the murder.

6. There was an airtight case of cold-blooded, premeditated murder in the first degree against me.

My protestations first, Sofía's later, landed on deaf ears and cold hearts. It seemed that our accusers were convinced of the truth of their allegations.

Sofía and I were outsiders in a closed society that mistrusted and disliked strangers. It was easy for simple folk to believe the worst about "foreigners," especially when they were advised and coached by distinguished community and political leaders and by members of the state and local police forces.

Protracted, sometimes brutal, interrogations followed. They wanted a confession. Their lever was a threat. If I didn't confess, Sofía would get it too.

My family managed to raise the outlandish bail that was set. Sofía and I were free and together at last. A dark cloud covered our daylight sky and our nightlight sky. Raging storms writhed in paroxysms of anger and hate in our every horizon, waiting for their moment to strike. In the darkness, in the lull, our love that once glowed in its embryonic phosphorescent stage in nature's own laboratory, now came to full bloom in the light of the moon like some mysterious and exotic flower. We clung to each other in need and in deed. Ah, love is life wherever

impresiones digitales porque yo llevaba guantes, según informaron los oficiales que me interrogaron. Alfonso no tenía guantes.

5. Sofía había sido amenazada e intimidada por mí para que dijera lo que dijo. Había gente que juraría que yo le pegaba con frecuencia. Era, por lo tanto, una testigo no creíble e indigna. Tal vez ella había conspirado conmigo en el homicidio.

6. Había un caso a prueba de aire de un asesinato a sangre fría y premeditado contra mí.

Mis protestaciones primero, y luego las de Sofía, cayeron en oídos sordos y corazones de piedra. Parecía que los que nos acusaban estaban convencidos de la verdad de sus acusaciones.

Sofía y yo éramos forasteros en una sociedad cerrada que desconfiaba en, y no quería a los extranjeros. Era fácil para la gente sencilla creer lo peor de los "extranjeros," particularmente cuando eran aconsejados e indoctrinados por distinguidos miembros de la comunidad, jefes políticos y por oficiales de la policía local y estatal.

Siguieron extendidas, a veces brutales, interrogaciones. Querían una confesión. Su palanca era una amenaza. Si yo no confesaba, le cargarían la viga a Sofía también.

Mi familia logró conseguir la ridícula fianza que me habían impuesto. Sofía y yo estábamos libres y juntos al fin. Una nube negra nos negaba la luz del día y la luz de la noche. Rabiosas tormentas se retorcían en paroxismos de ira y odio en todos nuestros horizontes, esperando su momento para atacar. En la oscuridad, en el intermedio, nuestro amor que lució en su etapa fosforescente embriónica en el laboratorio mismo de la naturaleza, ahora floreció bajo la luz de la luna como una misteriosa y exótica flor. Nos prendíamos uno al otro en necesidad y en verdad. ¡Ay, el amor es la vida

you find it! Love in the dark and in danger is the best of all.

In our extended privacy, Sofía came up with a bold scheme for a daring, dramatic scene. I have already shown that in moments of crisis she was far more resolute and audacious than I. She couldn't quite convince me. In my naive and idealistic way I clung to the idea that the truth would surface and that justice would prevail.

Of course, the media had a ball. A crime of passion. All the elements of titillation that indecency and obscenity can give marked every step of the way to my grave. Every day there were juicy tidbits of the perpetual perversion of the "Lovers of Las Alturas," as we became known in the press and on T.V. Things that had never happened, happened by virtue of the credibility of unidentified savants and historians. The moral majority never felt so moral and morbid. The doom of one Sabino Mora was a foregone conclusion.

My lawyer pleaded for a change of venue on the grounds that his client would not receive justice in Las Alturas. The petition was granted and the trial was moved to Albuquerque. The events in the courtroom demonstrated that the change of venue made no more difference than a change in underwear. Though the shorts were different, the performing organs were the same.

By this time Sofía had finished her testimony. She had tried desperately and passionately to convince the unconvincable with no apparent success. The other witnesses in my behalf spoke of my more or less exemplary life and virtue, my untarnished character, to themselves. My lawyer had protested the credibility of the prosecution's witnesses and the

dondequiera que se haya! El amor a oscuras y en el peligro es el mejor amor de todos.

En nuestro extendido retiro, Sofía me salió con un atrevido proyecto para una valiente escena dramática. Ya he indicado que ella era mucho más resuelta y audaz que yo en momentos críticos. No pudo convencerme del todo. En mi modo ingenuo e idealista me pegaba a la idea que la verdad saldría y que la justicia vencería.

Los organistas de los órganos de publicidad tuvieron una fiesta. Crimen de pasión. Todos los elementos del sensacionalismo que la obscenidad y la indecencia pueden dar marcaron cada paso del camino a mi sepultura. Todos los días salían jugosos bocadillos sobre la perpetua perversidad de "los amantes de Las Alturas," como nos llamaban en la prensa y en la televisión. Cosas que nunca habían pasado ocurrieron por gracia de la credibilidad de sabios e historiadores anónimos. La mayoría moral nunca se había sentido más moral y más mórbida. La suerte de un Sabino Mora estaba echada—por la mala.

Mi abogado pidió cambio de tribunal a base de que su cliente no recibiría justicia en Las Alturas. La petición fue otorgada y el juicio fue cambiado a Albuquerque. Los acontecimientos en la corte demostraban que el cambio de tribunal no había cambiado nada más que un cambio de ropa interior. Aunque los calzones fueran diferentes, los órganos operantes eran los mismos.

Sofía terminó su declaración. Había tratado desesperada y apasionadamente de convencer a los inconvencibles sin aparente suerte. Los otros testigos a mi favor hablaron de mi más o menos vida ejemplar y de mi virtud, de mi carácter limpio, para sí mismos. Mi abogado había protestado de la verosimilitud de los testigos de la prosecución y de la

validity of the evidence against me to no avail. The die was cast and the casket was ready for the dead.

Finally the speeches to the jury were given. The prosecuting attorney was snug and smug in his self righteousness as he sneered at Sofía and me. The angels in heaven must have been proud of his attack on sin. The defense attorney defended me with sincerity, integrity, and emotion. His voice shook and shifted from indignation to exasperation and back again. God must have been pleased. Suddenly it was all over.

The judge spoke: "Ladies and gentlemen of the jury, please stand. You are charged with a grave responsibility (the word 'grave' stuck in my craw). A human life is at stake. (It was my life he was talking about, and the stake was already stuck in my gut.) Do not be swayed by the publicity, the passion, and the hearsay that surround this case. (I had not been swayed by the publicity, passion, and hearsay; I had been destroyed.) Limit your consideration to the evidence presented in this court. (You mean perjury.) Go now and do what you must; let your conscience be your guide. (Convenience would have been a better word.)"

As I had contemplated the progress of the perverted performance of the legal system in action, Sofía's daredevil scheme became more and more plausible. Now that I knew in my mind that I was a dead duck, or at the very least a duck in cold storage for the rest of my life, her scheme became necessary and unavoidable. Suddenly I decided to go along with it.

At this very moment Sofía walked into the center of the stage. The clicks of her high heels in the silent courtroom were like the countdown for something portentous and unheard of. Her exquisite features

validez de la evidencia contra mí sin éxito ninguno. La suerte estaba echada y el féretro estaba listo para el muerto.

Finalmente se dieron los discursos al jurado. El procurador, relamido y cómodo en su santurronería, nos sonreía a mí y a Sofía con desprecio y mofa. Los ángeles del cielo debieron sentirse orgullosos de su ataque al pecado. El abogado de la defensa me defendió con sinceridad, integridad y emoción. Le temblaba la voz y viraba de la indignación a la exasperación. Dios debió sentirse complacido. Repentinamente, todo se acabó.

Habló el juez: "Señoras y señores del jurado, pónganse de pie. Ustedes llevan una grave responsabilidad. (La palabra 'grave' se me atoró en la garganta.) Cuelga una vida humana en sus consideraciones. (Hablaba de *mi* vida, y el 'colgar' se me hizo nudo en las entrañas.) No se dejen llevar por la publicidad, la pasión y el qué dirán que rodea a esta causa. (Yo no me había dejado llevar por la publicidad, pasión y el qué dirán; eso me había destruido.) Limiten sus consideraciones a la evidencia presentada en esta corte. (Usted quiere decir, 'perjurio.') Vayan, pues, y hagan lo que tienen que hacer. Que su conciencia les guíe."

("Conveniencia" habría sido mejor palabra.)

Al contemplar el proceso del desenvolvimiento pervertido del sistema legal en función, el plan temerario de Sofía se me hacía más y más recomendable. Ahora que ya sabía por cierto que yo era un pato muerto, o por lo menos pato congelado por el resto de mi vida, su proyecto se hizo necesario e inevitable. De pronto me decidí a decirle que sí.

En este mismo momento Sofía se personó en el centro del escenario. El clac-clac de sus tacones altos parecía el tambor que anuncía algo portentoso e inaudito. Sus facciones exquisitas parecían estar

seemed to be chiselled out of fine alabaster with inner and ominous luminosity. There was a gun in her hand. Gallant and defiant, she stood there, a mini-giant, and pointed the gun at the judge. There was grit and fight in her voice. The bowstring was as taut as it could be, and the lethal arrow was in place.

"Your honor, you are my hostage. If anyone moves against me, you will die instantly. Instruct your minions to let me be, to let me speak."

The judge waved the uniformed officers away, already crouching for the attack. Her voice and stance left no margin for doubt. He was a hostage, and he knew it. A breathless, even painful silence and excitement gripped the bloodthirsty theater.

In the throbbing hush that ensued, I walked slowly and deliberately toward her. Once again we were alone and together. The black cloud was gone. The storms raged. The mad dogs of violence and vengeance snarled and howled mutely as if in a nightmare. This time we stood in the glare of a public affair.

I stood there in a trance, as if enclosed within a prism. Images flashed in rapid sequence before my eyes. They were unbelievably clear and luminous, as if my mind were suddenly more perceptive and sensitive. I somehow felt that Sofía felt the same way. A lively sense of awareness, such as I had never known, pervaded every cell of my being. Yet, my body was strangely cool and serene. Within a dream all things seem real, all things are possible.

The T.V. cameras were whirring. The silence was deafening and agonizing. The hungry wolves of thousands of years of civilization had been turned loose but were being kept at bay by the dream. Their time had not come. They gaped and gawked all around the perimeter of the judicial theater.

talladas de fino alabastro con una luminosidad interna y siniestra. Tenía una pistola en la mano. Gallarda y retadora, se plantó allí, una mini-gigante, y le apuntó la pistola al juez. Había firmeza y guerra en su voz. El arco estaba tan tirante como podía, y la flecha mortal estaba en su lugar.

"Su excelencia, usted es mi preso. Si alguien se alza contra mí, usted morirá de inmediato. Dígales a sus esbirros que me dejen sola, que me dejen hablar."

El juez detuvo a los policías con la mano, ya prontos a embestir. Su voz y postura no dejaron cupo a la duda. El era rehén, y él lo sabía. Un silencio y una agitación silenciosos, casi dolorosos, se apoderaron del teatro sanguinario.

En la palpitante quietud que siguió caminé lenta y deliberadamente hacia ella. Otra vez estábamos juntos y solos. La nube negra había desaparecido. Las tormentas rugían. Los perros rabiosos de violencia y venganza gruñían y aullaban enmudecidos como en una pesadilla. Esta vez estábamos en la luz de un asunto público.

Estaba yo en estado de trance, como encerrado dentro de un prisma. Las imágenes rayaban en rápida secuencia ante mis ojos. Eran increíblemente claras y luminosas, como si mi mente de repente fuera más perceptiva y más sensitiva. No sé cómo yo sabía que Sofía sentía la misma cosa. Una viva sensación de comprensión, como nunca había conocido, inundó cada célula de mi ser. No obstante, mi cuerpo estaba extrañamente sosegado y sereno. Dentro de un sueño todo parece real, todo es posible.

Zumbaban las cámaras de televisión. El silencio era atronador y agonizante. Los lobos hambrientos de mil años de civilización andaban sueltos pero el sueño no los dejaba entrar. Su momento no había llegado. Boqueaban y babeaban por toda la periferia del teatro judicial.

Her piercing eyes never wavered, but they twinkled. Her chiselled alabaster face remained set, but a shade of solace took possession of its surface. A whisper of a smile landed there. The gun remained cold and patient. A woman of steel and spear.

"I knew you would come. I knew you would not let me stand alone, die alone."

She flipped her purse to me. I grabbed it. It was hard and heavy. I reached in and pulled out a .38 Colt Special. It felt solid and right in my hand.

We stood together and alone. The first man and woman. The last man and woman. The only man and woman. And the courtroom zoomed into orbit, into timeless space. Nothing and no one was really real. Nothing and no one really mattered. Everything was in slow motion. Words, wishes, and wonders floated and hovered and never settled.

"Ladies and gentlemen of the jury, I, too, have instructions for you. I have come here to lay down my life for a noble man who laid his life down for me. A scavenger, a foul bird of prey came out of the darkness to rape and ravish a weak and defenseless woman. Out of the millions of men, a man came out of the moonlight and offered his life for mine.

"I know you are prepared to send him to his death or to perpetual prison. This man was born to soar and fly. If you cut his throat, he'll die. If you put him in a cage, he'll die. I shall not let you murder him. The perjury, perversion, and deceit paraded before you have convinced you of his guilt. Justice has been bought and sold for hard cash and over your personal counter by a powerful political clan. If you bring back a verdict of 'guilty,' Sabino and I shall die, right in front of your eyes. You will have our blood on your hands for generations to come. I cannot live without him. He cannot live as a slave. So, if

Sus ojos penetrantes clavados, chispeantes. Su cara de alabastro tallado resuelta, ahora poseída de una sombra de paz. Un matiz de sonrisa descendió sobre ella. La pistola fría y paciente. Mujer de acero y lanza.

"Sabía que vendrías. Sabía que no me dejarías sola, que no me dejarías morir sola."

Me lanzó su bolso. Lo cogí. Estaba duro y pesado. Metí la mano y saqué una 38 Especial. Me quedó sólida y bien en la mano.

Estábamos juntos y solos. El primer hombre y la primera mujer. Los últimos. Los únicos. Y la sala de tribuna alzó el vuelo y entró en órbita, en un espacio más allá del tiempo. Nada ni nadie era real. Nada ni nadie importaba de veras. Todo se movía a marcha lenta. Palabras, deseos y quimeras flotaban, revoloteaban, sin asentar nunca.

"Señoras y señores del jurado, yo, también, tengo instrucciones para ustedes. He venido aquí a dar la vida por un hombre noble que puso la suya por mí. Un buitre, una vil ave de rapiña salió de la oscuridad a violar y a asaltar a una débil mujer indefensa. De todos los millones de hombres, un hombre bajó en un rayo de luna a ofrecer su vida por la mía.

"Yo sé que ustedes están dispuestos a enviarlo a su muerte o a la prisión perpetua. Este hombre nació para remontarse y volar. Si le cortan la cabeza, muere. Si lo ponen en una jaula, muere. Yo no les voy a dejar matarlo. El perjurio, perversión y engaño desfilados ante ustedes les han convencido de su culpabilidad. La justicia ha sido comprada y vendida por dinero contante y sonante sobre su mostrador personal por un poderoso clan político. Si vuelven con un veredicto de "culpable," Sabino y yo moriremos, aquí delante de sus ojos. Tendrán nuestra sangre en sus manos por generaciones. Yo no puedo vivir sin él. El no puede vivir esclavo. De

necessary, we shall die at an altar of burning lies. Go, now, as the judge said, and do what you must, and let your conscience be your guide. The jury is dismissed." The jury filed out.

The T.V. cameras were whirring. The people were stirring. Protracted and painful stillness takes its toll. I later heard that we had been switched from closed circuit T.V. to live television on the local stations. Later to national live television, as the nation became aware of the drama being enacted in an inconsequential courtroom. Two very insignificant people were fighting for life and love. They had risen against the system and faced insurmountable odds. Our fragile destiny became the destiny of the people. All of a sudden, Sofía and I became symbols of little people everywhere. Our plight gripped the nation. Our Nielsen ratings matched or surpassed the Super Bowl.

Without knowing all of this, I remember thinking that if I ever came out of this, I would sue the television industry for invasion of privacy and violation of human and civil rights.

"Sofía, if we die, it was worth it."

"Sabino, if we live, we'll make it worthwhile."

We stood there facing each other. Her left hand floated toward me slowly and posed on my lapel like a wandering butterfly. My left hand ventured out and landed on her shoulder. My gun was trained on the multitude. Hers was fixed on the judge. We spoke. In low and tender tones. We were at the very point where life is extinguished or set on fire. In that state of hyper-consciousness, on the very threshold of life and death, communication acquires a fluency and a flow, such as we would never know again. A soul flows into another soul. And the two are one. A complete communion. Sheer ecstasy. The jury marched in. We resented the intrusion.

modo que, si es necesario, moriremos en un altar de mentiras de fuego. Vayan, pues, y hagan lo que dice el juez, lo que tienen que hacer, y que su conciencia sea su guía." El jurado salió.

Las cámaras de T.V. zumbando. La gente agitada. El extendido y adolorido silencio cobra su tarifa. Supe después que nos habían desviado de televisión de circuito cerrado a televisión viva en las estaciones locales. Más tarde a televisión nacional viva, cuando la nación se dio cuenta del drama que se estaba representando en un tribunal inconsecuente. Dos personas insignificantes estaban luchando por su amor y vida. Se habían alzado contra el sistema y confrontaban suertes insuperables. Nuestro destino frágil se convirtió en el destino del pueblo. De pronto, Sofía y yo nos volvimos símbolos de la gente pequeña en todas partes. Nuestro aprieto se apoderó de la nación. Nuestra popularidad igualó o sobrepasó la del Super Bowl.

Sin saber nada de esto, me acuerdo haber pensado que si salía de ésta, iba a ponerle juicio a la industria de televisión por intrusión en mi vida personal y violación de mis derechos humanos y civiles.

"Sofía, si morimos, valió la pena."

"Sabino, si vivimos, lo haremos valer."

Estábamos allí cara a cara. Su mano izquierda flotó hacia mí lentamente y se me posó en la solapa como una errante mariposa. Mi mano izquierda salió y se posó en su hombro. Mi pistola apuntada a la multitud. La de ella fija en el juez. Hablamos. En tonos bajos y tiernos. Estábamos en el mismo punto donde la vida se apaga o donde la vida se enciende. En ese estado de super-conciencia, en el mismo umbral de la vida y la muerte, la comunicación alcanza una fluidez y flujo, como no volveríamos a conocer otra vez. Un alma fluye en la otra. Y las dos se hacen una. Una comunión total. Extasis total.

Volvió el jurado. Resentimos la intrusión.

"Ladies and gentlemen of the jury, have you reached a verdict?"

"We have, Your Honor. We find the defendant 'not guilty.'"

We didn't change expression. Our faces had been set in stone. Our hearts had been frozen. It would take some time for the warmth of human kindness to soften the rock and melt the ice.

"The people have spoken. This court finds the defendant innocent of all charges brought against him. Sabino Mora, you are free to leave, a free man. This court wishes you and Sofía the happiness you so deeply and dearly deserve."

With one mind, Sofía and I marched solemnly forward and placed our guns on the judge's desk, and marched back.

Then, that life string, that bowstring, stretched to the breaking point, broke. It broke and never released the lethal arrow. Sofía, stretched beyond belief, snapped. She swayed, a little. This way, then that way. She began to sink, to float to the now kind and generous floor. Without a sound she became a soft and gentle heap on the hospitable tile.

"Your Honor, Sofía has endured inhuman torture. She needs attention. Let me take her home and attend to her. I promise you we'll both report tomorrow morning and face whatever charges the court wants to press against us."

"Go, my son, and attend to Sofía. She's a gallant lady who has taught the court the true meaning of trust and justice. You need not return."

I picked her up. Limp and soft. I carried her through the court room and out into the street. My face was still cast in streaks of rugged granite, like the sides of the Sandía Mountains.

"Señoras y señores del jurado, ¿han llegado a un veredicto?"

"Sí, su excelencia. Encontramos al acusado 'no culpable.'"

No cambiamos expresión. Nuestras caras se habían hecho piedra. Nuestros corazones congelados. Tomaría algún tiempo para que el calor de la bondad humana ablandara la piedra y derritiera el hielo.

"El pueblo ha mandado. Esta corte encuentra al acusado inocente de todos los cargos traídos contra él. Sabino Mora, tienes libertad para irte, un hombre libre. Esta corte les desea a ti y a Sofía la felicidad que tan honda y justamente se merecen."

Con un solo pensamiento, Sofía y yo marchamos solemnemente hacia la mesa del juez y pusimos nuestras armas sobre ella, y marchamos para atrás.

Entonces, aquella cuerda vital, aquella cuerda de arco, estirada hasta el punto de romperse, se rompió. Se rompió sin haber soltado la flecha mortal. Sofía, estirada más de lo humanamente posible, se quebró. Tambaleó, un poco. Para acá y para allá. Empezó a hundirse, a flotar hacia el suelo, ahora bondadoso y generoso. Sin un sonido se hizo un blando y suave montón sobre la loza hospitalaria.

"Su excelencia, Sofía ha aguantado un tormento inhumano. Necesita atención. Permítame llevarla a casa y atenderla. Le prometo que los dos nos presentaremos mañana por la mañana a enfrentar todos los cargos que la corte quiera imponernos."

"Ve, hijo mío, y atiende a Sofía. Es una noble dama que le ha enseñado a la corte el verdadero sentido de la confianza y de la justicia. No tienen que volver."

La recogí. Floja y blanda. La llevé por el salón hasta la calle. Tenía yo la cara todavía echada en rayas de áspero granito, como los lados de los Montes Sandías.

As I walked through the crowds, as microphones and cameras were poked into my face, I could feel a twitch, a subtle quiver in the dear and delightful bundle I carried. As we got in the back seat of the car, I felt the warmth surging through Sofía. The ice melted, the stone crumbled, and the silent tears began to flow, pervasive and unashamed.

She was awake and alive. I could tell. She clung to me. I clung to her. We celebrated quietly the triumph over death, fear, and oppression. The storms, the dogs, and the wolves skulked away in defeat.

I saw the flag of New Mexico, yellow and red. Free of bloodstains. I saw the face of justice. It was proud and happy. And life and love and all the juices flowed freely into the future. My tears flowed on and on. Happiness, thy name is woman.

Al pasar por el gentío, mientras me metían micrófonos y cámaras en la cara, pude sentir una contracción, un estremicimiento sutil en el querido y precioso fardo que llevaba. Al entrar en el coche, sentí el calor que surgía por Sofía. Se derritió el hielo, se desmoronó la piedra y empezaron a fluir las silenciosas lágrimas, atrevidas y sin vergüenza. Estaba despierta y viva. Yo lo sentía. Se me prendió. Me le prendí. Celebramos en silencio la victoria sobre la muerte, el miedo y la opresión. Las tormentas, los perros y los lobos se escabulleron, derrotados. Vi la bandera de Nuevo México, amarilla y roja. Sin manchas de sangre. Le vi la cara a la justicia. Orgullosa y feliz. Y la vida y el amor y todos los jugos vitales fluían libremente hacia el porvenir. Mis lágrimas salían y salían. Felicidad, tu nombre es mujer.

GOVERNOR GLU GLU

THE PATHWAYS OF DESTINY ARE ALWAYS MYSTERIOUS
and unexpected. We never know where they will
take us or where they're going to leave us. It's always
a matter of nobody knows, a maybe, or a who
knows. When you get there, the question arises,
"What the hell am I doing here?"

Who would have believed that Antonio Zonto, Glu
Glu, would get to be governor? Antonio had been the
subject of laughter and derision for half a lifetime,
deservedly so.

Antonio was middle-aged, and he belonged to the
middle class. As a child his socks were always at
half-mast. Things hadn't changed much. He didn't
have a reputation for intelligence. His father and
grandfather didn't either. But no one was as good a
guy as he was. He was as good as a tortilla.

He had a good face, somewhat like a loaf of bread.
His eyes were like raisins. His nose like an
empanada. His chin, a little flat, like a biscuit. A
permanent smile warmed all of this up. He won
everyone over with all his hot bread.

He was a success at the Sinforoso Bank where he
worked. He made more loans and collected more
interest than the rest of the bankers put together. It's
that no one could resist that sweet bread face. The
president of the bank, Don Pascuasio Aguasfuertes,
was very fond of him. His secretary, Dolores de la

El Gobernador Glu Glu

Los caminos del destino siempre son misteriosos y sorprendentes. Nunca sabemos adónde nos llevan ni dónde nos van a dejar. Siempre se trata de un yo no sé qué, un tal vez o un quién sabe. Cuando llegas, surge la pregunta ¿Qué diablos estoy haciendo aquí?

¿Quién iba a creer que Antonio Zonto, el Glu Glu, llegaría a ser gobernador? Antonio fue el motivo de risas y burlas por media vida, merecidamente.

Antonio era de edad media y pertenecía a la clase media. De niño siempre andaba con la media caída. No habían cambiado las cosas mucho. No tenía fama de inteligente. Tampoco la tuvo su padre ni su abuelo. Pero de buena gente no le ganaba nadie. Era más bueno que una tortilla.

Tenía una cara bonachona, algo así como una torta de pan. Los ojos como pasas. La nariz como una empanada. La barba, algo aplastada, como un bizcocho. Una sonrisa constante calentaba todo esto. Con todo este pan caliente se ganaba a la gente.

Era una éxito en el Banco Sinforoso donde trabajaba. El hacía más préstamos y cobraba más intereses que todos los demás banqueros juntos. Es que nadie podía resistir esa cara de pan dulce. El presidente del banco, don Pascuasio Aguasfuertes, lo quería mucho. Su secretaria, Dolores de la Barriga, lo

Barriga, adored him and always had to resist the temptation of biting him.

His wife's name was Ramona. She was truly intelligent. Charming. A blend of wasp and butterfly in the body of a woman. It was Ramona who put things in his head, ideas and words, without his knowing it. He later showed them off as if they were his own.

The social gatherings of the Zontos were with people like themselves. Don Atanacio Sinmorales and his wife Doña Verbigracia of the Nepomoceno Store, Don Frutoso and Doña Encarnación de la Piedra of the Secundino Shop, Dr. Perfecto and his wife Concepción Sangrefría, the attorney Don Antojo and his wife Amor Carnal, and the two widows Doña Socorro del Aguardiente and Doña Remedios de la Pierna. Solid citizens all of them, more solid than usual.

At these parties, Antonio and Ramona were the live wires who turned everyone on. Ramona with her talent and wit, Antonio with his ability to reproduce the witticisms of others. Ethnic jokes and stereotypes, full of venom, against Blacks, Gringos, Jews, Poles. Jokes that cut, lacerated, and offended. They even had jokes about Mexicans. These people did not feel related to the poor people who usually are the victims of this type of aggression. Here there was no offense, there was no hurt. They were all in agreement.

Laughter. Guffaws. Stamping of the feet. Slapping of the legs, the back, sometimes the behind. To whomever came out with the most vicious insult. All of this, of course, is revoltingly indecent. But oh how delightful and how amusing it is to hurt others. I've already told you that these were solid people, people with their socks at half-mast.

Antonio was the liveliest in these conversations. He had more stings and arrows than anyone else,

adoraba, y tenía siempre que resistir la tentación de darle una mordida.

Su esposa se llamaba Ramona. Esta sí era inteligente. Encantadora. Una mezcla de avispa y mariposa en cuerpo de mujer. Ramona era la que le metía cosas en el cráneo, ideas y palabras, sin que él supiera. Después él las lucía como si fueran suyas.

Las reuniones sociales de los Zontos eran con la gente de su clase. Allí aparecían don Atanacio Sinmorales y su señora, doña Verbigracia, de la tienda Nepomoceno, don Frutoso y doña Encarnación de la Piedra, del Taller Secundino, el doctor Perfecto y su señora Concepción Sangrefría; el abogado don Antojo y su señora Amor Carnal y las dos viudas, doña Socorro del Aguardiente y doña Remedios de la Pierna. Gente sólida toda, más sólida que lo normal.

En estas fiestas Antonio y Ramona eran verdaderas luminarias que encendían los espíritus de los demás. Ramona con su talento y su ingenio, Antonio con su capacidad de reproducir cosas ajenas. Chistes y lugares comunes étnicos, llenos de veneno, contra los negros, los gringos, los judíos, los polacos. Chistes que hieren, lastiman y ofenden. Hasta había chistes contra los mexicanos. Es que esta gente no se sentía emparentada con la gente pobre que generalmente son las víctimas de este tipo de agresión. Aquí no había ofensa, no había herida. Todos estaban de acuerdo.

Risotadas. Carcajadas. Estampidos de los pies. Palmadas en la pierna, en la espalda, a veces en las nalgas. Al que salía con la mayor y peor injuria. Está visto que todo esto es asquerosamente indecente. Pero qué sabroso y qué divertido es lastimar a los demás. Ya les dije que ésta era gente sólida, gente de la media a media asta.

Antonio era el más animado en la conversación. El tenía más pulgas y más puyas que nadie, prestadas,

borrowed, naturally. He was the cynosure of all eyes. Until . . . suddenly, he would shut up. At the liveliest moment, his face flushed as if it had just come out of the oven, his tongue stopped working. The only thing that came out of his mouth was "Glu glu." His golden bread face became a red tomato face. He desperately would try to speak and would say "Glu glu" again. Then he would shut up. Ramona would look at him with intense pity. Everyone knew about this already and pretended that nothing had happened.

What happened was that Antonio had bitten his tongue. It was that just as these people talked disparagingly about everyone, they also said things about women. They recited and repeated all the prejudices, misunderstandings, and lies about women that men have always perpetuated, the bad blood that has come down to us through the centuries, since Eve supposedly allowed herself to be deceived by the serpent because of her lack of character and judgment and condemned humanity to suffering and death. Antonio shared the same ideas, the same oppression and aggression, with the men there and had a great deal to say about it. But, and here lies the mystery, every time he wanted to begin with, "Women are like this, or women are like that," he bit his tongue and couldn't say a single word against women. He could only say, pathetically, "Glu glu."

Since he was such a simpleton, Antonio never figured out why or when this misfortune happened to him. The others didn't catch on either. They were solid people, especially in the head. No, nobody knew why. Nobody, except one. Ramona did. But she didn't say anything.

When the subject changed, laughter and good cheer returned. Antonio would realize that he could talk again. And everything was forgotten. But not entirely. For some mysterious reason, perhaps

claro. El oso menor de todas las miradas. Hasta que
. . . de pronto, se callaba. En el momento más
agitado, el rostro encendido como recién salido del
horno, su lengua dejaba de funcionar. Todo lo que
salía de su boca era, "Glu glu." Su cara de pan
dorado se hacía cara de tomate colorado.
Desesperado, intentaba hablar, y volvía a decir, "Glu
glu." Luego, se callaba. Ramona lo miraba con
inmensa lástima. Ya todos lo sabían y hacían como
si no hubiera pasado nada.

Lo que pasaba era que Antonio se mordía la
lengua. Era que así como esta gente hablaba mal de
todos, también hablaba mal de las mujeres. Repetían
y recitaban todos los prejuicios, equivocaciones y
engaños sobre las mujeres que los hombres han
perpetuado siempre, la mala sangre que nos llega a
través de los siglos, desde que la madre Eva
supuestamente se dejó engañar por la serpiente por
falta de carácter y criterio y lanzó a la humanidad al
sufrimiento y a la muerte. Antonio compartía con
los hombres allí presentes las mismas ideas, la
misma opresión y agresión, y tenía mucho que decir
al respecto. Pero, y aquí está el detalle, cada vez que
quería empezar con, "Las mujeres son así, o las
mujeres son asá," se mordía la lengua y no podía
decir una sola palabra contra las mujeres. Sólo decía,
patéticamente, "Glu, glu."

Como era tan inocente, Antonio nunca se dio
cuenta de cómo y cuándo le ocurría este percance.
Los demás no se percataron tampoco. Era gente
sólida, especialmente de la cabeza. No, nadie supo el
por qué. Nadie, excepto una. Ramona sí. Pero no dijo
nada.

Cuando viraba el tema, volvía la risa y la alegría.
Antonio descubría que podía hablar otra vez. Y se
olvidaba todo. Pero no del todo. Por alguna razón
misteriosa, tal vez primitiva y atavística, ese "Glu

primitive and atavistic, Antonio's "Glu glu" turned out to be immensely attractive and seductive to women, even to Ramona herself.

At parties, when it came time to dance, women would ask him to dance, even though, because of what happened, he'd be feeling somewhat depressed. They would get closer than necessary, squeeze him tighter than was appropriate, and whisper "Glu glu" in his ear in the most coquettish and suggestive way that he could have imagined. His "Glu glu" had the women on fire, and they would set him on fire. Later when he and Ramona made love, she whispered, sighed, "Glu glu" to him and he'd melt in an ecstasy of love. The "Glu glu" of his worst humiliation became the "Glu glu" of his highest exaltation.

Little by little the "Glu glu" began circulating. The time came when all his friends were calling him Glu Glu. Since they said it with such affection, and since those syllables gave him so much pleasure on the lips of a woman, Antonio learned to accept the nickname with relative grace.

The biting of the tongue, the absurd syllables, and the unpleasant silences that followed made Antonio appear ridiculous. This kept on mortifying him. After all he had his self-respect too. When he was alone he tormented himself trying to resolve his problem. He never could find a way out of the mess. He'd get furious. All in vain. In spite of everything, how sweet, how delightful were his new relations with women!

He finally decided to go see a doctor, without telling Ramona. The doctor first interviewed him at length and then gave him a thorough examination.

"What is the matter with me?"

"Man, I don't know how to tell you."

"Tell me, doctor, whatever it is."

glu" de Antonio les resultó sumamente atractivo y seductivo a las mujeres, hasta a Ramona misma.

Cuando en las fiestas llegaba la hora de bailar, las mujeres lo sacaban a bailar, aunque él, por lo ocurrido, se sintiera un poco apagado. Se le ceñían más de lo necesario, lo apretaban más de lo indicado, y le susurraban "Glu glu," al oído, de la manera más coqueta y sugestiva que él se pudiera haber imaginado. Su "Glu glu" traía a las mujeres encendidas, y ellas lo encendían a él. Más tarde, cuando él y Ramona hacían el amor, ella le susurraba, le suspiraba, "Glu glu" y él se deshacía de amores. El "Glu glu" de su mayor humillación llegó a ser el "Glu glu" de su más alta exaltación.

Poco a poco el "Glu glu" se fue generalizando. Llegó el momento en que todos sus amigos le decían "el Glu Glu." Como lo decían con tanto cariño, y como esas sílabas le producían tanto placer en boca de una mujer, Antonio llegó a aceptar el apodo con relativa gracia.

Las mordidas de lengua, las sílabas absurdas y los bochornosos silencios que seguían ponían a Antonio en ridículo. Esto no dejaba de mortificarle. Al fin y al cabo él también tenía su amor propio. A solas se atormentaba tratando de resolver su problema. Nunca pudo hallar salida de su atolladero. Le entraban rabias. Todas en vano. A pesar de todo, ¡qué gratas, qué placenteras eran sus nuevas relaciones con las mujeres!

Por fin se decidió a ir a ver al médico, sin decirle nada a Ramona. El médico primero le hizo una larga interrogación y después un reconocimiento total.

"¿Qué es lo que tengo, doctor?"

"Hombre, no sé cómo decirte."

"Dígame, doctor, sea lo que sea."

"Your condition is so unusual . . . I've never seen a case like yours."

"Stop beating around the bush! Tell me!"

"Well, I hate to tell you, but . . . You have the tongue of a woman."

"What do you mean, the tongue of a woman? Is there a difference?"

"Of course. The tongue of a woman is finer, more agile, more flexible, and longer than the tongue of a man."

"You're a scoundrel."

"Antonio, you are one of a kind, unique. There isn't anyone in the world like you."

"You are a fake. You're lying to me. You don't know what's wrong with me and you cover up your ignorance with stupidity."

"Believe me, Antonio. What I tell you is true. Why do you think women talk so much? Why do you think they win every argument? Why are they always right and have the last word? Because linguistically they are more skillful and more eloquent."

"What you're telling me is that I'm effeminate, a homosexual. I don't accept that."

"On the contrary, Antonio. Your masculine and macho condition and parts are intact in every way. You're a complete man . . . with a woman's tongue."

"What am I going to do? Surgery . . . perhaps?"

"You're not going to do anything radical. The only thing you have to do is avoid saying things against women. The feminine tongue refuses to say things against women. If you do it, you're going to bite your tongue. Speak well of them and there's no problem. You don't have to tell your secret to anyone."

This conversation lasted a long time. At first Antonio didn't know how to adapt himself to his situation, but under the learned advice of the doctor he began to calm down. Among other things, the

"Es que tu condición es tan rara . . . Nunca he visto un caso como el tuyo."

"¡Basta de rodeos! ¡Dígame!"

"Pues, siento decírtelo, pero . . . Es que tienes lengua de mujer."

"¿Cómo lengua de mujer? ¿Es que hay diferencia?"

"Claro. La lengua de una mujer es más fina, más ágil, más flexible y más larga que la lengua de un hombre."

"Usted es un majadero."

"Antonio, tú eres un hombre único, extraordinario. No hay en el mundo otro como tú."

"Usted es un fanfarrón. Me está engañando. No sabe lo que me pasa y le echa tierra a su ignorancia con ese disparate."

"Créeme, Antonio. Lo que te digo es cierto. ¿Por qué crees tú que las mujeres hablan tanto? ¿Por qué nos sacan la delantera en cualquier argumento? ¿Por qué siempre tienen ellas la razón y la última palabra? Porque lingüísticamente son más hábiles y más elocuentes."

"Lo que usted está diciendo es que yo soy un afeminado, un maricón. Yo no acepto eso."

"Al contrario, Antonio. Tus condiciones, capacidades y partes masculinas y machistas están en todo sentido cabales. Eres todo un hombre . . . con lengua de mujer."

"¿Qué voy a hacer? ¿Acaso . . . cirugía?"

"No vas a hacer nada radical. Lo único que tienes que hacer es evitar decir cosas contra la mujer. La lengua femenina se niega a hablar mal de la mujer. Si lo haces te vas a morder la lengua. Habla bien de ella y no hay problema. No necesitas decirle a nadie tu secreto."

Esta conversación siguió largo. Al principio Antonio no hallaba cómo acomodarse a su situación, pero con los doctos consejos del doctor se fue

doctor advised him to cultivate his unique condition and to learn to take advantage of it, to go into politics or go into public speaking. Antonio went home feeling comforted but self-conscious and thoughtful.

At first he thought of not telling Ramona anything, but since he received all his mental nutrition from her, he ended up telling her everything. As he told her about his rare circumstances, she smiled. She already knew it. She was already planning a whole campaign. She was smart and she was bold. She put her arms around him and whispered "Glu glu" in his ear. This comforted him immensely—and much more. He, carried away by some unknown impulse, and for the first time, squeezed Ramona and whispered "Glu glu" in her ear. She also felt tremendously comforted—and much more.

Ramona began to indoctrinate Antonio on the rights of women, on the offenses against them, on the feminist movement. A whole catalog of good things to come. A whole other catalog of bad things to leave behind. She programmed him as if he were a computer, which indeed he was.

At the next gathering of his social group, Antonio, with the necessary nudging from Ramona, headed to launch his new adventure. He himself introduced the topic of women, and this time he didn't bite his tongue.

He gave them the most fantastic speech they had ever heard. A long and passionate harangue on behalf of women that oscillated violently from the sublime to the ridiculous. No one could have imagined that he was so eloquent, so dramatic, and so convincing. He was on fire, transfigured. The fact that he was good-looking and had a good voice enhanced the authority he earned. He converted and convinced the multitude with the vehemence and fire of his ideas.

tranquilizando. Entre otras cosas el médico le aconsejó que cultivara su condición única y aprendiera a aprovecharla, que entrara en la política o que se metiera de orador. Antonio se fue a casa consolado pero ensimismado y pensativo.

Primero pensó no decirle nada a Ramona, pero como él recibía toda su alimentación mental de ella, terminó por confesárselo todo. Mientras él le contaba su rara circunstancia, ella se sonreía. Es que ella ya se lo sabía. Es que ella ya se tramaba toda una campaña. Era lista y era atrevida. Lo abrazó y le susurró al oído, "Glu glu." El quedó tremendamente consolado—y mucho más. El, llevado por no sé qué impulso, y por la primera vez, apretó a Ramona y le susurró al oído, "Glu glu." Ella también quedó tremendamente consolada, y mucho más.

Ramona empezó a indoctrinar a Antonio en los derechos de la mujer, en los agravios contra ella, en el movimiento feminista. Todo un catálogo de bienes por venir. Otro catálogo de males por pasar. Lo programó como si fuera computadora, que en realidad lo era.

En la siguiente reunión de su grupo social, Antonio, con los debidos piquetes de Ramona se decidió abrazar su nueva ventura. El mismo introdujo el tópico de la mujer, y esta vez no se mordió la lengua.

Les echó el discurso más fantástico que jamás habían oído. Una larga y apasionada perorata en pro de la mujer que oscilaba violentamente entre lo sublime y lo absurdo. Nadie podría haber imaginado que fuera tan elocuente, tan dramático y tan convincente. Estaba encendido, transfigurado. El que fuera buen mozo y tenía buena voz sólo realzaba la autoridad que se ganó. Con la vehemencia y fuego de sus razones convirtió, y convenció a la multitud.

The only thing missing was for manna to fall from the heavens and for water to issue from a rock. Fishes and loaves of bread there were.

Open mouths, round eyes, total confusion. Everybody went home in silence, but they would never be the same again. Antonio and Ramona remained in a state of exaltation. In possession of a masterful and mystic triumph. From that moment on, the Zontos would direct the destiny of them all. The "Glu glu" would be the magic key, the password that would open the doors of history and victory. Ramona already knew it. Antonio was beginning to suspect it. The doctor was right.

From that time on, every time anything derogatory about women appeared in the newspaper, in a book, or a magazine, Ramona would compose a fierce letter of protest to the editor, published befittingly with Antonio's name. Fiery articles in defense of women appeared in the same way.

Antonio's name began to circulate. His reputation began to grow. All the women's and feminist groups invited him to speak. He was a great success everywhere. As he entered the lecture hall, the women would stand and receive him, clapping their hands and chanting in unison, "Glu glu, Glu glu!" Like the beat of a military march. The same thing happened when he finished his crazy and poetic soliloquy. He and his "Glu glu" were driving women insane. The men didn't know how to fight this force, this sentimental whirlwind that threatened them. Indeed, many of them were beginning to believe him.

There was no doubt about it, the women had found their champion. Glu Glu had become the Cid of the daughters, granddaughters, and great granddaughters of Eve. He would lead them to the promised land, and they would follow him.

At the request of the women's groups, Antonio appeared before an extraordinary joint session of both

Sólo faltó que cayera maná de las alturas y saliera agua de las rocas. Tortas y peces había.

Bocas abiertas, ojos redondos, confusión total. Se fueron todos a casa en silencio, pero ya no volverían a ser los mismos. Antonio y Ramona se quedaron exaltados. Dueños de un triunfo magistral y místico. A partir de ese momento los Zontos iban a dirigir el destino de los demás. El "Glu glu" sería la llave mágica, la contraseña que abriría las puertas de la historia y de la victoria. Ramona lo sabía ya. Antonio empezaba a sospecharlo. El médico tenía la razón.

De allí en adelante cada vez que salía en el periódico, en un libro o en una revista algo peyorativo respecto a la mujer, Ramona componía una carta de feroz protesta al editor que se publicaba debidamente con el nombre de Antonio. Así mismo se publicaron ardientes artículos en defensa de la mujer.

Empezó a resonar el nombre de Antonio. Su fama fue creciendo. Lo invitaron todos los grupos femeninos y feministas. En todas partes era un éxito fabuloso. Al entrar en el salón de conferencias las mujeres lo recibían de pie, aplaudiendo y entonando al unísono, "Glu glu," al compás como una marcha marcial. Lo mismo ocurría al terminar su loco y poético soliloquio. El y su "Glu glu" tenían a las mujeres locas. Los hombres no supieron cómo combatir esta fuerza, este torbellino sentimental que los amenazaba. Además, muchos de ellos ya empezaban a creerlo.

No había duda, las mujeres habían encontrado su campeón. Glu Glu se había convertido en el Cid de las hijas, las nietas y biznietas de Eva. El las guiaría a la tierra prometida, y ellas le seguirían.

A petición de los grupos de mujeres, Antonio se presentó ante una sesión extraordinaria de las dos

houses of the legislature to defend bills favoring the feminine sex. His fame was such by now, his popularity so great, and the emotion surrounding him so intense that for the first time in history all the legislators showed up and the galleries were overflowing. There was drama in the air, a feeling of expectation, an electricity.

When the idol of the fair sex appeared, the reception was thunderous. The applause and the "Glu glus" resounded and echoed and shook the entire capitol. There was a dense and intense silence when he began to speak. The audience picked up and caressed every word from his lips.

Antonio had never been so vibrant and vital, so much a master of himself and of everyone. He dominated and fascinated his audience and made it his. Everything he said not only appeared logical and reasonable (even when it wasn't) but appeared to be the first and final word. He himself, in the moments of his highest exaltation, almost believed what he was saying.

He was brilliant. He took the plunge. That speech would take him to the governor's chair. I took notes. Here are some of the most important points:

1. Here where you see me, here where I am, I am half woman. My mother who represents half my being, was a woman. All the men present here are half women. All the women are half men.
2. It is stupid to reject and offend women. We are only hurting ourselves.
3. Men must get close to women. Women must get close to men.
4. No man is complete without his woman. No woman is complete without her man. We have to unite.
5. They say that behind every great man there is a woman. We must put the women in front, and

cámaras de la legislatura a defender los proyectos de ley favorables al sexo femenino. Su fama era ya tal, su popularidad tan extensa y la emoción que le rodeaba era tan intensa que por primera vez en la historia se presentaron todos los legisladores y las galerías estaban rebozando. Había drama en el aire, una expectativa, una electricidad.

Al aparecer el ídolo del bello sexo la recepción fue atronadora. El aplauso y los "Glu glus" resonaban y retumbaban, y estremecían la capital entera. Cuando empezó a hablar había un denso e intenso silencio. El público le quitaba y acariciaba cada palabra que le salía de la boca.

Jamás había sido Antonio tan vibrante y vital, tan dueño de sí mismo y de los demás. Dominó y fascinó a su público y lo hizo suyo. Todo lo que decía no sólo parecía lógico y razonable (aunque no lo fuera) sino que parecía ser la primera y última verdad. El mismo, en los momentos de su más alta exaltación, casi creía lo que estaba diciendo.

Se lució. Se lanzó. Ese discurso lo llevaría a la silla del gobernador. Yo tomé apuntes. He aquí algunos de los puntos sobresalientes:

1. Aquí donde me ven, aquí donde estoy, soy mitad mujer. Mi madre, que representa una mitad de mi ser, era mujer. Todos los hombres aquí presentes también son mitad mujer. Todas las mujeres son mitad hombre.

2. Es absurdo rechazar y ofender a la mujer. Eso es herirnos a nosotros mismos.

3. Los hombres deben acercarse a las mujeres. Las mujeres deben acercarse a los hombres.

4. Ningún hombre está completo sin su mujer. Ninguna mujer está completa sin su hombre. Hay que unirnos.

5. Dicen que detrás de cada gran hombre hay una mujer. Hay que poner a la mujer adelante, y

let it be said that behind every great woman there is a man, or two or three.

6. Remember that all the key and decisive moments of our lives take place in the presence of a woman.
   a. On the day of our birth there was a woman there to welcome us.
   b. The day of our wedding. It wouldn't have been possible without a woman.
   c. The day of our death. There will be a woman there to bid us farewell.
   d. The day of our divorce. There will be two women there, one leaving and one coming.
   e. When we go to bed, there she is.

7. In most cases our children are girls, our friends, women.

8. In most cases our parents end up being mothers. There are more widows than widowers.

9. In the singles clubs, the majority are women.

10. We are ugly. They are beautiful. They smell good, we don't.

11. Our Mother Eve was the first feminist. We owe her a great debt.
    a. She took us out of Paradise and saved us from sensualism, idleness, and boredom.
    b. Adam slept all day, always tired, bored, and lethargic. Not Eve. She spent all day walking, dancing, and singing. And eating fruit.
    c. She was the bold one. She was the one who dared to eat from the tree of knowledge. If it were not for her we would all be ignorant.
    d. Thanks to her we have sin. That's why we enjoy life and don't get bored.
    e. They call it the original sin. I don't know why, perhaps because it was the first one, because frankly there is nothing original about it. The original sins came later.

que se diga que detrás de cada gran mujer hay un hombre, o dos o tres.

6. Recuerden que todos los momentos claves y decisivos de nuestra existencia tienen lugar en la presencia de una mujer.
   a. El día de nuestro nacimiento allí estaba una mujer para darnos la bienvenida.
   b. El día de nuestra boda. No habría sido posible sin una mujer.
   c. El día de nuestra muerte. Allí estará una mujer para darnos la despedida.
   d. El día de nuestro divorcio. Allí estarán dos mujeres, una que se va y una que viene.
   e. Cuando nos acostamos. Allí está ella.

7. En la mayoría de los casos, nuestros hijos son hijas, nuestros amigos, amigas.

8. En la mayoría de los casos, nuestros papás son mamás. Hay más viudas que viudos.

9. En los clubes de solteros la mayoría son solteras.

10. Nosotros somos feos y ellas bellas. Ellas huelen bien, nosotros no.

11. Nuestra madre Eva fue la primera feminista. Le debemos una deuda infinita.
    a. Ella nos sacó del Paraíso y nos salvó del sensualismo, de la ociosidad y del aburrimiento.
    b. Adán se pasaba el día durmiendo, siempre cansado, aburrido y letárgico. Ella no. Ella se pasaba el día paseando, bailando y cantando. Y comiendo fruta.
    c. Ella era la atrevida. Ella fue la que se atrevió a comer del árbol del conocimiento. Si no fuera por ella seríamos todos ignorantes.
    d. Gracias a ella tenemos el pecado. Por eso nos divertimos y no nos aburrimos.
    e. Le llaman el pecado original. No sé por qué. Quizás porque fue el primero, porque francamente ese pecado no tiene nada de original. Los pecados originales vinieron después.

f. We owe to her modesty and decorum. Without her we'd all be running around naked, hairy, and bearded with all our private parts on public display. This would be totally indecent and unacceptable. After seeing all of that, who would want to get married? What would we tell our children?

g. She is responsible for all the industries that make our lives enjoyable: deodorants, soap, perfumes, cosmetics, toilet paper, bikinis, indoor heating, hot water, and of course, transparent negligees.

12. Women control the checkbook, the schedule, and the calendar. Thanks to them we are not all in bankruptcy or in jail.

13. They protect us from licentiousness, vices, and excesses. We are honest and honorable because of them and because we have no choice.

14. There are more women than men. Women have more votes than men have boats. They control the money and the husband. They are more intelligent and more eloquent. So the time has come when men must accommodate themselves to them and give them the respect they deserve.

There was more, much more. I only took down what I could. I only took down the interesting and original parts, the nonsense, and the foolishness. Naturally he said intelligent things too, but since they weren't his but Ramona's and weren't interesting, I skipped them.

Madness. Explosions. Chaos. No one can describe the frenzy and emotion that overcame the multitude. Antonio appeared and disappeared in a sea of women whose feminine waves rose and fell in a cataclysmic dementia of flesh, feeling, and sound. From somewhere, a rhythmic chant began, softly at first, then louder, until it became veritable thunder that

f. A ella le debemos la modestia y el decoro. Sin ella andaríamos todos desnudos, greñudos y barbudos con nuestras partes privadas hechas partes públicas. Esto sería totalmente indecente e inaceptable Después de ver todo eso, ¿quién se iba a querer casar? ¿Qué les íbamos a decir a los niños?

g. Ella es responsable de todas las industrias que enriquecen la vida: deodorantes, jabones, perfumes, cosméticos, papel higiénico, bikinis, calefacción y agua caliente, y claro, negligés transparentes.

12. Las mujeres controlan la chequera, el horario y el calendario. Gracias a ellas no estamos todos en bancarrota o en la cárcel.

13. Ellas nos protegen del libertinaje, el vicio y el exceso. Somos honestos y honrados por ellas y porque no podemos menos.

14. Hay más mujeres que hombres. Tienen las mujeres más votos que los hombres botas. Controlan el dinero y al marido. Son más inteligentes y elocuentes. De modo que ha llegado el momento en que los hombres deben acomodarse a ellas y darles el respeto que se merecen.

Hubo más, mucho más. Yo sólo apunté lo que pude. Sólo apunté lo interesante y original, los disparates y barbaridades. Claro que dijo cosas inteligentes también, pero como no eran suyas sino de Ramona, y no tenían interés me las salté.

Locura. Explosión. Escándalo. Nadie puede describir el frenesí y la emoción que arrebató a la multitud. Antonio aparecía y desaparecía en un mar de mujeres cuyas olas femeninas subían y bajaban en una demencia cataclísmica de carne, sentimiento y sonido. De no sé dónde, empezó un canto rítmico, primero bajo, luego más fuerte y creciente, hasta que

shook the rafters of the capitol: "Glu Glu for governor!"

The repetition over and over of these magic words, accompanied by clapping and stamping, produced a somewhat hypnotic state, a sort of trance, in the participants. They were doing all of this mechanically, something tremendously formal, as if it were an act of faith, a religious rite. This absorption allowed Antonio to escape, with his clothes on and without serious contusions.

At the hotel, in his room, Antonio is shaking and there are tears in his eyes. He gets on his knees and begins to pray:

> Forgive me, God, for what I've done and for what I'm going to do. My intentions are good. If I deceive them, it's for their own good. Besides, you are to blame. You gave me the tongue of a woman. So I do what I do for you. Just for you.

The prayer continued. Antonio felt reassured. Everything was justified. He did what he did for the benefit of others. It was God's will. He not only deceived the people and God. He deceived himself. This was an unusual fraud. The only one who knew the whole truth was Ramona, but she wasn't saying anything; she encouraged and cultivated it instead. And Antonio began to hate her without knowing it. His euphoria soon came back and he surrendered to the rhapsody his talent, God, and Ramona had given him.

The following morning the leaders of the Democratic Party came to see him to offer him the candidacy for governor of their party. The party always put up candidates for the elections, but they had never been able to elect anyone. They saw in Glu Glu a luminous opportunity to realize their aspirations. They placed at his disposition all the

se convirtió en un verdadero trueno que sacudía el cielo del capitolio: "¡Glu Glu para gobernador!"

La repetición una y otra vez de estas palabras mágicas, acompañadas de palmadas y estampidos, produjo un estado algo hipnótico, una especie de trance en los participantes. Lo hacían mecánicamente, algo tremendamente formal, como si fuera un acto de fe, un rito religioso. Este ensimismamiento le permitió a Antonio escaparse, con la ropa puesta y sin contusiones serias.

En el hotel, en su cuarto, Antonio está temblando y tiene lágrimas. Se pone de rodillas y se pone a rezar:

> Perdóname, Dios mió, lo que he hecho y lo que voy a hacer. Mis intenciones son buenas. Si los engaño es por su propio bien. Además, tú tienes la culpa. Tú me diste lengua de mujer. De modo que hago lo que hago por tí. Sólo por tí.

La oración siguió largo. Antonio quedó consolado. Todo estaba justificado. Hacía lo que hacía por el bien de los demás. Hacía lo que Dios manda. No sólo engañaba a la gente y a Dios. Se engañaba a sí mismo. Este era un fraude insólito. La única que sabía toda la verdad era Ramona, pero ella no decía nada, más bien, lo sostenía y cultivaba. Y Antonio empezó a odiarla, sin saberlo. Pronto le volvió la euforia y se entregó a la rapsodia que le habían proporcionado su talento, Dios y Ramona.

La mañana siguiente vinieron a verlo los líderes del Partido Demócrata para proponerlo a candidato a gobernador de su partido. Este partido siempre ofrecía candidatos para las elecciones pero nunca habían podido elegir a nadie. Veían en Glu Glu una luminosa esperanza de realizar sus aspiraciones. Le

money necessary for a sweeping campaign. Antonio couldn't, didn't know how to, or perhaps didn't want to resist.

The campaign was a holocaust, an irresistible forest fire that turned everything that got in its way into ashes. As the political war went on the only thing missing was for the opponents to surrender and for Glu Glu to be elected by acclamation.

It was a circus, a parade, a spectacle. Total madness. Glu Glu filled all the spaces, the cracks, the hollows, and cells of reality to the farthest horizons. He appeared on thousands of bumper stickers, T-shirts, buttons, balloons, on the back pockets of belly jeans, banners, big and small posters, flyers. They even invented a "Glu Glu Gum" and a "Glu Glu Cocktail" that were handed out everywhere. Receptions, cocktails, coffees, luncheons, dinners. Press conferences, interviews, radio and T.V. advertisements. A nightclub, Club Glu Glu, opened. Rock Glu Glu came out and was sung and danced to by people everywhere. Teenagers discovered that Glu Glu was intimate, suggestive, and sexy and surrendered to its charm.

The women manned the barricades, aggressive and haughty. There wasn't a husband who could oppose them. Turned on, they could already feel on their skin, they could already taste and smell the sweetness of victory. The energy and the fire within them overflowed into their eyes and to the tips of their fingers. It was agony and rejoicing at the same time.

Antonio moved, floated rather, through all of this as in a dream. His charisma grew and grew. He was becoming an image more and more, more of an enchantment, more of a lie. Ramona was disappearing in his shadow, but continued to be the source of his strength, even though he no longer knew it.

pusieron todo el dinero necesario para una campaña arrolladora a su disposición. Antonio no pudo, o no supo, acaso, no quiso, resistir.

La campaña fue un holocausto, un incendio irresistible que convertía en ceniza todo lo que se oponía. Al proseguir la guerra política lo único que faltó fue que se rindieran los contrarios y que se eligiera a Glu Glu por aclamación.

Aquello fue un circo, un desfile, un espectáculo. Una locura. Glu Glu llenó todos los espacios, los intersticios, huecos y células de la realidad hasta los últimos horizontes. Apareció en millares de *bumper stickers*, T-Shirts, botones, globos, en los bolsillos traseros de *belly jeans*, banderines, grandes y pequeños letreros, hojas sueltas. Hasta inventaron un "chicle Glu Glu" y un "Coctel Glu Glu" que se repartían en todas partes. Recepciones, cocteles, cafés, almuerzos, comidas. Ruedas de prensa, entrevistas, anuncios de radio y de televisión. Se abrió un club nocturno, Club Glu Glu. Salió el Rock Glu Glu que se cantaba y se bailaba dondequiera. Los adolescentes descubrieron que "Glu glu" era íntimo, sugestivo y sexy y se entregaron a su encanto.

Las mujeres se lanzaron a las barricadas, agresivas y altaneras. No hubo marido que se les opusiera. Encendidas, ya sentían en la piel, ya saboreaban y olfateaban el dulzor de la victoria. La fuerza y el fragor que llevaban dentro les rebozaban a los ojos y a la punta de los dedos. Era agonía y regocijo a la misma vez.

Antonio se movía, más bien flotaba, por todo esto como en un sueño. Su carisma crecía y crecía. Se hacía cada vez más imagen, más hechizo y más mentira. Ramona se iba perdiendo en su sombra, pero seguía siendo la fuente de su fuerza, aunque él ya no lo supiera.

All of this was laughable, absurd, and incongruous, as would be what was going to follow. The gods are very naughty. They spend their lives amusing themselves at our expense. In the case of Glu Glu, they had a ball and died laughing at the joke they had played on humanity. With gods like these, who needs devils? For them this is normal. If you don't believe it, look around the world. The heads of state, the dictators, and presidents, don't many of them look a lot like Glu Glu?

Glu Glu won the election with a most unusual and unheard of majority. One could almost say that he won by acclamation. I don't want to go into details about his administration. Those details are well known because they are recorded in the history of our state. I only want to point out the outstanding features in order to give a proper conclusion to this narrative.

The first thing the new governor did was to have a marble statue erected to our Mother Eve in front of the Capitol Building. A decent and decorous statue, of course. Although she was naked, as she should be, she had a fig leaf (in spite of the fact that fig trees are unknown in our state) over the appropriate private part; a bouquet of flowers covered the two points of interest (or view) that might be considered suggestive. This statue established the guidelines for his administration.

All the high positions went to women: heads of departments, agencies, and commissions, members of his cabinet, his personal representatives. He had the governmental nomenclature changed; he bisexed it: chairman/chairwoman, Mr. President/Mme. President, he/she, Mr. Director/Mme. Director, man/woman, etc. There were those who called all of this "the government of the evil slash," or "the

Todo esto era risible, absurdo e incongruente, como sería lo que sigue. Los dioses son muy traviesos. Se pasan la vida divertiéndose a nuestra cuenta. En el caso de Glu Glu se dieron una gran borrachera y se murieron de la risa por la burla que le hicieron a la humanidad. Con dioses como éstos, ¿quién necesita diablos? Para ellos esto es lo normal. Si no lo creen, echen la mirada por el mundo. Los jefes de estado, los caciques y presidentes, ¿no tienen muchos de ellos un gran parecido con Glu Glu?

Ganó Glu Glu las elecciones con una mayoría inusitada e inaudita. Casi podría decirse que fue electo por aclamación. No quiero entrar en detalles sobre su administración. Bien conocidos son porque ya están documentados en la historia de nuestro estado. Sólo quiero destacar los puntos sobresalientes para darle fin justo a esta narración.

Lo primero que hizo el nuevo gobernador fue hacer erigir una estatua de mármol a nuestra madre Eva delante del capitolio. Una estatua decente y decorosa, claro. Aunque estuviera desnuda, como es debido, llevaba una hoja de higuera (esto aunque en nuestra tierra no se conociera la higuera) sobre la parte privada indicada; un ramo de flores cubría los dos puntos de interés (o de vista) que podrían ser considerados sugestivos. Esta estatua estableció la pauta de su gobierno.

Todos los altos nombramientos fueron a mujeres: jefes de departamentos, agencias y comisiones, miembros de su gabinete, sus representantes personales. Hizo cambiar la nomenclatura gubernamental, la bi-sexualizó: jefe/jefa, presidente/presidenta, él/ella, director/directora, hombre/mujer, etc. Hubo quienes le llamaron a todo esto "el gobierno de la mala raya," o "el gobierno de dos

government of two buttocks with the governor in the middle," or "the union of the sexes," and similar things.

Others said that the climate of sound in the offices and in the halls was violent and stormy, that the decibel level had turned the capitol into a Tower of Babel. Elsewhere they said that the fights between the uglies and the beauties were something to see. A rumor heard everywhere was that the love life of the governor was rich and scary. The truth is that it seemed as if Antonio was getting thinner and paler every day, and that Ramona hardly ever appeared in public, and when she did she appeared to be very formal. What is most likely is that the tensions and duties of his office had Antonio in that condition and that Ramona took her position as first lady very seriously. We must bear in mind that gossiping is a human condition, that people always exaggerate, and sometimes lie. Therefore, one shouldn't believe everything people say, nor disbelieve it entirely (where there are no beds, there are no bedbugs).

Finally the gods got tired of their game. They finally got bored. Antonio died. He died at the height of his desires, in bed, and still as governor. Without agony and without pain. When Ramona awoke, she found him dead. He had an ecstatic smile on his face. He went to the other world feeling satisfied and happy, probably dreaming he was whispering "Glu glu" to an alluring empress. What a beautiful farewell! The gods are generous when we play our part well, when we strut our stuff upon the stage with some elegance and grace.

nalgas con el gobernador en el centro," o "la unión de los sexos" y cosas parecidas.

Decían otros que el clima de sonido en las oficinas y en los corredores era violento y tormentoso, que el nivel decibel había hecho del capitolio una Torre de Babel. Por otro lado se decía que las peleas entre bellas y feas era algo que ver. Un rumor que se oía por todas partes era que la vida amorosa del gobernador era rica y espantosa. La verdad era que Antonio parecía que se ponía más flaco y más atmosférico con cada día, y que Ramona casi nunca aparecía, y cuando lo hacía parecía muy formal. Lo más probable es que las tensiones y obligaciones de su puesto tenían a Antonio en esa condición y que Ramona tomaba su posición de primera dama muy en serio. Hay que tener en cuenta que el mal hablar es condición humana, que la gente siempre exagera, y algunas veces miente. De modo que no hay que creer todo lo que dicen, ni descreerlo del todo tampoco (donde no hay camas no hay chinches).

Por fin los dioses se cansaron de su juego, al fin se aburrieron. Antonio se murió. Se murió en el colmo de su emperio, en la cama y todavía gobernador. Sin agonía y sin dolor. Ramona, al despertar, lo encontró muerto. Tenía en la cara una sonrisa extática. Se fue al otro mundo satisfecho y feliz, seguramente soñando que le estaba haciendo glu glu a una bella emperatriz. ¡Qué venturosa despedida! Los dioses son generosos cuando hacemos bien el papel, cuando *we strut our stuff upon the stage with some elegance and grace.*

MONICO

THE FIRST SPANISH COLONISTS WHO CAME TO THE RÍO
Grande Valley established themselves where the Río
Grande and the Río Chama meet. They found an
Indian pueblo there. I don't remember the pueblo's
name. The Indians received the strangers with
hospitality and courtesy. They offered them
everything they had. This was a pleasant and
satisfying surprise for the new arrivals, exhausted
and tired from the long and wearisome journey from
Mexico.

The owners of these lands were so friendly and
generous that the Spaniards called their pueblo San
Juan de los Caballeros. The concept of brotherhood
between two peoples of different backgrounds was
established from the very beginning of the Spanish
colony in New Mexico. The Spaniards called the
Indians "hermanos" and the Indians called the
Spaniards "hermanitos." In time "hermanito" became
"manito." Even today Mexicans from Mexico
pejoratively call New Mexicans "manitos," not
knowing that they honor us with the word.

The Spaniards built their homes on the other side
of the river and called their village San Gabriel. This
happened in 1598. A mutual dependence, respect,
and affection were born and grew between the two
peoples.

They shared the same loneliness in a hostile and

MÓNICO

Los primeros colonos españoles que llegaron al valle del Río Grande se establecieron donde se juntan el Río Grande y el Río Chama. Allí encontraron un pueblo de indios. No recuerdo como se llamaba el pueblo.

Los indios recibieron a los extranjeros con toda hospitalidad y cortesía. Les ofrecieron de todo lo que tenían. Para los recién llegados, abatidos y cansados de la larga y penosa jornada desde México, esto fue una amena y grata sorpresa.

Tan amables y gentiles fueron los dueños de esas tierras que los españoles le dieron el nombre al pueblo de San Juan de los Caballeros. Se estableció desde el primer momento de la colonia española en Nuevo México el concepto de hermandad entre dos pueblos de diferentes antecedentes. Los españoles les decían "hermanos" a los indios, y los indios les decían "hermanitos" a los españoles. Con el tiempo "hermanito" se convirtió en "manito." Todavía hoy los mexicanos de México les llaman a los nuevomexicanos "manitos" con intención peyorativa sin saber que nos honran con la palabra.

Los españoles construyeron su caserío al otro lado del río y le llamaron San Gabriel. Esto ocurrió en 1598. Nació y creció una mutua interdependencia, respeto y afecto entre los dos pueblos.

Compartían la misma soledad en una tierra hostil

violent land. They attended the same church and celebrated the same feast days. They prayed and they danced together. Together they celebrated the good harvests. They lamented the same calamities. They defended themselves from marauding Indians together. They were truly brothers. They drank from the same cup, sometimes sweet, sometimes bitter. They shared the good and the bad equally. The Spaniards learned a great deal from the Indians. The Indians learned a great deal from the Spaniards.

I first met the Indians of San Juan when I was a boy on my grandmother's ranch in Las Nutrias. A caravan of covered wagons from San Juan came twice a year. They were loaded with merchandise native to the Río Grande and to the Indians: chile (red and green), corn meal (white and blue), clay pots, fabric, rugs, serapes, baskets, silver jewelry, fruit (fresh and dried). What I liked were the bows and arrows, the moccasins, the chamois-skin vests embroidered with beads, the feather bonnets, the drums. All things not found in my neck of the woods.

They camped near the house by the side of the pond. My grandmother provided them with grain and hay for the animals, wood for their fires, and delicacies: meat, cheese, milk, bread, butter. It was something to see at night. The campfires illuminating the landscape, the beat of the drums, the dances, the chants, the native dress. Always there was good wine, chocolate, coffee, and little cakes. All the neighbors, all my relatives showed up for the festivities. All of us went to bed happy and enriched.

Juanita was the matriarch of this exotic society. She was an Indian woman of middle age, large dark eyes, a round face, dressed in the traditional way. She was gentle, sweet, and friendly. It was strange to see how, with all that sweetness, without ever raising her voice, she had complete control over the rest of

y violenta. Asistían a la misma iglesia y festejaban las mismas fiestas. Rezaban y bailaban juntos. Juntos celebraban las buenas cosechas. Lamentaban las mismas calamidades. Juntos se defendían de los indios nómades. Eran hermanos de veras. Bebían de la misma copa, a veces dulce, a veces amarga. Se dividían lo bueno y lo malo, mitad y mitad. Los españoles aprendieron mucho de los indios. Los indios aprendieron mucho de los españoles.

Yo primero conocí a los indios de San Juan cuando era niño en la hacienda de mi abuela en Las Nutrias. Dos veces al año llegaba de San Juan una caravana de carros de cobija. Venían cargados de mercancía propia del Río Grande y de los indios: chile (verde y colorado), harina de maíz (azul y blanca), ollas de barro, tejidos, tilmas, sarapes, canastos, joyería de plata, fruta (fresca y seca). Lo que a mí me interesaban eran los arcos y flechas, teguas, chalecos de gamuza decorados con cuentas, bonetes de plumas, tambores. Todas cosas que allá en mi tierra no había.

Campeaban cerca de la casa al lado del estanque. Mi abuela les proporcionaba grano y pastura para sus animales, leña para sus fogatas y golosinas: carne, leche, quesos, pan, mantequilla. Era de ver aquello por la noche. Las hogueras iluminando el campo, el compás de los tambores, las danzas, los cantos, el vestuario indígena. Siempre había buen vino, chocolate, café y bizcochitos. Todos los vecinos, todos parientes míos, acudían a las festividades. Todos nos acostábamos contentos y enriquecidos.

La matrona de esta sociedad exótica era Juanita, una india de mediana edad, de cara redonda, de ojos negros y grandes, vestida a la antigua. Era suave, dulce y amable. Era curioso ver que con esa dulzura, sin alzar la voz nunca, tenía un dominio total sobre

the Indians. Their discipline was perfect. She and my grandmother had been very good friends for many years. Juanita slept in the house.

The country fair opened the following morning. The Indians spread out their merchandise on blankets in front of each wagon. The neighbors appeared, ready to exchange this for that. Cash was used only as a last resort. The bargaining would begin. By evening everything had disappeared. Naturally, my grandmother got the best of everything. Juanita made sure of that. She already knew what her friend wanted and put it aside.

Early the next day the butchering began: steers, lambs, goats, pigs. This lasted all day.

On the third day the wagons were loaded once more: meat (fresh and dried), grain (wheat, oats, and barley), wheat flour, cowhides, sheepskins, wool, cheeses, sometimes horses or cows (alive, of course). They left singing something Indian. With a certain melancholy we saw them disappear into the pine grove. Something beautiful had ended.

My destiny took me to begin my teaching career in San Juan Pueblo. I arrived a few days before classes began to look for a house and to get settled. I was around seventeen years old. I looked for Mónico.

Mónico had been a sheepherder for my grandfather, later for my father. He had known me as a child. I didn't remember him. Now he was the governor of the pueblo and cashier of the big Mercantile Store there.

He had married a Hispanic woman. He built her the most elegant and comfortable house in the village. According to what I heard later, his was a happy marriage in every way. Unfortunately, his wife died.

I don't know whether it was for a personal or for a cultural reason, but Mónico left his wife's beautiful

los demás indios. La disciplina era perfecta. Ella y mi abuela habían sido muy amigas por muchos años. Juanita dormía en la casa.

La siguiente mañana se abría la feria campestre. Delante de cada vagón los indios tendían su mercancía sobre mantas. Acudían los vecinos dispuestos a feriar esto por aquello. Se empleaba el efectivo como último recurso. Empezaba el regateo. Para el atardecer ya todo había desaparecido. Mi abuela, claro, se quedaba con lo mejor. Juanita se encargaba de eso. Ya ella sabía lo que su amiga quería y lo traía apartado.

Otro día, bien temprano, empezaba la matanza: novillos, corderos, cabritos, marranos. Esto duraba todo el día.

El tercer día los carros estaban otra vez cargados: carne (fresca y seca), granos (trigo, avena y cebada), harina de trigo, cueros de res, zaleas, lana, quesos, a veces caballos o vacas (vivos, claro). Salían cantando algún canto indígena. Los veíamos desaparecer en el pinar con cierta tristeza. Algo hermoso había terminado.

Mi destino me llevó a empezar mi magisterio en el pueblo de San Juan. Llegué unos días antes de que empezaron las clases a buscar casa y establecerme. Tenía yo entonces diecisiete años. Busqué a Mónico.

Mónico había sido pastor de mi abuelo, después de mi padre. El me conoció a mí de niño. Yo no me acordaba de él. Ahora era el gobernador del pueblo y cajero de la gran Tienda Mercantil del pueblo.

Se había casado con una mujer hispana. Le construyó la casa más cómoda y más elegante del pueblo. Según oí después su matrimonio fue feliz en todo sentido. Desgraciadamente, su mujer murió.

Yo no sé si fuera cosa personal o cultural pero Mónico abandonó la casa bonita de su mujer y se fue

house and went to live with his mother in a much more modest house.

"Hello, Sabinito," he said as soon as he saw me. Nobody had called me that for a long time.

"Good morning, Señor Velarde. My mother told me to look you up."

"Señor Velarde nothing. Call me Mónico. How is your lovely mother?"

"Very well, Mónico. She remembers you with affection."

"She was very good to me always. I'll never forget her. What brings you here?"

"I've been appointed to teach in San Juan School. I've come to see you so that you'll help me find a house."

"Said and done. You're going to my house. I live with my mother. I'll feel honored if you stay in my house."

That settled it. That same day I moved into Mónico's house. It was comfortable and warm. The tender touch of the hand of a good woman was evident in everything. Even though everything was clean and neat it was obvious that nothing had been moved or changed since the day when that good woman had gone to a better life.

The only thing the house didn't have was running water. It had walking water. This was not at all unusual. Very few houses had running water in those days. There was a wood stove in the kitchen. There were pot-bellied stoves in the other rooms. A box of firewood in each place.

Very early the following morning I heard noise in the kitchen. I got up and peeked very carefully through the half-opened door. It was Mónico. He was building a fire in the stove. So when I got up I already had hot water to wash and the aroma of fresh

a vivir con su mamá en una casita mucho más
humilde.

"Hola, Sabinito," me dijo en cuanto me vio. Hacía
mucho tiempo que nadie me llamara así.

"Buenos días, señor Velarde. Mi madre me encargó
que viniera a buscarle."

"Nada de señor Velarde; dime Mónico. ¿Cómo
está tu santa madre?"

"Muy bien, Mónico. Se acuerda de usted con
mucho cariño."

"Siempre fue muy buena conmigo. Yo no la olvido
nunca. ¿Qué te trae por acá?"

"Me han nombrado maestro de la escuela de San
Juan. He venido a verle para que me ayude a buscar
casa."

"Dicho y hecho. Te vas a mi casa. Yo vivo con mi
mamá. Me sentiré muy honrado si te quedas en mi
casa."

Así quedamos. Ese mismo día me mudé a la casa
de Mónico. Era cómoda y acomedora. En todo se
veía el toque cariñoso de la mano de una buena
mujer. Aunque todo estaba limpio y arreglado era
patente que no se había movido ni cambiado nada
desde el día que esa buena mujer se fue a mejor vida.

Lo único que la casa no tenía era agua corriente.
Tenía agua andante. Esto no tiene nada de particular.
Muy pocas casas tenían agua corriente en esos días.
En la cocina había estufa de leña. En las demás
habitaciones había fogones. Un cajón de leña partida
en cada sitio.

La siguiente mañana bien temprano oí ruido en la
cocina. Me levanté y con mucho cuidado me asomé
por la puerta entreabierta. Era Mónico. Estaba
haciendo lumbre en la estufa. De modo que cuando
me levanté ya tenía agua caliente para lavarme y el

coffee filled the entire house. That's the way it was the year and a half I stayed there.

All my memories of San Juan are pleasant. I've never met friendlier people. Everyone called me "Sabinito," surely because that is what Mónico and Juanita called me. The Indian ladies brought me hot dishes at meal time: beans, blue corn enchiladas, corn meal mush, *atole*, soup, bread, fruit or pumpkin pies, everything steaming hot. They brought me fruit in the fall: watermelons, melons, apples, peaches, pears. I learned to love these people very much. They adopted me, the only non-Indian in the pueblo. Mónico advised me in all things so that I wouldn't get into trouble.

I had very unusual experiences there. I learned a lot. I am going to tell you about some of those experiences.

Somebody knocked at my door the first night. It was two young Indians. I asked them to come in. They did. They sat down. In silence. After a long speech of welcome, I tried to start a conversation. This was a road that led nowhere. They answered me in monosyllables. I showed them my books, pictures of my family and my girlfriend. Nothing. I was desperate. When it was time they got up and left. In silence.

What I didn't understand is that they had come to visit, not to chat. They came to tell me with their presence "Welcome," and for that chatter is not necessary. Later when Indians came to visit me, we would talk when we had something to say. When we didn't, we'd keep our mouths shut. I don't know why we feel the need to talk constantly, even though we have nothing to say. I learned from them that many times what is not said is far more eloquent than what is said. There is much to be said in favor of silence in human affairs. So many stupidities would remain unsaid.

aroma del café llenaba la casa entera. Así fue el año y medio que allí permanecí.

Todos mis recuerdos de San Juan son gratos. Jamás he conocido gente más amable. Todos me decían "Sabinito," seguramente porque así me decían Mónico y Juanita. Las señoras indias me traían platos calientes a la hora de comer: frijoles, enchiladas de maíz azul, chaquegüe, atole, caldos, pan, pasteles de fruta o calabaza, todo bien calientito. Me traían frutas en el otoño: sandías, melones, manzanas, duraznos, peras. Llegué a quererlos mucho. Ellos me adoptaron, el único no-indio del pueblo. En todo Mónico me aconsejaba para que no quedara mal.

Tuve allí experiencias extraordinarias. Aprendí mucho. Voy a contarles algunas de ellas.

La primera noche alguien llamó a mi puerta. Eran dos indios jóvenes. Les pedí que pasaran. Entraron. Se sentaron. En silencio. Después de un largo discurso de bienvenida, quise entablar una conversación. Este fue un camino que no llevó a ninguna parte. Me respondían en monosílabos. Les mostré mis libros, fotos de mi familia y de mi novia. Nada. Yo, desesperado. A su debido tiempo se levantaron y se fueron. En silencio.

Lo que no comprendí es que habían venido a visitarme, no a charlar. Vinieron a decirme con su presencia: "Bienvenido," y para eso no hace falta palabrería. Más adelante cuando venían indios de visita hablábamos cuando teníamos algo que decir. Cuando no, guardábamos silencio. Yo no sé por qué nosotros sentimos la necesidad de hablar siempre, aunque no tengamos nada que decir. De ellos aprendí que muchas veces lo que no se dice es mucho más elocuente que lo que se dice. Hay mucho que decir a favor del silencio en las relaciones humanas. ¡Tantas tonterías que no se dirían!

One night, after dark, two elderly Indians came to my door. They said to me, "Lock your door. Don't go out." By the tone of their voices and the seriousness of their expressions, I understood that they meant business. I already knew enough to not ask any questions. Shortly after, a deafening noise exploded throughout the pueblo, a horrifying clamor, a maddening din. There was no way of understanding that. It was frightening. I turned off the lights and looked through the window. The plaza was full of Indians. They were snake-dancing in the most excited and violent way. Drums, flutes, whistles, pots, boxes, rattles, sheets of metal. The racket was enough to drive anyone insane. The commotion ended suddenly, abruptly as it began.

When Mónico appeared the following morning:

"Mónico, what happened last night?"

"Nothing. The spirits return to the pueblo once a year. We have to scare them off so that they will leave us alone." Nothing more. Any reasonable human being knows that is all there is to it. I don't know if they scared off the spirits, but they came very close to scaring me off. And I am not a spirit.

When I first arrived in Mónico's house I was the object of a great deal of curiosity, especially among the kids. The kitchen had a horizontal window. As I prepared my meal a dozen or more heads could be seen lined up there staring at me seriously, frankly, and openly, as if I were a rare animal in a cage. At the beginning I waved at them or smiled. Later I ignored them. The difficult part of it was sitting down at the table facing the window and trying to eat. Trying to stick food in your mouth while some twenty-four peering eyes are staring at you is quite awkward. You try to ignore them. You can't. You squirm. You can't swallow. I finally got up and lowered the window shade.

Since I didn't have a radio in the house I went out

Una noche, ya oscuro, se acercaron a mi puerta dos indios mayores. Me dijeron, "Cierre su puerta. No salga." Por el tono de la voz y la formalidad de su visaje comprendí que se trataba de algo serio. Ya sabía lo bastante para no preguntar por qué. A poco rato explotó por el pueblo un estrépito ensordecedor, un clamor horripilante, una algarabía enloquecedora. No había manera de entender aquello. Metía miedo. Apagué las luces y me asomé por la ventana. Estaba la plaza llena de indios. Andaban serpenteando de la manera más agitada y violenta. Tambores, flautas, pitos, ollas, cajas, matracas, latones. El ruido era para volver loco al más cuerdo. De pronto el escándalo terminó, abruptamente, como empezó.

Cuando Mónico apareció la siguiente mañana:

"Mónico, ¿qué pasó anoche?"

"Nada. Los espíritus vuelven al pueblo una vez al año. Nosotros tenemos que asustarlos para que nos dejen solos." Nada más. Cualquier persona razonable sabe que eso lo dice todo. Yo no sé si ahuyentaron a los espíritus pero anduvieron bien cerca de ahuyentarme a mí. Y yo no soy espíritu.

Recién llegado a la casa de Mónico fui yo objeto de mucha curiosidad, especialmente con los chicos. La cocina tenía una ventana horizontal. Estando yo, preparando mi comida, se veían allí alineadas una docena o más de cabezas contemplándome seria, franca y abiertamente como si yo fuera un animal raro en jaula. Al principio yo les saludaba con la mano o les sonreía. Más tarde les ignoraba. Lo difícil fue sentarme a la mesa frente a la ventana y tratar de comer. Tratar de meterte cosas en la boca mientras te están mirando unos veinte y cuatro ojos absortos es bien incómodo. Tratas de ignorarlos. No puedes. Te tuerces. No puedes tragar. Al fin me levanté y bajé la celosía.

Como no tenía radio en la casa salía a oír las

to listen to the news on the car radio. The very first time a large number of teenage girls surrounded the car. They looked at me, said things to each other, pointed at me with their finger, and laughed like crazy. To be the object of so much laughter is not to make you feel like a Don Juan, a Superman, or a Tarzan. I felt absolutely ridiculous.

An uncle of mine had warned me: "Don't fool around with Indian girls. They are not like us. If you offend an Indian woman the whole pueblo will jump on you."

I already knew that trying to start a conversation with them was a road that led nowhere, and being very much aware of the "Don't fool around with Indian girls," I didn't even try. I smiled and kept on listening to the news. This went on for several days. One day, when I least expected it, the car door opened and an Indian girl got in. She sat at the extreme end of the seat. Silence. Nothing. I continue listening. The door opens and another one gets in. The first one slides towards me. Now we are three. The same thing. One by one, little by little, they filled the car. At first they were quiet. Then giggles. Later laughter. When one is the object of someone else's humor one isn't in the mood to appreciate the humor of the situation. I got out of the car and left them choking with laughter.

The first thing I did the next time was lock both doors. I could hear them trying the door from time to time. They rapped on the windows. I didn't even lift my eyes. They soon lost interest and they went away and never came back. The virtue of the Indian girls of San Juan remained intact.

One afternoon I returned home from school and found an Indian woman in the kitchen. She was very busy preparing dinner. She was around twenty-five

noticias en el radio del coche. Desde la primera vez un gran número de chicas adolescentes rodeaban el coche. Me miraban, se decían cosas, me señalaban con el dedo, y se reían como locas. Ser el objeto de tanta risa no es para hacerte sentir un don Juan, un Superman, o un Tarzán. Yo me sentía absolutamente ridículo.

Un tío me había aconsejado: "No te metas con las indias. Ellas no son como nosotros. Si ofendes a una india el pueblo entero se te echa encima."

Ya yo sabía que intentar una conversación con ellas no llevaría a ninguna parte, y muy consciente del "No te metas con las indias," ni siquiera lo intenté. Les sonreía y seguía oyendo las noticias. Esto continuó así algunos días. Un día cuando menos esperaba, se abrió la puerta del coche y se metió una india. Se sentó en el último extremo del asiento. Silencio. Nada. Sigo oyendo. Se abre la puerta y entra otra. La primera se muda hacia mí. Ahora somos tres. Lo mismo. Una a una, poco a poco, llenaron el coche. Primero, calladas. Luego, risitas. Después, risotadas. Cuando uno es el objeto del humor de otros no está en condiciones de apreciar el humor de la situación. Me salí del coche y las dejé desmorecidas de la risa.

Lo primero que hice la próxima vez fue atrancar las dos puertas del coche. Oía de vez en vez que probaban la puerta. Me sonaban las ventanas. Yo ni alzaba los ojos. Pronto perdieron interés y se fueron y no volvieron. La virtud de las inditas de San Juan quedó intacta.

Una tarde volví a la casa de la escuela y encontré a una india en la cocina. Estaba muy ocupada preparando la comida. Tendría unos veinte y cinco

years old and she was pretty. I greeted her and said nothing, knowing not to. I went into the living room and started to read.

After a long while she came in and told me supper was ready. I went into the kitchen. I found there was only one place set. I invite her to join me. She says no. It isn't done.

I ate. I went into the living room and began to read. Listening all the while. After she ate she came in the living room and sat down. I repeat, she was good-looking. "Don't fool around with Indian girls," resounded and echoed in my head. I didn't say anything. I didn't do anything. When she felt like it, she went home.

The following morning Mónico came as usual. Shortly after, there were noises in the kitchen. I peeked in. It was she. She fixed my breakfast. In silence, naturally. I ate. I ran out in a dither to look for Mónico.

I explained what had happened. The way he laughed was something to hear. He couldn't answer my question, "What's going on?" Finally, when he could:

"She has picked you out for a husband."

"Santo Dios, what do I do?"

"Tell her you're married."

That afternoon, after a repetition of the day before:

"You know, pretty one, I am married."

"You, married?"

"Yes, and I have a seven-month-old boy."

Her face didn't show any change. She went home, as before, when she felt like it. She left and never came back. I spent a year and a half there and I never saw her again. Human dignity, self-respect, are as valued in one culture as in another.

Mónico would come to see me now and then. We sat down on the porch or inside, depending on the

años y era guapa. La saludé y no dije nada, ya sabía. Pasé a la sala y me puse a leer.

Después de largo rato entró y me informó que la cena estaba lista. Entré a la cocina. Descubrí que había solamente un puesto. La invito a que me acompañe. Dice que no. Que eso no se hace.

Comí. Pasé a la sala y empecé a leer. Siempre escuchando. Después de que comió entró en la sala y se sentó. Repito, era guapa. "No te metas con las indias" resonaba y retumbaba en mi interioridad. No dije, no hice, nada. Cuando quiso, se fue.

La siguiente mañana vino Mónico como de costumbre. Poco después se oyeron ruidos en la cocina. Me asomé. Era ella. Me preparó el desayuno. En silencio, claro. Comí. Salí desesperado a buscar a Mónico.

Le expliqué lo que había ocurrido. Verlo reír era cosa que contar. No podía contestar a mi pregunta, "¿Qué está pasando?" Al fin, cuando pudo: "Te ha escogido para marido."

"Santo Dios, ¿qué hago?"

"Dile que eres casado."

Esa tarde, después de una repetición del día anterior:

"Sabes, linda, que yo soy casado."

"¿Tú casado?"

"Sí, y tengo un hijito de siete meses."

Su cara no mostró ningún cambio. Se fue, como antes, cuando quiso. Se fue y no volvió. Yo me pasé allí año y medio y no la volví a ver. La dignidad humana, el amor propio, vale tanto en una cultura como en otra.

De vez en cuando Mónico venía a verme. Nos sentábamos en el portal o adentro, según el tiempo.

weather. We talked or didn't, depending. . . . By then I had learned to function in that society.

He told me how he had gone with my grandfather when he was very young. How he had cut his braids in order to fit in. How he had saved his money and had returned to the pueblo without braids. How the Indians had rejected him for having lost his Indianness. How he had to return to my people until his hair was long enough. By then he had saved more money and returned to the pueblo an important man.

In his person, Mónico was the solution to our times. Among us, Mónico was Hispanic in every way. Among the Indians he was Indian to the core. He went from one culture to the other with the utmost ease. He enjoyed the best of both.

I am a better person, Mónico, because I knew you. I hope you have found your beloved wife in the great beyond. I hope that up there in heaven you have a house and a life as good as the ones you had in San Juan de los Caballeros.

Hablábamos o callábamos, según . . . Ya yo había aprendido a funcionar en esa sociedad.

Me contó cómo se había ido con mi abuelo desde jovencito. Cómo se había cortado las trenzas para no quedar mal. Cómo había guardado su dinero y había vuelto al pueblo destrenzado. Cómo lo habían rechazado los indios por haber perdido su indianidad. Cómo tuvo que volver a mi gente hasta que le creciera el cabello. Para entonces había guardado más dinero y volvió como hombre de pro.

En su persona Mónico era la solución de nuestro tiempo. Entre nosotros Mónico era hispano en todo sentido. Entre los indios era indio hasta las cachas. Pasaba de una cultura a la otra con suma facilidad. Gozaba de lo mejor de ambas.

Valgo más, Mónico, por haberte conocido. Espero que hayas encontrado a tu querida esposa en el más allá. Espero que allá en el cielo tengas una casa, y una vida como la que tenías en San Juan de los Caballeros.

THE GALLANT STRANGER

HE CAME OUT OF THE SUN. HE CAME OUT OF THE PINE
grove. He was a big man. He was carrying a large
load. Someone saw him. Soon everybody knew. That
man was the focus of everyone's gaze. Everyone
wondering: Who could he be? What could he want?

As he approached on the hot and dusty road his
figure became clearer. They saw that he was a
cowboy-type, like in the movies. His high, white hat
was tilted to one side, because of the sun, because of
the heat. Jacket and trousers of blue wool, bleached
with time and use. High-heel boots. Silver-mounted
spurs. The rowels left their little tracks and their
clinking on the layer of dust on the road. On his
right side, in its appropriate place, he wore a
frightening six-gun. He was an Americano.

Sometimes he stumbled. He would twist his ankle.
Those boots with their high heels were not made for
walking. Cowhands were not born to walk. He would
straighten up and continue his way doggedly. Don
Prudencio had analyzed the situation from afar. He
told his sons that this Americano had to be a rustler
or a killer or both. A desperate and dangerous man.
We must give him anything he wants. If we don't
give it to him, he's going to steal it, perhaps hurt or
kill someone. "Furthermore," he said, "we shall have
an enemy for the rest of our lives."

Finally the stranger came to the porch of the

El forastero gentil

Salió o del sol. Alió del pinar. Era un hombre grande. Llevaba una carga grande. Alguien lo vio. Pronto lo supieron todos. Ese hombre fue el foco de todas las miradas. Todos especulando: ¿quién será?, ¿a qué vendrá?

Conforme se iba acercando por el camino caluroso y polvoriento se iba revelando. Vieron que era un tipo vaquero como en las películas. Sombrero alto y blanco, terciado hacia un lado, por el sol, por el calor. Cotón y pantalón de lona azul, blanquizca por el tiempo y el abuso. Botas de tacón alto. Espuelas chapadas de plata. Las rodajas dejaban sus huellecillas y su tintineo en la capa de polvo del camino. En su lado derecho, en el sitio adecuado, llevaba un pistolón de miedo. Era un americano.

A veces tropezaba. Se le torcía el tobillo. Esas botas de tacones altos no se hicieron para andar. Los hombres de a caballo no nacieron para andar. Se enderezaba y seguía tercamente su camino.

Ya de lejos don Prudencio había analizado la situación. Les dijo a sus hijos que este americano tenía que ser un ladrón o matón, o ambos. Un hombre desesperado y peligroso. Hay que darle todo lo que pida. Si no se lo damos, él se lo va a robar, acaso va a herir o a matar a alguien. "Además," les dijo, "tendremos un enemigo para toda la vida."

Al fin llegó el extranjero hasta el portal de la casa.

house. There were Don Prudencio and his sons waiting for him. All around the hired hands were looking and waiting. The women behind the curtains. Everyone full of curiosity.

He dropped his load. It was his saddle. He said his name was Dan Kraven, that his horse had broken a leg and he had had to shoot it. He was thirsty and hungry. Don Prudencio didn't speak English, but his sons did.

He had eyes as blue as ice. He had a look like a frozen blue ray which pierced and burned the eyes of those who looked into his. A look that challenged, threatened, and trusted no one, all at the same time.

He was worn out. Everything showed it. Exhaustion, hunger, and thirst cry out. Their silent screams rose to the heavens and stunned everyone.

My uncle Victoriano took the stranger to the corridor. There in the cool shade was a tub of water with a block of ice. He gave him a gourd of ice water. That water must have been holy water, the water of salvation, for that man at that moment. He first took tiny sips. He held them in his mouth for a moment. Then he swallowed them. Slowly, solemnly, as if that act were some mysterious ritual, almost as if he were taking some strange communion. Later he took long and deep swallows. He appeared restored immediately. It seemed to be a miracle. Everyone had the strange sensation that they had witnessed something rather religious.

He wasn't taken to the bunkhouse where the hands slept. He was given a room in the house. They took him water to bathe in and clean clothes.

I don't know why he wasn't invited to eat with the family. They took his meals to his room three times a day. Maybe it was because my grandfather decided that eating together would be too awkward for the family and for him. The fact is that Dan Kraven was perfectly satisfied with the arrangement.

Allí estaban don Prudencio y sus hijos esperándole. Alrededor, los peones mirando y esperando. Las mujeres detrás de las cortinas. Todos llenos de curiosidad.

Dejó caer su carga. Era su montura. Dijo que se llamaba Dan Kraven, que se le había roto una pierna a su caballo y había tenido que matarlo. Tenía sed y hambre. Don Prudencio no hablaba inglés pero sus hijos sí.

Tenía unos ojos azules como el hielo. Tenía una mirada como un rayo azul helado que penetraba y quemaba los ojos de los demás. Una mirada que retaba, amenazaba y desconfiaba a la misma vez.

Venía molido. En todo se le notaba. El cansancio, el hambre y la sed hablan a gritos. Sus gritos silenciosos subían al cielo y aturdían a todos.

Mi tío Victoriano llevó al extranjero al zaguán. Allí en el fresco había una tina llena de agua con un bloque de hielo. Le dio un jumate de calabaza lleno de agua helada. Esa agua debió ser agua bendita, el agua de la salvación para ese señor en ese momento. Primero tomó pequeños sorbos. Las detuvo un momento en la boca. Luego se los tragó. Lento y solemne como si aquello fuera algún rito misterioso, casi como si estuviera tomando una extraña comunión. Después tomó largos y hondos sorbos. De inmediato pareció restituido. Parecía milagro. Todos tenían la extraña sensación de que habían presenciado un acto un tanto religioso.

No se le llevó al tuerte donde vivían los peones. Se le dio una habitación de la casa. Le llevaron agua para que se bañara y ropa limpia.

Quién sabe por qué no se le invitó a comer con la familia. Se le llevaba de comer a su cuarto tres veces al día. Quizás sería porque mi abuelo decidió que el comer juntos resultaría demasiado bochornoso para la familia y para él. La verdad es que Dan Kraven estuvo perfectamente satisfecho con el arreglo.

Naturally this visit gave everyone a lot to talk about. In a place where nothing unusual ever happens this was quite an event. Who could he be? Where did he come from? What was he doing here? There were no gringos around there. All the ranches along the Nutrias River belonged to the family. The closest gringos were far away, way beyond Las Tapiecitas, out there around Stinking Lake. The best bet was that he was running from the law or from enemies.

There were no answers to the questions. Dan Kraven said nothing. It wasn't that he didn't speak Spanish. It seemed that he didn't speak English. He spoke only what was indispensable and, when possible, in monosyllables.

He was silent and solitary. Either he didn't leave his room or he walked alone through the fields. Sometimes he could be seen looking over the corrals and the barns. When he couldn't avoid it and he ran into someone, he always bowed with quiet and serene courtesy. He touched the brim of his hat and said "Howdy" to the men and "Ma'am" to the women and kept on going. He only stopped for my grandmother, took off his hat, bowed slightly, and said, "Miss Filomena, Ma'am." It is clear that no one was ever going to accuse him of being a great talker.

He called my uncle Victoriano "Victor," my uncle Juan "Johnny." He called my father, whose name was Sabiniano, "Sabine." From this it was supposed that Dan came from Texas where there is a river by that name. The name stuck, and when I was born my father gave it to me.

My father must have been eight years old at the time. He was the youngest of his brothers. He was the one who got closest to Dan Kraven. Who knows why. Maybe it was because children, in their innocence, are more daring. Perhaps it was because everyone loves children, even outlaws. Or, and here

Claro que esta visita dio mucho que hablar a todos. En un lugar donde nunca pasa nada extraordinario esto fue un verdadero acontecimiento. ¿Quién sería? ¿De dónde vendría? ¿Qué anda haciendo aquí? No había gringos por allí. Todos los ranchos del Río de Las Nutrias pertenecían a la familia. Los gringos más cercanos estaban muy lejos, más allá de Las Tapiecitas, por allá por La Laguna Hedionda. A lo mejor viene perseguido por la ley o por enemigos.

No hubo contestación a las interrogaciones. Dan Kraven no decía nada. No es que no hablaba español. Parecía que no hablaba inglés. Hablaba solamente lo indispensable, y cuando posible, en monosílabos.

Era silencioso y solitario. O no salía de su cuarto, o se paseaba solo por los campos. A veces se le veía revisando los corrales y las caballerizas. Cuando no podía evitarlo, y se encontraba con alguien, siempre saludaba con seria y serena cortesía. Se tocaba el ala del sombrero y decía "Howdy" a los hombres y "Ma'am" a las mujeres sin detener el paso. Solo con mi abuela se detenía, se quitaba el sombrero, hacía una pequeña reverencia y le decía, "Miss Filomena, Ma'am." Se puede ver que de hablador no le iba a acusar nadie.

A mi tío Victoriano le decía "Víctor," a mi tío Juan, "Johnny." A mi padre, que se llamaba Sabiniano, le llamó "Sabine." De esto último se dedujo que Dan venía de Texas donde hay un río que se llama Sabine. El nombre se le pegó a mi padre, y cuando yo nací me lo dio a mí.

Mi padre tendría entonces unos ocho años. Era el más joven de sus hermanos. El fue el que más se le acercó a Dan Kraven. Quién sabe por qué. Tal vez porque en su inocencia los niños son más atrevidos. Quizás porque todos quieren a los niños, hasta los matones. O, aquí está el misterio, acaso Dan Kraven

lies the mystery, maybe Dan Kraven remembered a little brother or a son. No one knows. The fact is that the mysterious stranger would take the boy by the hand and they would go alone on long walks through the woods or the fields. Silent walks with very few words. The boy didn't talk because he didn't know what to say, being perfectly happy at the side of the tall and mysterious cowboy. He didn't say anything because he didn't want to. Conversation wasn't necessary.

Dan Kraven stayed in the house of Don Prudencio about a week. He rested well. He recovered well. But . . . there was in him a strange weariness for which there was no rest, from which he would never recover. It was like a deep and intense disillusionment. It was as if life were a long and heavy load. It was as if he didn't care whether he lived or not. I think that was the danger and the terror that emanated from this man. A man who has lost all his dreams and hopes, who doesn't want to live, who is not afraid of death is the most dangerous man. What does he have to lose? What does he have to gain?

There were moments when he almost talked. There were moments when he almost smiled. The people of the house even got to see the ice of his eyes melt for an instant, the blue ray of his frozen gaze turned off. But these were fleeting sparks that went out as soon as they were born. The Americano immediately returned to his insulated and solitary posture. It is possible that if he had stayed longer the people of the house would have seen him laugh someday.

One day he sought out Don Prudencio. Through my uncle Victoriano he thanked him for all his courtesy and asked him for a horse. My grandfather had all the horses gathered in the corral. He told Dan to take his pick. Dan selected a magnificent black

se acordara de un hermanito, o un hijo. Nadie sabe. La verdad es que el misterioso forastero tomaba al niño de la mano y se iban los dos solos en largos paseos por el bosque o por los campos. Paseos silenciosos o de muy pocas palabras. El niño no hablaba porque no sabía qué decir, estando perfectamente satisfecho al lado del alto y misterioso "cowboy." El no decía nada porque no quería. La conversación no hacía falta.

Dan Kraven se estuvo en la casa de don Prudencio como una semana. Descansó bien. Se repuso bien. Pero . . . había en él un extraño cansancio del que no descansaría nunca, del que no se repondría jamás. Era como una desilusión intensa y profunda. Era como si la vida fuera una carga larga y pesada. Era como si no le importaba si vivía o no. Creo que allí se encontraba el peligro y el terror que emanaba de este hombre. El que ha perdido las ilusiones y las esperanzas, que no tiene ganas de vivir y no le tiene miedo a la muerte es el hombre más peligroso. ¿Qué tiene que perder? ¿Qué tiene que ganar?

Hubo momentos en que casi habló. Hubo momentos en que casi se sonrió. Hasta llegaron los de la casa a ver por un instante el hielo de sus ojos deshelarse, el rayo azul de su mirada helada deshacerse. Pero estas fueron chispas fugaces que se apagaban en cuanto nacían. Pronto volvía el americano a su postura insulada y solitaria. Es posible que si se hubiera quedado más, los de la casa lo hubieran visto reír algún día.

Un día fue a buscar a don Prudencio. Por medio de mi tío Victoriano le agradeció todas sus cortesías y le pidió un caballo. Mi abuelo hizo reunir la caballada en el corral. Le dijo a Dan que escojiera. Dan escogió un precioso caballo prieto con las patas

horse with white stockings. My uncle Victoriano
tried to protest. It was his horse. His name was
Moro. My grandfather silenced him with a look.

Dan Kraven mounted his black horse. The whole
family and all the hands came out to tell him goodbye. A strange affection had grown in the family for
this man of the deep sadness and the tremendous six-
gun. Some said that there were tears in Dan's eyes,
although no one was sure. Everyone waved and said,
"Go with God." "Adios." "Come back." He raised his
hand, gave them something like a military salute,
and left without a word.

He left the way he came. By the same dusty road.
He went into the pine grove. He went into the sun
and disappeared forever. No one would ever see him
again. Everyone asked for him everywhere. No one
ever heard a word about a man with the name of
Dan Kraven.

Time went on as it always does. I don't know how
much and it doesn't matter. Everyone held onto his
memories of the man who came out of the sun one
day and returned to the sun from where he came
another day. Now it all seemed like a story, a fantasy,
an invention. At the house they spoke of him often
and with affection and they wondered if he would
ever return.

One morning, very early, before the family got up,
Juan Maés, the foreman, banged on the door. "Don
Prudencio, Don Prudencio, come to the corral right
away!"

Everybody—adults, children, hired hands—ran to
the corral. There was the most beautiful palomino
anyone had ever seen, with a new saddle, a silver-
mounted bridle, and a breast strap with silver
conchas.

My grandfather came close. Hanging from the
saddle horn there was a strap of leather engraved
with these words: "For Don Prudencio, with eternal

blancas. Mi tío Victoriano quiso protestar. Era el suyo. Se llamaba Moro. Mi abuelo lo silenció con una mirada.

Dan Kraven montó en su caballo prieto. Toda la familia y los peones salieron a decirle adiós. Había nacido un extraño cariño para este hombre de la profunda tristeza y de la tremenda pistola. Dijeron algunos que había lágrimas en los ojos de Dan aunque nadie estuvo seguro. Todos le agitaban la mano y le decían "Vaya con Dios," "Adiós," "Vuelva." El alzó la mano y les dio un saludo casi militar. Y sin decir palabra se fue.

Se fue por donde vino. Por el mismo polvoriento camino. Entró en el pinar. Entró en el sol y desapareció para siempre. Nadie le volvería a ver. Todos preguntaban en todas partes. Nadie tuvo nunca noticias de un hombre con el nombre de Dan Kraven.

Pasó el tiempo como siempre pasa. No sé cuánto y no me importa. Todos guardaban sus memorias del hombre que un día salió del sol y otro día volvió al sol de donde vino. Era ya todo como si fuera un cuento, una fantasía o un invento. Se hablaba en la casa de él con frecuencia y con cariño, y se preguntaba si algún día volvería.

Una mañana, bien temprano, antes de que la familia se levantara, vino Juan Maés, el caporal, a dar golpes a la puerta. "¡Don Prudencio, don Prudencio, venga al corral ahora mismo!"

Todos, mayores, niños, peones van corriendo al corral. Allí estaba el caballo palomino más hermoso que nadie había visto, con una buena silla nueva, con un freno chapado de plata y una pechera con conchas de plata.

Mi abuelo se acercó. De la teja de la silla colgaba una correa con estas palabras grabadas, "Para don Prudencio, con eterno agradecimiento." En el mantón

gratitude." On a Spanish shawl there was a note that said, "For Doña Filomena, with all my respect." On the spurs, "For Sabine when he becomes a man and so he won't forget me." Dan Kraven's name didn't appear anywhere. It wasn't necessary. No one saw him. Nor did they ever see him again.

Time went by again. I was born and my cousins were born. We all heard the story of Dan Kraven time and again. We all saw that my uncle Victor's favorite horse was a lovely palomino called Moro. We all saw that in my grandmother Filomena's living room, where no one entered, there was a colorful Spanish shawl over the sofa. On working days my father wore old boots with silver-mounted spurs. On fiesta days, he wore new boots with the same spurs.

An accidental visit by a strange and fascinating man enriched and influenced the emotional life of a colonial frontier family. That man lived on in the memories of all who knew him until they died.

Here I am, who didn't know him, carrying the name he gave me with pride. Here I am, who didn't know him, writing his story, the story of a man who perhaps had no name and who certainly has no body, so that the world, or at least my people, would know about his quiet and silent gallantry. I wrote our memories of you, my family's and also my own, Dan Kraven, so that everyone may know. I want everyone to know that long ago in a Hispanic place, in a Spanish-speaking New Mexico, there was a gentle gringo who was gracious and generous. My silent and mysterious knight errant, don't say a word. I'll say it for you.

de Manila había una etiqueta que decía, "Para doña Filomena, con todo respeto." En las espuelas decía, "Para Sabine cuando sea hombre y para que no me olvide." En ninguna parte aparecía el nombre de Dan Kraven. No hacía falta. A él no lo vio nadie. Ni lo volvieron a ver.

Otra vez pasó el tiempo. Nací yo, y nacieron mis primos. Todos oímos una y otra vez la historia de Dan Kraven. Todos vimos que el caballo favorito de mi tío Víctor era un hermoso palomino que se llamaba Moro. Todos vimos que en la sala de mi abuela Filomena, donde no entraba nadie, había un colorido mantón de Manila sobre el sofá. Mi padre en días de trabajo llevaba botas viejas con espuelas chapadas de plata. En días de feria y de fiesta llevaba las mismas espuelas con botas nuevas.

Una visita accidental de un hombre raro y fenomenal enriqueció y afectó la vida sentimental de una familia fronteriza y colonial. Vivió ese hombre en los recuerdos de todos los que lo conocieron hasta que todos murieron.

Aquí estoy yo, que no lo conocí, con el nombre que él me dio con todo orgullo. Aquí estoy yo, que no lo conocí, escribiendo su historia, la historia de un hombre que acaso no tuvo nombre, y que por cierto no tiene cuerpo, para que el mundo, o por lo menos mi gente, conozca su gentileza quieta, callada y silenciosa. Escribo tus memorias, que son las de mi familia y también las mías, Dan Kraven, para que todo el mundo sepa. Quiero que todos sepan que allá en un tiempo hispánico, en un rincón hispánico en un Nuevo México de habla española hubo un gringo gentil, agradecido y generoso. Mi silencioso y misterioso caballero andante, no digas nada. Yo lo digo por ti.

BLONDIE

Marilú Armstrong was blonde. You couldn't
always tell it, though. She used to wear her fair hair
wrapped in a red kerchief, like those the farmers use,
with a little knot in front. People called her La
Güera.

She wore men's clothes. Shirt and pants of blue
duck. Shirtsleeves rolled up. On her left wrist a wide,
black leather wristband. Men's shoes.

Buck Armstrong, his wife Abigail, and their
daughter Marilú had come to Tierra Amarilla some
five years before. No one knew where from. They
bought land a ways off from the village. An
unfarmable, useless piece of land that no one wanted.
The three set to clearing the land of trees and rocks
with that zeal which turns a nothing into a
something quite precious, a dry desert into a
veritable garden.

They made the river water climb through
impossible places to their plot. The land was virgin.
Once caressed, once penetrated, it began to produce
aromatic flowers and delicious fruits. Perhaps
nature's fertility needs human heat, human odor,
human love, needs the irrigation of human sweat to
be able to conceive.

I don't believe that any of the three had ever
darkened the door of either school or church. They
did not know how to read or write. Their English

La güera

Marilú Armstrong era güera. Esto no siempre se podía ver. Solía llevar su rubia cabellera envuelta en un pañuelo rojo, de esos que usan los hombres de campo, con una pequeña lazada sobre la frente. La gente le decía la Güera.

Vestía ropa de hombre. Camisa y pantalón de lona azul. Las mangas de la camisa remangadas. En la muñeca izquierda una ancha y negra muñequera de cuero. Zapatos de hombre.

Buck Armstrong, su esposa Abigail y su hija Marilú habían llegado a Tierra Amarilla hacía unos cinco años. Quién sabe de dónde. Compraron un terreno a distancia del pueblo. Un chamizal que para nada servía y que nadie quería. Se pusieron los tres a desmontar y a despedregar con aquel afán que convirtieron un nada en un mucho, un seco desierto en un verdadero huerto.

Hicieron subir el agua del río por lugares imposibles hasta su parcela. La tierra era virgen. Una vez acariciada, una vez penetrada, empezó a producir flor y fruto aromático y sabroso. Acaso la fertilidad de la naturaleza necesita el calor, el olor y el amor humano, necesita el riego del sudor humano, para poder concebir.

No creo que ninguno de los tres había oscurecido la puerta de una escuela o la puerta de una iglesia. No sabían leer ni escribir. Su inglés era casi

was almost unintelligible. Their Spanish was nonexistent. But they sure knew how to communicate with the earth. Their tenderness, their eloquence was all for her. The earth understood and tried to respond in kind.

They harvested a bit of everything. Potatoes in a quantity and of a quality never seen. That golden corn from the Midwest, unknown to us. Grain, vegetables of all kinds, alfalfa. From their animals they got meat, milk, cheeses. They exchanged their products for what they did not produce. The rest they sold. Their table was the most opulent and succulent in all the territory. When the harvests of the others failed for this or that reason, their own was richer than ever.

Buck Armstrong was tall, strong, and robust. As taciturn as a pine log. It seemed that he went through life annoyed. He never spoke. And had he spoken, no one would have understood him. He was almost never seen in the village. Abigail and Marilú made themselves responsible for buying and selling and for all other arrangements.

Abigail was a diminutive harpy. She had something of the wasp about her, something of the butterfly or the housefly. She fluttered from here to there with astonishing speed. Her weakness, her fragility, was only on the surface. I believe that she was made of nerves and leather. She talked like a magpie. She never stopped talking. This made her bothersome enough since her cronies did not speak English and she did not speak Spanish. This way we children were engulfed in wave after wave of confused chatter. Things we did not understand. Her jokes were carried away by the wind like the down of a fledgling. But this was not important. She found it necessary to say things and she said them incessantly.

Marilú was tall, strong, and robust like her father.

ininteligible. Su español era inexistente. Pero sabían
comunicar con la tierra. Su ternura, su elocuencia,
era toda para ella. La tierra supo y quiso
corresponder.

Cosechaban de todo. Papas en cantidad y calidad
nunca vistas. Ese maíz dorado del Midwest, para
nosotros desconocido. Grano, verduras de todas
clases, alfalfa. Adquirieron sus animalitos que les
dieron carne, leche, quesos. Cambiaban sus productos
por lo que no producían. Lo demás lo vendían. Su
mesa era la más opulenta y la más suculenta de todas
esas tierras. Cuando las cosechas de los demás
fallaban por esta u otra razón, la de ellos era más rica
que nunca.

Buck Armstrong era alto, fuerte y robusto.
Taciturno como un tronco de pino. Parecía que
siempre andaba enojado. Nunca hablaba. Y si hubiera
hablado, nadie le habría entendido. Casi nunca se le
vio por el pueblo. Abigail y Marilú se encargaban de
compras y ventas y de todos los demás arreglos.

Abigail era una diminuta mujerzuela. Tenía algo
de avispa, algo de mariposa o mosca. Revoloteaba de
aquí a allí con asombrosa rapidez. Su debilidad, su
exquisitez era sólo aparente. Creo que estaba hecha
de nervios y correa. Hablaba como una cotorra. No
dejaba de hablar. Esto le resultaba bastante
incómodo, ya que las mujeres de su camada no
hablaban inglés y ella no hablaba español. De modo
que a nosotros los chicos nos envolvía en olas y olas
de palabrería. Cosas que nosotros no entendíamos.
Sus chistes se los llevaba el aire como plumas de
pajarito tierno. Pero no hacía falta. Ella tenía la
necesidad de decir cosas, y las decía sin cesar.

Marilú era alta, fuerte y robusta como su padre. Era

She was friendly, affectionate, and talkative like her mother. She began to learn Spanish from the children who went to help her father with the sowing or the harvest. She was forever learning in her buying and selling.

She was an Amazon in every sense. Kindly gifted in spirit and body. The spade, the hoe, the axe had hardened her. The men's clothing outlined, hugged, tightly fit her definite, firm, solid figure like a statue from another time, from another land. Naked, I suppose, she could have been a model for Michelangelo himself, perhaps a model for Mother Nature herself.

At first she seldom left the ranch. With time she began to feel more and more secure. She began to be seen more and more frequently by the village. She was seen on the roads visiting the different villages for who knows what reasons. She was seen in the back of some wagon or truck.

The people liked her from the beginning. Her open, frank, and good-natured personality won over the whole world. It was something to see. When she went through the street with a shovel on her shoulder, she didn't walk, she marched, but with a delicacy which seemed to glide to the sound and rhythm of a secret music. As hulking as she was, this surprising incongruity was most agreeable. "How's it going?" she sang out. Her voice was sweet and musical.

"How's it going, Güera," a chorus answered her from a courtyard, from a gate, or from a door.

Wherever she went she took laughter and smiles. Tierra Amarilla was rich because La Güera was ours.

Soon enough we realized that Marilú had a marked preference for the company of men. Where the men gathered, Marilú drew near. She knew how to compete with them in jokes, jests, riddles, and in songs, too. Her golden laughter and her pearly voice

amable, cariñosa y locuaz como su madre. Empezó a aprender español de los chicos que iban a ayudarle a su padre con la siembra o con la cosecha. Siguió aprendiendo en sus compras y ventas.

Amazona en todo sentido. Bondadosamente dotada en partes y carnes. La pala, el azadón y el hacha la habían endurecido. Las ropas de hombre le dibujaban, le apretaban y le ceñían sus contornos fijos, firmes y sólidos como estatua de otro tiempo y de otra tierra. Desnuda, me supongo, pudo haber sido modelo del mismo Miguel Angel, acaso modelo de la misma Madre Naturaleza.

Al principio salía poco del rancho. Con el tiempo fue cobrando confianza. Empezó a vérsele con más frecuencia por el pueblo. Se le veía por los caminos visitando los diferentes pueblos con quién sabe qué motivos. Se le veía en el cajón de alguna camioneta o camión.

La gente la quiso desde un principio. Su personalidad abierta, franca y campechana se ganó al mundo entero. Era cosa de ver. Cuando iba por la calle con una pala al hombro, no andaba, marchaba, pero con una delicadeza que parecía que bailaba a son y al compás de una música secreta. Tan grandota como era, esto era una incongruencia y sorpresa del todo placentera.

"Quihúbole," cantaba. Su voz era dulce y musical.

"Quihúbole, Güera." Le contestaba un coro de una resolana, de un portal, o de una puerta.

A dondequiera que iba llevaba risas y sonrisas. Tierra Amarilla era rica porque la Güera era nuestra.

Bien pronto nos dimos cuenta que Marilú tenía una marcada preferencia por la compañía de los hombres. Donde los hombres se reunían, allí se acercaba Marilú. Se sabía batir con ellos en bromas, chistes, adivinanzas y también en canciones. Su risa de oro y su voz de perla subían y lucían sobre la voz

rose and shone over the men's voices of earth and rock. In the store, in the cantina, in the courtyard, or in the corral. She knew how to tangle with them in other ways. No one defeated her in arm wrestling.

They found her so charming and so daring that someone eventually made the obvious mistake. One day a fresh guy touched her untouchables. Marilú tensed, froze for an instant. Then she let loose her fury. She gave the offender a punch in the snout which sent him reeling, then rolling across the cantina. She laid him out and put him to sleep. The men present celebrated and applauded this. And more than ever Marilú was one of them. From then on, no one ever again dared to touch Marilú's untouchables. Only once did someone dare to tell an off-color story in her presence. Marilú tensed, froze for an instant. Then she laid him out and put him to sleep in the well-known manner. Never again was anyone off color when La Güera was present.

Of course, all these adventures of La Güera were talked about everywhere with pleasure and delight. La Güera's odd habits stopped being offensive. La Güera was growing in dignity, respect, and affection.

Atilano Valdez was the son of Julio Valdez. They lived on a ranch near Tierra Amarilla. Atilano was tall, strong, and robust. He did not often come to the village. When he came, he came alone. He was solitary, quiet, and formal. Perhaps a dreamer, perhaps melancholy, perhaps a poet. In the café or the cantina he never got involved in the tumult or the quarrels of the others. Everyone certainly knew it and left him alone.

When Marilú joined the men, Atilano's eyes never left her. If sometimes she caught him in the act, he blushed and turned his gaze to the other side. From time to time they smiled at each other.

Marilú could not help but become aware of the

de tierra y piedra de los hombres. En la tienda, en la cantina, en la resolana o en el corral. Sabía trabarse con ellos de otras maneras. A la lucha de mano no le ganaba nadie.

La veían tan graciosa y tan atrevida que hubo quien se equivocara. Un día un fresco le tocó sus partes intocables. Marilú se entiesó, se congeló por un instante. Luego se desató hecha una furia. Le dio un soplamocos al ofensor que lo envió trastrabillando primero, después rodando, através de la cantina. Lo acostó y lo durmió. Esto lo celebraron y lo aplaudieron los hombres allí presentes. Y más que nunca Marilú fue uno de ellos. Desde luego, nadie más se volvió a atrever a tocarle a Marilú lo intocable. Sólo una vez se atrevió uno a contar un cuento verde en su presencia. Marilú se entiesó, se congeló, por un instante. Después lo acostó y lo durmió de la manera consabida. Nunca más se vistió de verde ningún macho cuando la Güera estaba presente.

Claro que todas estas aventuras de la Güera se comentaban en todas partes con gusto y alegría. Las costumbres raras de la Güera dejaron de ser ofensivas. La Güera iba creciendo en dignidad, respeto y cariño.

Atilano Valdez era hijo de don Julio Valdez. Vivían en un rancho cerca de Tierra Amarilla. Atilano era alto, fuerte y robusto. No venía mucho al pueblo. Cuando venía se la pasaba solo. Era solitario, callado y formal. Quizás soñador, quizás melancólico, quizás poeta. En el café o en la cantina nunca entraba en el barullo o en las querellas de los demás. Ya todos lo sabían y lo dejaban solo.

Cuando Marilú se adhirió a los hombres, Atilano no le quitaba los ojos. Si alguna vez ella lo cogía en el acto, él se sonrojaba y volvía la vista a otro lado. De vez en cuando se sonreían.

Marilú no pudo menos que percatarse de la

constant attention which this quiet and solitary man paid her. She began to pay attention to him more and more. She noticed that he was handsome, that his gaze and the lines of his face showed strength of character and depth of feeling. She became convinced that he was gentle, sweet, and generous.

Sometimes their looks crossed, coupled, for a magic instant. Who knows how many things were said without saying anything. But she respected his solitude and never said a word to him. He couldn't or didn't find a way to say a word to her.

One day Eusebio, one of those boors who are found everywhere, let loose a crude barbarity referring to La Güera. Atilano sprung like a wild beast from where he was in defense of the good name of the beautiful Amazon who was not there to defend herself. Eusebio did not back down and a really fierce fight began.

Marilú arrived at the cantina when the festival was at its high point. Shouting, grunts, growls. She asked what was going on. No one paid any attention to her. She also began to shout. "Give it to him, Atilano! Give it to him!"

When it became obvious that Atilano would win, Sergio, Eusebio's brother, jumped on Atilano from behind. Marilú tensed, froze, and quickly attacked. The fight did not last long. Eusebio and Sergio soon found themselves on the floor stretched out and asleep. Atilano and Marilú left the cantina together.

The following Sunday was a day of open mouths, of things never seen before. In the afternoon, when couples usually went strolling, Atilano and Marilú appeared hand in hand. But La Güera was no longer the blonde we knew. The truth is that she was blonder than she was before, perhaps blonde for the first time. She appeared without the red kerchief. Her hair of gold fell in waves and cascades over her shoulders to her waist. She wore a simple dress which outlined her untouchables in a way most

atención constante que le dedicaba este hombre callado y solitario. Ella empezó a mirar más y más al hombre silencioso. Empezó a fijarse más y más. Notó que era guapo, que su mirada y las líneas de su cara demostraban fuerza de carácter y profundidad de sentimiento. Se convenció que era suave, dulce y generoso.

Alguna vez sus miradas se cruzaron, se engancharon, por un instante mágico. Quién sabe cuántas cosas no se dirían sin decirse nada. Mas ella respetó su soledad y nunca le dijo palabra. El no pudo o no supo decirle palabra a ella.

Un día Eusebio, uno de esos brutos que hay en todas partes, soltó una soez barbaridad refiriéndose a la Güera. Atilano saltó como una fiera de donde estaba en defensa de la fama de una bella dama amazona que no estaba allí para defenderse. El otro no se hizo atrás y se armó una feroz y real pelea.

Marilú llegó a la cantina cuando la fiesta estaba en su apogeo. Gritería, pujidos, gruñidos. Preguntó qué pasaba. Nadie le hizo caso. Ella también empezó a gritar. "¡Dale, Atilano, dale!"

Cuando se hizo patente que Atilano iba ganando, Sergio, hermano de Eusebio, le saltó a Atilano por detrás. Marilú se entiesó, se congeló, y pronto atacó. No duró la pelea. Eusebio y Sergio pronto quedaron en el suelo acostados y dormidos. Atilano y Marilú salieron de la cantina juntos.

El siguiente domingo fue un día de bocas abiertas, de cosas nunca vistas. Por la tarde cuando las parejas salen de paseo, aparecieron Atilano y Marilú de la mano. Pero la Güera ya no era la güera que nosotros conocíamos. La verdad es que era más güera que lo que antes era, acaso güera por vez primera. Apareció sin el pañuelo rojo. Una cabellera de oro caía en ondas y cascadas sobre sus hombros hasta su cintura. Llevaba un vestido sencillo que dibujaba sus

touchable. Silk stockings. High-heeled shoes. Rosy cheeks, red lips, polished nails. It had never occurred to anyone, with the possible exception of Atilano, that Marilú was so feminine and beautiful, so tremendously seductive. How many treasures had she not kept clean and pure for the man deserving of her love.

They were married, of course. It is understood that Atilano lay down and slept voluntarily and with pleasure. With Marilú and not with aches and pains.

From this distance and after many years they tell me that Atilano and Marilú had four sons, all tall, strong, and robust. I hope each one has a lot of Marilú and just as much of Atilano.

intocables de la manera más tocable. Medias de seda.
Zapatos de tacón alto. Mejillas rosadas, labios rojos,
uñas coloradas. A nadie se le había ocurrido, con la
posible excepción de Atilano, que Marilú fuera tan
femenina y bella, tan tremendamente seductora.
¡Cuántos tesoros limpios y puros no había guardado
para el hombre digno de sus amores!

Se casaron, claro. Se entiende que Atilano se acostó
y se durmió voluntaria y gustosamente. Con Marilú
y no con dolores.

A esta distancia y a través de muchos años me
dicen que Atilano y Marilú tuvieron cuatro hijos
altos, fuertes y robustos. Espero que cada uno tenga
un mucho de Marilú y otro tanto de Atilano.

A Bear and a Love Affair

IT WAS TOWARDS THE END OF JUNE. THE LAMBING AND
the shearing had ended. The flock was already
heading up the mountain. Abrán was pointing,
directing the flock. I was in front with six loaded
burros. From here on out life would be slow and
peaceful.

I found a suitable site. Unloaded the burros. Put up
the tent. Cut pine branches for the beds. I started
fixing lunch for when Abrán came. The first sheep
were already arriving. From time to time I went out
to hold them back, to turn them so that they would
become accustomed to their first campsite.

The grass was high, fresh, and thick. The aspens
were high and white; their trembling leaves were
singing a song of life and joy. Aromas and flowers.
Ice-cold, crystal-clear water in the stream. All was
peace and harmony. That is why the gods live in the
mountains. The sierra is an eternal fiesta.

The little pots boiling. The sheep grazing or
sleeping. I contemplated the beauty and the grandeur
of nature.

Suddenly I heard familiar voices and laughter. I let
out a shout. They were my friends from Tierra
Amarilla. Abelito Sánchez, accompanied by Clorinda
Chávez and Shirley Cantel. The four of us were
juniors in high school. We were fifteen years old.

We unsaddled and staked out their horses. And we

Un oso y un amor

Era ya fines de junio. Ya había terminado el ahijadero y la trasquila. El ganado iba ya subiendo la sierra. Abrán apuntando, dirigiendo. Yo, adelante con seis burros cargados. De aquí en adelante la vida sería lenta y tranquila.

Hallé un sitio adecuado. Descargué los burros. Puse la carpa. Corté ramas para las camas. Me puse a hacer de comer para cuando llegara Abrán. Ya las primeras ovejas estaban llegando. De vez en cuando salía a detenerlas, a remolinarlas, para que fueran conociendo su primer rodeo.

El pasto alto, fresco y lozano. Los trembletes altos y blancos, sus hojas agitadas temblando una canción de vida y alegría. Los olores y las flores. El agua helada y cristalina del arroyo. Todo era paz y harmonía. Por eso los dioses viven en la sierra. La sierra es una fiesta eterna.

Las ollitas hervían. Las ovejas pacían o dormían. Yo contemplaba la belleza y la grandeza de la naturaleza.

De pronto oí voces y risas conocidas. Lancé un alarido. Eran mis amigos de Tierra Amarilla. Abelito Sánchez, acompañado de Clorinda Chávez y Shirley Cantel. Los cuatro estábamos en tercer año de secundaria. Teníamos quince años.

Desensillamos y persogamos sus caballos. Y nos

proceeded to enjoy the moment. There was so much to say. Questions. Jokes. So much laughter to renew. Now as I remember it I tremble. How beautiful all of that was! We were young. We knew how to care and how to sing. Without liquor, without drugs, without vulgar forwardness.

When Abrán came, we ate. I had tasty ribs of lamb roasted over the embers. They had brought goodies not usually found in the mountains. The joy and the good food, the friendship and the idyllic site turned it all into a feast to remember always.

Shirley Cantel and I grew up together. As children we went to the same school. I carried her books. Later we'd go bring the cows in every afternoon. We'd play in the stables or in the piles of hay. We had horse races. We had the important roles in the school plays. We always competed to see who would get the best grades. It never occurred to us that we might be in love. We found that out this past year for the first time. I don't know how. Now things were serious. Seeing her today was like a glorious dream.

Shirley had a white dove that attracted a great deal of attention. She always took her out when she rode horseback. The dove rode on her shoulder or on the horse's mane or rump. It got to know me and like me, too. Sometimes the dove rode with me. She would fly away and return. The dove was another sentimental bond between us two. That day, she recognized me. Immediately she landed on my shoulder. Her sensual cooing in my ear was a message of love from her mistress.

Shirley was a gringa but she spoke Spanish as well as I did. This was common in Tierra Amarilla. Almost all the gringos of those days spoke Spanish. We were one single society. We got along very well.

Jokes and pranks. Laughter and more laughter.

pusimos a gozar el momento. Había tanto que decir. Preguntas. Bromas. Tanta risa que reanudar. Ahora al recordarla me estremezco. ¡Qué hermoso era aquello! Eramos jóvenes. Sabíamos querer y cantar. Sin licor, sin drogas, sin atrevimientos soeces.

Cuando llegó Abrán comimos. Yo tenía un sabroso y oloroso costillar de corderito asado sobre las brasas. Ellos habían traído golosinas que no se acostumbran en la sierra. La alegría y la buena comida, la amistad y el sitio idílico convirtieron aquello en un festín para recordar siempre.

Shirley Cantel y yo crecimos juntos. Desde niños fuimos a la escuela juntos. Yo cargaba con sus libros. Más tarde íbamos a traer las vacas todas las tardes. Jugábamos en las caballerizas o en las pilas de heno. Teníamos carreras de caballo. En las representaciones dramáticas en la escuela ella y yo hacíamos las papeles importantes. Siempre competimos a ver quién sacaba las mejores notas. Nunca se nos ocurrió que estuviéramos enamorados. Este año pasado, por primera vez, lo descubrimos, no sé cómo. Ahora la cosa andaba en serio. Verla hoy fue como una ilusión de gloria.

Shirley tenía una paloma blanca que llamaba mucho la atención. Siempre la sacaba cuando montaba a caballo. La paloma se le posaba en un hombro, o se posaba en la crin o las ancas del caballo. Llegó a conocerme y a quererme a mí también. A veces la paloma andaba conmigo. Volaba y volvía. La paloma era otro puente sentimental entre nosotros dos. Hoy me conoció. De inmediato se posó en mi hombro. Su cucurucú sensual en mi oído era un mensaje de amor de su dueña.

Era gringa Shirley pero hablaba el español igual que yo. Esto era lo ordinario en Tierra Amarilla. Casi todos los gringos de entonces hablaban español. Eramos una sola sociedad. Nos llevábamos muy bien.

Chistes y bromas. Risas y más risas. Coqueteos

Fleeting flirtation. Loaded questions. Unexpected answers. The party at its height.

Suddenly the sheep are frightened. The flock whips from one side to another. It comes at us in waves. Bleats of terror. Something is scaring the sheep.

I grab the rifle. I tell Shirley, "Come with me." We go, holding hands. As we come around a bush, we run into a bear. He has downed a sheep. He has ripped out its entrails. His mouth is bloody. We are very near.

Ordinarily the bear runs away when he meets a man. There are exceptions: when there are cubs, when he's wounded, when he has tasted blood. Then he becomes mean. Even a dog becomes mean when he is eating.

This was a young bear. He probably was two or three years old. These are more daring and more dangerous. We interrupted his meal. He became furious. He came at us.

The others had come close. They were contemplating the drama. The bear approached slowly. He stopped, shook his head, and growled. We backed away little by little. Until we backed into a fallen tree. There was no choice. We would have to face the beast. Nobody tried to help me. No one said anything. The girls were quiet. No hysteria. Perhaps if I had been alone, I would have been half dead with fear. But there was my girlfriend by my side. Her life depended on me. The others were watching me.

Never had I felt so much in control of myself. Never so much a man, never such a macho. I felt primitive defending my woman. She and the others had faith in me.

I raised the rifle. Aimed. Steady, sure. Fired. The bullet went into the open mouth and came out the back of the neck. The shot echoed through the sierra.

fugaces. Preguntas intencionadas. Contestaciones inesperadas. La fiesta en su apogeo.

De pronto el ganado se asusta. Se azota de un lado a otro. Se viene sobre nosotros como en olas. Balidos de terror. Algo está espantado al ganado.

Cojo el rifle. Le digo a Shirley, "Ven conmigo." Vamos de la mano. Al doblar un arbusto nos encontramos con un oso. Ha derribado una oveja. Le ha abierto las entrañas. Tiene el hocico ensangrentado. Estamos muy cerca.

Ordinariamente el oso huye cuando se encuentra con el hombre. Hay excepciones: cuando hay cachorros, cuando está herido, cuando ha probado sangre. Entonces se pone bravo. Hasta un perro se pone bravo cuando está comiendo.

Este era un oso joven. Tendría dos o tres años. Estos son más atrevidos y más peligrosos. Le interrumpimos la comida. Se enfureció. Se nos vino encima.

Los demás se habían acercado. Estaban contemplando el drama. El oso se nos acercaba lentamente. Se paraba, sacudía la cabeza y gruñía. Nosotros reculábamos poco a poco. Hasta que topamos con un árbol caído. No había remedio. Tendríamos que confrontarnos con el bicho.

Nadie hizo por ayudarme. Nadie dijo nada. Las muchachas calladas. Nada de histeria. Quizás si hubiera estado solo habría estado muerto de miedo. Pero allí estaba mi novia a mi lado. Su vida dependía de mí. Los otros me estaban mirando. Nunca me he sentido tan dueño de mí mismo. Nunca tan hombre, nunca tan macho. Me sentí primitivo, defendiendo a mi mujer. Ella y los demás tenían confianza en mí.

Alcé el rifle. Apunté. Firme, seguro. Disparé. El balazo entró por la boca abierta y salió por la nuca. El balazo retumbó por la sierra. El oso cayó muerto a

The bear fell dead at our feet. Shirley put her arms around me. I almost died of happiness.

I skinned the animal myself. I felt its warm blood on my hands and on my arms. I felt like a conquistador.

On one occasion I had given Shirley a ring my mother had given me. On another, a box of candy. This time I gave her the skin of the bear she met in a fearful moment. When she left, she took with her the skin carefully tied with her saddle straps.

The years went by. I went to one university, she to another. That separated us. Then came a war that separated us more. When a river branches in two, there is no way those two rivers can come together again.

I have not seen her again since those days. From time to time someone tells me something about her. I know she married, has a family, and lives far away from here. Now and then I remember with affection the beauty of the youth I shared with her.

Recently an old friend told me that he saw her there where she lives and met her family. He told me that on the floor, in front of the fireplace, she has a bearskin. She remembers, too.

nuestros pies. Shirley me abrazó. Quise morirme de felicidad.

Desollé al animal yo mismo. Sentí su sangre caliente en mis manos, y en mis brazos. Me sentí conquistador.

En una ocasión le había regalado yo a Shirley un anillo que mi madre me había dado a mí. En otra una caja de bonbones. En esta ocasión le regalé la piel de un oso que ella conoció en un momento espantoso. Cuando se fue se llevó la piel bien atada en los tientos de la silla.

Pasaron los años. Yo me fui a una universidad, ella, a otra. Eso nos separó. Después vino una guerra que nos separó más. Cuando un río se bifurca en dos, no hay manera que esos dos ríos se vuelvan a juntar.

No la he vuelto a ver desde esos días. De vez en vez alguien me dice algo de ella. Sé que se casó, que tiene familia y que vive muy lejos de aquí. Yo me acuerdo con todo cariño de vez en vez de la hermosa juventud que compartí con ella.

Recientemente un viejo amigo me dijo que la vio allá donde vive y conoció a su familia. Me dijo que en el suelo, delante de la chimenea, tiene ella una piel de oso. También ella se acuerda.

DON NICOMEDES

DON NICOMEDES WAS PREPARING THE EVENING MEAL.
There was a coffee pot and a pot of beans on the small
stove. He was stirring the meat and potatoes. The
bread was rising in the oven. The tent was full of the
delightful aromas and the promise of late afternoon.

Outside the sheep were grazing peacefully. The
flock was scattered and spread out as far as the other
side of the hill. The sun was setting in the west.
Peace and silence in the world. It was time to bring
in the flock. It was time to eat.

Don Nicomedes had been my grandfather's foreman
for many years. Since my grandfather's death he had
been my father's foreman. He was a trustworthy,
serious, silent man, as the men who spend their lives
alone in the wilderness with the flocks usually are.
Everyone called him "Don." This time Manuel, his
assistant and companion for nine months at the
winter pasture, wasn't there. My father had come to
bring them provisions and had given Manuel
permission to visit his family. He took his place.

The flock was a big one, some fifteen hundred
sheep. In the field you don't drive the sheep so that
you won't damage the grass. You point the flock in
the direction of the camp and allow it to move
slowly at its own pace. The sheep know this already
and they start to move and gather by themselves.
The process is slow. It would be dark this evening

216

Don Nicomedes

Estaba don Nicomedes haciendo de comer. Había
sobre la pequeña estufa una cafetera y una olla de
frijoles. El estaba meneando las papas y carne picada.
En el horno el pan se estaba alzando. La carpa estaba
llena de sabrosos aromas y de la promesa de la tarde.
 Afuera las ovejas pacían tranquilamente. El ganado
estaba esparcido y abierto hasta el otro lado de la
ladera. El sol se estaba poniendo en el oeste. Paz y
silencio en el mundo. Era hora de recoger el ganado.
Era hora de comer.
 Don Nicomedes había sido el caporal de mi abuelo
por muchos años. Desde la muerte del abuelo había
sido el caporal de mi padre. Hombre de confianza,
formal y silencioso como suelen ser esos hombres
que se pasan la vida en el campo solos con el ganado.
Todos le daban el título de "don." Esta vez no estaba
Manuel, el campero, su ayudante y compañero por
nueve meses en el invernadero. Mi padre había
venido a traerles provisiones y le dio permiso a
Manuel a que fuera a visitar a su familia. El se quedó
en su lugar.
 La partida era grande, unas mil quinientas ovejas.
En el campo no se arrea el ganado para no estropear
el pasto. Se le apunta en la dirección del rodeo y se le
permite que vaya poco a poco a su propio paso. Y el
ganado sabe y solo empieza a moverse y a recogerse.
El proceso es lento. Ya estaría oscuro esta tarde

when the last sheep entered the campsite. My father was on the other side of the hill guiding the flock slowly from a distance.

Four riders approached the tent. They were cowboys. Cowmen and sheepmen did not get along. There were conflicts and confrontations between them always. There were gunfights and even deaths.

One of them shouted, "Hey, Mexican, come out here!" Don Nicomedes came out to see what was going on and he found himself face-to-face with four gringos with drawn six-guns.

"Dance, Mexican, dance!" They started shooting at his feet. Little puffs of dust rose all around the feet of the sheepherder. "Dance, Mexican, dance!" Laughter, cuss words. Although the old sheepherder didn't know English, he knew very well what they wanted. They wanted to make fun of him, amuse themselves at his expense.

But it was no use. The old sheepherder didn't dance. Bullets buzzed by him on all sides. He stood his ground, tall and straight. Immovable. As if he were of stone. Not a word. In his eyes a thick and heavy hatred. His entire being a pent-up fury.

The laughter ended. They became enraged. They wanted to humiliate him, reduce him to nothing. The old New Mexican's heroism and courage had humiliated and reduced them instead. It was obvious. He was worth more. They were worth less.

Their fury reached such a pitch that one of them rode up and struck Don Nicomedes with his reins. It was like striking a statue. The old man didn't move, didn't change expression. He didn't even blink. Two red welts appeared across the face of the man of stone.

At that same moment a deep, dry voice was heard. "Drop your guns or drop." It was the voice of my father. He heard the shooting and came running to see what was going on. The four gringos were so

cuando las últimas ovejas entrarían en el rodeo. Mi padre andaba del otro lado de la loma apuntando el ganado desde lejos y poco a poco.

Cuatro jinetes se acercaron a la carpa. Eran vaqueros. Los vaqueros y los borregueros no se llevaban bien. Había conflictos y confrontaciones entre ellos. Hubo heridos y hasta muertos.

Uno de ellos gritó, "Hey, Mexican, come out here!" Don Nicomedes salió a ver qué pasaba y se encontró con cuatro gringos con la pistola en la mano.

"Dance, Mexican, dance!" Empezaron a dispararle a los pies. Se alzaban los polvitos alrededor de los pies del pastor. "Dance, Mexican, dance!" Risotadas, malas palabras. Aunque el viejo pastor no sabía inglés, supo muy bien lo que querían. Querían burlarse de él, divertirse a su costa.

Pero no les valió. El viejo pastor no bailó. Le zumbaban las balas por todos lados. El tieso, alto y derecho. Inmovible. Como si fuera de piedra. Ni una palabra. En los ojos un grueso y espeso odio. Todo él una furia congelada.

Las risas terminaron. Se pusieron rabiosos. Quisieron humillarlo, reducirlo a nada. La valentía y el coraje del viejo nuevomexicano los había humillado y reducido a ellos. Era patente. El valía más. Ellos valían menos.

A tal punto llegó su rabia que uno de ellos se acercó y azotó a don Nicomedes con las riendas. Fue como si azotara a una estatua. El viejo no se movió, no cambió de expresión. Ni siquiera parpadeó. Se pintaron dos rayas rojas a través de la cara del hombre de piedra.

En ese mismo momento se oyó una voz honda y seca, "Drop your guns, or drop." Era la voz de mi padre. Oyó el tiroteo y vino corriendo a ver qué pasaba. Los cuatro gringos estaban tan obsesionados

obsessed with torturing their victim that they didn't even hear him come. Four guns fell to the ground.

The statue exploded. He jumped as if hurled from a catapult. He entered the tent and came out with his ancient .45 with the wooden handle and the extra long barrel. The red welts on his face almost shining. His eyes throwing off sparks. His mouth spitting bad words. Don Nicomedes was a fury, a wildness, a fever. He was crazy with rage and hate.

The gringos were the problem at the beginning. Now Don Nicomedes was the problem. In his madness he really wanted to kill four defenseless young men. "Not one of these bastards gets out of here alive!"

My father had to stand between the enraged old man and the shaking youngsters. He had to tell them to get the hell out of there. He had to pacify his indignant and beloved friend. The gringos left, whiter than they were when they came.

This was unbelievable. The most peaceful, most serene, and kindest man had become a vindictive monster in one instant. Perhaps there is a lesson here. When human dignity is trampled underfoot, it can rise and become a threatening and destructive force. Be careful about walking on the rights of another human being.

The two New Mexicans knew that this matter was not over. They knew that the gringos had to return for their guns. Everywhere they went their rifles were in hand, their six-guns in holster. At night their six-guns under the pillow, their rifles under the blankets. Don Nicomedes praying for their return so he could put the sign of the cross on their foreheads with bullets from the .45 or .303.

Two or three days went by. One morning, early, the New Mexicans saw five riders coming toward

en martirizar a su víctima que ni lo sintieron llegar.
Cayeron cuatro pistolas al suelo.

Se desató la estatua. Saltó como de un resorte.
Entró en la carpa y salió con su antigua 45 con sus
cachas de madera y el cañón demasiado largo. Las
rayas rojas de la cara casi brillando. Los ojos
lanzando chispas. La boca disparando malas palabras.
Don Nicomedes era una furia, una fiera, una fiebre.
Estaba loco de odio y rabia.

Al principio el problema fueron los gringos. Ahora
el problema era don Nicomedes. En su locura de
veras quería matar a cuatro indefensos jóvenes. "¡De
aquí no sale ni uno de estos desgraciados vivo!"
"Desgraciado" era muy mala palabra en Tierra
Amarilla.

Mi padre tuvo que interponerse entre el furioso
viejo y los temblorosos jóvenes. Tuvo que decirles
que se fueran a hacer gárgaras a otra parte. Tuvo que
apaciguar al indignado y querido amigo. Los gringos
se fueron, más blancos que cuando habían venido.
Esto era increíble. El hombre más pacífico, más
tranquilo y más bueno se había convertido en un
instante en una fiera vengativa. Acaso hay aquí una
lección. La dignidad humana atropellada sabe
levantarse y convertirse en una fuerza amenazadora y
destructiva. Mucho cuidado con pisotear los derechos
humanos de otro ser humano.

Los dos nuevomexicanos sabían que el trance no
había terminado. Sabían que los gringos tenían que
volver por sus pistolas. A todas partes, el rifle en la
mano, la pistola en la funda. De noche, la pistola
debajo de la almohada, el rifle debajo de las mantas.
Don Nicomedes rogando a Dios que vinieran para
ponerles la señal de la cruz en la frente con una bala
de 45 o 303.

Pasaron dos o tres días. Una mañana, bien
temprano, los nuevomexicanos vieron a cinco jinetes
que venían hacia ellos. Esperaron. El rifle en la

them. They waited. Their rifles in hand. Their six-guns in holster. This time they were ready.

They were the four from before, with empty holsters. And another, an older man. He had to be the father or the foreman. The old one spoke.

"Lay down your weapons, gentlemen. We come in peace."

"The last time it was different. I have your guns here as proof of your bad intentions."

"My boys have misbehaved and they have already been punished. I've brought them here to apologize."

"An insult cannot be brushed away with a couple of words. I am going to take them to court in Tierra Amarilla. I assure you, señor, that they will pay."

"Look, señor, if you do that, they'll lock these idiots up for ninety days. I need them to work the stock. We do not have any pull in Tierra Amarilla."

"I am sorry, sir, but these bastards mistreated a very dear friend, and they are not going to get away with it."

"Señor, I am ready to pay . . ."

"Keep your money."

"Well, then . . ."

"There is a solution. Let me have these four cowards for one day. I assure you that I will inflict no lasting harm on them. But they'll pay."

"Agreed."

They shook hands. Don Nicomedes gave the foreman the four guns. My father explained to the four young men what their punishment was. They became whiter than ever. White is beautiful. Excessive whiteness looks sickly. The four watched their foreman ride away in despair.

My father then brought out a pair of axes and a saw and set them to cutting wood. There was good wood there: piñon, cedar, and some oak. He put Don Nicomedes in charge and went off with the flock.

mano. La pistola en la funda. Esta vez estaban listos. Eran los cuatro de antes, con las fundas vacías. Y otro. Mayor. Tendría que ser el padre o el capataz. Habló el mayor:

"Hagan a un lado sus armas, señores. Venimos en paz."

"La última vez no fue así. Aquí tengo sus pistolas como prueba de su mala leche."

"Mis muchachos se han portado mal y ya han sido castigados. Los he traído para que les pidan perdón."

"El abuso no se quita con dos palabras. Yo les voy a montar un juicio en Tierra Amarilla. Le aseguro, señor, que pagarán."

"Mire, señor, si usted hace eso, me encierran a estos tontos por noventa días. Yo los necesito para que trabajen el ganado. Nosotros no tenemos aldabas en Tierra Amarilla."

"Lo siento, caballero, pero esos desgraciados maltrataron a un querido amigo, y no se van a salir con la suya."

"Señor, yo estoy dispuesto a pagar . . ."

"Guarde su dinero."

"Pues entonces . . ."

"Hay una solución. Déme usted a estos cuatro cobardes por un día. Le aseguro que no les pasará nada duradero. Pero pagarán."

"Convenido."

Se dieron la mano. Don Nicomedes le entregó las cuatro pistolas al capataz. Mi padre les explicó a los cuatro jóvenes su pena. Ellos se pusieron más blancos que nunca. El blanco es hermoso. Un blanco exagerado parece enfermizo. Los cuatro se quedaron mirando retirarse al capataz con un intenso dolor de corazón.

Mi padre entonces sacó un par de hachas y un serrucho y los puso a hacer leña. Había allí buena leña de piñón y de cedro, y un poco de encino. Puso a don Nicomedes de mayordomo y se fue con el ganado.

We didn't need the wood. It was spring. But why miss the excellent opportunity of using eight white hands and four athletic slaves who are at your service?

Don Nicomedes with that thick heavy hatred in his eyes. With the luminous red welts across his face. With the big gun in his holster. And a long whip in his hand. That New Mexican supervised the work. The gringos didn't know Spanish but they understood perfectly well what was expected of them. They worked like crazy. They sweated like sponges. The moment that one of them paused or relaxed, the whip cracked, somewhere near his ears, somewhere around his behind. When the sun set the four immigrants had chopped a cathedral of wood. Never in the history of man had so few chopped so much wood in such a short time.

As a reward for the quantity and sanctity of their labor Don Nicomedes untied and scared off their horses. They had to walk home in their high-heeled boots. It was far. They wouldn't get there till dawn. Who knows whatever happened to those four? They will never forget a New Mexican who didn't know English. He knew other things.

My father returned late. Supper was ready. Don Nicomedes was lying on his bunk. He had a beatific, angelic smile on his face. He was completely satisfied. My father knew that there was nothing angelic about his smile. His satisfaction was of another sort.

The name of that foreman was Don Nelson. After this incident he and my father became the best of friends and shared other experiences. I got to know him. I remember he wore a Stetson with a bullet hole just a little higher than the crown of his head. Someone almost parted his hair without bothering to remove his hat.

No hacía falta la leña. Era la primavera. Pero,
¿cómo perder la estupenda oportunidad de utilizar
ocho manos blancas a tus órdenes y cuatro atléticos
esclavos?

Don Nicomedes con aquel odio espeso y grueso en
los ojos. Con las luminosas rayas rojas a través de su
cara. Con el pistolón en la funda. Y un largo chicote
en la mano. Ese nuevomexicano se encargó de la
obra. Los gringos no sabían español pero entendieron
perfectamente bien lo que se esperaba de ellos.
Trabajaban como locos. Sudaban como esponjas. El
momento que se detenía o se aflojaba uno, traqueaba
el chicote, por allá por las orejas, por allá por las
nalgas. Cuando se puso el sol, los cuatro inmigrantes
habían partido una catedral de leña. Nunca en la
historia del hombre han tan pocos cortado tanta leña
en tan poco tiempo.

Como recompensa por tanto y santo trabajo, don
Nicomedes soltó y asustó los caballos de los cuatro.
Tuvieron que irse a pie, con sus botas de tacón alto.
Era lejos. Llegarían al amanecer. Quién sabe qué
haya sido de esos cuatro. No olvidarán nunca a un
nuevomexicano que no sabía inglés. Sabía otras
cosas.

Mi padre llegó tarde. La cena estaba hecha. Don
Nicomedes estaba recostado sobre su cama. Tenía
una sonrisa beatífica, angélica en su cara. Estaba
completamente satisfecho. Mi padre sabía que su
sonrisa no tenía nada de angelical. Su satisfacción
era otra.

Ese capataz se llamaba Don Nelson. A partir de esa
incidencia él y mi padre fueron los mejores amigos y
compartieron otras aventuras. Yo llegué a conocerlo.
Recuerdo que llevaba un sombrero Stetson con un
agujero de bala un tantito más arriba de la mollera.
Alguien casi le hizo el aparte sin quitarle el sombrero.

AMARTI AND AMARTA

THEY WERE SISTERS. TWIN SISTERS. PRETTY, CHEERFUL and playful. They were full of laughter and mischief. They were brimming with intelligence. Their greatest charm, the best of all, was that they were witches. Delightful and enchanting witches.

Their names were Amarti and Amarta. One would think that their names came from *amare* in Latin, but it wasn't so. The names came from the dark, cryptialistic language of the world of witches. They certainly were symbols of something beyond our comprehension.

Marti and Marta (as they were called since childhood) spent four years of intensive and festive merriment at a top university. They graduated with honors. There's nothing like intelligence, beauty, and witchery to triumph in the academic world without having to burn the midnight oil. The sisters studied business administration.

Marti and Marta enjoyed themselves immensely. Being twins, intelligent and mischievous was enough to derail anyone. If you add witchcraft to this, it is enough to disorient, confuse, and enchant anyone.

They drove the boys insane. First, a fellow never knew if he was with Marti or with Marta, never knew if he had said this or that, to this one or the other. The girls deliberately confused the issue. They played and danced with all the boys and charmed all

AMARTI Y AMARTA

ERAN HERMANAS. HERMANAS GEMELAS. GUAPAS,
alegres y traviesas. Tenían el cuerpo lleno de risa y
malicia. La cabeza llena de inteligencia. Su encanto
mayor, de todos el mejor, es que las dos eran brujas.

Se llamaban Amarti y Amarta. Se creería que los
nombres venían de *amare* del latín, pero no era así.
Los nombres salían del lenguaje oscuro, críptico y
cabalístico de la brujería. De seguro eran símbolos
de algo más allá de nuestra comprensión.

Marti y Marta (así se les dijo desde niñas) se
pasaron cuatro años de intensa y festiva alegría en
una universidad de categoría. Se graduaron con
honores. No hay como la inteligencia, la brujería y la
belleza para triunfar en el mundo académico sin
necesidad de quemarse las pestañas. Estudiaron
administración de negocios.

Se divirtieron a lo grande. El ser gemelas,
inteligentes y de espíritu travieso era para descarrilar
a cualquiera. Si se añade la brujería, era para
desorientar, confundir y encantar al mundo entero.

Traían a los chicos locos. Primero, nunca sabían si
estaban con Marti o con Marta, si antes le habían
dicho esto o aquello a ésta o a aquélla. Ellas adrede
les revolvían el agua. Jugaban con todos, y a todos
enamoraban. Todo entre risas y burlas. Cuando algún

of them. All of this with laughter and joking. When some young man became too amorous, something always happened to him, a trick, an accident. He'd get a fit of coughing. He'd start crying. He'd have to run to the bathroom. He'd start stammering. He'd lose his voice. Witchcraft, naturally. Marti or Marta would then attend to him with utmost affection to the amusement of everybody as the young man's ardor cooled off.

It wasn't that the twins were against love. The truth is that they were madly in love. Both of them loved Amaro, their classmate. He loved them passionately. Nobody ever mentioned marriage. It isn't easy to know why. Perhaps it was because he was a witch too. It could have been because neither Marti nor Marta was going to let the other have him. Or maybe it was because he didn't want to marry one and lose the other. The fact is that they shared him openly and honestly. Sometimes he went out with one, sometimes with the other, sometimes with both. All of this in a spirit of affectionate sharing. The three of them were happy. It seems that jealousy doesn't happen among witches.

As I have said Marti and Marta were pleasant and friendly. Enchanting in every way. They were good witches. Their witcheries were delightful antics. They didn't hurt anyone. They only clobbered somebody when it was necessary. Life bubbled around them with laughter, wit and good cheer.

After four years of the good life, both of them graduated with honors, nothing less than *summa cum laude*. They were now experts in business administration. They returned home and opened an emporium of lady's apparel. The store attracted attention because of its luxury, elegance and the good taste of its decor, the quality and variety of its merchandise, and above all, the friendliness of the

joven se ponía excesivamente amoroso, siempre le pasaba algo, un chasco, un accidente. Le daba un ataque feroz de tos. Se ponía a llorar. Tenía que correr al escusado. Empezaba a tartamudear. Perdía la voz. Brujerías, claro. Marti o Marta entonces le atendía con el mayor cariño, para la diversión de todos y para el enfriamento de la pasión del apasionado.

No es que las gemelas fueran negativas al amor. La verdad es que las dos estaban locamente enamoradas. Las dos querían a Amaro, su compañero de clase. El las quería a ellas apasionadamente, a las dos. No se habló nunca de matrimonio. No es fácil saber por qué. Quizás fuera porque él también era brujo. Pudo ser porque ni Marti ni Marta iba a permitir que la otra se quedara con él. O tal vez fuera que él no quisiera casarse con una y perder a la otra. El hecho es que las dos se lo compartían abierta y honestamente. A veces salía con una, a veces con la otra, a veces con las dos juntas. Todo esto en un espíritu de cariñosa convivencia. Los tres felices. Al parecer, los celos no rigen entre los brujos.

Como he dicho Marti y Marta eran risueñas y amables. Encantadoras en todo sentido. Eran buenas brujas. Sus brujerías eran alegres travesuras. No le hacían daño a nadie. Sólo daban palos cuando era necesario. En su torno la vida bullía de risa, ingenio y alegría.

Después de cuatro años de buena vida, las dos se graduaron con honores, nada menos que *suma cum laude.* Eran ya peritas en la administración de negocios. Volvieron a casa y abrieron un emporio de ropa de mujer. La tienda llamó la atención por el lujo, elegancia y buen gusto de su decorado, por la calidad y variedad de su mercancía, y sobretodo, por la amabilidad de sus dueñas. Claro que todo esto

owners. Naturally, all of this cost a fortune, but evidently, witches don't have economic problems.

They brought cloth, colors, and models never seen before. They treated their customers with respect and courtesy, making every woman think she was queen and mistress of the hemisphere. Every man who came in looking for something for his wife or lover left bewitched and loaded with the very best. One would think that this was enough, but it wasn't so.

The emporium became famous all around, because of the satisfaction of its customers. It seemed that the twins touched every item they sold with a magic wand. It was as if every dress, every suit, every skirt, and every blouse were custom made, as if every piece were made for the person who bought it. It wasn't only a matter of a perfect fit. The color, cut, and style matched the shape, size, coloring, and personality of the buyer perfectly. There were some who said that these triumphs looked like magic. One can see how so much dedication and attention to the business was flooding their treasure chest.

Soon after the opening of the business Amaro appeared. He took charge of the paper work and the boring part of the business, thus freeing Marti and Marta from the tedium of life. The three shared life as before. A loving and sensible triumvirate.

From time to time Marti and Marta went off on buying trips to the international markets of feminine attire in the different capitals of the world. Amaro stayed home with the store. What nobody knew was that these trips coincided with the international conventions of world witchery. There they caught up with the latest advances of world policy in witchery. They attended lectures, participated in seminars, and elected the Grand Witch who would rule for a year.

costó un capital, pero al parecer, los brujos no tienen problemas económicos.

Trajeron telas, colores y modelos nunca vistos. Trataron a sus clientes con decoro y cortesía, haciendo a cada mujer creerse reina y dueña del hemisferio. Cada señor que allí entraba en busca de algo para su señora o amante salía hechizado y cargado de lo mejor que había. Se diría que esto era bastante, pero no era así.

El emporio cobró fama por todos los alrededores, y hasta más allá, por la satisfacción de sus clientes. Parecía que las gemelas tocaban cada prenda que vendían con una varita mágica. Era como si cada vestido, traje, falda o blusa estuviera hecha a la medida, como si en todo sentido la pieza fuera hecha para la persona que la compró. No se trataba sólo de la medida perfecta. El color, corte y estilo correspondían a las mil maravillas al talle, tamaño, pigmentación y personalidad de la compradora. Hubo muchos que dijeron que estos aciertos parecían mágicos. Se puede ver que tanta dedicación y atención al negocio estaba llenando la caja fuerte a borbotones.

Poco después de lanzarse la empresa apareció Amaro. El se encargó de la papelería y de la parte aburrida del negocio, dejando a Marti y Marta libres del tedio de la vida. Los tres convivieron como antes. Un triunvirato amoroso y sensato.

De vez en cuando Marti y Marta se iban de compras a los mercados internacionales de vestimenta femenina en las diferentes capitales del mundo. Amaro se quedaba a cargo de la tienda. Lo que nadie sabía era que estos viajes coincidían con los congresos mundiales de la brujería mundial. Allí se ponían al tanto con los últimos adelantos y la política mundial del mundo de los brujos. Asistían a conferencias, participaban en seminarios y elegían al Gran Brujo y a la Gran Bruja que reinarían por el

One of their most important duties was to see that their Social Security was in good shape. No one like the witches to look after and protect their own. Retired witches lived like sultans. I wish we were as generous with our own.

When the time came, Marti and Marta married. They married two brothers. Non-witches. They were two honest, normal citizens. Who knows why they didn't choose witch husbands. Perhaps because too much witchery can be dangerous. The sisters' marriage did not mean that Amaro was forgotten. With regular frequency, one or the other sister appeared in Amaro's apartment to sweeten his life. Of course he was taken into the bosom of the extended family as a participating member.

Along with their successful business activities, Marti and Marta kept on producing their mini-miracles. Almost always for someone's benefit. Hardly ever to hurt anyone. They had a chant which they sang in a low voice when they wanted to produce an enchantment:

> Metén pe pe
> chícara, mícara,
> yeté, tecú,
> Abrín biz biz
> ópera, lópera
> cetá, taté

They had learned this song from their witch mother when they were babies. It came from the dark culture of the witches. It had magic powers and could be used for everything. The results, good or bad, depended on the intention of the witch and the alteration of the stresses and the rhythm of the syllables.

Doña Encarnación was a little lady who suffered from arthritis. She walked very slowly, with a cane,

siguiente año. Una de sus tareas más importantes era ver que el seguro social marchara bien. Nadie como los brujos para cuidar y proteger a los suyos. Los brujos retirados viven como sultanes. Ojalá que nosotros fuéramos tan generosos con los nuestros.

A su debido tiempo Marti y Marta se casaron. Se casaron con dos hermanos. No eran brujos. Eran dos honrados y normales ciudadanos con todo lo que eso implica. Quién sabe por qué no escogen a maridos brujos. A lo mejor porque la brujería en exceso puede ser peligrosa. El casamiento de las hermanas no quiere decir que Amaro quedara marginado y olvidado. Con frecuencia regular una o la otra aparecía en el apartamento de Amaro a endulzar la vida. El, claro, fue acogido al seno de la familia extendida como miembro integrante.

Junto con sus actividades exitosas en el comercio, Marti y Marta seguían produciendo sus mini-milagros. Casi siempre para el beneficio de alguien. Casi nunca para su maleficio. Tenían un canto que cantaban en voz baja cuando querían producir una encantación:

> Metén pe pe,
> chícara, mícara
> yeté, tecú.
> Abrín biz biz,
> ópera, lópera
> cetá, taté.

Este canto lo habían aprendido de su mamá bruja cuando eran niñas. Salía de la cultura oscura de las brujas. Tenía poderes mágicos y servía para todo. Los resultados, buenos o malos, dependían de la intención de la bruja y de la alteración de los acentos y el ritmo de las sílabas.

Ejemplos, entre muchos, de los beneficios y maleficios que realizaron son los que siguen. Doña Encarnación era una viejita que sufría de artritis.

every step a torture. In spite of her suffering the noble lady did not give in to her illness and did not lose her charm and good humor. She won the affection and the compassion of the sisters. One day they invited her to a cup of tea. While one of them chatted with her, the other was singing the "Metén pe pe." The old lady went home with the accustomed pain, but the following morning she woke up cured. Pedro Polo was an alcoholic of the first, second, and third class who lived at the very edge of self-destruction. When he was sober, when he didn't have money to buy liquor, he would stop by the store. Since Pedro was good-natured and grateful, the sisters gave him things to do: sweep, run errands, pile up boxes. One day they invited him for a drink. As he drank the "Metén pe pe" was heard in the background. He went away very happy with the nearly full bottle under his arm. He woke up next morning completely cured.

Braulio Barro was a policeman. The most obnoxious and shameless policeman imaginable. He had gotten it into his head that he was going to seduce one of the sisters. With this in mind he hung around all the time. There was no way of getting rid of him with cold courtesy. Later with icy insults. Nothing. One day Marti appeared somewhat flirtatious and offered him a cigarette. Marta sang him a song that began with "Metén pe pe." He left delighted, with a promise that offered a lot. That night his teeth fell out. Since these miracles happened far from the witches, nobody attributed them to them.

As was to be expected, Marti and Marta became mothers. Marti's baby was called Odioli and Marta's baby, Odiola, names taken from the witch bible. The baby girls received all the attention, affection and

Andaba despacito, con una muleta, cada paso un martirio. A pesar del sufrimiento, la noble viejita no se rendía a la enfermedad ni perdía su gracia y buen humor. Se ganó el cariño y la compasión de las hermanas. Un día la invitaron a una taza de té. Mientras una de ellas conversaba con la buena mujer, la otra canturreaba el "Metén pe pe." La señora se fue a su casa con el sufrimiento de siempre, pero la mañana siguiente se despertó buena y sana.

Pedro Polo era un alcohólico de primera, segunda y tercera que vivía o desvivía a la misma orilla de la autodestrucción. Cuando estaba sobrio, cuando no tenía con qué comprar licor, pasaba por el almacén. Como Pedro era bonachón y agradecido, las hermanas le daban tareas que hacer: barrer, entregar recados, alzar cajas. Un día lo invitaron a un trago. Mientras tomaba se oyó el "Metén pe pe" en el fondo. Se fue muy contento con la botella casi llena bajo el brazo. Amaneció curado la mañana siguiente.

Braulio Barro era policía. El policía más repugnante y sinvergüenza que se pueda imaginar. Se le había metido en la cabeza que iba a seducir a una de las dos hermanas. Por ese motivo lo tenían encima todo el tiempo. No había manera de deshacerse de su bochornosa y asquerosa presencia. Las dos mujeres quisieron retirarlo con fría cortesía. Después con helados insultos. Nada. Un día Marti se mostró un tanto coqueta y le ofreció un cigarro. Marta le cantó una canción que empezaba con "Metén pe pe." Se fue feliz con una promesa que prometía mucho. Esa noche se le cayeron los dientes.

Como estos milagros occurían lejos de las brujas nadie nunca se los atribuyó a ellas.

Como era de esperar Marti y Marta se hicieron madres. La niña de Marti se llamó Odioli y la de Marta, Odiola, nombres sacados de la biblia de los brujos. Las niñas recibieron toda la atención, caricias

care due them from their parents. No one indulged them like Amaro. He let them have their way in all their whims and fancies. He knocked himself out to please and amuse them. The girls adored him. It was as if he were their father. When they learned to talk they called him "Muqui Amaro" (Uncle Amaro in their language.) Just as the mothers had always been lovable, the daughters were always hateful. They were truculent, petulant and quarrelsome since childhood. Sulkiness here, fits there. Their parents could not handle them. Amaro was the only one who could. They only obeyed him. They only paid attention to him. They were inseparable. Who knows why. They couldn't be together and they couldn't be away from each other. They spent their life fighting and insulting each other. That is the way they grew up.

When the girls grew up and had become unbearable, their mothers disappeared, never to return. On a dark night, when their house was at peace, they took off. Since nobody saw them leave, no one knows if they flew away on a broom in the ancient and traditional way. What is most likely, given the modern times and their technical advances, is that they flew away on jet-propelled vacuum cleaners.

Nobody knew why they left. It could have been that they returned to the world of the witches to fulfill their witchcraft obligations at the demand of the Grand Witch. Maybe it was nostalgia that took them back to the land of their origin. It could also have been a spiritual need. Or maybe they simply got bored with their normal husbands and they got tired of their unruly daughters.

Amaro was the only one who knew everything. He took charge of the education and upbringing of Odioli and Odiola. They drove their *muqui* crazy. The messes they got into in high school. The

y cuidado que les correspondía de sus mamás y papás. Nadie las mimó como Amaro. Les cumplía todos sus antojos y caprichos. Se desvivía por congraciarlas y agasajarlas. Las niñas lo adoraban. Era como si él fuera su padre. Cuando aprendieron a hablar, las dos le decían, "Muqui Amaro" (tío Amaro en su lengua).

Así como las madres habían sido amables siempre, las hijas siempre fueron odiables. Desde pequeñitas fueron truculentas, petulantes y pendencieras. Berrinches por acá, pataletas por allá. Los papás no podían con ellas. El único que podía controlarlas era Amaro. Sólo a él obedecían. Sólo a él le hacían caso. Eran inseparables. Quién sabe por qué. No podían estar juntas, y no podían estar apartes. Se pasaban la vida peleándose e insultándose. Así fueron creciendo.

Cuando las chicas estaban ya grandecitas e inaguantables, sus mamás desaparecieron para nunca volver. Una noche oscura, en silencio, estando ya su casa sosegada, desprendieron el vuelo. Como nadie las vio salir, no se sabe si montaron sendas escobas a la manera antigua y tradicional. Lo más probable, dados los tiempos modernos y adelantos técnicos, es que montaron en aspiradoras a chorro.

Nadie supo por qué se fueron. Pudo ser que volvieron al mundo de las brujas a cumplir sus obligaciones brujeriles a la llamada del Gran Brujo. Tal vez fuera nostalgia la que las llevó a la tierra de sus orígenes. Necesidad espiritual. También puede ser posible que se aburrieran de sus maridos normales y se cansaran de sus hijas indómitas.

El único que lo sabía todo era Amaro. El se encargó de la educación y crianza de Odioli y Odiola. Estas le sacaron canas verdes a su muqui. Los

conflicts, the fights, and above all, the damage and destruction they caused. Where their mothers used the "Metén pe pe" for the good of others, they used it to hurt others. Amaro was always there to pay the bills, repair the damage, and calm the angry. No father could have been more attentive and more understanding. He forgave them everything and put up with all sorts of mischief. They adored him. Every so often Amaro disappeared. We can suppose that he went to visit Marti and Marta wherever they were.

Life is either perverse or reckless in the world of witches, as it is in ours. We never can tell which. Life trips us up so casually. That is what happened to the junior witches. They both fell in love at the same time. Odioli fell in love with Andrés. Odiola fell in love with Julián. Here is where the perversity and the recklessness of life comes in. Andrés loved Odiola, and Julián loved Odioli.

Jealousy, fury, hatred. The best solution would have been for them to exchange lovers. But no. Odioli wanted revenge against Andrés for rejecting her. Odiola wanted revenge against Julián for the same reason. There was a great deal of the attitude of "If I can't have him, you can't have him."

So, each one on her own and in secret decided to eliminate the man who had rejected her. The instrument of their vengeance was going to be the "Metén pe pe" they had inherited from their mothers. They polished it and they sharpened it. Accidentally they coincided on the time and the place for the crime. Two innocent lovers were going to die.

The two couples, Odioli-Andrés and Odiola-Julián, went to a dance. The two cousins sparkled in their beauty and in their evening gowns. They laughed and chatted as if that night was a piece of paradise. But the careful observer would have noticed that there

conflictos, las riñas y, sobretodo, los daños y la destrucción que hacían. Donde sus madres utilizaban el "Metén pe pe" para el bien del prójimo, ellas lo usaban para el mal de todos. Siempre Amaro estaba allí para pagar las cuentas, reponer los daños y apaciguar los ánimos. Un padre no podría ser más atento y más clemente. Les perdonaba y les aguantaba todo. Ellas lo adoraban. De vez en cuando Amaro desaparecía. Podemos suponer que iba a visitar a Marti y Marta quién sabe dónde.

La vida es o perversa o traviesa en el mundo de las brujas como en el nuestro. Nunca podemos saber cuál. Nos mete cada zancadilla. Así pasó con las dos brujitas. Se enamoraron las dos a la vez. Odioli se enamoró de Andrés. Odiola se enamoró de Julián. Aquí es donde entra la perversidad o travesura. Andrés quería a Odiola, y Julián a Odioli.

Celos, rabias, rencores. Lo indicado hubiera sido trocar novios. Pero no. Odioli quiso vengarse de Andrés por haberla desairado. Odiola quiso vengarse de Julián por la misma razón. Había en esto mucho de "Si no ha de ser mío, no va a ser tuyo."

Así es que cada una por su cuenta, y en secreto, se decidió a eliminar al amante que la había rechazado. El instrumento de su venganza iba a ser el "Metén pe pe" que habían heredado de sus madres. Lo pulieron y lo afilaron. Por casualidad coincidieron en el momento y el sitio del crimen. Dos inocentes amantes iban a morir.

Las dos parejas, Odioli-Andrés, Odiola-Julián, asistieron a un baile. Las dos primas eran un encanto, luciendo su belleza y sus trajes de gala. Reían y charlaban como si aquella noche fuera un pedazo del paraíso. El buen observador habría notado que había

was a terrible purpose in their eyes, a frightful intensity in their clenched fists.

They were dancing a sentimental waltz, Odioli with Andrés, Odiola with Julián. Accidentally, as often happens, because it wasn't planned, the two witches fired their "Metén pe pe" at their designated target simultaneously.

The guardian angel or the devil intervened, and everything came out backwards. The shot fired at Andrés hit Odioli. The shot fired at Julián hit Odiola. The witches' aim was bad, or their target moved. The impact was fatal. There was something like a silent flash, and the two young witches became smoke, air and nothing. They went poof like a soap bubble. Andrés and Julián were left holding two empty dresses in their arms, their mouths wide open and their eyes glazed.

So much self-indulgence, so much selfishness, so much egotism culminated in self-destruction. Their ill-advised and evil shot backfired.

Within a few days Amaro disappeared too. Surely he went to join Marti and Marta.

en sus ojos una terrible intención, en sus puños apretados una temible intensidad.

Andaban bailando, Odioli con Andrés, Odiola con Julián, un vals sentimental. Por un accidente de esos que ocurren, porque no estaba programado, las dos brujas dispararon su "Metén pe pe" a su determinada víctima simultáneamente.

Intervino el ángel de la guarda o el diablo de la guarda y todo salió atravesado. El disparo dirigido a Andrés le pegó a Odioli. El disparo dirigido a Julián le dio a Odiola. Las brujas apuntaron mal o se les movió el blanco. El impacto fue fatal. Hubo un como rayo silencioso, y las dos brujitas se volvieron humo, aire y nada. ¡Se fueron puf como una burbuja de jabón! Andrés y Julián se quedaron con sendos vestidos vacíos en los brazos, la boca abierta y los ojos estupefactos. Tanta auto-indulgencia, tanto capricho y tanto egoísmo culminaron en su propia destrucción. El maléfico tiro se les salió por la culata.

Dentro de unos días desapareció Amaro. De seguro fue a reunirse con Marti y Marta.

He's Got a Cross and He
Ain't a Christian

CAMILO WOKE UP EARLY. HE HAD SLEPT AND DREAMED well. He felt so good, so satisfied, face down as he slept, that he stayed a long time enjoying the love of the bed, his arms around the pillow. It was a delight to receive the caresses of the sheets. He surrendered completely to the voluptuousness of the moment, as he did every morning.

He had the sensation of floating through the air over the rooftops like a lazy leaf, a venturesome feather. Something like flying over the world on a magic carpet.

Slowly, sensually, he turned over on his back. He opened his eyes. He was fascinated looking at a blue sky and some white clouds going by on both sides. This came upon him so suddenly, it was such a surprise, that he couldn't analyze what he was seeing. Later, he became aware that the wind was hitting him on the face. He still didn't catch on.

He sat up in bed. He didn't believe what he saw. It was unbelievable. He was indeed flying through the air! On one side, very far below, lay the city. On the other side, very far down too, were the fields. He was sailing on his bed. A lump in his throat, a buzzing in his ears, a scream behind his belly button.

The absurdity of all this produced a terrible fright in him. He couldn't think, nor scream, nor anything. All he could do was cling to the mattress with all his

Tiene cruz y no es cristiano

Camilo se despertó temprano. Había dormido y soñado bien. Se sentía tan a gusto, tan satisfecho, boca abajo como dormía, que se quedó largo rato gozando del amor de la cama, abrazado de la almohada. Era una delicia recibir las caricias de las sábanas. Se entregó en total a la voluptuosidad del momento, como lo hacía todas las mañanas.

Tenía la sensación de que flotaba por el aire por encima de los tejados como una hoja perezosa, una pluma de aventura. Algo así como si volara por el mundo en una alfombra mágica.

Lento y sensual se volteó de espaldas. Abrió los ojos. Se quedó absorto mirando un cielo azul y unas blancas nubes que pasaban por los lados. Esto le vino tan de repente, tan de sorpresa que ni supo analizar lo que veía. Después, tarde, se dio cuenta de que el viento le estaba dando en la cara. Todavía no caía en la cuenta.

Se incorporó en la cama. No creyó lo que vio. Era increíble. ¡De verdad iba volando por el aire! Por un lado, muy, muy abajo, se veía la ciudad. Por el otro, también muy abajo, se veían los campos. El iba embarcado en su cama. Un nudo en la garganta, un zumbido en los oídos, un grito detrás del ombligo.

El absurdo de aquello le produjo un susto soberbio. No podía pensar, ni gritar, ni nada. Sólo pudo prenderse del colchón con todas sus fuerzas, las

strength, his knuckles white and trembling. Way down deep inside, crazy laughter welled in him and an "Oh, if she could only see me now!" But neither the laughter nor the hope saw the light of day because they didn't find a way out.

Looking at all this from the ground and far away, the spectacle held a great deal of humor. Camilo was a Bednaut and his bed was his Bedship. Or maybe Camilo was a Flying Knight and his mattress was his Rocinante. To see him thus, launched through space, was to die laughing, that is, if you weren't Camilo. He was dying, but he wasn't laughing.

What happened was that a fierce tornado had come down over the area. The violent storm destroyed houses, uprooted trees and killed people. It was truly a hecatomb. These convulsions of the atmosphere sometimes produce very odd results. Unbelievable things happen.

That's what happened this time. Camilo was sleeping peacefully in his bedroom on the second floor. The powerful wind ripped off the roof on his house, but did it so quietly and gently that Camilo didn't wake up. Then, the whirlwind, apparently with care and tenderness, picked up the mattress with its sleeping occupant, and carried it away through space.

Camilo woke up, sat up in bed, held onto the mattress, full of fear. When he did this, he let go of the bedsheet that covered him, and the wind took it away. Camilo was left without a stitch, as naked as a peeled banana.

A big crowd had gathered in the town square. Everyone was pointing at the sky and was commenting on the never before seen, the unheard of miracle. Flying saucers were one thing, but flying mattresses were quite another!

The flying mattress began to circle the town and to come down slowly. As it approached, everyone

coyunturas de sus dedos blancas, temblorosas. Por allá dentro le revoloteaba una risa loca y un "¡ay que si me pudiera ver ella!" Pero ni la risa ni la esperanza salieron a la luz del día porque no hallaron por donde.

Mirando todo esto del suelo y de lejos, el espectáculo tenía muchísimo de risa. Camilo era Camanauta, y su cama era su camanave. O tal vez Camilo era un caballero volante, y su colchón era Colchinante. Verlo así lanzado por el espacio, era para morirse de la risa, es decir, si uno no fuera Camilo. El se estaba muriendo, pero no de la risa.

Lo que pasó es que un feroz tornado descendió sobre la zona. La violenta tormenta destrozó casas, desenraizó árboles, causó muertes. Fue una verdadera hecatombe. Estas convulsiones de la atmósfera a veces producen resultados estrafalarios. Ocurren cosas que parecen mentira.

Esta vez fue así. Camilo estaba tranquilamente dormido en su dormitorio del segundo piso. El poderoso viento le arrancó el techo a su casa, pero lo hizo tan callada y delicadamente que Camilo no despertó. Luego, el torbellino, al parecer con cuidado y cariño, recogió el colchón con su ocupante dormido, y se lo llevó por el espacio.

Camilo despertó, se sentó en la cama, se prendió al colchón lleno de espanto. Cuando esto ocurrió, soltó la sábana que lo cubría y el viento se la llevó. Camilo se quedó sin un solo trapito, desnudo, mondo y lirondo.

En la plaza del pueblo se había reunido un gran gentío. Todos apuntaban al cielo y comentaban agitadamente el nunca visto e inaudito milagro. ¡Platos voladores eran una cosa, pero colchones voladores eran otra, muy otra!

El colchón volador empezó a dar vueltas sobre el pueblo y a descender lentamente. Al acercarse, todos

noticed that there was a creature driving it. The concentration grew. Everyone was convinced that it was an extraterrestrial being.

The perverse wind, who knows why, set the mattress down in the center of the square, in the middle of the multitude, gently as if it were an act of God. A helicopter couldn't have landed with greater ease and skill.

Poor Camilo! There he was stiff and scared to death. Naked, as naked as the day he was born. All his privacy exposed to the light and the people. He would never have any secrets for women anymore. His private parts were now public. His perfections or imperfections were now public property.

There was a long silence. He was in a stupor. The people astonished. Finally someone shouted, "It's Camilo!" A clamor, a din, broke out. Everybody was talking, or laughing, or shouting at the same time. Some discussed the marvel excitedly. Others pointed and made humorous and accurate commentaries about his gifts and endowments. Some women covered their eyes with their hands, leaving their fingers partially open. Camilo looked like a modern but skinny Buddha.

Somebody thought of calling an ambulance. Camilo began to become aware of his situation slowly. But even after he became aware, he still could not move, not even to cover his already mentioned parts. His incapacity and his shame, added to the prior fright, were killing him. His face began to wrinkle, tears followed. Sobs came later.

More confusion. The people thought he was wounded, that he was sick, that he was in pain. They asked him questions, and he didn't answer. The tears brought him some relief and liberated him from the paralysis that had him incapacitated. He turned over on his face to hide his face and all the rest. A man's

notaron que venía en la nave una criatura conduciéndola. Creció la conmoción. Todos convencidos que era un ser ultraterrestre.

El perverso viento, quién va a saber por qué, depositó el colchón en el centro de la plaza y en medio de la multitud con delicadeza, como si fuera cosa de Dios. Un helicóptero no habría podido aterrizar con mejor tiento y acierto.

¡Pobrecito Camilo! Allí estaba tieso y muerto de miedo. "En pelotas, como en el momento en que nací." ¡Todos sus pudores a la luz y a la gente descubiertos! No tendría ya más secretos para las mujeres. Sus partes privadas eran ya públicas. Sus perfectos o desperfectos eran ya moneda del pueblo.

Hubo un largo silencio. El como lelo. La gente estupefacta. Por fin alguien gritó. "¡Es Camilo!" Se desató un escándalo, una algarabía imponderable. Todo el mundo hablaba, o reía, o gritaba al mismo tiempo. Algunos comentaban la maravilla excitados. Otros apuntaban con el dedo y hacían graciosos y acertados comentarios sobre sus dotes y prendas. Algunas mujeres se tapaban los ojos con las manos, dejando los dedos entreabiertos. Camilo como Buda moderno y flaco.

A alguien se le ocurrió llamar una ambulancia. Camilo cayó en sí lentamente. Pero aun cuando se percató de su situación no pudo moverse, ni siquiera para taparse sus ya mentadas partes. Su incapacidad y su vergüenza, más el susto pasado, lo estaban matando. Empezó a hacer pucheros. Las lágrimas siguieron. Los sollozos vinieron después.

Más barullo. La gente creyó que venía herido, que estaba enfermo, que tenía dolores. Le hacían preguntas y él no contestaba. El llanto lo alivió y lo liberó de la parálisis que lo agobiaba. Se volteó boca abajo para esconder la cara y lo demás. El trasero de

behind is always more decorous and decent than his front.

More disorder than ever. The tumult multiplied. The commentaries increased. Someone said, "He's got a cross on his back!" "He's got a cross, and he ain't a Christian!" Laughter, jokes, cutting remarks. In his devastated condition, Camilo remembered an old popular rhyme:

> "Mariano is in the kitchen,
> wears a cross and ain't a Christian."

It was true, I mean, the part about the cross. He had a vertical line on his back etched from the nape of the neck to the part of certain parts. He had a horizontal line that went across his shoulder blades. They were there as if burned by solar or electrical power.

Finally the ambulance came to take him out of his misery. Some kind soul gave him his overcoat so that he could discreetly cover what should be discreetly covered.

They couldn't find anything wrong with him in the hospital. When Camilo was master of all his faculties again, he discovered that nothing hurt him and that he felt perfectly well. It appears that the tornado did to Camilo what the wind did to Albuquerque: just a lot of air.

What mystified all the doctors was the cross Camilo bore on his back. Nobody could explain it. They let him go, and he went home—very thoughtful. It occurred to him that he could no longer go swimming or exercise out doors. He could not show his torso off. He was a marked man.

The following day he went to work with his head full of yesterday's events and especially the fear and the shame. That he would never forget.

As he approached the first traffic light, as absorbed as he was, he made the silent and intense prayer we

los hombres siempre es más decoroso y decente que el frente.

Más barullo que nunca. El escándalo se multiplicó. Aumentaron los comentarios. "¡Tiene una cruz en la espalda!" dijo alguien. "¡Tiene una cruz y no es cristiano!" Carcajadas, burlas, puntadas. Camilo, en su estado anonadado, recordó una adivinanza popular que rezaba:

> Mariano está en el llano;
> tiene cruz y no es cristiano.

La contestación era "el burro." La apelación le quedaba a Camilo perfectamente. Era verdad, digo, lo de la cruz. Tenía una raya vertical dibujada desde la nuca hasta el aparte de ciertas partes. Tenía otra raya horizontal que le cruzaba las espaldas. Así, como quemadas allí por fuerza solar o fuerza eléctrica.

Por fin llegó la ambulancia a sacarlo de su miseria. Un alma caritativa le dio su abrigo para que cubriera honestamente lo que honestamente debe andar cubierto.

En el hospital no le pudieron hallar ningún desperfecto. Camilo, una vez dueño de todas sus facultades, descubrió que no le dolía nada y que se sentía perfectamente bien. Al parecer, el tornado le hizo a Camilo lo que le hizo el viento a Albuquerque: puro aire.

Lo que mistificó a todos los médicos fue la cruz que Camilo llevaba encima. Nadie la pudo explicar. Lo soltaron y se fue a casa—muy pensativo. Se le ocurrió que ya no podría ir a nadar ni a hacer gimnasia. No podría lucir el torso por lo que llevaba en el dorso. Era un hombre marcado.

El día siguiente se fue a la oficina con la cabeza llena de los acontecimientos de ayer, el susto y la vergüenza en especial. Eso no lo olvidaría nunca.

Al acercarse al primer semáforo, por ensimismado que fuera, hizo la silenciosa e intensa oración que

all make in those cases, "Don't change!" The light didn't change, and he went on his way without paying any attention to it. As he approached the next traffic light, he implored or commanded, "Change!" The light changed. This time he almost noticed it. In this manner he arrived at his office, the lights at his disposition all the way. "What a coincidence!" he said to himself, without placing any importance on the accidental turn of events.

On his return he tried it out consciously. As he approached a traffic light he concentrated his will and his look on the light and gave it an order. The lights obeyed. He got home without having to make a single stop. It occurred to him that he had a superhuman power. The idea seemed so absurd to him that he burst out laughing, and attributed everything to coincidence.

The traffic lights were obedient again. The idea that seemed so ridiculous yesterday now began to intrigue him. He decided to put it to the test.

His department head had a tremendous tropical plant with exotic flowers in his office that was his pride and joy. He pampered it as if it were his lady love. He gave it all kinds of goodies, minerals, chemicals, and vitamins. He gave it coffee and tea to drink because he had heard that tropical flowers like them. He rubbed its leaves with oils so that they would shine. He cut its hair with silver scissors. There were those who claimed that at night, when nobody could see him, he bathed her with champagne. The plant was a piece of paradise.

This same vain supervisor had played a dirty trick on Camilo. Camilo still carried the thorn in his side. Today he wanted to get even. With the pretext of professional matters, he went to see his supervisor and the glorious plant behind him.

The supervisor had the bad habit of not looking you in the eye when he spoke to you. He would

todos hacemos en esos casos: "¡No cambies!" La luz no cambió y siguió su camino sin percatarse del hecho. Al acercarse al siguiente semáforo, le imploró o le mandó: "¡Cambia!" La luz cambió. Esta vez casi lo notó. Así llegó a su oficina, los focos a su disposición todo el camino. "¡Qué casualidad!" se dijo sin darle importancia a la coincidencia.

Al regreso hizo la prueba conscientemente. Al acercarse a un semáforo concentraba su voluntad y su mirada en el foco y le daba la orden. Los focos obedecían. Llegó a casa sin tener que parar una sola vez. Se le ocurrió que él tenía un poder sobrehumano. La idea le pareció tan absurda que soltó la risa, y le atribuyó todo aquello a la casualidad.

Los semáforos se mostraron obedientes otra vez. La idea que ayer le había parecido ridícula ahora empezó a intrigarle. Se decidió hacer la prueba.

El jefe de su departamento tenía una tremenda planta tropical con flores exóticas en su despacho que era el orgullo y el afán de su vida. La mimaba como si fuera la dama de sus amores. Le daba de comer las más finas golosinas, minerales, químicas y vitaminas. Le daba café y té de beber porque le habían dicho que a las flores del trópico les gustan esas bebidas. Le frotaba las hojas con óleos para que relumbraran. Le cortaba el pelo con tijeras de plata. Hubo quien dijera que de noche, para que no lo viera nadie, la bañaba con champaña. La planta era un pedazo del paraíso.

Este mismo vanidoso jefe le había hecho una mala jugada a Camilo. Llevaba la espina clavada. Ese día Camilo quiso buscar venganza. Con pretexto de asuntos profesionales se presentó ante su jefe y frente a la gloriosa planta detrás.

El jefe tenía la costumbre de no mirarle a los ojos a nadie cuando le hablaba. Asumía una postura fatua

assume a fatuous posture and look at the ceiling. Another bad habit he had was that he did all the talking. This suited Camilo perfectly. He had complete freedom to try out his potential power without interruption. He fixed his will and his look on the innocent plant. First, the flower and the leaves began to wilt. Then, they became scorched. Finally, they dried up.

If the chief had paid attention, he would have seen an expression of maximum incredulity, utter disbelief, on Camilo's face. The splendid plant behind the chief was now a heap of dead leaves. The chief hadn't seen it. Camilo stammered something, excused himself and left in a hurry.

A short time later the secretaries heard a desperate scream. They ran to see. He stood there mute, sobbing and pointing with his finger at the dry, sad bush. As was to be expected, and like a loving widower, he went into mourning. When Camilo found out he felt a deep content. How sweet vengeance is when it arrives on time!

A period of experimentation, testing and adventure followed. Not all of them happy. One day he stopped at a bakery. He wanted to buy a birthday cake for his little sister. There was a beautiful cake in the showcase that attracted Camilo's attention. Since there were many people, Camilo had to wait his turn. In the meantime, and without thinking about it, he stared at the elaborate pastry with more than ordinary concentration. Suddenly, on the other side of the glass, the cake began to smoke, the frosting began to melt. Then it broke out in flames. It burned. All that was left was a little pile of ashes. The people were speechless, confused. He slipped out without anyone seeing him.

He stayed in the car a long time thinking. That mysterious power he had, and which had filled him

y ponía los ojos en el cielo. Otra mala costumbre
que tenía era que él era el único que hablaba. Esto le
cayó a Camilo a la medida. Tuvo completa libertad
para ensayar su posible potencia sin interrupción.
Fijó la voluntad y la mirada en la inocente planta.
Primero empezaron a marchitarse las flores y las
hojas. Luego se chamuscaron. Finalmente, se secaron.
   Si el jefe se hubiera fijado, habría visto una
expresión de máxima incredulidad, total
estupefacción, en la cara de Camilo. La espléndida
mata detrás del jefe era ahora una hojarasca seca. El
jefe no la había visto. Camilo balbuceó algo, se
excusó y salió disparado.
   Después de un rato las secretarias oyeron un grito
desesperado. Corrieron a ver. Encontraron al jefe
llorando como un bebé apuntando con el dedo al seco
y triste matorral. Como era justo, y como amante
viudo, el jefe guardó luto. Camilo, cuando supo,
sintió un contento absoluto. ¡Qué dulce es la
venganza cuando llega a tiempo!
   Después vino una temporada de experimentación,
de pruebas y aventuras. No todas resultaron
satisfactorias. Se detuvo un día en una pastelería.
Quería comprar un pastel de cumpleaños para su
hermanita. Había en la vitrina un pastel precioso que
a Camilo le llenó el ojo. Como había mucha gente,
Camilo tuvo que esperar su turno. Mientras tanto, y
sin pensar en ello, se quedó mirando la elaborada
torta con más de ordinaria concentración. De pronto,
a través del vidrio, la torta empezó a humear, el
betún a derritirse. Luego explotó en llamas. Se
quemó. No quedó más que un montoncito de
cenizas. La gente se quedó atónita, descarrilada, ante
aquel acontecimiento. Nadie supo explicarlo. Camilo
quedó sacudido. Esto fue totalmente inesperado. Se
escabulló sin que nadie lo viera, sin que nadie se
diera cuenta.
   En el coche se quedó largo rato pensando. Ese
poder misterioso que tenía y que esta mañana lo

with illusion this morning, now filled him with fear. It was obvious that he didn't have complete control over that force, that this power could get away from him and do damage. He hadn't wanted to burn the cake. It seemed that all he had to do was concentrate, fix his attention on something, and a powerful dynamics was released that destroyed, altered, or damaged.

Thinking it over, he concluded that the tornado had discharged on him, deposited in him, a tremendous electrical or magnetic charge that he carried within him. And that this charge was released through his eyes and concentration. He made up his mind to look and concentrate carefully.

But being somewhat perverse, as we all are, he amused himself greatly with his new powers. Here are some of the jokes he played on his friends, his near friends, and his non-friends. The boring lecturer's pants fell down. Presumptuous and vain women's blouses popped open, or their stockings fell. Sassy kids got a toothache. The pompous spilled their coffee or their wine. The car stalled for the one who cut him off in the traffic. The one who dominated the conversation got a coughing fit or his tongue twisted. The one who interrupted forgot what he was going to say. The one who insulted or slighted him got a sudden and fierce stomach ache. The computers of impertinent cashiers went berserk. He turned lights on and off. He closed and opened doors. He converted the elevator into a yoyo. Camilo had a ball. He laughed and teased, like a child with a new toy.

At the beginning he thought of trying his new powers out on women. In his sweet fantasies he imagined that there wasn't a woman who could resist him. He enjoyed the idea a long time, but he didn't do it. He was afraid. Afraid of doing them irrevocable and permanent harm. The women at the

había llenado de ilusión, ahora lo llenaba de espanto. Era manifiesto que él no tenía completo dominio de esa fuerza, que esa potencia podía escapársele y causar daños. El no había querido quemar el pastel. Parecía que todo lo que tenía que hacer era concentrarse, fijar la atención en algo, y se desataba una poderosa dinamita que destruía o alteraba o dañaba. Pensándolo más, concluyó que el tornado pasado había descargado sobre él, depositado en él una tremenda carga eléctrica o magnética que él llevaba dentro. Y ésta se disparaba a través de la mirada y la concentración. Se decidió a mirar y a concentrarse con mucho cuidado.

Pero siendo un tanto perverso, como lo somos todos, se divirtió a lo grande con sus nuevas dotes. He aquí algunas de las burlas que les hizo a los amigos y a los enemigos. Al conferenciante aburrido, de pronto se le cayó los pantalones. A las mujeres presumidas y vanidosas, se les desabrochan las blusas, o se les caen las medias. A los chicos malcriados, les da dolor de muela. Al vanidoso, se le vuelca el café o el vino. Al que se le atraviesa en el tránsito, se le para el coche. Al que domina la conversación, se le traba la lengua o le da tos. Al que interrumpe, se le olvida lo que va a decir. Al que lo ofende o menosprecia, un repentino y feroz dolor de estómago. A las cajeras impertinentes, se les volvían locas las computadoras. Apagaba y encendía luces. Cerraba y abría puertas. Convertía el ascensor en yo-yo, o tú-tú. Camilo se divertía. Se reía y se burlaba como un niño con un juguete nuevo.

Quiso, al principio, ensayar sus nuevas dotes en las mujeres. En sus dulces fantasías se imaginaba que no habría una mujer que pudiera resistir. Se entretuvo largo con la idea. Pero no lo hizo. Le dio miedo. Miedo de hacerles algún daño irrevocable y permanente. A las mujeres en el trabajo les pareció

office thought that Camilo had become shy and unsociable abruptly, and wondered why. It wasn't that. He was afraid of looking them in the eye, that his power would get away from him. He made love only at night and in the dark. This surprised the ladies, since he had nothing to hide.

As time went on, his pranks began to bore him, to appear childish, the sort of thing a spoiled brat would do. He had to admit that his behavior was lacking in character and dignity. Besides, the terror of causing a tragic accident was growing in him day by day. He lived with the fear of altering the natural order of things in such a way that someone might lose his life, his health, or his wealth. Being essentially a good man, this mortified him insistently and constantly. His uneasiness reached a point where one night he got down on his knees and prayed, "Dear Lord, take from me the two crosses you have given me, one inside and one outside!" Never had a man prayed with so much sincerity.

He got a hold on himself. He gave up his pranks. The plague of unheard of accidents that had infested the circles in which Camilo moved for the last few months disappeared. No one had attributed to him the strange disasters that had occurred and which had everyone upset. He hadn't told his secret to anybody. Everybody knew he had a mysterious cross, nothing else.

He found himself at the airport one day. He had to pick up his mother who was coming in from somewhere. He was on a balcony with many people watching the planes come and go. The one he was expecting was about to arrive.

Suddenly someone shouted, "A plane is on fire!" Everyone looked where he pointed. Out there in the distance a plane could be seen leaving a wake of thick, black smoke. The flames reached as far back

que Camilo se había puesto esquivo y huraño abruptamente, y se preguntaban por qué. No era eso. Era que tenía miedo de darles los ojos, que se le escapara la mirada. Hacía el amor solo de noche y a oscuras. Lo que no dejó de extrañar a las damas, ya que no tenía nada que esconder. Con el tiempo las burlas y las bromas empezaron a aburrirle, empezaron a parecerle infantiles, cosas de niño malcriado. Tuvo que admitir que su conducta carecía de carácter y de dignidad. En cambio el terror de causar una avería desastrosa crecía en él de día a día. Vivía con el temor de alterar el orden natural de las cosas de tal manera que a alguien le costara la vida, la salud o la hacienda. Siendo esencialmente bueno esto le mortificaba insistente y constantemente. A tal punto llegó su malestar que una noche se puso de rodillas y rezó: "¡Dios mío, quítame las dos cruces que me has puesto, una afuera y la otra adentro!" Nunca había un hombre rezado con tanta sinceridad.

Se recató. Abandonó sus fechorías. Desapareció la plaga de accidentes inauditos que había infestado la esfera en que Camilo se movía por los últimos meses. Nadie le había atribuido a él los curiosos desastres ocurridos y que traían a todo el mundo conmovido. El no le había contado su secreto a nadie. Todos sabían que tenía una misteriosa cruz y nada más.

Se encontró en el aeropuerto un día. Fue a recoger a su mamá que venía de alguna parte. Estaba en un balcón con mucha gente viendo a los aviones llegar. De repente alguien gritó: "¡Un avión encendido!" Todo el mundo miró adonde apuntó. Allá a lo lejos se veía un avión que dejaba una estela de espeso humo negro. Las llamas se extendían hasta la cola del

as the tail. As it approached the landing field, it was apparent that the plane was going to crash.

Camilo stretched his neck trying to identify the plane. He did. It was his mother's! The emotion of the loving son took possession of him. He prayed with all his heart, "Dear Lord, give me the strength to save my mother and the rest."

He concentrated all his will power and his eyes with all his strength, with his entire being. His effort was such that his head, his joints and his bones hurt. The plane, wrapped in flames and smoke, was on the point of crashing. Unexpectedly, miraculously, the fire went out, the smoke disappeared, the plane straightened out and landed normally.

At that same moment, amid the shouts of joy of everyone, Camilo fell to the floor senseless. They gave him first aid and he soon came to life, weak and dizzy, but not sick.

Nobody knew, not the happy people that got off the plane, not the happy people that received them. All of them were aware that they had seen a miracle. The one who was most mystified was the pilot. A plane, converted into a ball of fire and out of control, suddenly, and by itself, puts out the flames, stabilizes, and becomes docile and obedient. First, who was going to explain that, and, second, who was going to believe it?

Camilo met his mother with more emotion than was to be expected. She embraced her son the same way. Thanks to God, life was good and rich. Camilo sang all the way home. Deep inside a hope was rising.

The next day, on the way to the office, he shot out his customary cry at the traffic light, "Don't change!" The light changed. Camilo began to tremble with anticipation. He approached the next one: "Change!" It didn't change. There was no doubt, he had lost his power! He had used it all yesterday at

aparato. Al acercarse a la pista era obvio que el avión se iba a estrellar.

Camilo estrechaba el gaznate, queriendo identificar el avión. Lo logró. ¡Era el de su madre! Se apoderó la emoción del cariñoso hijo. Rezó con todo su corazón: "Dios mió, dame las fuerzas para salvar a mi mamá y a los demás."

Concentró toda su voluntad y su mirada, con todas sus fuerzas, con todo su ser. Su esfuerzo fue tal que le dolieron la cabeza, las coyunturas y los huesos. El avión envuelto en llamas y humo, a punto de estrellarse. De pronto, milagrosamente, se apaga el fuego, desaparece el humo, se endereza el avión y aterriza sin novedad.

En ese mismo momento, y entre los gritos de alegría de todos, Camilo cae al suelo desmayado. El esfuerzo había sido demasiado. Le administraron primeros auxilios y pronto cayó en sí, débil y mareado, sí, pero enfermo no.

Nadie supo, ni la gente alegre que se bajaba del avión, ni la gente feliz que la recibía. Todos estaban conscientes de que habían presenciado un milagro. El piloto era el que más mistificado estaba. Un avión hecho una bola de fuego y fuera de control, de pronto, y por sí mismo, apaga las llamas, se estabiliza y se hace dócil y obediente. ¿Quién iba a explicar eso, primero, y quién lo iba a creer después?

Camilo recibió a su madre con más emoción de lo esperado. Ella abrazó a su hijo de la misma manera. Gracias a Dios, la vida era buena y rica. Camilo canturreó todo el camino a la casa. Allá dentro había nacido una esperanza.

Otro día, camino a la oficina, lanzó su acostumbrado pregón al semáforo: "¡No cambies!" La luz cambió y Camilo empezó a temblar de anticipación. Se acercó al otro: "¡Cambia!" No cambió. No cabía duda, ¡había perdido su potencia!

the airport. The joy inside of him was overflowing.

He turned on the next corner at full speed to return home. He entered the house on the run, singing and laughing, unbuttoning his shirt. He went straight to the bathroom and looked at himself in the mirror. His cross had disappeared! He went down on his knees right there and thanked God for his liberation.

He celebrated his redemption with a double shot of whiskey and went to work, happy and satisfied, master of himself once more. On the way, he sang:

> Camilo is whole and sane,
> doesn't have a cross and is humane.

La había gastado toda ayer en el aeropuerto. No le cabía la alegría en el cuerpo.

Dobló en la primera vuelta a toda velocidad para volver a casa. Entró en la casa corriendo, cantando y riendo, desabrochándose la camisa. Se fue directo al cuarto de baño y se miró en el espejo. ¡Su cruz había desaparecido! Allí mismo se puso de rodillas y le dio gracias a Dios por su liberación.

Celebró la redención con dos whískeys bien fuertes y se fue a su trabajo, contento y satisfecho, otra vez dueño de sí mismo. En el camino iba cantando:

> Camilo está bueno y sano,
> no tiene cruz y es humano.

DARKLING DOVES

FELIBERTO ARMIJO ARRIVED IN CANJILÓN IN THE SPRING
of 1918. His appearance was quite symbolic. He
appeared just at the end of the war and the beginning
of a new year. He came wrapped in mystery. No one
knew where he came from, and he didn't say. He had
no history and no family.

He must have been about forty-five at that time.
Handsome, robust, and well-built. Dark hair. Green
eyes. His skin was browned by the sun, but one
could see he was quite fair through his open shirt.
Medium height. Aquiline nose.

He had a long amethyst scar on his right cheek. He
limped slightly with his left foot. This increased and
intensified the aureole of mystery that surrounded
him, made him appear more exotic. Some people
supposed he had been a hero in the war, and this
rumor was repeated everywhere. But nobody knew.

He was considerate and polite to everyone.
Friendly and smiling. He turned away the questions
of the nosy ones with a smile, another question, or
an abrupt change of subject—without ever offending.

In spite of his obvious social gifts, his natural
magnetism, and his attractiveness, he was a loner.
He would cut off conversations with the greatest
elegance, take his leave of the long speakers, and go
somewhere else. In church, in the store, or in the
street the women would smile at him coquettishly,

Palomas negras

Llegó Feliberto Armijo a Canjilón la primavera de 1918. Su aparición no dejó de ser simbólica. Apareció justamente al terminarse la guerra y al nacer un año nuevo. Llegó envuelto en misterio. Nadie supo de dónde venía, y él no dijo. No trajo historia, y no se le conoció familia.

Tendría Feliberto unos cuarenta y cinco años entonces. Era guapo, robusto y bien hecho. Pelo negro. Ojos verdes. Tenía la tez dorada por el sol, pero por el cuello desabrochado de la camisa se veía que era bien blanco. Estatura mediana. Nariz aguileña.

Tenía una larga cicatriz amatista en la mejilla derecha. Cojeaba levemente de la pierna izquierda. Esto aumentaba e intensificaba la aureola de misterio que le rodeaba, lo hacía parecer más exótico. Algunos suponían que había sido un héroe en la guerra, y este runrún se repetía en todas partes. Pero nadie sabía.

Era atento y cortés con todos. Amable y sonriente. Desviaba las preguntas de los entrometidos con una sonrisa, con otra pregunta o con un abrupto cambio de tópico—sin ofender nunca.

A pesar de sus patentes dotes sociales, de su magnetismo natural y su gran atractivo, era un solitario. Con suma elegancia terminaba las conversaciones, se despedía de los largo-parlantes y se iba a otra parte. En misa, en la tienda o en la calle

and he would answer with a smile somewhere between bold and cold and would look the other way. He would only allow the children to get close to him. All his affection, his stories, and his candies were for them. They sought him out and followed him.

When he spoke with anyone, his face and eyes would light up. When he was alone the light went out. He could be seen roaming the countryside by himself, absorbed in thought. His only and constant companion was a solemn melancholy. His feet on this earth. His eyes and thoughts somewhere else.

He took lodging at the home of the widow Casados. The good Dona Hortensia, gossipmonger of the highest order, tried all her wiles to squeeze secrets out of her distinguished guest. The only thing she managed to get out of him was the time of day and day of the month.

Feliberto Armijo launched his projects from there. His coming to Canjilón had not been an accident. He had searched long and hard for just such a place. He came well prepared. He brought with him a large fortune and a detailed plan for a tremendous enterprise.

The first thing he did was buy vast lands in the vicinity of Canjilón. Lands with woods and valleys, streams and lakes. He had the property fenced. He brought in cattle and sheep. Deer and partridge too. Barnyard fowl. He stocked the streams and lakes with fish. Dams and ditches were made to irrigate the fields to be planted. People were hired to take care of all that.

Then the construction began. The dimensions and proportions of the structure amazed and stunned the natives. No one could imagine what it was going to be. Some thought it was going to be a hotel, others a hospital, a school. He kept his silence.

He brought architects, masons, and technicians from the city. All the people of Canjilón who wanted

las mujeres le sonreían con coquetaría, y él les respondía con una sonrisa entre atrevida y fría y desviaba la mirada. Los niños eran los únicos que permitía que se le acercaran. Para ellos era todo su cariño, sus cuentos y caramelos. Ellos lo buscaban y lo seguían.

Cuando hablaba con alguien se le encendían la cara y los ojos. Cuando estaba solo se le apagaban. Se le veía vagar por el campo solo y ensimismado. Una oscura melancolía era su única y constante compañía. Sus pies plantados en la tierra. Sus ojos y pensamientos puestos en otra parte.

Se hospedó en la casa de la viuda de Casados. La buena doña Hortensia, mitotera por excelencia, usó todas sus tretas para sacarle secretos al distinguido huésped. Lo único que logró sacarle fue la hora del día y la fecha del mes.

De allí lanzó Feliberto Armijo sus proyectos. Su venida a Canjilón no había sido accidente. Había buscado largo y lejos un sitio como éste. Vino bien preparado. Trajo consigo una gran fortuna y un plan detallado para una tremenda empresa.

Lo primero que hizo fue comprar vastos terrenos en las afueras de Canjilón. Tierras con valles y bosques, arroyos y lagos. Hizo cercar la propiedad. Introdujo ganado vacuno y ovejuno. También venado y perdiz. Aves de corral. Sembró peces en el arroyo y en los lagos. Hizo presas y acequias para el regadío de los campos por sembrar. Contrató gente para que se encargara de todo aquello.

Luego empezó la construcción. Las dimensiones y proporciones de la estructura mareaban la imaginación de los habitantes. Nadie podía figurarse qué iría a ser. Unos creían que iba a ser un hotel, otros un hospital, un colegio. El guardaba silencio como siempre.

Trajo arquitectos, albañiles y técnicos de la ciudad. Toda la gente de Canjilón que quiso consiguió

to work got a job in the construction with generous pay. Meanwhile, everyone was mystified. A local wise guy made some people laugh and others angry insisting that what they were building was an immense prison where the mysterious stranger was going to lock up all the men of Canjilón so that he could be with all the women. Some of the women didn't think this was a bad idea—for one reason or another.

The building was taking shape. It was a veritable Escorial. An immense three-story quadrangle, balconies at every window, and towers on all four corners. A dovecote on each tower. There was a large plaza in the center with a floor of black and white tiles.

The entrance to the plaza had big and thick doors reinforced with black iron. At one end of the plaza there was a stage with white columns on each side and luxurious velvet curtains. A flowing and lively fountain in the center. On the side, small and intimate patios and arbors. Flowers and plants everywhere.

Austere and severe outside, massive in every way, the castle rose, like a fortress that could resist Attila and Genghis Khan. Inside, soft, gentle, and warm, decorated with good taste and every luxury. It seemed that the intention was to shut out the winds and the noises of the outside. Not to allow the violence and vehemence of the outside to enter. To reject evil and let good prosper inside. To protect the future residents of this palace.

The dovecotes were soon full of doves. All white. Those who were close to Feliberto soon noticed that he had some sort of an obsession with doves. He insisted vehemently that no dove have a single spot of color, especially black. Later, when a dove was born with a touch of color it had to be destroyed. This aside, seeing the white flocks come out, populate the

empleo en la obra con generoso sueldo. Entretanto, todo el mundo mistificado. Un travieso del pueblo hacía reír a unos y enojar a otros insistiendo que lo que estaban construyendo era una gigantesca cárcel donde el misterioso extranjero iba a meter a todos los hombres de Canjilón para quedarse él con todas las mujeres. A algunas mujeres no les pareció esto del todo mal—por una u otra razón.

El edificio fue tomando forma. Era un verdadero Escorial. Un inmenso cuadrángulo de tres pisos con balcones en todas las ventanas y torres en las cuatro esquinas. En cada torre un palomar. En el centro una tremenda plaza con suelo de losa, a cuadros de blanco y negro.

La entrada a la plaza tenía unos grandes y gruesos portones de roble reenforzados con hierro negro. En un extremo de la plaza había un tablado con columnas blancas a cada lado y un lujoso telón de terciopelo. En el centro, una fuente viva y alegre. Por los lados, pequeños e íntimos patios y glorietas. Flores y plantas por todas partes.

Austero y severo por fuera, masivo en todo sentido, el castillo se alzaba, como una fortaleza que podría resistir a Atila y a Gengis Kan juntos. Por dentro, blando, suave y acogedor, decorado con gusto y a todo lujo. Parecía que la intención era cerrarles la entrada a los vientos y ruidos del exterior. No permitir entrar a la violencia y a la vehemencia de afuera. Rechazar el mal y dejar que el bien creciera adentro. Proteger a los futuros residentes de este palacio.

Pronto se llenaron los palomares de palomas. Blancas todas. Los que estaban cerca de Feliberto se dieron cuenta de que tenía una especie de obsesión con las palomas. Insistió vehementemente que ninguna paloma tuviera una sola mancha de color, negro especialmente. Más tarde, cuando nacía una manchada, tenía que ser eliminada. Por lo demás, ver las bandadas blancas salir, poblar los árboles de

trees of the area, to return later to their dovecotes, was something to see and to remember. They gave the somber castle a crown of light and gaiety.

Soon after Feliberto arrived in Canjilón, Tacho came to join him. Apparently Tacho belonged to that mysterious and secret life of Feliberto, and was the right arm of his boss.

Tacho was scary. He was a big and muscular Apache. He wore a sleeveless leather blouse that revealed tremendous arms of dark gold, covered with glowing scars. A wide belt over the blouse girded his waist and outlined a herculean torso. He was slightly bow-legged as if he had, in fact, carried the world at one time. His head was wrapped in a kerchief. (It was later discovered that it was to hide the absence of his left ear.)

To fill out the baroque and exotic look, Tacho was always silent. He kept an implacable and imperturbable silence. No one ever heard him say a word. He didn't speak. He didn't speak because he didn't have a tongue. He had lost it in some vengeance or battle lost in the past. He supervised the entire operation. He was the foreman, the eyes and ears of Feliberto. It was obvious that Tacho would die for Feliberto once and many times over. Perhaps Feliberto owed him his life once or many times over.

Finally the construction ended and a large sign in the shape of a rainbow appeared at the entrance of the property that read El Palomar. Now one could see the purpose of it all. It was a school.

On the first floor there were administrative offices and offices for the faculty. A gymnasium and all that goes with it. A swimming pool with the same. A very select library with a reading room with easy chairs and tables. A large dining room. A recreation hall with all kinds of facilities and a tremendous fireplace. Finally there was a store with kids' stuff: toys, books,

los alrededores, para después volver a sus palomares, era algo que ver y recordar. Le daban al sombrío castillo una corona de luz y alegría.

Poco después de llegar Feliberto a Canjilón, vino Tacho a acompañarle. Aparentemente, Tacho pertenecía a esa vida misteriosa y secreta de Feliberto y era el brazo derecho de su amo.

Tacho metía miedo. Era un Apache grandote y muscular. Llevaba un jubón de cuero sin mangas que revelaba unos inmensos brazos de oro dorado, cubiertos de ardientes cicatrices. Un ancho cinturón ceñía el jubón y perfilaba su hercúleo pecho. Era un tanto perniabierto como si de veras hubiera cargado con el mundo alguna vez. Llevaba la cabeza envuelta en un pañuelo. (Después se supo que era para esconder la ausencia de la oreja izquierda.)

Para completar el aspecto barroco y exótico, Tacho era silencioso. Guardaba un silencio implacable e imperturbable. Nunca se le oyó palabra. No hablaba. No hablaba porque no tenía lengua. La había perdido en alguna venganza o batalla perdida en el pasado. Vigilaba toda la obra. Era el capataz, los ojos y orejas de Feliberto. Estaba visto que Tacho se dejaría matar una y otra vez por Feliberto. Acaso Feliberto le debía la vida una y otra vez.

Por fin se terminó la construcción y apareció un tremendo letrero en forma de arco sobre la entrada de la propiedad que rezaba "El Palomar." Ahora se podía ver cuál era el destino de todo aquello. Era un colegio.

En la planta baja había oficinas para la administración y para profesores. Un gimnasio con todo lo que es menester. Una piscina igual. Una biblioteca de lo más selecto con su salón de lectura con butacas y mesas. Un gran comedor. Una sala de recreo con toda clase de facilidades y una tremenda chimenea. Finalmente, había un almacén de cosas para chicos: juguetes, libros, ropa, cosas deportivas,

clothing, sporting goods, goodies. The living quarters
for Feliberto and Tacho were located there too. These
quarters were just as mysterious and secret as the past
of the residents. People found out that the furnishings
came from far away, but nothing else was found out.
Only the workers, very few, could enter, but they
only saw the empty residence. Tacho unpacked,
arranged, and decorated everything all alone.

There was a completely equipped and modern clinic
on the second floor. The classrooms were there too.

The bedrooms were on the third floor. Each room
had two beds, two desks, and two lavatories, and
each had its window and its balcony. The boys were
on one wing of the building and the girls were on the
other. There was an apartment and office in each
wing for the supervisor.

This was a school for rich kids. Everything in it was
the best; the furniture was solid and comfortable.
The decoration elegant and in good taste.

Before the work was finished, Feliberto had
advertised the positions to be filled with the
credentials and qualifications required. Positions
needed: an academic director, teachers for the
different levels and subjects, a full-time doctor, a
nurse and a psychiatrist, tutors and counselors,
coaches for different sports. A dentist one day a
week. The cooks, waitresses, gardeners, and laborers
would all be local. All salaries were above the
average. In the personnel, as in the physical plant,
Feliberto wanted the best.

He reviewed the hundreds of applications
personally. He himself interviewed the finalists. He
himself selected the people who would serve him.
Although he was strict about professional
qualifications during interviews, he was most
concerned with the applicants' personal attributes.
He wanted to know if they liked children, what their
attitudes were toward children, their ideas about

golosinas. La residencia de Feliberto y Tacho estaba situada allí también. Esta era tan misteriosa y secreta como el pasado de los residentes. Se supo que los muebles vinieron de lejos, pero no se supo nada más. Sólo los trabajadores, muy pocos, pudieron entrar, pero sólo vieron la residencia vacía. Tacho desempacó, arregló y adornó todo solo.

El primer piso tenía una clínica completa y moderna. Allí estaban las salas de clase.

Los dormitorios estaban en el segundo piso. Cada habitación tenía dos camas, dos escritorios y dos lavabos, y tenía su ventana y su balcón. En una ala del edificio estaban los chicos, y las chicas estaban en la otra. En cada ala había un apartamento y oficina para un director.

Este era un colegio para chicos ricos. Todo en él era de lo mejor; el mueblaje era sólido y cómodo. La decoración elegante y de buen gusto.

Antes de que se terminara la obra, Feliberto había anunciado en los periódicos y por la radio los puestos por llenar y las credenciales y condiciones que satisfacer. Se necesitaban: un director académico, profesores para los diferentes niveles y materias, médico, enfermera y psiquiatra a tiempo completo, tutores y consejeros, entrenadores para los diferentes deportes. Un dentista un día por semana. Los cocineros, meseras, jardineros y labradores serían todos locales. Todos los salarios eran superiores a la norma. En el personal, como en el plantel, Feliberto procuraba lo mejor.

El mismo revisó los cientos de solicitudes. El mismo entrevistó a los finalistas. El mismo eligió a la gente que le serviría. En las entrevistas, aunque era estricto respecto a calificaciones profesionales, lo que más le preocupaba era los atributos personales de los solicitantes. Quería saber si querían a los niños, cuáles eran sus actitudes para con ellos, sus ideas

discipline, their capacity for compassion, their patience and tolerance.

He called all the staff together on the fourth of July at El Palomar. Among them appeared a lady, Doña Mercedes Peralta, who would be sort of Mother Superior of that community. It was suspected that Feliberto was an orphan, and that Doña Mercedes was his aunt. The lady couldn't be more friendly, more cheerful, and more affectionate. Everybody loved her immediately. Later, the kids of El Palomar would give her the name of Mama Alta.

After a sumptuous banquet, Feliberto spelled out all the goals and objectives of El Palomar to all his new employees, and what was expected of each one of them. El Palomar was a home and a school for orphans and destitute children. Certainly there would be among them children with psychological and emotional problems, children with complicated personalities. It was the responsibility of all of them to give them the warmth and affection, the faith that they needed. Give them the upbringing and education that would open the doors of opportunity and dignity to them.

The schedule would be as follows:

6:00–7:00	Get up. Make up room.
7:00–8:00	Breakfast and free time.
8:00–9:00	Study. Prepare lessons.
9:00–12:00	Classes.
12:00–1:00	Lunch.
1:00–3:30	Classes.
3:30–5:00	Chores.
5:00–6:00	Free time.
6:00–7:00	Dinner.
7:00–8:00	Study.
8:00–9:00	T.V. or recreation.
9:00–	Bedtime.

On Saturdays, the children worked and had two hours of study and two hours of recreation. On

sobre la disciplina, su capacidad de compasión, su paciencia, su tolerancia.

Citó a todo el personal para el cuatro de julio en El Palomar. Entre ellos apareció una señora, doña Mercedes Peralta, que sería una especie de madre superiora de esa comunidad. Se supuso que Feliberto era huérfano, y que doña Mercedes era su tía. La señora no podía ser más amable, alegre y cariñosa. Todo el mundo la quiso de inmediato. Más tarde, todos los chicos de El Palomar le darían el nombre de Mamá Alta.

Después de un suntuoso banquete, Feliberto les explicó a todos las metas y fines de El Palomar y lo que se esperaba de cada uno de ellos. El Palomar era un hogar y colegio para niños huérfanos y desvalidos. De seguro habría entre ellos chicos con problemas psicológicos y emocionales, chicos de personalidades complicadas. Era la responsabilidad de todos darles el calor y cariño, la confianza que les hacía falta. Darles la crianza y educación que les abriría las puertas de la oportunidad y de la dignidad. El horario sería como sigue:

6:00–7:00	Levantarse. Aseo de habitaciones.
7:00–8:00	Desayuno y tiempo libre.
8:00–9:00	Estudio. Preparación para clases.
9:00–12:00	Clases.
12:00–1:00	Almuerzo.
1:00–3:30	Clases.
3:30–5:00	Tareas.
5:00–6:00	Hora libre.
6:00–7:00	Comida.
7:00–8:00	Hora de estudio.
8:00–9:00	Televisión o recreo.
9:00–	

Los sábados los chicos trabajaban y tenían dos horas de estudio y dos horas de recreo. Los domingos

Sundays, the ones who wanted to went to mass in Canjilón and, except for one hour of study, they had the day free. During vacations there would be excursions, picnics, cultural and sporting events.

By the first of August the two hundred children El Palomar could accommodate had arrived. Before this, Feliberto had made arrangements with the state and county authorities to recommend destitute children. He and Doña Mercedes had scouted around the area looking for needy children. Some ragged, hungry, and tragic children showed up on their own because they had heard that El Palomar was the end of their misery.

The whole staff became active. The children had to be bathed, given new clothes, assigned to their rooms, fed. They arrived scared, shy, unsociable. Some were suspicious and resentful, wounded way down deep. Everyone, but especially Feliberto, Doña Mercedes, and Tacho, dedicated themselves to convincing them that all of this was true, that there was no trap, that El Palomar was theirs, their new home.

The dedication, the good faith, and the sincerity of all the adults couldn't help but win the confidence little by little of almost all the new arrivals. Naturally there were some who were more difficult, but these too ended up by accommodating themselves to their new community, their new family.

Many of the children couldn't believe their good fortune. The food was the best, their accommodations were comfortable and elegant, their treatment decorous and affectionate. Their new clothes and their new circumstances made them feel worthy and important for the first time.

The four weeks of August were used for orientation and adaptation. They were learning to know the physical plant and the staff. They began to feel sure of themselves and to feel at home.

iban a misa en Canjilón los que querían y, fuera de una hora de estudio, tenían el día libre. Durante las vacaciones habría excursiones, días de campo, actividades culturales y deportivas.

Para el primero de agosto habían llegado los doscientos chicos que El Palomar podía acomodar. Antes, Feliberto había hecho arreglos con las autoridades del condado y el estado para que le recomendaran niños desvalidos. El y doña Mercedes habían recorrido todos los alrededores buscando niños necesitados. Algunos chicos harapientos, hambrientos y trágicos llegaron por su propia cuenta porque habían oído que El Palomar era la salida de su miseria.

Todo el personal se puso en movimiento. Había que bañarlos, darles ropa nueva, asignarles sus habitaciones, darles de comer. Los chicos llegaron asustados, esquivos, huraños. Algunos desconfiados y resentidos, heridos allá muy adentro. Todos, pero especialmente Feliberto, doña Mercedes y Tacho, se dedicaron a convencerlos que todo esto era verdad, que no había ninguna trampa, que El Palomar era suyo, su nuevo hogar.

La dedicación, la buena fe y la sinceridad de todos los mayores no pudo menos que irse ganando la confianza de casi todos los recién llegados. Claro que hubo algunos más difíciles, pero éstos también terminaron por acomodarse a su nueva comunidad, su nueva familia.

Muchos de los chicos no podían creer su buena fortuna. La comida era de lo mejor, las acomodaciones cómodas y elegantes, su tratamiento decoroso y cariñoso. La ropa nueva y sus nuevas circunstancias los hacían sentirse dignos e importantes por primera vez.

Las cuatro semanas de agosto sirvieron de orientación y adaptación. Fueron conociendo todo el

Everything and everyone nourished their feeling of confidence. Their self-concept was growing.

The conflicts among themselves, their personal problems, their lack of upbringing and manners were resolved with tact and subtlety so that no one was hurt. The balance between work and recreation had them all involved in a dynamic life that was becoming more and more attractive.

The corrals and animals were a magnet. It was a thrill for the children to be able to stroke (later ride) a horse, come near (later milk) a cow, take a rabbit, a kid, or a lamb in their arms. To pick a peach or an apple or a plum from a tree, a tomato from a plant, or pull out a carrot from the ground was a special satisfaction. All of this produced new emotions and sensations, gratifying in every way.

With a blend of affection, talent, and dedication, El Palomar began to function with the beat and rhythm of a heart. Everything in order, everything on time, everything in tune. The children were launched, motivated, and open to the future.

All the children had chores. Some worked with the stock. Others in the fields. Some inside El Palomar. They were all paid for their work in scrip. They could spend this scrip in the store and in town. They were encouraged to open savings accounts in the store, so that they could buy more expensive things later. This way they learned more about arithmetic than they would have in class.

Every small child was assigned to an older one as his or her little brother or sister. The older child had the responsibility of looking after the little one, helping him with his studies and chores. Without their expecting it, a very special affection grew between the two. It appears the older ones needed the love and responsibility that applied. The younger ones needed the protection and the care. Perhaps this

plantel y a todo el personal. Empezaron a sentirse seguros de sí mismos y a sentirse en casa. Todo y todos alimentaban su sensación de confianza. Su concepto de sí mismos iba creciendo.

Los conflictos entre ellos, sus problemas personales, su falta de crianza y de modales eran resueltos con tacto y delicadeza de modo que nadie quedaba lastimado. El equilibrio entre recreo y trabajo los tenía a todos involucrados en una vida dinámica que se iba haciendo cada día más atractiva.

Los corrales y los animales fueron un imán. Poder alisar (después montar) un caballo, acercarse a (después ordeñar) una vaca, tomar un conejo, un cabrito o un cordero en sus brazos era un encanto. Coger un durazno o manzana o ciruela de un árbol, un tomate de la planta o sacar una zanahoria de la tierra era una satisfacción especial. Todo esto producía emociones y sensaciones desconocidas, gratas en todo sentido.

Con una mezcla de cariño, talento y compromiso, El Palomar empezó a funcionar con el compás y ritmo de un corazón. Todo en orden, todo a su tiempo, todo en armonía. Los chicos lanzados, estimulados, abiertos al porvenir.

Todos los chicos tenían quehaceres. Unos trabajaban con el ganado. Otros en los sembrados. Otros dentro de El Palomar. A todos se les pagaba por su trabajo en vales. Podían gastar estos vales en la tienda y en el pueblo. Se les aconsejaba a que abrieran cuentas de ahorros en la tienda para comprar después las cosas más caras. Así aprendieron más de matemáticas que lo que habrían aprendido en clase.

A cada chico mayor se le asignó un niño pequeño como hermanito. El mayor tenía la obligación de cuidar al pequeño, ayudarle con sus estudios y con sus tareas. Sin haberlo previsto ellos, nació un afecto muy especial entre los dos. Al parecer, el mayor necesitaba el cariño y la responsabilidad que atañía.

was the greatest success of El Palomar, a sentimental relationship that would continue in time.

Through the fields and corridors of El Palomar one could hear the children singing this song:

We are the special children
of the sun and the moon.
We are the dear grandchildren
of God, the grandfather.

Palomar, Palomar,
garden of our childhood.

The flowers and the trees
all the little animals,
the birds and the fishes,
each a friend indeed.

Palomar, Palomar,
garden of our childhood.

We get along well with
the snow and the ice.
Also with the heat
that falls from on high.

Palomar, Palomar,
garden of our childhood.

We came to Palomar
to learn and to grow,
to live and to work,
to laugh and rejoice.

Palomar, Palomar,
garden of our childhood.

By the end of September, the fruit trees were bending with fruit. The fields, rich with harvest. The stock big and fat, the new generation ready for market. There was a big fiesta at El Palomar then. A super picnic. Among the guests were the governor,

El menor necesitaba la protección y el cuidado.
Acaso éste fue el mayor éxito de El Palomar, una
relación sentimental que perduraría a través del
tiempo.

Por los prados y corredores de El Palomar se oía a
los chicos cantando esta canción:

> Somos los hijos favoritos
> de la luna y el sol.
> Somos los nietos predilectos
> de nuestro tata Dios.
>
> Palomar, Palomar,
> jardín de nuestra infancia.
>
> Las flores y los pinos
> y los animalitos,
> aves y pececitos,
> cada uno es fino amigo.
>
> Palomar, Palomar,
> jardín de nuestra infancia.
>
> Nos llevamos bien
> con la nieve y el hielo.
> También con el calor
> que desciende del cielo.
>
> Palomar, Palomar,
> jardín de nuestra infancia.
>
> Vinimos al Palomar
> a crecer y a aprender
> a vivir y a trabajar
> a reír y festejar.
>
> Palomar, Palomar,
> jardín de nuestra infancia.

Para fines de septiembre, los árboles frutales
estaban cargados de fruta. Los sembrados ricos de
cosecha. El ganado gordo, la nueva cría lista para el
mercado. Entonces hubo una gran fiesta en El
Palomar. Un día campestre por excelencia. Entre los

the outstanding legislators, distinguished people from all over the state, and, of course, all the people of Canjilón.

There were tables scattered on the lawns loaded with barbecued meats, corn on the cob, pastries, and breads. El Palomar decorated and adorned. The Palomos, as the people called the children, elegant and dignified in their uniforms. Blue flannel blazers, gray trousers, white shirts, and maroon ties for the boys. The same blazers for the girls, gray skirts, white blouses, and maroon kerchiefs for both.

Everyone was astonished at the decorum and dignity, the discipline and courtesy of these children who only a short time ago were the disinherited and rejected of society. They were the guides for the guests, showing them everything and explaining how the institution worked. Everyone was profoundly impressed. El Palomar touched their hearts. There even were tears here and there.

Feliberto's dream had come true. Feliberto (Papa Beto), Doña Mercedes (Mama Alta), Tacho (Tío Tacho), and the older brothers and sisters became the father and the mother of all the Palomos. At night one or another went to their rooms and visited for a while with each one. They looked after the sick. They comforted them when they were sad.

Feliberto had been the most feared, though unidentified, bank robber of the eastern part of the country. For years he had been a plague that devastated the financial fields of that area, apparently with a free hand, always without leaving a single trace. His tracks were smoke, air, and mist that vanished with the sun, or the moon, or the stars. In this way he piled up millions, which he later deposited in different banks somewhere else.

Feliberto had reduced bank robbery to an exact science. He researched and studied the bank to be

invitados vinieron el gobernador, los más sobresalientes legisladores, gente distinguida de todo el estado, y, desde luego, toda la gente de Canjilón.

Había mesas esparcidas por los prados cargadas de carnes asadas, mazorcas de maíz, ensaladas, frutas, pastas y panes. El Palomar galonado y engalanado. Los Palomos, así les llamaba a los chicos la gente, elegantes y dignos en sus uniformes. Chaquetas de franela azules, pantalones grises, camisa blanca y corbata marrón para los chicos. La misma chaqueta para las chicas, falda gris y blusa blanca. Pañuelos marrones para ambos.

Todos quedaron admirados con el decoro y dignidad, la disciplina y cortesía de estos chicos que hace muy poco eran los desheredados y abandonados de la sociedad. Ellos sirvieron de guías para los huéspedes, mostrándoles todo y explicándoles cómo funcionaba la institución. Todo el mundo estaba profundamente impresionado. El Palomar les tocó el corazón. Hasta hubo lágrimas aquí y allí. El sueño de Feliberto se había realizado.

Feliberto, Papá Beto; doña Mercedes, Mamá Alta; Tacho, tío Tacho; y los hermanos mayores se convirtieron en papá y mamá de todos. Por la noche uno u otro visitaba los dormitorios y visitaba un ratito con cada uno. Atendían a los enfermos. Los animaban cuando se ponían tristes.

Feliberto había sido el asaltador de bancos más temido, aunque desconocido, del este del país. Por años había sido una plaga que había devastado los campos financieros de aquella zona, al parecer con carta blanca, siempre sin dejar ni pizca de evidencia. Sus huellas eran humo, aire y niebla que se desvanecían con el sol, o la luna o la estrella. Así almacenó millones, que después depositó en diversos bancos en otras partes.

Feliberto había reducido el asalto de bancos a una ciencia exacta. Investigaba y estudiaba el banco a

robbed with earnestness and dedication: the construction, entrances and exits, personnel, schedule, location, security. He formulated a plan of action that was perfect to its last detail. He then brought together a team of experts and technicians in explosives, architecture, electricity and plumbing by means of ads in the newspapers. They met in an out-of-the-way house rented only for that purpose, for a period of training.

When the plan was put into operation, everything functioned perfectly, as if it were to the beat of a military band. It was never necessary to fire a shot. There never was an accident. Two robberies a year, that's all. Always in different cities.

After the victory, the troop would meet in the isolated house to divide the booty. Feliberto would congratulate them, would celebrate the conquest with glasses of champagne. Everything with charm. Smiles. Satisfaction. Everybody happy and full of illusion.

Suddenly, Feliberto and Tacho would step forth, each with a machine gun. Like angels of anger. In the blink of an eye they had murdered all the participants. Not a single witness was left. The curtain fell. The performance was over. The isolated house remained alone and abandoned. Days, or weeks, or months would go by before the stiff and silent bodies would be found. By then Feliberto would be far away, the keeper of a new treasure.

Feliberto had a magnificent estate somewhere in Virginia, in the countryside. High officials of our government and others, political and financial leaders, all kinds of artists, big shots all, came to his table and receptions. When Feliberto disappeared for periods of time, it was supposed that he was attending to his financial interests: oil, real estate, what have you. No one knew the sources of his income.

Feliberto's estate was called El Palomar and had

robar con ahinco y dedicación: la estructura, entradas y salidas, personal, horario, ubicación, seguridad. Formulaba un plan de acción, perfecto hasta su último detalle. Después reunía un equipo de expertos y técnicos en explosivos, arquitectura, electricidad y plomería a través de anuncios en los periódicos. Se reunían en una casa aislada, para un período de entrenamiento, alquilada sólo para eso.

Cuando se ponía el plan en operación, todo funcionaba a perfección como al compás de una marcha marcial. Nunca fue necesario disparar un tiro. Nunca hubo una avería. Dos robos al año nada más. Siempre en distintas ciudades.

Después de la victoria la patrulla se reunía en la casa aislada a repartir el botín. Feliberto los felicitaba, celebraba la conquista con copas de champán. Todo elegante, todo con buen gusto. Sonrisas. Satisfacción. Todos contentos y llenos de ilusión.

De pronto se alzaban Feliberto y Tacho con sendas ametralladoras. Como ángeles de venganza. En un abrir y cerrar de ojos habían asesinado a todos los participantes. No quedaba ni un solo testigo. Caía el telón, terminada la función. La casa aislada quedaba sola y abandonada. Pasarían días, o semanas o meses antes de que se descubrieran los cadáveres inertes y silenciosos. Para entonces Feliberto estaría muy lejos, dueño de un tesoro nuevo.

Feliberto tenía una finca estupenda en alguna parte del campo de Virginia. A su mesa y fiestas acudían altos funcionarios de nuestro y otros gobiernos, cabecillas de la política y de la economía, artistas de todo sentido, magnates todos. Cuando Feliberto desaparecía por temporadas se suponía que andaba involucrado en sus intereses financieros: petróleo, minas, bienes reales, qué sé yo. Nadie sabía cuáles eran las fuentes de sus rentas.

La finca de Feliberto se llamaba "El Palomar" y

dovecotes in several places. White doves, only white doves.

Strolling through his lands one day, as he frequently did, Feliberto was caught in a storm. The thunderclaps and the lightning flashes stepped on and snapped at each other. The rain whipped in sheets of violence. Feliberto sought cover under an immense fir tree.

A bolt of lightning fell from high above. It smashed the tree. Converted it into splinters. Feliberto fell senseless at an unbelievable distance from the shattered and stripped trunk of the dead tree. Tacho found him there.

Feliberto awoke in the hospital seriously hurt. His aunt, Doña Mercedes, and Tacho stayed with him night and day. They were afraid to leave him alone. At first he didn't recognize anyone. He rambled and fantasized. He had horrible nightmares. He would wake up screaming, desperate, bathed in perspiration. The doctors had to tranquilize him with sedatives.

His body recovered little by little. Little by little his spirit calmed down. A fierce idea had pierced his head like a knife. God had punished him for his horrible sins. He had to make amends. Right there in the hospital, the dream of El Palomar as the avenue of penance and absolution was born. When he revealed his plans to Doña Mercedes and Tacho, all three of them felt a great relief and they celebrated the new life that awaited them. Feliberto left the hospital to look for the ideal site for his salvation.

That is why he came to Canjilón. You already know how his project was carried out and the success it had. What you don't know is the torment and torture that was the life of Feliberto.

In the hospital the nightmares had already started, or rather, the nightmare. It was always the same one. Feliberto tried as hard as he could not to fall asleep because he was scared of sleeping. Finally he would

tenía palomares en varias partes. Palomas blancas, sólo palomas blancas.

Paseándose un día por sus terrenos como solía cogió una tormenta a Feliberto. Los truenos y los relámpagos se pisoteaban y se mordían unos a los otros. La lluvia se azotaba en sábanas violentas. Feliberto buscó repecho debajo de un inmenso abeto. Cayó un rayo de lo alto. Fulminó el árbol. Lo hizo astillas. Feliberto cayó insensible a una distancia increíble del tronco astillado y mondo del pino muerto. Allí lo encontró Tacho.

Feliberto despertó en el hospital gravemente herido. Su tía doña Mercedes y Tacho le acompañaban de día y noche. Les daba miedo dejarlo solo. Al principio no reconocía a nadie. Fantaseaba y divagaba. Tenía espantosas pesadillas. Despertaba gritando desesperado bañado de sudor. Los médicos se vieron obligados a tranquilizarlo con calmantes.

Poco a poco se fue reponiendo su cuerpo. Poco a poco se fue sosegando su espíritu. En la cabeza se le había clavado una perra idea como un puñal. Dios lo había castigado por sus horribles pecados. Tenía que hacer enmiendas.

Allí mismo en el hospital nació la ilusión de El Palomar como avenida de penitencia y absolución. Cuando les reveló sus planes a doña Mercedes y a Tacho, los tres sintieron un tremendo alivio y celebraron la buena vida que les esperaba. Feliberto salió del hospital a buscar el sitio idóneo para su salvación.

Así fue que llegó a Canjilón. Ya ustedes saben cómo se desenvolvió su proyecto y el éxito que tuvo. Lo que no conocen es el tormento y martirio que fue la vida de Feliberto.

Ya en el hospital habían empezado las pesadillas, o mejor dicho, la pesadilla. Siempre era la misma. Feliberto hacía lo posible por no dormirse porque le tenía un temor al sueño. Por fin caía vencido. Por

give up exhausted. Fortunately, many nights he
didn't dream at all, and he slept well. Otherwise, he
would have gone insane.

The nightmare nights were hell. Woeful voices like
those of lost souls. Howls. Grunts. Moans.
Blasphemies and curses. Then came the flapping of
wings. This was the most horrifying of all.
Thousands of wings flapping, producing a rising
clack clack, rhythmic and threatening. When the
sound and the noise reached an unbearable point, the
doves appeared. Black doves that held black sheets in
their beaks.

The doves dropped these sheets over Feliberto.
Underneath the sheets, phantoms and specters would
rise. Raging monsters. Furious gargoyles. Roaring and
bellowing hate and vengeance. They were Feliberto's
ancient victims. Rotten, loathsome, and foul, but
recognizable. They had come to collect their black
accounts with a flashing knife.

A ferocious and mortal battle took place to the
beat of the clack clack of the black wings. The battle
lasted an eternity.

Feliberto would wake up on the bed or the floor.
He was exhausted, without enough strength to wipe
away the perspiration that soaked him. He would fall
into a stupor, something like a faint.

The next day he would discover that the combat of
the night before had been fierce and fiery. Broken
furniture. Blood stains. He discovered all over again
what he already knew very well. A mystery that he
could never explain. It appeared that what he had
dreamed had not been a dream entirely. Proof of this
was that Feliberto woke up wounded: living knife
cuts, human bites over his body, scratches.

When he came out, Feliberto was the same one he
always was. Affectionate look. An open smile for all
his Palomos and all his friends. Such heroism has
never been seen before.

fortuna muchas noches no soñaba nada y dormía bien. Al no ser así, se habría vuelto loco.

Las noches de la pesadilla eran un infierno. Voces lastimeras como de almas en pena. Aullidos. Gruñidos. Gemidos. Blasfemias y maldiciones. Luego venía el aleteo. Esto era lo más horripilante. Miles de alas aleteando, produciendo un creciente clac-clac rítmico y amenazador. Cuando el sonido y el ruido llegaban a un punto insoportable, aparecían las palomas. Palomas negras que llevaban lienzos negros en el pico.

Las palomas dejaban caer estos lienzos sobre Feliberto. Debajo de los lienzos surgían fantasmas y espectros. Rabiosos monstruos. Gárgolas furibundas. Rugiendo y bramando odio y venganza. Eran las antiguas víctimas de Feliberto. Putrefactas, asquerosas y hediondas, pero reconocibles. Habían vuelto a cobrar sus cuentas negras con arma blanca.

Se armaba una lucha feroz y mortal al insistente compás del clac-clac de las alas negras. La batalla duraba una eternidad.

Feliberto despertaba en la cama o en el suelo. Estaba rendido, sin alientos para limpiarse el sudor que lo empapaba. Caía en un estupor, algo así como un desmayo.

Al otro día descubría que el combate de la noche anterior había sido fiero y fogoso. Muebles rotos. Manchas de sangre. Descubría otra vez lo que ya él bien se sabía. Un misterio que no pudo nunca explicar. Parecía que lo soñado no había sido sueño del todo. Testimonio de esto era que Feliberto amanecía herido: vivas cortadas de cuchillo, mordidas humanas por el cuerpo, rasguños.

Al salir, Feliberto era el mismo de siempre. Mirada cariñosa. Sonrisa abierta para todos sus Palomos y todos sus amigos. Heroísmo tal no se ha visto nunca.

In the meantime, El Palomar grew in prestige. The Palomos were known everywhere for their good manners and their dedication to work and to their studies. The graduates were making their way in the universities. They all returned to El Palomar on their vacations to help in the mission of Papa Beto. Some had already been employed. They were all role models for the new ones. El Palomar was, indeed, already a noble institution, a worthy monument to the vision and devotion of its owner.

At the end of the month of November of 1941, when the year was coming to an end and a war was about to begin, Feliberto died. The time appears to be symbolic.

Tacho found him on the floor of his bedroom with a knife buried in his heart. The room a disaster: broken glass and furniture, blood stains. The body covered with perspiration and blood. A hideous figure came out of his dark past, crossed the seas of the subconscious and oblivion, entered through the door of dreams, and collected the debt that Feliberto owed him.

It was suspected that a thief, a malefactor, or a madman had committed the crime. Tacho, the only one who knew, said nothing. He entered very deeply into his noble and passionate silence and into the temple he had built a long time ago in the most intimate and serene part of his being for himself and his beloved employer. There they would live and die together in their last solitude.

Over El Palomar, one can still hear the clean and salutary flapping of white wings. Wings that promise a long and good life for the Palomos. In the fields and in the corridors of El Palomar one can still hear the song of the Palomos:

Palomar, Palomar,
garden of our childhood.

Entretanto, El Palomar alcanzaba mayor prestigio al pasar el tiempo. Los Palomos tenían fama por todas partes por su buena educación y su dedicación al trabajo y al estudio. Los egresados todos se estaban abriendo camino en las universidades. Todos volvían en sus vacaciones a El Palomar a ayudar en la obra de Papá Beto. Algunos ya eran empleados. Todos servían de modelos para los nuevos. El Palomar, pues, era ya una noble institución, un monumento digno de la visión y devoción de su dueño.

A fines del mes de noviembre de 1941, cuando terminaba el año y estaba para empezar una guerra, murió Feliberto. No deja de ser simbólico.

Tacho lo encontró en el suelo de su dormitorio con un cuchillo enterrado en el corazón. La habitación un desastre: muebles y cristales rotos, manchas de sangre. El cuerpo bañado de sudor y de sangre. Una figura esperpéntica salió de su pasado oscuro, cruzó los mares de la inconsciencia y del olvido, entró por la puerta del sueño y cobró la deuda que Feliberto debía.

Se supuso que un ladrón, malhechor o loco había cometido el crimen. Tacho, el único que sabía, no dijo nada. Se metió muy adentro de su noble e intenso silencio y entró en el templo que había construido hacía tiempo en lo más íntimo y sereno de su ser para él y su amado amo. Allí vivirían y morirían juntos su última soledad.

Sobre El Palomar se oye todavía el aleteo limpio y sano de alas blancas. Alas que prometen larga y buena vida para los Palomos. Por los campos y corredores de El Palomar se oye todavía el canto de Los Palomos:

Palomar, Palomar,
jardín de nuestra infancia.

Amena Karanova

The plane crashed at the Albuquerque airport.
Fortunately there were no deaths nor serious injuries.
Ambulances showed up and took the passengers to
the hospital.

Amena Karanova found herself at St. Joseph's
Hospital with her secretary, Datil Vivanca. Datil had
a few bruises on her forehead and a few superficial
cuts on her right arm. Miraculously, Amena escaped
without a scratch. Both of them were shaken up, but
otherwise they were perfectly fine.

Before anyone saw Amena one looked at her eyes.
They were magnetic. They hypnotized and
immobilized you. They were immense green eyes
with flakes of gold. A fiery green, an incendiary gold.
Something wild, something untamed. They lurked
inside deep wells, set apart and in darkness. From
there they fired flashes and sparks like a vigilant
panther from the shadows of her cave.

When you could tear yourself away from her eyes,
you became aware of the whiteness of her skin, the
whiteness of alabaster, transparent and luminous
from within, with a something, an echo, of the green
of the olive. Down the sides of her face, upon the
pillow, fell cascades of black and wavy hair, the
black of ebony with glimmers of the green of the
olive.

Her neck was somewhat long, elegant, and had the

AMENA KARANOVA

SE ESTRELLÓ EL AVIÓN EN EL AEROPUERTO DE
Albuquerque. Por fortuna no hubo muertos ni
averías serias. Acudieron ambulancias a transportar a
los pasajeros al hospital.

Amena Karanova se encontró en el Hospital de San
José con su secretaria, Dátil Vivanca. Dátil tenía
unas pequeñas contusiones en la frente y unas
lesiones superficiales en el brazo derecho. Amena,
milagrosamente, se escapó sin una sola marca. Las
dos estaban sacudidas y estremecidas, pero por lo
demás estaban perfectamente bien.

Antes de ver a Amena se le miraba a los ojos. Eran
unos ojos que imantaban, que clavaban, que
inmovilizaban. Eran unos inmensos ojos verdes con
flecos de oro. Un verde volátil, un oro incendiario.
Algo silvestre, algo indomado. Estaban refugiados en
el fondo de unas cuencas apartes, oscuras y hondas.
De allí despedían brillos y destellos como una
pantera alerta en lo oscuro de su cueva.

Cuando podías arrancarte de su mirada, te dabas
cuenta de la blancura de su tez, blancura de
alabastro, transparente y luminosa por dentro, con un
dejo o un eco de verde aceituna. Por los lados de su
cara, sobre la almohada, caían cascadas de negra y
ondulada cabellera, negro de azabache con fulgores
verdes.

Su cuello era más bien largo, elegante, y tenía la

grace and lightness of the palm tree. Farther down, her full and subtle breasts rejected all disguises and insisted on being recognized, even under the loose and baggy hospital gown.

Her profile, like everything about her was exquisite and delicate. A high, broad, and clear forehead. A long, fine, and pointed nose. Full, ripe, and flowering lips. A tiny, daring, and sharp chin.

When you walked away, you took with you the majestic and imposing image of a glowing green woman. An arrogant and aristocratic woman of a statuesque and classical beauty. You imagined that there was passion and violence, tenderness and compassion in her. You left convinced that she carried a great sorrow, that she concealed a deep mystery, without knowing how or why that woman frightened you. You were certain that menace and danger came with her.

Datil was pretty. As fresh and lusty as an apple. She had sparks in her eyes and cherries on her lips. Her flesh and contours were full and round, attractive in every way, but already pointing towards plumpness.

The two women must have been about twenty-eight years old. Now they were chatting animatedly in a foreign language.

"Datil, did you notice the light in this place? I've never seen such luminosity. I have the impression that it was pouring into my eyes, and even into my pores, and setting me on fire inside. I didn't see the sun, but it must be fierce. The skies are high and vast, of a blue never seen before. What a ceiling! Since we don't have to go anywhere, and we're in no hurry, we're staying here a few days. This very day we rent a car and travel around and see the place."

That's the way it was. They went to Santa Fe and Taos. They visited the villages and the Indian pueblos. Everything, absolutely everything fascinated

gracia y la sutileza de la palmera. Más abajo, sus senos maduros y densos, se negaban al disfraz e insistían en hacerse reconocer, aún bajo la suelta y floja bata de hospital.

Su perfil, como todo lo de ella, era exquisito y sutil. La frente alta, amplia y limpia. La nariz larga, fina y afilada. Labios llenos, maduros y densos. La barba diminuta, atrevida y aguda.

Cuando te ibas, te llevabas una imagen avasalladora e imponente de una mujer luminosa y verde. Una mujer arrogante y aristocrática, de una belleza escultórica y clásica. Suponías que había en ella pasión y violencia, ternura y compasión. Quedabas seguro que traía consigo una tremenda tristeza, que escondía un misterio serio. Sin saber cómo ni por qué, esa mujer te metía miedo. Estabas convencido que eran sus compañeros la amenaza y el peligro.

Dátil era bonita. Fresca y lozana como una manzana. Tenía chispas en los ojos y cerezas en los labios. Carnes y contornos llenos y redondos, en todo sentido atractivos, pero ya en el camino de la gordura.

Tendrían las dos mujeres alrededor de veintiocho años. Ahora estaban charlando animadamente en una lengua extraña.

"Dátil, ¿te diste cuenta de la luz en este lugar? Jamás he visto tal luminosidad. Tengo la impresión que se me metía por los ojos y hasta por los poros, y me encendía por dentro. El sol no lo vi, pero me figuro que ha de ser feroz. Los cielos altos y vastos de un azul nunca visto. ¡Qué bóveda! Como no tenemos que ir a ninguna parte, ni tenemos ninguna prisa, nos quedamos aquí unos días. Hoy mismo alquilamos un coche y nos vamos de viaje a conocer."

Así fue. Fueron a Santa Fe y a Taos. Visitaron las aldeas y los pueblos de los indios. Todo, todo

Amena. It was as if she had discovered a new world. Her spirit and her body, crushed before, were now vibrating with a vitality already forgotten.

The light, the sky, and the landscape, the silence of the desert, the solitude of the mountains filled every void in her desires, filled the emptiness of her spirit. They brought back the joy and the peace she had lost. She was ecstatic, intoxicated. She sang, laughed, and shouted. The land and the mountains answered her. She felt at home.

The human landscape enchanted her too. The whole range of human pigmentation, from the darkest to the lightest, and everything in between. The courtesy she ran into everywhere reminded her of the gentleness of her own people back home. She felt a mysterious affinity with the gracious people of New Mexico, as if she had known and loved them always. She felt at home.

There's more. Those adobe houses, mud-plastered by hand, with the traces of fingers on the walls, vigas, lattice ceilings, fireplaces in the corners and strings of chile hanging outside. Those houses, a harmonious blend of Indian and Spanish architecture, that become part of the landscape with grace and dignity, also gave Amena a feeling of serenity, to such an extent that at a given moment she told Datil, "Stop the car. I want a house just like that one." She felt more and more at home.

Datil could not be happier. Her mistress had lost interest in her life months ago. This trip was a flight from an unbearable life and reality. To see her now madly on fire, laughing and singing again, was for Datil a reason for rejoicing. She had given up on her.

The return trip was silent and pensive for Amena. Datil didn't say anything either. She knew her mistress very well. Later, in the hotel, the silence

fascinaba a Amena. Era como si hubiera descubierto un nuevo mundo. Su espíritu y su cuerpo, agobiados y agotados antes, ahora vibraban con impulsos de vida ya olvidados.

La luz, el cielo y el paisaje, el silencio del desierto, la soledad de las montañas le llenaban cada hueco de sus deseos, le llenaban el vacío de su espíritu. Le traían la alegría y la paz perdidas. Estaba exaltada, como intoxicada. Cantaba, reía, gritaba. La tierra y la sierra le respondían. Se sentía en casa.

El paisaje humano también le encantaba: toda la gama de la pigmentación humana, desde lo más moreno hasta lo mas blanco, y todo lo que hay entremedio. La cortesía que encontraba en todas partes le recordaba la buena crianza de su propia gente allá en su tierra. Sentía un misterioso parentesco con el generoso pueblo de Nuevo México, como si lo hubiera conocido y querido siempre. Se sentía en su casa.

Hay más. Esas casas de adobe, enjarradas a mano, que llevan las huellas de los dedos en las paredes. Con vigas, techos de latillas, chimeneas en los rincones y ristras de chile en las afueras. Esas casas, armoniosa mezcla de la arquitectura indígena y la arquitectura española, que se funden en el paisaje con gracia y dignidad, también le daban a Amena una sensación de serenidad. A tal punto que en un dado momento le dice a Dátil, "Para el coche. Yo quiero una casa como ésa." Más y más, se sentía en casa.

Dátil no podía estar mas contenta. Hacía meses que su ama había perdido la ilusión de la vida. Este viaje era una fuga de la vida y la realidad insoportables. Verla ahora locamente ilusionada, riéndose y cantando otra vez, era para Dátil motivo de gran alegría. Ya la había dado por perdida.

El viaje de regreso fue silencioso y caviloso para Amena. Dátil no decía nada tampoco. Conocía muy bien a su ama. De regreso, en el hotel, el silencio de

and the far-off look of the lady continued. Hazy thoughts and nebulous feelings were taking shape, falling into place, forming a personal and implacable logic.

Suddenly she sat up in bed, her face resolute, her eyes steady. She had made up her mind.

"Here I stay. Here I want to live and die. Here I'll marry. My son will be born here."

Her voice was passionate, but controlled. Datil kept silent. She was used to the wild and sudden impulses of her mistress. She accepted whatever she wished.

It was necessary to go to the bank. Amena and Datil showed up at the Central Bank. Funds from European banks had to be transferred. They were shown into the office of the vice-president, Petronilo Armijo.

As they entered, Amena stopped abruptly and stared intensely at the banker who had risen from his chair. She fixed him with a look that was a lance, a green look with flakes of burning gold. They both remained staring at each other for a long while, their eyes locked, in a pulsating vital silence. He, a slave. She, a queen.

In this dense and throbbing silence, she, transfigured, kept saying to herself, "This is the one! This one is going to be the father of my son!" He fascinated, kept saying to himself, "This one has to be the most beautiful woman in the whole world!" Suddenly she turned off the ray, and cut off the electric current. Petronilo felt loose and foggy, as if he were made of rags. Amena came forward in the most natural way and offered him her hand.

"Sr. Armijo, I have been told that you can help me with my financial affairs. I am Amena Karanova."

la dama y su mirada lejana continuaban. Vagos pensamientos y nebulosos sentimientos se iban clarificando, cayendo en su lugar, formando una lógica entrañable e implacable.

De pronto se incorpora en la cama. La cara resuelta, la mirada fija. Había tomado una determinación.

"Aquí me quedo. Aquí quiero vivir y morir. Aquí me casaré. Mi hijo va a nacer aquí."

La voz apasionada pero dominada. Dátil no dijo nada. Ya estaba acostumbrada a las corazonadas violentas y repentinas de su ama. Ella estaba dispuesta a lo que ella quisiera.

Fue necesario ir al banco. Amena y Dátil se presentaron en El Banco Central. Se trataba de transferir fondos de bancos europeos. Fueron introducidas en el despacho del vice-presidente, Petronilo Armijo.

Al entrar, Amena se paró abruptamente y se quedó mirando intensamente al banquero que se había levantado de su silla. Lo clavó con su mirada rayo, una mirada lanza, verde con flecos de oro encendido. Así permanecieron largo rato, los ojos entrelazados en un silencio palpitante y vital. El, esclavo. Ella, reina.

En este denso y febril silencio, ella, transfigurada, se decía y se repetía, "¡Este es! ¡Este va a ser el padre de mi hijo!" El, fascinado, se decía y se repetía, "¡Esta tiene que ser la mujer más hermosa que hay en el mundo entero!"

De pronto ella apaga los rayos. Cierra la corriente eléctrica. Petronilo se siente suelto y flojo como si fuera de trapo. Amena se acerca a él de la manera más natural y le extiende la mano

"Sr. Armijo, me han dicho que usted me puede ayudar con mis asuntos financieros. Soy Amena Karnova."

Petronilo, still shaking and not quite sure of himself, stammered: "Have a seat, señora, I am entirely at your service."

They spent some two hours making the necessary arrangements. The appropriate contracts were made out and signed. Amena knew how to put Petronilo at ease, how to make him relax, restraining her powerful personality, suppressing her potent will. She made him think that she was a vulnerable woman placing her destiny in his manly hands. He considered himself her protector. Her fortune could not help but impress him greatly. Suddenly: "Sr. Armijo, I beg another favor of you. I want to buy some property in this city and build a house. Since I don't know anyone, and since I don't know about those things, I need a person I can trust to take me by the hand. I'll pay you whatever you say."

"Sra. Karanova, say no more. I'll be delighted to serve you in any way I can. A fee for my services is out of the question."

They agreed that on the following day he would pick her up at the hotel at ten o'clock in the morning. She gave him her hand and an almost imperceptible squeeze. He was not sure. And she fired the green look that burns with flakes of flaming gold. The look appeared and disappeared instantaneously, almost as if it had never existed. She left, a conqueror. He remained, a conquered. She knew what it was all about. He didn't know anything.

Petronilo did not know what he was doing for the rest of that day. That night he could not sleep. He was totally bewitched. He could not see anything but the face and the eyes of Amena. He could not hear anything but the musical voice of the most charming woman in the world. At ten o'clock on the dot he showed up at the hotel.

Petronilo, todavía trémulo e inseguro de sí mismo, balbuceó, "Tome usted asiento, señora, estoy completamente a sus órdenes."

Se pasaron unas dos horas haciendo los trámites necesarios. Se hicieron los contratos indicados y se firmaron. Amena supo despreocupar a Petronilo, hacerlo sentirse a gusto, sofrenando su fuerte personalidad, suprimiendo su poderosa voluntad. Pronto los dos estaban charlando y riéndose como si fueran viejos amigos. Le hizo creer que era una vulnerable mujer que ponía su destino en sus manos viriles. El se creyó ser su protector. La fortuna de ella no dejó de impresionarle más que mucho. De pronto: "Sr. Armijo, le ruego que me haga un favor más. Quiero comprar una propiedad para construír una casa en esta ciudad. Como no conozco a nadie, y como yo no sé nada de esas cosas, necesito a una persona de confianza para que me lleve de la mano. Yo le pagaré lo que usted diga."

"Sra. Karanova, no faltaba más. Yo, encantado, en servirle en todo lo que pueda ser útil. No hablemos de pago."

Quedaron en que el día siguiente él la recogería en el hotel a las diez de la mañana. Ella le dio la mano y casi le dio un apretoncito. El no estuvo seguro. Y le disparó otra vez la mirada verde que quema con flecos de oro encendido. La mirada apareció y desapareció instantáneamente, casi como si nunca hubiera existido. Ella se fue, conquistadora. El se quedó, conquistado. Ella lo sabía todo. El no sabía nada.

El resto de ese día Petronilo no sabía lo que hacía. Esa noche no pudo dormir. Comer, tampoco. Andaba totalmente hechizado. No veía otra cosa que la cara y los ojos de Amena. No oía otra cosa que la voz musical de la mujer más encantadora del mundo. A las diez en punto se presentó en el hotel.

"I think we are friends, Petronilo. Call me Amena, please."

This is the way the strange and incredible relationship between one from here and one from there began. That day they covered all the outlying areas of the city without any luck. They stopped for lunch. That night they also had dinner together. He was becoming more and more sure of himself. She drew him out with tricks, jokes, and witticisms. Her laughter, her eyes, now playful, caressed, awakened, and cheered his body and soul.

From then on they could be seen together everywhere: restaurants, nightclubs, church, out in the country. Always smiling always happy. Petronilo no longer walked on the ground, he walked on feathers and foam. His family and friends began to suspect a wedding was in the offing.

They finally found the property, just what Amena wanted. She bought it and launched the operation. Petronilo found her an architect who sketched what she told him.

In the meantime, the indoctrination and education of Petronilo went on at a pace marked by Amena. She taught him how to be a man first, and how to be a lover later. At the right moment, determined by Amena, naturally, Petronilo declared his passionate love, and later, his marriage proposal. She accepted both declarations and said yes with due demureness. He was astounded at the courage he did not know he had.

Amena continued to be a mystery to everyone, including Petronilo. She was gracious, generous and affectionate to everyone. But there was something, an enigmatic secret that never came out. This added to her attractiveness, created a certain mysticism that surrounded her, elevated her to high and inaccessible clouds. This was without ever seeing the green look

"Creo que somos amigos, Petronilo. Dime Amena, por favor."

Así empezó la extraña e increíble relación entre uno de acá y una de allá. Recorrieron ese día todas las afueras de la ciudad sin suerte. Tomaron el almuerzo en alguna parte. Comieron esa noche en otra parte. El, cada vez menos tímido. Ella le sonsacaba con burlas, chistes y travesuras. La risa de ella, la mirada de ella, ahora juguetonas, lo acariciaban, lo despertaban y le alegraban el cuerpo y el alma.

De allí en adelante se les veía juntos por todas partes: en restaurantes, y clubes, la iglesia, el campo. Siempre risueños, siempre contentos. Petronilo no pisaba ya la tierra, pisaba sólo plumas y espumas. La familia y los amigos empezaron a olerles el matrimonio.

Por fin encontraron la propiedad, tal y como Amena la quería. La compró y lanzó la obra. Petronilo le consiguió un arquitecto. Este dibujaba lo que ella le indicaba.

Entretanto la adoctrinación y la instrucción de Petronilo seguían el paso marcado por Amena. Ella le enseñó a ser hombre primero, y a ser amante después. En el momento indicado por Amena, Petronilo le declaró su amor ardiente y más tarde, su propuesta de matrimonio. Ella aceptó ambas declaraciones y accedió con el debido recato. El quedaba maravillado con la valentía que no sabía que tenía.

Amena seguía siendo un misterio para todos, incluso para Petronilo. Era graciosa, amable y cariñosa con todos. Pero había algo, un no sé qué enigmático que no se revelaba nunca. Esto aumentaba su atractivo, creaba un cierto aire de misterio que la rodeaba, y la elevaba a nubes altas e inaccesibles. Pero es que nunca vieron la verde

with flakes of flaming gold. She only used that look
when she wanted to cut or kill.

Amena told Petronilo the story of her life, but not
all. She told him that she came from a distant and
exotic land, that she had been the most famous star
of the Wagnerian opera on three continents, that she
had amassed a great fortune. She told him that the
excitement, the coming and going, the constant
movement of the life of fame and art had exhausted
her. That she had run away in search of peace and
tranquility. That was what she was doing when the
plane crashed and she had found here what she was
seeking, what she needed. That she would never go
back.

Petronilo was blinded and astonished as he
examined the albums and posters of Amena. She
appeared there in the garments of the great
characters she portrayed in Wagner's operas in the
grand theaters of the world. She appeared in
photographs with kings, presidents, generals, the
grandees of the world. He read the clippings of the
world press praising the artistic triumphs of "La
Karanova," suggesting possible love affairs with one
or another mandarin of fortune.

Petronilo saw all of this and felt misgivings and
jealousy because he had not shared in this
scintillating life with her. Then, after thinking it
over, when he remembered that he was a humble
banker in a humble bank, a nobody, and that now he
was the master of the most beautiful and most
seductive lady in the world, then he swallowed and
gave thanks to God.

What Amena did not tell Petronilo was about
Damian. Damian had been "La Karanova's" lover and
fiance. They had loved each other and planned to
marry. They danced, laughed, sang, and said sweet
things in the most select and sensual corners of the
old and the new world. The press and television

mirada con flecos de oro encendido. Esa mirada sólo la empleaba cuando quería herir o destruir.

Amena le contó su vida a Petronilo, pero no toda. Le dijo que venía de una tierra remota y exótica, que había sido la estrella más famosa de la ópera wagneriana de tres continentes, que había amasado una gran fortuna. Le dijo que la agitación, el trajín, el constante movimiento de la vida de la fama y del arte la habían agotado. Que había salido huyendo en busca de paz y serenidad. En eso andaba cuando se estrelló el avión y había descubierto aquí lo que andaba buscando, lo que le hacía falta. Que nunca volvería.

Petronilo quedaba deslumbrado y atónito al examinar los álbumes y carteles de Amena. Allí aparecía ella en los ropajes de las grandes protagonistas de las óperas de Wagner en los mejores teatros del mundo. Aparecía fotografiada con reyes, presidentes, generales, los grandes de todas partes. Leía los recortes de la prensa mundial que alababan los triunfos artísticos de "La Karanova" y aludían a los posibles amores y amoríos con éste o con aquel distinguido dueño de la fortuna.

Petronilo veía todo esto y sentía recelo y celos por no haber podido compartir esa vida luminosa con ellos. Luego se recataba cuando se acordaba que él era un humilde banquero de un humilde banco, un don nadie y que ahora él era dueño de la dama más hermosa y más seductora del mundo, entonces se tragaba su propia saliva y le daba gracias a Dios.

Lo que Amena no le contó a Petronilo fue lo de Damián. Damián había sido el novio y prometido de "La Karanova." Se habían querido mucho y se iban a casar. Bailaron, cantaron, rieron y se dijeron lindas cosas en los rincones más selectos y sensuales del viejo mundo y del nuevo. La prensa y la televisión

recorded, with every detail, their mad and joyous dance, their happy song of love. Those pictures and those clippings were not in the albums.

Damian was rich, handsome, and arrogant. He was a sportsman. He drove racing cars in the most famous tracks in the world. Amena went with him to his races. He went with her to her theatrical performances. Everything was as soft and sweet as a pink dream, a robe of silk.

When the two of them were at the peak, on the very threshold of illusion, Damian killed himself in an automobile accident. When this happened, the sun went out for Amena and so did the moon and the stars. The horizons disappeared. The future became black. Amena found herself bewildered and lost in a night without end, in infinite space, without landmarks and without lights. Without a will to live, without a will to die.

Datil took her by the hand and out of the theater, out of the world she knew. She watched over her as over a child. Amena let it happen, as a child. They traveled around the world, no destination in mind, fleeing from the terror, fleeing from the night without end.

That was how they came to Albuquerque. The crash perhaps shook Amena in such a way that she came out of her withdrawal. Perhaps it was the high skies and the fierce light of New Mexico that lit up the dark night of Amena. She came to and became aware of herself. Here, her desperate need to have a son was born.

The construction of her house was on its way. Amena and Petronilo went to Mexico to get the materials. Tiles, obsidian for the floors, carved wood, potted plants, fountains, wrought iron, and many more decorations. Everything chosen with the utmost care. Large crates started to come in from overseas: furniture, statues, paintings, fine silks.

registraron, con todos sus detalles, su loca y jubilosa danza, su alegre canción de amor. Esas fotos y esos recortes no aparecían en los álbumes.

Damián era rico, guapo y arrogante. Era deportista. Conducía coches de carrera en las pistas más famosas del mundo. Amena le acompañaba a sus carreras. El la acompañaba a ella en sus presentaciones teatrales. Todo iba suave y dulce como un sueño rosado, una bata de seda.

Estando los dos en la cumbre, en el mismo umbral de la ilusión, Damián se mató en un accidente automovilístico. Cuando esto ocurrió, se le apagó el sol a Amena, la luna y las estrellas. Desaparecieron los horizontes. El porvenir se puso negro. Amena se encontró aturdida y perdida en una noche sin fin, en un espacio infinito, sin atalayas y sin lámparas. Sin voluntad para vivir, sin voluntad para morir.

Dátil la tomó de la mano y la sacó del teatro y de su mundo conocido. La atendía como a una niña. Amena se dejaba llevar, como una niña. Viajaban por el mundo sin destino alguno, huyendo del terror, de la noche sin fin.

Así llegaron a Albuquerque. El choque quizas sacudió a Amena de tal manera que la sacó de la inconciencia. Quizás fueron los altos cielos y la loca luz de Nuevo México las que iluminaron la noche negra de Amena. Aquí cayó en sí. Aquí cobró conciencia de sí misma. Aquí nació su afanosa idea de tener un hijo.

La construcción de su casa estaba en marcha, Amena y Petronilo fueron a México a conseguir los materiales. Azulejos, piedra obsidiana para los suelos, maderas talladas, macetas, fuentes, hierro y otras tantas decoraciones. Todo escogido con el mayor esmero. Empezaron a llegar tremendos bultos de ultramar: muebles, estatuas, pinturas, telas

Amena stayed on top of it all. She did not miss a single detail. The house and its decoration was a passion, an obsession.

The house was taking shape. On the outside, it was a traditional New Mexican house. *Adobe, vigas,* strings of *chile, portales,* fireplaces. Inside it was a palace of the Middle East. Patios, fountains, arches, porches, gardens. Flowers and more flowers. Amena had brought seeds from her native land. Exotic plants and flowers appeared in her gardens, never before seen, strange and sensual perfumes. What attracted everyone's attention were the black roses with flashes of green and an intoxicating aroma. The gardens and orchards spread out in every direction. To enter the house was to leave the world of every day and to enter the Arabian Nights. It was as if Amena had not built a house. She had created an inheritance, a life not yet born, a life to be lived.

The wedding of Amena and Petronilo took place in the new house on the 25th of September. The Archbishop himself married them. All the distinguished New Mexicans were there. Some came for friendship, many for curiosity. The fame of the house and the lady echoed throughout the area. The mystery of Amena had everyone mystified. They said she was Russian, Arabian, Jewish, Gypsy, Hungarian. Nobody knew for certain and she was not telling.

Amena could not have been more gracious and more charming. She did not fire the magic look a single time. Everyone felt singled out to receive her courtesy and warm affection. She sang for the first time since her tragedy, several arias, accompanied by a symphony orchestra. The New Mexicans had never seen or heard anything like it. It was something out of the dream world, something unforgettable. She won them over, she made them hers, for herself and

exquisitas, dijes y cachivaches. Amena estaba por encima de todo; no se le escapaba un solo detalle. La casa, y la decoración de ella, era una pasión, una obsesión.

La casa fue tomando forma. Por fuera, era una casa nuevomexicana tradicional. De adobe, con vigas y ristras, portales, chimeneas. Por dentro, era un palacio del medio oriente. Patios, fuentes, arcos, portales, jardines. Flores y más flores. Amena había hecho traer semillas de su tierra. Aparecieron en los jardines plantas y flores exóticas, nunca vistas, perfumes raros y sensuales. Lo que más llamó la atención fueron unas rosas negras con destellos verdes y un aroma intoxicante. Las huertas y arboledas se extendían por todos lados. Entrar en esa casa era sailrse del mundo de todos los días y entrar en el mundo de las mil y una noches. Era como si Amena no hubiera construido una casa sino una heredad, una vida todavía por nacer, todavía por vivir.

En esta casa y en estas circunstancias tuvo lugar la boda de Amena y Petronilo el 25 de septiembre. El arzobispo mismo los casó. Estaban presentes todos los ilustres nuevomexicanos. Unos vinieron por amistad, muchos por curiosidad. La fama de la casa y de la dama por toda la zona resonaba. El misterio de Amena tenía a todo el mundo mistificado. Decían que era rusa, judía, árabe, gitana, húngara. Nadie sabía, y ella no decía.

Amena no pudo ser más graciosa y más encantadora. No desató la mirada mágica ni una sola vez. Cada quien se sintió señalado para recibir su cortesía y encendido cariño. Cantó, por primera vez desde su tragedia, varias arias, acompañada por una orquestra sinfónica. Los nuevomexicanos nunca habían visto ni oído algo semejante. Aquello era algo de ensueño, inolvidable. Se los ganó, se los hizo suyos, para ella y para su hijo, el que no había

for her son, who had not been born yet. Petronilo felt himself master and king of the republic.

The married life of the newlyweds could not have been more pleasant. Amena was the most fervent lover and the most generous wife that Petronilo could have imagined, even in his wildest fantasies. In love, happy and satisfied, his life was a dream come true.

The social life of the Armijos was strictly upper crust. The most important people competed among themselves to socialize with them. The presence of Amena at any party lit it up with incandescence. Petronilo's business affairs flourished. He was sought out by the most important business men. Amena made him look good.

Everything was as smooth as silk. Nevertheless, one could tell that Amena was not entirely happy, not entirely satisfied. Petronilo would surprise her in states of deep contemplation, her eyes vague and distant. She spent long hours with Datil in secret and mysterious conversations. It was as if she were giving her instructions, preparing her for something.

Datil got married about that time, at Amena's suggestion, to the robust foreman of the hacienda. The newlyweds moved into a small house, built precisely for them. Everything was taking place according to a plan.

Amena had an altar with a big bowl constructed in one of the patios. It had small statues of strange figures. No one had been able to figure out its purpose.

"Petronilo, tonight you are going to see something you've never seen. You won't be able to understand what you see. I beg you not to ask me about it now or later. It is something I have to do alone, something you cannot share with me. I want you to have faith in me."

nacido todavía. Petronilo se sentía dueño y rey de la república.

La vida conyugal de los recién casados no pudo ser más placentera. Amena fue la amante más ferviente y la esposa más generosa que Petronilo pudo imaginar aun en su más loca fantasía. Enamorado, contento y satisfecho, su vida era un sueño verdadero.

La vida social de los Armijo fue de lo más lucida. Los más encapotados se batían por invitarlos. La presencia de Amena en una fiesta era encenderla de incandescencia. Los negocios de Petronilo mejoraron. La gente de pro lo procuraba. Amena le daba categoría.

Todo iba como una seda. No obstante, se veía que Amena no estaba del todo contenta, no estaba del todo satisfecha. Petronilo la sorprendía ensimismada de vez en cuando, absorta, la mirada vaga y lejana. Pasaba largas horas con Dátil en secretas y misteriosas conversaciones. Era como si le estuviera dando instrucciones, preparándola para algo.

Por ese entonces se casó Dátil, a instancias de Amena, con el robusto mayordomo de la finca. Los nuevos esposos se mudaron a una pequeña casita construida precisamente para esto. Todo se iba realizando según un plan.

En uno de los patios Amena había hecho construir una especie de altar con una palangana. Tenía pequeñas estatuas de figuras raras. Nadie podía figurarse hasta entonces cuál fuera su propósito.

"Esta noche, Petronilo, vas a ver algo que nunca has visto. No vas a poder comprender lo que ves. Te ruego que no me preguntes ahora o después. Es algo que yo tengo que hacer sola, algo en que no me puedes acompañar. Quiero que me tengas confianza."

"What is it all about, my love? You know that whatever you ask of me I shall give you."

"It's a religious ceremony. My religion and yours are different. Mine will appear strange and incomprehensible to you."

"Tell me what you want me to do."

"Tonight, the first night of the full moon, I have to offer prayers and devotion to my gods. I don't want to hide anything from you. You may watch from the balcony."

"So be it. I don't understand. I only know that I love you so much that your wishes are mine."

That night when it got dark and the full moon came out, Datil lit a fire in the bowl on the altar. The flames rose high and reached higher. She then decorated the altar with black roses, set out incense and other jars with mysterious powders and liquids on the altar cloth.

When her preparations were finished, she withdrew into the shadows. The flames teased the waves of moonlight with moving lights and shadows. The black roses filled the air with intoxicating scent. Out of the shadows came the slow and rhythmic boom boom of a primitive drum. It was as if time had stopped with a breathless suspense ready to produce a miracle.

Suddenly Amena appeared, tall, slender, dressed in white tulle, a statue of living marble. She walked to the altar. Her steps were slow, deliberate. She walked like a goddess, a hypnotized goddess. Gesticulating, as if in a trance, she lighted the incense, sprinkled water on the black roses, shook powder on the fire. The flames waved voluptuously and took on a garnished hue. The incense let out a green smoke full of sensual insinuations. The roses opened their black blouses. Amena prostrated herself at the foot of

"¿De qué se trata, mi amor? Tú sabes que lo que tú me pidas yo te doy."

"Se trata de una ceremonia religiosa. Mi religión no es la tuya. A ti deberá parecerte muy extraña e incomprensible."

"Dime lo que tú quieras que yo haga."

"Esta noche, la primera noche de luna llena, yo tengo que ofrecerles oraciones y devociones a mis dioses. No quiero esconderte nada. Tú puedes ver desde el balcón."

"Que así sea. No entiendo nada. Sólo sé que te quiero tanto que tu voluntad es la mía."

Esa noche cuando se hizo oscuro y salió la luna llena, Dátil encendió una lumbre en la palangana del altar. Las llamas subían altas y agitadas. Después decoró el altar con rosas negras, colocó incienso y unos frascos con polvos y aguas misteriosas sobre el mantel.

Terminadas sus preparaciones se retiró a las sombras. La luna bañaba el patio de luz verde. Las llamas agitaban las telas de luz con luces y sombras movedizas. Las rosas negras llenaban el aire con una aroma intoxicante. De las sombras empezó a oirse el tun tun lento y rítmico de un tambor primitivo. Era como si el tiempo se hubiera detenido, como si hubiera una expectativa, como si ese ambiente estuviera listo para producir un milagro.

De pronto se presenta Amena. Alta, esbelta, vestida de tul blanco. Hecha estatua de mármol vivo. Se dirige al altar. Sus pasos son lentos, pausados, como una diosa, una diosa hipnotizada.

Como gesticulando, como en estado de trance, enciende el incienso, le salpica agua a las rosas negras, le echa unos polvos a la lumbre. Las llamas ondulan voluptuosas y toman un tinte verduzco. El incienso despide un humo verde lleno de insinuaciones sensuales. Las rosas se desabrochan sus blusas negras. En el fondo el rumor afanoso del

the altar, her body straight, her arms stretched out, a black rose in each hand. Her feet bare. She seemed to be crucified face down on an invisible cross.

Suddenly, brusquely, she stood up on tip toes. She raised her face and her arms to the moon. The drum came alive. It sighed, it sobbed. Tremulous waves rose from her naked heels to her naked neck. Ecstatic exaltation. Hypnosis. The flames dancing madly. The light, the smells, and the colors float magically.

The drum accelerated its rhythmic beats. It became feverish and violent. The marble statue came alive. It danced. Danced like an angel, like a spirit, like an illusion. It seemed to float, wave its mantle of white tulle floating like wings of transparent mist around the altar of fire and incense, around the altar of unknown gods.

The drum stopped. Amena stopped. She raised her eyes to the eyes of the smiling moon. Her voice rose to the very lap of her moon mistress. Her sonorous song of magic words never heard rose in tremors to rest in pain at the feet of the pleasant moon. At times it whispered. One moment it sang, the next it wept. Then it stopped. From joyous rebellion it passed to submissive sorrow, over and over again.

Suddenly, nothing. She remained motionless for a long time. Slowly, she bowed her head, let it fall on her chest. Her arms limp at her sides. Her tense body relaxed. The arrogant marble goddess became a humble rag doll. Slowly she disappeared in the shadows.

Petronilo had seen everything from the balcony in a state of tremendous agitation, without beginning to understand what he was seeing. It was a sight outside of time, out of this world. The miracle, the magic, and the mystery were beyond the reach of his understanding. It seemed that he was not himself, and she was someone else.

tambor. Amena se postra al pie del altar. El cuerpo recto. Los brazos extendidos, una rosa negra en cada mano. Los pies descalzos. Parece estar crucificada boca abajo en una cruz invisible.

Repentina, bruscamente, se incorpora. Se pone de puntillas. Alza la cara y los brazos a la luna. El tambor se agita. Suspira, solloza. Le suben ondas trémulas desde los talones desnudos hasta la nuca desnuda. Exhaltación extática. Hipnosis. Las llamas saltan locas. La luz, los olores y colores flotan mágicos.

El tambor acelera sus golpes rítmicos. Se pone febril y violento. Se desata la estatua de mármol. Baila. Baila como un ángel, como un espíritu, como una ilusión. Parece flotar, ondular, su manto de tul blanco se agita como alas de transparente niebla, alrededor del altar de fuego e incienso, altar de dioses ignotos.

Se calla el tambor. Amena se para. Alza los ojos a los ojos de la luna risueña. Alza la voz hasta el mismo regazo de la luna dueña. Su canto sonoro de palabras mágicas nunca oídas sube tembloroso a posarse herido a los pies de la luna amena. A veces susurra. Un momento canta, otro, llora. Otro, calla. De alegre rebeldía pasa a sumisa tristeza, y otra vez.

De pronto, nada. Permanece paralizada un largo rato. Lentamente, baja la cabeza, la deja caer sobre su pecho. Sus brazos laxos a su lado. El cuerpo tenso queda suelto. La arrogante diosa de mármol se convierte en humilde muñeca de trapo. Muy despacito se pierde en las sombras.

Petronilo había contemplado todo desde el balcón en un estado de tremenda agitación sin saber ni entender lo que veía. Era una escena fuera del tiempo, fuera de este mundo. El milagro, la magia y el misterio de todo aquello estaban más allá del alcance de su entendimiento. Parecía que él no era él y ella no era ella.

When it was all over, he remained on the balcony for a long while. Then he walked for a long time through the orchard. The rays of the moon through the velvety lace of the trees sketching luminous green stains on the ground.

He could not find a key to the mystery. The woman he had seen was not his wife and never would be. She was a spirit—free and unconquerable. A spirit that challenged men and gods. How small and insignificant he felt!

He had a vague notion that what he had seen was a primitive and prehistoric ceremony. That perhaps it was a pagan ritual of fertility. A prayer to the gods. A ritual offering. Was it divine or Satanic adoration? There was, he was sure, something more, something completely in the dark, and for that reason much more frightening. It could be a childish whim arising from her volatile and violent nature. Or, perhaps, a throwback, a nostalgia, to her theatrical life, her artistic temperament.

He resolved nothing. He returned home in total confusion. He came back scared. He did not know how he was going to face Amena. He did not know if Amena was going to reject him.

He entered his bedroom silently and depressed. Amena was already in her pajamas and in bed, as if nothing had happened.

"You took so long I was about to go out and look for you. Come to bed."

Petronilo went to bed without a word. Amena received him with open arms and every affection. She was so amorous, so tender and generous to him that he almost forgot what he had seen. Then, she fell asleep peacefully, and he lay awake very much disturbed.

Life went on good and rich. Petronilo kept his anxieties and concerns to himself. Amena offered him sufficient comfort with her love. The fact is he

Al terminarse todo, Petronilo se quedó largo rato en el balcón. Luego se paseó mucho más por la arboleda. Los rayos de la luna se filtraban por los encajes aterciopelados de los árboles dibujando luminosas manchas verdes en el suelo. No le podía hallar entrada al misterio. La mujer que había visto no era su esposa, y nunca lo sería. Era un espíritu—libre e indominable. Un espíritu que retaba a los hombres y a los dioses. ¡Qué pequeño e insignificante se sentía!

Le venían vagas nociones que lo que había visto era una ceremonia primitiva y prehistórica. Acaso era un rito pagano de fertilidad. Una oración a los dioses. Una oferta ritual. ¿Era aquello adoración divina o demoniaca? Había, estaba seguro, algo más, algo totalmente en la sombra, y por eso mucho más espantoso. Podría ser un capricho infantil propio de su carácter volátil y violento. O acaso un resabio, una nostalgia, de su vida teatral, de su temperamento artístico.

No lo resolvió. Volvió a casa en una maraña mental total. Volvió con miedo. No sabía cómo se iba él a enfrentar a Amena. No sabía si Amena lo iba a rechazar. Entró en su alcoba silencioso y deprimido. Amena ya estaba de pijama en la cama, como si nada.

"Te has tardado tanto que ya iba a buscarte. Ven, acuéstate."

Petronilo se acostó en silencio. Amena lo recibió con los brazos abiertos y con todo cariño. Fue tan amorosa, tan tierna y tan generosa con él que casi lo hizo olvidar lo que había visto. Después, ella se durmió tranquila, y él se desveló inquieto.

La vida siguió buena y rica. Petronilo callaba sus inquietudes y angustias. Amena le brindaba harto consuelo con su amor. En verdad, él no tenía por qué

had nothing to complain about. The next night of the full moon he refused to watch his wife's ritual performance; he went on a business trip.

Although everything was going well, it could be seen in Amena, and also in Datil, that a sense of urgency was upon them, nervously busy as two ants at a task that only they understood.

Amena had a large room built. The builders made only the shell of the salon. But only she and Datil would do all of the interior work. Petronilo's protests came to naught. Amena was fervently determined that she would do all the work with her own hands.

The purpose of the apartment soon became evident. It was a studio for a painter. It had large windows facing the western horizons that flooded the room with light and color. Draw drapes filled it with mystery and solitude. It had a black board and an easel, ready to use. There was a New Mexican fireplace in the corner. An easy chair and a couch of Moroccan leather. A select library of sketching and technique books, collections of copies of the most famous paintings of the world. Everything necessary for a painter, who had not yet been born.

Amena wrote continuously. She filled three notebooks. One for her son for when he could read. One for her husband for when he wanted to read. One for Datil that she had to read. All this writing was projected into an imprecise future. She set down in these notebooks only what could be put into words. She had other ways to communicate the ineffable. Something harmful happens to concepts and illusions when they are put into words. They come out, damaged, distorted, and incomplete.

Half way through their labors it became evident that both women were pregnant. It was noticed then that the two women were working desperately to finish their task, as if their job were of extreme

quejarse. El siguiente día de plenilunio se negó a presenciar el acto ritual de su mujer; se fue de viaje.

Aunque todo marchara bien, se notaba en Amena, y también en Dátil, que una sensación de urgencia les apremiaba. Estaban agitadamente ocupadas como dos hormigas en una obra que sólo ellas conocían.

Amena hizo construir una grande habitación en un sitio reservado para ella. Los constructores hicieron sólo el cascarón del salón. Insistió en que ella y Dátil harían toda la decoración interior. Las protestas de Petronilo fueron a menos. Amena estaba fervorosamente aferrada a que ella haría toda esa labor con sus propias manos.

Pronto se puso patente el propósito del aposento. Era un estudio de pintor. Tenía unos tremendos ventanales que daban al horizonte poniente que inundaban el cuarto de luz y color. Cortinajes corredizos lo llenaban de misterio y soledad. Tenía una pizarra y un caballete prestos para utilizar. En un rincón una chimenea nuevomexicana. Una butaca y un diván de cuero marroquín. Una selecta biblioteca de libros de dibujo y técnica, de ilustraciones de las pinturas más famosas del mundo. Todo lo necesario para un pintor, que aún no había nacido.

Amena escribía mucho. Tenía tres cuadernos. Uno para su hijo para cuando aprendiera a leer. Uno para su marido para cuando quisiera leer. Uno para Dátil que tenía que leer. Toda esta lectura estaba proyectada para un futuro indeciso. Ponía en estos cuadernos sólo lo que se podía poner en palabras. Ella tenía otras maneras de comunicar lo inefable. Algo dañino les pasa a los conceptos y a las ilusiones cuando se ponen en palabras. Salen dañados, distorsionados e incompletos.

A mitad de su labor empezó a notarse que las dos mujeres estaban encinta. Se notó entonces que las dos trabajaban desesperadamente para terminar su obra, como si aquello fuera de extremada

importance. They worked and talked in their strange native language.

Amena got it into her head to plaster and whitewash the mud walls herself, with her tender, naked hands. The task was rough and difficult, and she dedicated herself to it as if her life depended on it. Involved, affectionately, as if the brush of her fingers on the mud were caresses, she converted the walls into canvasses with strange drawings, into manuscripts of mysterious messages. The marks of her fingers on the mud sketched odd designs and rare arabesques. She did the same thing with the woodwork. She carved on it mystic scriptures with a sharp and obedient knife. It was as if she were saying there what she could not say in the notebooks.

At last the studio was finished. The two women were exhausted, but happy. Amena had a look of supreme satisfaction on her face. She could be heard humming about the house, sometimes singing in a low voice. She spent every moment possible with Petronilo. She fixed his favorite dishes herself. She spoiled him in the most uninhibited way. The moment of truth was approaching.

All of this, her open and sensual satisfaction, her exaggerated affection, the fatigue she could not hide, had Petronilo quite worried. Something was out of joint. He could not figure out what. When he asked her, when he tried to talk about it, Amena laughed and told him not to worry.

The day came, the two women gave birth on the same day. Amena's son was born alive. Amena died. Datil's son was born dead. Datil lived. A mother and a son died. A son and a mother lived. It was as if all this had been expected, as if it had all been programmed. Who knows?

importancia. Trabajaban y hablaban sin cesar. Hablaban en su lengua extraña.

A Amena le entró por enyesar las paredes con tierra blanca ella misma, con sus tiernas manos. La tarea era áspera y difícil, y ella se dedicó a ella como si su vida dependiera de ello. Dedicada, cariñosamente, como si el roce de sus dedos sobre la losa fuera caricia, convirtió las paredes en liensos con dibujos de quién sabe qué, en manuscritos que decían yo no sé qué. La huella de sus dedos sobre la losa dibujó extraños diseños, raros arabescos. Hizo lo mismo con la madera de las puertas y ventanas. Allí grabó místicas escrituras con un cuchillo afilado y obediente. Era como si allí dejara dicho lo que no pudo decir en los cuadernos, lo inefable.

Por fin el estudio quedó terminado. Las dos mujeres agotadas, pero felices. Amena llevaba una expresión de supremo contento en la cara. Se le oía tarareando por la casa, a veces cantando en voz baja. Se pasaba todos los momentos posibles con Petronilo. Ella misma preparaba sus platos favoritos. Lo mimaba de la manera más desvergonzada. El momento se iba acercando.

Todo esto, el desnudo y sensual contento, su exagerado cariño, el cansancio que no podía esconder, traían a Petronilo bastante inquieto. Algo estaba fuera de quicio. El no acertaba en qué. Cuando le preguntaba, cuando quería hablar de ello, Amena se reía y le decía que perdiera cuidado.

Llegó el día. Las dos mujeres dieron a luz el mismo día. El hijo de Dátil nació muerto. El hijo de Amena nació vivo. Amena murió en el parto. Murieron una madre y un hijo. Vivieron un hijo y una madre. De cuatro quedaron dos, dos que se correspondían. Tanta coincidencia invita la especulación, pide un comentario. Era como si todo esto fuera anticipado, como si todo esto estuviera programado. ¿Quién sabe?

Amena's death was a fatal blow for Petronilo. He was crushed. He would never recover. Amena had been an illusion, a blessing, for him. She had elevated him to heights of happiness he had never known. His life with her had been a fantasy. He remembered and relived every shared moment between sobs and joys. He roamed about the house like a sleepwalker. He wandered through the gardens like a lost soul. He could not accept living without her. He sought no consolation.

The child, baptized Damian, was a jewel, a smile of God, cheerful and good-natured. From the very beginning Datil was crazy about him. She rocked and swung him, danced with him, sang to him. The little one responded with trills and smiles, later with bursts of laughter. Damian was a son to Datil, the son she gained after having lost him. Petronilo said and did all the things expected of a new father, but without excessive enthusiasm. He was burdened with sorrow. The child did not look very much like him, or like Amena. He did not have green eyes.

Damian was growing up in his large painter's salon with its large windows open to the lovely sunsets of Albuquerque. Surrounded by beautiful paintings. Hearing his mother's voice in the wonderful songs that had made her famous on the records Datil played for him. The cheerful fireplace and the smell of piñon and cedar. Datil's love above all else. All of this beauty told little Damian things that he did not understand but that he absorbed night and day.

Damian became so attached to his apartment that it was only there that he felt at ease, only there he felt secure. When they took him into the house or out in the garden, he was all right for a while, then he cried. Datil realized what was wrong and took him back to his favorite nest. The tears disappeared and the laughter returned. When he first began to talk, one day at the table Damian began to cry and

La muerte de Amena fue un golpe fatal para Petronilo. Quedó deshecho. No se recuperaría nunca. Amena había sido una ilusión, una bendición para él; lo había elevado a alturas de felicidad desconocidas. Su vida con ella había sido una fantasía. Recordaba y revivía cada momento compartido entre gozos y sollozos. Andaba por la casa como un sonámbulo. Vagaba por las huertas como alma perdida. No se conformaba a vivir sin ella. No quería consolación.

El niño, bautizado Damián, era una joya, una sonrisa de Dios. Desde un principio era alegre y bonachón. Dátil estaba clueca con él. Lo arrullaba, lo mecía, lo bailaba, le cantaba. El pequeñito respondía con gorgoritos y sonrisas, más tarde con risotadas. Damián fue para Dátil su propio hijo, el hijo ganado después de haberlo perdido. Petronilo dijo e hizo lo indicado de un nuevo padre, pero sin exagerado entusiasmo. Estaba cargado de tristeza. El niño no se parecía mucho a él ni a Amena. No tenía los ojos verdes.

Damián fue creciendo en su gran salón de pintor con sus grandes ventanales que revelaban los preciosos atardeceres de Albuquerque. Rodeado de bellas pinturas. Oyendo la voz de su madre en los bellos cantos que la habían hecho famosa en los discos que Dátil le tocaba. La alegre chimenea y el olor del piñón y del cedro lo fascinaban. Pero más le fascinaba el amor de Dátil. Toda esta belleza le decía cosas hermosas al niño Damián que él no entendía pero que absorbía noche y día.

Damián le cobró un apego a su aposento que sólo allí se sentía a gusto, sólo allí se sentía seguro. Cuando lo sacaban a la casa o al jardín, se entretenía un rato, luego lloraba. Dátil ya sabía y le devolvía a su nido consentido. Las lágrimas desaparecían, y volvían las risas. Cuando empezaba a hablar, un día a la mesa Damián empezó a llorar y gritar "¡Mi

shout, "My pillow!" Datil ran and brought him a
pillow. The child rejected it and continued crying,
"My pillow!" Datil had to take him to his room. As
they came to his door the child stopped crying and
said, "My pillow, my pillow!" with so much feeling
and so much satisfaction that everyone knew that
"my pillow" meant "my room." From then on that
apartment had that name. Who knows why children
name things the way they do?

Datil dedicated her life and her soul to little
Damian. She taught him his mother's language, the
songs and dances of her country. She started him out
in drawing when he was very little, drawing animals,
trees, houses for him. Providing him with pictures to
color. Reading him illustrated stories, later tracing
the pictures. The education of the child, disguised as
fun and bursting with affection, began very early.
Datil was his dedicated and disciplined teacher.

Petronilo was affectionate but somewhat distant.
They liked each other, but did not seek each other
very much. When Damian reached the age of six, his
father tried to draw closer. They chatted, went on
camping and fishing trips, played sports. Sometimes
they would watch a football game on television and
talk about it. Petronilo would take his son to visit
his New Mexican relatives. They treated Damian
like a prince. The boy was charming. He gave
speeches, recited, sang, danced. And he did it well.
By that time his drawings and watercolors were
beginning to attract attention. It was obvious that
Damian had talent. He took care of taking each one
of his uncles an original. Father and son were friends
in spite of not understanding each other very well.

Damian had a normal childhood, and also a normal
adolescence. It was normal in that he went to school
like all the rest of the children, and he was one of
them. He participated in sports, parties, and
escapades with them. He was very popular with the

almohada!" Dátil fue corriendo y le trajo una almohada. El niño la rechazó y siguió gritando, "¡Mi Almohada!" Dátil se vio obligada a llevarle a su cuarto. Al acercarse a su puerta el niño dejó de llorar y decía con tanto sentimiento, con tanto contento, "¡Mi almohada, mi almohada!" que todos supieron que "mi almohada" quería decir "mi cuarto." De allí en adelante ese apartamento llevó ese nombre. ¿Quién va a saber por qué los niños le dan los nombres que le dan a las cosas?

Petronilo era cariñoso pero un tanto distante. Los dos se querían, pero no se buscaban mucho. Cuando Damián llegó a los seis años, el padre procuró acercarse más. Charlaban, iban de campo y de pesca, hacían deportes. Alguna vez miraban un partido de fútbol en la televisión y lo comentaban. El papá llevaba al niño a visitar a sus parientes nuevomexicanos. Allí lo trataban como príncipe. El chico era un encanto. Declamaba, recitaba, cantaba, bailaba. Y lo hacía bien. Para entonces los dibujos y las acuarelas de Damián empezaban a llamar la atención. Estaba visto que el chico tenía talento. El se encargaba de llevarles un original a cada uno de sus tíos. El padre y el hijo eran amigos a pesar de no comprenderse muy bien.

Damián tuvo una niñez normal y una adolescencia también nonmal, en lo que esa palabra pueda significar. Fue normal en que fue a la escuela como todos los chicos, y fue uno de ellos. Participó con ellos en deportes, fiestas y escapadas. Fue muy

girls, and he lost his innocence at the right moment, with honors and without shame.

So far, normal. But there was a certain something in Damian that set him off from the rest. He had mysterious substances and essences within him that he himself did not manage to understand and that commanded his thoughts and attention. Substances and essences that frequently determined his behavior or released his fantasies. He did things without knowing why, that always turned out well. It was as if an inner voice told him where to go. He was a good son, a good student, a good friend. This everyone could see. What they could also see was that he was different in an unexplainable way.

His manner of being imposed solitude upon him. He pursued solitude avidly, sometimes, desperately. He would disappear unexpectedly from a party. He would not show up at another. He went by himself into the fields or into the streets. His favorite refuge, naturally, was "my pillow." The attachment he had as a child for the apartment his mother had built for him had not diminished, it had grown instead. He spent long hours there, sometimes, days.

He spent his time painting, reading, writing, or contemplating the glorious sunsets of his open horizons. There he read and reread the pages of the manuscript his mother had left him and that Datil was giving him according to the calendar marked by her. The most intriguing part was the fascination, the obsession, with which he contemplated the walls of his "pillow." His eyes examined the traces of his mother's fingers on the clay over and over again. Many times he ran his own fingers over those traces with tender affection and deep emotion. He was convinced there was a hidden message in those designs and arabesques. In the background the magic voice of La Karanova. The sensual aroma of the incense of black roses in the air.

popular con las chicas, y en el momento justo perdió
su inocencia— con honores y sin sinsabores.

Hasta aquí lo normal. Pero había en Damián un
algo que lo diferenciaba de los demás. Llevaba en sí
sustancias y esencias misteriosas que él mismo no
acertaba en comprender y que le embargaban el
pensamiento y la atención. Sustancias y esencias que
a menudo determinaban su conducta o desataban su
fantasía. Hacía cosas sin saber por qué, que siempre
le salían bien. Era como si una voz interior le
marcara el camino a seguir. Era buen chico, buen
estudiante, buen amigo. Esto todos lo podían ver. Lo
que también podían ver todos es que era diferente de
una manera indefinible.

Su manera de ser le imponía la soledad. La
buscaba con ahínco, a veces, desesperadamente.
Desaparecía inesperadamente de una fiesta. No
aparecía en otra. Se iba a solas por el campo o por la
calle.

Su refugio predilecto, claro, era "mi almohada." La
querencia que de niño antes tuviera por el
departamento que su madre le había construido no
había disminuido, más bien había crecido. Allí se
pasaba largas horas y hasta días enteros.

Se pasaba el tiempo pintando, leyendo, escribiendo
o contemplando los gloriosos crepúsculos de su
poniente abierto. Allí leía y releía las hojas sueltas
del manuscrito que su madre misma no pudo decir
pero que supo comunicar a su hijo a su manera. Lo
que sí sabemos es que Damián fue cambiando. Dejó

We cannot know if Damian ever deciphered the designs on the clay or the writings on the woodwork. He never said. Perhaps because there were no words to say it; the message was ineffable, something his mother herself could not say but found a way to communicate with her son in her way. What we do know is that Damian began to change. He stopped being the cheerful young man he once was and slowly became serious and formal.

When he entered the university he was already a young man apart, more solitary than ever, more than a little melancholy. He had become a romantic type—from another time, another place. Always friendly and courteous when it was necessary, otherwise shy and taciturn. Now he painted with a passion: nocturnal scenes, strange and bizarre subjects, dark figures, flaming labyrinths. His canvasses began to appear in the good galleries. The voice of La Karanova could be heard in the background. Thick was incense in the air.

One day he read in one of his mother's letters; "I want you to do my portrait. I want Father Nasario to see it." Damian did not sleep that night. The images of his mother flashed through his head, one after another, in a giddy procession. Every image different, a living representation of a woman full of life, complex and mysterious, a woman of many whims, many facets, many moods.

Sometime in the early dawn, when the fire in the fireplace had turned to ashes, the swift parade began to slow down. A thousand images began to come together, began to blend. Only one remained, containing the elements of all of them. Static and ecstatic. Damian's fantasy came to rest. He was left in a near stupor, contemplating the image he had brought back from a past that was not his own, in complete and submissive adoration. He fell asleep

de ser el chico campechano y alegre que antes era y se fue volviendo serio y formal.

Cuando entró en la universidad ya era un joven aparte, más solitario que nunca, más que un poco melancólico. Diríase que era ya un tipo romántico— de otro tiempo, de otra parte. Siempre amable y caballero cuando era necesario, por lo demás esquivo y silencioso. Ahora pintaba con locura: pinturas nocturnas, cosas raras y bizarras, figuras oscuras, laberintos encendidos. Sus liensos empezaron a aparecer en las buenas galerías. La voz de La Karanova en el fondo, denso incienso en el aire.

Un día leyó en una de las cartas de su madre: "Quiero que hagas mi retrato. Quiero que lo vea el padre Nasario." Esa noche Damián no durmió. Las imágenes de su madre le centelleaban por la cabeza, una tras otra, en un desfile vertiginoso. Cada imagen distinta, en viva representación de una mujer llena de vida, compleja y misteriosa, una mujer de muchos caprichos, muchas facetas, muchos talentos.

Por allá por la madrugada, cuando la leña de la chimenea se había hecho cenizas, el desfile rápido empezó a detenerse. Las mil imágenes se fueron sobreponiendo, fundiendo. Quedó sólo una, con los elementos de todas. Estática y extática. Cesó la agitación de Damián. Se quedó, como lelo, contemplando la imagen, que él había convocado de un pasado que no era suyo, en una adoración total y sumisa. Así se quedó dormido porque estaba

because he was exhausted. He fell asleep murmuring softly: "My Amena."

The following day he told the family that he was going to paint his mother's portrait, and that he did not want anyone to enter "my pillow" until the painting was finished. Datil tried to provide him with photographs of Amena as an artist, as a bride, as a wife. Damian told her that he did not need them. Petronilo thought that this was strange since Damian had never known Amena, but he did not say anything. Datil did not find anything strange in this, and she did not say anything either.

Damian began to paint with indescribable fury, the controlled fury of a fierce panther who wildly obeys the orders of the master who holds the chain and the whip. The panther would kill if it got loose.

It was strange but he began with the eyes. Very soon the green waters of those deep and risky seas began to shine and seethe. The flakes of gold began to burn. The eyes were perfect, but the look escaped him, the lance look, the dagger look, the killer look. How difficult it is to paint the invisible! Damian went crazy, became desperate. When this happened, he looked like his queenly mother singing a Valkyrie or dancing around her altar.

Unable to overcome this obstacle, for now, he went on to paint the face. Everything went well. The fine alabaster skin, as if lit up from within, with its subtle, almost invisible, tint of green. The exquisite nose, pointed, with a certain touch of aristocracy. The mouth was perfect, but he could not capture the smile. As with the look, he had to leave it incomplete. The elegant and arrogant chin gave him no problems. The black hair either. He found a way, who knows how, to give it the green flashes that vitalized it. A queen's hands. The rings of an empress. He dressed her in silk and black lace. He made her an oriental princess. A Jewess, Hungarian,

vencido. Se durmió murmurando suavemente,
"Amena mía."

El siguiente día le anunció a la familia que iba a
hacer el retrato de su madre. Que no quería que
nadie entrara en "Mi Almohada" hasta que estuviera
terminado. Dátil quiso proporcionarle fotografías de
Amena de artista, de novia, de casada. Damián le dijo
que no le hacían falta. A Petronilo le pareció esto
bien raro ya que Damián nunca había conocido a
Amena, pero no dijo nada. A Dátil no le pareció esto
nada raro, y no dijo nada tampoco.

Damián se puso a pintar con indescriptible furia.
Furia dominada como una feroz pantera que obedece
silvestre los mandamientos del maestro que lleva la
cadena y el látigo. La pantera que mataría si se
soltara.

Fue curioso pero empezó por los ojos. Pronto
empezaron a lucir y a hervir las verdes aguas de
aquellos hondos mares peligrosos. Empezaron a arder
los flecos de oro. Los ojos quedaron perfectos, pero la
mirada se le escapaba, la mirada lanza, la mirada
espada, la que mataba. ¡Qué difícil es pintar lo
invisible! Damián se ponía loco, se desesperaba. En
estos momentos de rabia se parecía a su reina madre
cuando cantaba una Valkyria o cuando bailaba
alrededor de su altar. El no sabía, claro.

No pudiendo vencer este obstáculo, por ahora, pasó
a pintar la cara. Todo iba bien. La tez de fino
alabastro, como encendido por dentro, con su sutil,
casi invisible fondo verde. La nariz exquisita, afilada
con un yo no sé qué de aristocracia. La boca perfecta,
pero la sonrisa se le escapaba. Como con la mirada,
tuvo que dejarla incompleta. La elegante y arrogante
barbilla no le causó problemas. La negra cabellera
tampoco. Supo, quién sabe cómo, darle los elusivos
destellos verdes que la iluminaban. Manos de reina.
Sortijas de emperatriz. La vistió de sedas y encajes
negros. La vistió de princesa oriental. ¿Judía,

Gypsy, Arabian, Russian? An actress or a goddess?

All of this took a long time. Damian worked as if possessed. He hardly slept. Sometimes he would fall into his Moroccan leather armchair in total exhaustion and he would contemplate his work for hours as if hypnotized. Suddenly a fit of passion would grip him, an impulse, an inspiration, and he would jump up and paint a tiny touch, a dot, a flick, perhaps a sigh or a sob, that completely changed the appearance. In these moments it seemed that an invisible hand guided him.

The look and the smile perplexed him. Some looks and some smiles have something angelical or something diabolical about them. And who can handle them? The portrait was finished except for these two imponderables.

Damian was worn out. Bearded, thin, and dirty. He fell asleep in the armchair because there was nothing more he could do. He dreamed he had gone out to pray at his mother's altar, that he was dressed in white, that Datil had prepared the altar for him and was now playing the drum for him. He saw himself go, step by step, through his mother's ancient ceremony. He felt the fire of her passion.

He awoke calmly. He yawned. Then quietly, picked up the brush and did something to the portrait. Maybe it was a kiss, maybe it was a sigh or a sob. Suddenly the look came alive, full of light and shadow, life and death, love and hate. The smile caught fire with flashes of irony, malice and tenderness. The work of love was ended.

The family and Father Nasario came in the following day to see the portrait. They were shaken and curious. No one was prepared to see what he saw. That was Amena! What she once was and what now she continued to be. The supreme woman, the complete woman. With all of her life, all of her mystery. All that was missing was for her to sing,

húngara, gitana, árabe, rusa? Yo no sé. Gesto de actriz o de diosa. Tampoco sé.

Todo esto duró mucho tiempo. Damián trabajaba como poseído. Casi no comía. Casi no dormía. A veces caía rendido en la butaca de cuero marroquín y se quedaba contemplando su obra hasta por horas como hipnotizado. De pronto le cogía un arrebato, un impulso, una corazonada, y saltaba y le ponía un pequeño toque, un punto, un deje, acaso un suspiro o un sollozo, que cambiaba en total el aspecto. En estos momentos parecía que una mano invisible guiaba la suya.

La mirada y la sonrisa lo tenían fuera de quicio. Algunas miradas y sonrisas tienen un poco de ángel o un poco de diablo. ¿Y quién puede con ellos? El cuadro estaba terminado excepto por estos dos imponderables.

Damián estaba agotado. Barbudo, flaco y sucio. Se quedó dormido en la butaca porque ya no podía mas. Soñó que había salido a rezar al altar de su madre, que iba vestido de blanco, que Dátil le había preparado el altar y que ahora le estaba tocando el tambor. Se vio pasar, paso por paso, por la antigua ceremonia de su madre. Sintió el fuego de su pasión.

Se despertó tranquilo. Se desperezó. Luego, serenamente, tomó el pincel y le hizo algo al retrato. No sé qué. Quizás un beso, quizás un suspiro o un sollozo. Pero de pronto se desató la mirada—hecha luz y sombra, vida y muerte, amor y odio. Se encendió la sonrisa con vislumbres de ironía, de malicia, de caricia. La obra de amor estaba terminada.

Al día siguiente entró la familia y el padre Nasario a ver el cuadro. Todos estremecidos y curiosos. Nadie estaba preparado para ver lo que vio. ¡Allí estaba Amena! Lo que antes fue, y que ahora seguía siendo. La mujer suprema, la mujer entera. Con toda su vida, con todo su misterio. Lo único que le faltaba era

laugh, and dance. Everyone spoke in whispers, gripped by a strange reverence, or respect, or superstition.

They all wondered how Damian, without ever having known her, could capture the volatile personality, the enigmatic reality, the deep mystery, the indomitable character of his mother. It was as if they were seeing her for the first time as she really was. Father Nasario put it into words: "The eyes of the spirit see farther and much more than the eyes of the body."

Sometimes the eyes of a portrait seem to follow the viewer from one place to another. Amena's eyes did not. They were fixed on an unknown vision. With one exception. They followed Damian everywhere, deliberately, it seemed. Damian did not find this unusual; it seemed natural. Nobody else noticed. Except Datil. She noticed, but did not say anything.

Petronilo had entered "my pillow" with deep emotion. He stayed behind and contemplated Amena from a distance. It was as if she had come back to life. He fell into a spell. Silently, slowly, large tears appeared, and flowed on their own and unnoticed. When at last he came to, he had the presence of mind to resist a powerful inclination to kneel at Amena's feet as if she were a saint. He left the room sobbing desperately.

"Damian, my son," said Father Nasario, "I'm going to ask a favor of you. You know how kind and generous your mother was to the people of the parish, especially to the poor. The people loved her very much, always. Let me hang her portrait in the church so that everyone will have the opportunity to see it."

"Certainly, Don Nasario, I would like that very much too. Take it right now."

cantar, reír o bailar. Todos hablaban en susurros, acometidos de una extraña revenencia, o respeto, o superstición.

Todos se preguntaban, cómo pudo Damián, sin haberla conocido nunca, captar la personalidad volátil, la realidad enigmática, el profundo misterio, el carácter indomable de su madre. Era como si la vieran por vez primera—como verdaderamente era. El padre Nasario lo puso en palabras:—Los ojos del espíritu ven más allá de los ojos de la carne.

Algunas veces los ojos de un retrato parecen seguir al espectador de una parte u otra. Los de Amena no. Estaban fijos en una visión desconocida. Con una excepción. Seguían a Damián con intención a todas partes. A Damián no le pareció esto extraordinario; le pareció natural. Los demás no se dieron cuenta. Excepto Dátil. Ella sí lo notó, pero no dijo nada.

Petronilo había entrado en "Mi Almohada" profundamente emocionado. Se quedó atrás y contempló a Amena a distancia. Era como si hubiera resucitado. Cayó en un mesmerismo total. En silencio, lentamente, le salieron gruesas lágrimas, corriendo solas e inadvertidas. Cuando al fin cayó en sí, tuvo la presencia para resistir una fuerte inclinación a arrodillarse ante la imagen de Amena como si fuera una santa. Salió del aposento, sin que nadie lo notara, sacudido de sollozos.

"Damián, hijo mío," dijo el padre Nasario, "voy a pedirte un favor. Ya tú sabes lo buena y generosa que fue tu madre con la gente de la parroquia, especialmente con los pobres. La gente la quiso mucho siempre. Permíteme que cuelgue su retrato en la iglesia para que todos tengan la oportunidad de verlo."

"Cómo no, don Nasario. A mí también me gustaría. Lléveselo ahora mismo."

The word soon got around that the portrait of Doña Amena was in the church. Amena had been famous for her charity, friendliness, and courtesy. Everyone went by to see her. She won them over as she had before. The beautiful picture of the woman and the magnetism and passion of the artist impressed them all. There is some superstition in the religious feeling of simple people. The generosity of Amena was well known. The beauty of the painting spoke for itself. The picture was in the church. The time came when all of this came together into a single concept: Doña Amena was a saint, a topic of conversation first, an act of faith later. It came to be that it was not at all unusual to see a little old lady on her knees in front of St. Amena. Father Nasario began to hear, and the word got around, that the saint had produced this or that miracle. The good priest after thinking the matter over for some time concluded that if Amena brought the people some consolation, it was best to leave it where it was.

Damian felt physically and spiritually empty when he finished the portrait. He decided to go to the mountains. He went on horseback and led a packhorse. He cooked, ate, and slept in the open air. Took long hikes, fished, read in the shade and in the sun. Sometimes he would catch himself whistling or humming one of La Karanova's tunes. The clean air, the cool water, long walks, good eating, and good sleeping soon restored the young painter. He returned home strong and spirited to find himself famous. Museums, galleries, and others wanted to buy his paintings, wanted to commission other works.

Datil gave him a new letter from his mother. Through the years she had been delivering these letters to him at the appropriate moments of his life according to Amena's instructions. In this manner she had marked out the path that had brought him to this moment though all the vagaries of his life. He

Pronto corrió la voz de que el retrato de doña Amena estaba en la iglesia. Antes Amena había tenido fama por su caridad, cariño y cortesía. Toda la gente pasó a verla. Amena volvió a ganárselos como antes lo hiciera. La hermosa imagen de la dama, el magnetismo y pasión del artista dejaba a todos impresionados. En el sentimiento religioso de la gente sencilla hay algo supersticioso. La bondad de Amena era bien conocida. La belleza del cuadro hablaba por sí misma. El cuadro estaba en la iglesia. Llegó el momento en que todo esto fue fundiéndose en un solo concepto: doña Amena era una santa, motivo de conversación primero, acto de fe después. Llegó a ser que no era nada extraordinario ver a alguna viejita de rodillas ante Santa Amena. El padre Nasario empezó a recibir noticias, y empezó a sonarse por el mundo, que la santa había producido este o aquel milagro. El buen cura pensándolo largo, concluyó que si Amena les traía algún consuelo a la gente, valía la pena dejar el retrato donde estaba.

Al terminar su obra, Damián se sentía vacío física y espiritualmente. Decidió irse a la montaña a caballo con uno de carga de diestro. Allí cocinaba, comía y dormía al aire libre. Daba largas caminatas, iba de pesca, leía a la sombra o al sol. A veces se sorprendía silbando o tarareando alguna melodía de La Kananova. El aire puro, el agua fresca, el mucho andar, el buen comer y dormir pronto restituyeron al joven pintor. Volvió a casa fuerte y lozano y listo para encontrarse famoso. Museos y galerías y otros querían comprar su cuadro, querían comisionarle obras.

Dátil le entregó una nueva carta de su madre. A través de los años le había venido entregando estas cartas en los momentos apropiados de su vida, según las instrucciones de Amena. Así es que ella le había marcado la senda que le había traído hasta este momento a través de todas la peripecias de su vida.

always was deeply touched when he read these letters, but this time he felt a strange excitement when he received the letter. He anticipated, who knows how, that there was something portentous in this one. His hands shook as he read:

My beloved son,
The time has come for you to go out into the world. It is now necessary for you to make your way, to find and follow your star, to fulfill your destiny and mine.
I want you to go to Europe for an extended visit. Enclosed I leave you the names of dear friends and old hotels I have known. Tell them both that you are the son of La Karanova. They will receive you warmly.
There is a famous opera singer in Europe now. Her name is Amina Karavelha. On the 15th of August she is going to sing one of Wagner's works at the Parque del Retiro in Madrid. I want you to attend that performance. Afterwards I want you to do Amina's portrait.
That portrait will make you famous in Europe. It will open doors for you. Go, then, and act as my son. Forward, courage! Fame, faith, and fortune await you.
My love and protection will be with you night and day.

Your adoring mother,
Amena

Damian remained pensive, strangely serene, thinking about the new perspectives now opening for him. What he had just read seemed perfectly logical, normal, and natural to him. He did not wonder, for example, how his mother could have known twenty-five years before that there was going to be a famous singer by the name of Amina Karavelha now and that she was going to give a performance on August 15th of this year. The coincidence in the names did not surprise him either. The fact that Datil had not said a word, since she had read the letter too, did not

Siempre se emocionaba cuando leía estas cartas, pero esta vez sintió una agitación extraordinaria al recibir las hojas sueltas. Anticipó, quién sabe cómo, que había algo portentoso en esta carta. Le temblaban las manos al leer lo siguiente:

Hijo de mi alma,
Ha llegado la hora de que salgas al mundo. Es necesario ya que te abras camino, que busques y sigas tu estrella, que cumplas tu destino y el mío.
Quiero que vayas a Europa en viaje extendido. Adjunto te dejo los nombres de queridos amigos y de viejos hoteles que yo he conocido. Diles a ambos que eres hijo de La Karanova. Te recibirán con cariño.
Hay en Europa en estos días una cantante famosa de ópera. Se llama Amina Karavelha. El 15 de agosto dará una representación de una obra de Wágner en el Parque del Retiro de Madrid. Quiero que asistas a esa presentación. Despúes, quiero que hagas el retrato de Amina.
Ese retrato te hará famoso en Europa. Te abrirá carrera. Vé, pues, y pórtate como hijo mío. ¡Adelante, ánimo! Te esperan la fama, la felicidad y la fortuna.
Mi amor y protección te acompañarán de noche y día.
Tu madre que te adora,
Amena

Damián se quedó pensativo, extrañamente tranquilo, examinando las nuevas perspectivas que se le abrían. Lo que acababa de leer le pareció perfectamente lógico, normal y natural. No se preguntó, por ejemplo, cómo pudo saber su madre veinticinco años antes que iba a haber una cantante famosa con el nombre de Amina Karavelha ahora y que ésta iba a dar una presentación el 15 de agosto de este año. La coincidencia en los nombres no le causó extrañeza tampoco. El hecho de que Dátil no comentara sobre esto, ya que ella también había

bother him. It seems that Damian knew more than he said, that he already knew how to decipher and read the designs and writings his mother had left him in "my pillow."

The preparations for the trip were made. Petronilo wasn't told about Amena's letter or the details of the adventure. Damian was going to Europe to study and that was all.

Datil had participated in all the events, even the thoughts and feelings that made up Damian's history. Nevertheless, she who knew it all was jolted and felt very emotional when she saw the photograph in Damian's passport. The face and the expression of this Damian were the face and expression of another Damian of another time.

On the 15th of August Damian was wandering through the Parque del Retiro in Madrid. It was a lovely afternoon. There would be a full moon tonight. His thoughts fluttered, like butterflies, and did not pause on a single thing, on a single rose. He was carrying a bouquet of black roses. Tonight he was going to attend an opera of Wagner.

A full moon. The scent of jasmine in the air. The orchestra playing rhythms of war. The actors singing and gesticulating on the stage. Damian was inattentive, waiting. Suddenly the music stopped. La Karavelha appeared on the stage. Tail, arrogant, majestic. An explosion of applause. Damian found himself repeating over and over again the same words his father had said one day: "This one has to be the most beautiful woman in the whole world."

She began to sing. The orchestra played. It was a magic voice that one moment rose violently and descended tenderly the next. Amina brandished her lance and the voice threatened. She lowered it and the voice caressed. Sometimes it rose tremulously, with rebellious or submissive tremors, as high as the open windows of the attentive moon. It came down

leído la carta, también lo dejó sin cuidado. Todo esto nos hace sospechar que Damián sabía mucho más de lo que decía, que ya sabía descifrar y leer los dibujos y escrituras que su madre le dejara en "Mi Almohada."

Se hicieron las preparaciones para el viaje. A Petronilo no se le dijo nada de la carta de Amena ni de los particulares de la aventura. Damián iba a Europa a estudiar arte, y esto era todo.

Dátil había sido partícipe de todos los acontecimientos, y aun de los pensamientos y sentimientos que constituían la historia de Damián. Sin embargo, ella, que lo sabía todo, se sacudió y se emocionó toda cuando vio la fotografía del pasaporte de Damián. La cara y el gesto de este Damián eran la cara y el gesto de otro Damián de otro tiempo.

El 15 de agosto vemos a Damián paseando por El Parque del Retiro en Madrid. Es una tarde preciosa. Esta noche será de plenitud. Anda agitado. Sus pensamientos revolotean, cual mariposas, y no aciertan a posarse en una sola cosa, en ninguna rosa. En las manos temblorosas lleva un ramo de negras rosas. Esta noche va a asistir a una ópera de Wágner.

Noche de luna llena. Olor de jazmín en el aire. La orquesta batía ritmos bélicos. Los artistas gesticulan y cantan en el tablado. Damián desatento, a la expectativa. De pronto la música se calla. Aparece La Karavelha en la escena. Alta, arrogante y majestuosa. Una explosión de aplausos. Damián se encontró repitiendo una y otra vez las palabras que su padre un día dijera: "Esta tiene que ser la mujer más hermosa del mundo entero."

Empezó a cantar. La orquesta con ella. Era una voz mágica que un momento subía violenta, y otro bajaba tierna. Amina blandía su lanza y la voz retaba, la bajaba y la voz acariciaba. A ratos se alzaba temblorosa, con gorgoritos rebeldes o sumisos, hasta la ventana abierta de la luna atenta. Descendía lenta

slow and easy to rest tenderly on the collective lap of her listeners. She ended her performance with a fierce shout, a battle cry, a radiant challenge that shook the earth and made the moon cry. And she was still, like a triumphant goddess of marble.

The audience absorbed, stupefied, hypnotized until now, exploded in waves upon waves of admiration and adoration. Damian was screaming like a madman, along with everyone else, *"Encore! Encore!"* Amina came out to meet the sea of adulation. How small, how exquisite, how delicate she appeared now. She received many bouquets of flowers. Among them there was one of black roses. Amina handed them all to the ushers, but she kept the black bouquet.

Damian had sent his calling card along with the flowers. On the back he had written:

Lovely lady,
I am a painter and would like to do your portrait. Allow me, please, to speak with you.

Respectfully,
Damian Karanova.

He himself did not know why he had signed his name that way. He had never done it before. It just came upon him. Perhaps it was because of the color of the flowers, or because of the language of the message, or maybe it was the name. And Amina, who never received a man in her dressing room, decided to let him come. She sent her secretary, Mandarina, to find him. She did not have far to go. He was waiting outside. They greeted each other in their native language.

"Lovely lady, I appreciate your kindness. I've come to render you homage and to offer you my services."

"Have a seat, sir. My instinct tells me that you carry a mystery with you. Tell me, who are you?"

"I am a not-so-humble painter from very far away."

y suave, a posarse tierna en el regazo colectivo del gentío. Terminó su actuación con un feroz alarido, un grito de guerra, un radiante desafío que estremeció la tierra y le sacó lágrimas a la luna. Y se quedó inmóvil, como una victoriosa diosa de mármol.

El público absorto, estupefacto, hipnotizado hasta ahora, estalló en olas sobre olas de amiración y adoración. Damián gritaba como un loco, junto con los demás: "¡Otra! ¡Otra!" Amina salió del telón a recibir ese mar de adulación. ¡Qué pequeña, qué exquisita, qué delicada parecía ahora! Recibió ramos y ramos de flores. Entre ellos había uno de rosas negras. Amina les pasó los ramos a los ujieres, pero se quedó con el ramo negro.

Damián había enviado su tarjeta con las flores. En el dorso había escrito:

> Bella dama:
> Soy pintor y quisiera hacer su retrato. Permítame, por favor, hablar con usted.
>
> Con todo respeto,
> Damián Karanova

El mismo no supo por qué había firmado así. Nunca lo había hecho antes. Le vino de no sé donde. Tal vez por el color de las flores, o por la lengua del recado, o acaso por el nombre. Amina, que nunca recibía a un hombre en su camarín, decidió recibirlo. Envió a su secretaria, Mandarina, a buscarlo. No tuvo que ir lejos. El estaba esperando afuera. Se saludaron en su lengua natal.

"Bella dama, le agradezco la amabilidad. He venido a rendirle homenaje y a ofrecerle mis servicios."

"Pase a sentarse, caballero. Mi instinto me dice que usted trae consigo un cierto misterio. Dígame, ¿quién es usted?"

"Soy un no-muy-humilde pintor de muy lejos de aquí."

"Where are you from?"

"New Mexico."

"Wasn't it there that the great Karanova died?"

"Yes, she died there. She is my mother." The present tense of the verb apparently was not noticed.

"Ah! That explains the black flowers, the language of my people, the name. You and I are related."

"I hope you like that. It pleases me very much."

"I want you to know that your mother is still a goddess in the world of the opera. Her artistic triumphs are the model and the ideal for all of us who have theatrical ambitions. I have all her records, and I'm not ashamed to admit that I try to emulate her."

"Amina, your triumph tonight has to be at the level of the best of La Karanova. I want you to know that in my country my mother is a legend too.

"Damian, I wish you would tell me about her. I've always adored her voice and her person."

"Delighted, whenever you wish."

"And, are you a good painter?"

"I think so. In New Mexico they think I am."

"Don't you have a sample?"

"No, but I can prove it to you."

"How?"

"Put on a dramatic gesture, and assume a *prima donna* posture, and I'll show you"

Damian rose and picked up a La Karavelha poster. He looked at it for a while with complete appreciation and obvious satisfaction. Then he turned it over. He pulled out a piece of black chalk and waited. A spark danced in his eyes, a smile played on his lips. Amina laughed, intrigued, and assumed a theatrical pose. One hand raised on high as if she were holding a star she had just plucked from the heavens. The other hand stretched out at

"Cual es su tierra?"

"Nuevo Mexico."

"¿No fue allí donde murió la gran Karanova?"

"Sí, allí murió. Es mi madre." El tiempo presente del verbo pareció pasar sin apercebir.

"¡Ah! Eso explica las flores negras, la lengua de mi tierra, el nombre. Tú y yo somos compatriotas."

"Espero que te guste. A mi me complace sobremanera." La transición del "usted" al "tú" fue tan normal y natural que ninguno de ellos se percató.

"Quiero que sepas que en el mundo de la ópera tu madre sigue siendo una diosa. Sus triunfos artísticos son modelo e ideal para todos los que tenemos ilusiones teatrales. Yo tengo todos sus discos, y no me da vergüenza admitir que trato de imitarla."

"Amina, tu triunfo de esta noche tiene que estar al nivel del más alto de La Karanova. Quiero que tú sepas que en mi tierra mi madre también es leyenda."

"Damián, quisiera que me contaras de ella. Siempre he adorado su voz y su persona."

"Con todo gusto. Cuando tú quieras."

"Y ¿eres buen pintor?"

"Creo que sí. En Nuevo México creen que lo soy."

"¿No tienes alguna muestra?"

"No, pero te lo pruebo."

"¿Cómo?"

"Asume un gesto dramático y toma una postura de *prima donna* y te lo demuestro."

Damián se levantó y cogió un cartel de La Karavelha. Lo contempló por un momento con sumo aprecio y evidente contento. Luego lo volvió al dorso. Se sacó una tiza negra del bolsillo, y se puso a esperar. Una chispa le bailaba en los ojos; una sonrisa le jugaba en los labios. Amina se rió, intrigada, y tomó una postura teatral. Una mano en lo alto como si tuviera en ella una estrella que acababa de arrancar. La otra mano extendida a su lado, como una

her side, like a wing she flapped at random. Her left foot raised behind her, as if she had taken off and was flying through space.

Damian drew fast and purposely. His brow wrinkled, his lips pressed tight, his eyes nearly closed. Intensity and passion. Amina looked at him out of the corner of her eye and was impressed with what she saw. In a few moments he was through and presented the sketch to the object of his obsession.

"Damian, what you've done is unbelievable. It's me, that is the one I was then. But there is more. You've put into this sketch something you can't possibly know and shouldn't know."

"You've liked it, eh? Then, what I want to know is if you're going to let me paint you."

"Of course! You are a talented painter. You can paint secrets."

"If that is so, and since you've been so kind to me, I feel bold enough to ask you to have dinner with me at a small café of our country my mother recommended to me."

"The Korovil? I've also heard about it but haven't been there."

"Yes, that one. Shall we?"

"Let's."

Mandarina saw them leave with a strange and deep satisfaction. They were an ideal couple. She was the sun that illuminated and heated. He was the land that the sun fired and fertilized.

The food at the Korovil was a true celebration. Everything was heavenly. Good wines, tasty dishes, soft music. Harmony all around, good cheer at the table. Those two seemed to be made for each other. They understood and liked each other. The conversation was animated and uninterrupted. You could almost say that they had grown up together, that they shared the same memories. Over and over again he knew what she was going to say before she

ala agitada al azar. El pie izquierdo levantado atrás, como si hubiera despegado del suelo y volara por el cielo.

Damián dibujó veloz y enérgico. El ceño fruncido, los labios apretados, los ojos casi cerrados. Todo intensidad y pasión. Amina lo miraba de reojo, y quedó impresionada con lo que vio. En unos momentos terminó y le presentó el dibujo al objeto de su obsesión.

"¡Damián, lo que has hecho es increíble! Soy yo, es decir la que fuí en ese momento. Pero hay más. Has puesto en este dibujo algo que no puedes y no debes saber."

"¿Te ha gustado, eh? Entonces, lo que yo quiero saber es si me vas a permitir pintarte."

"¡Desde luego! Eres un pintor genial. Sabes pintar secretos."

"Ya que es así, y que has sido tan bondadosa conmigo, me atrevo a invitarte a comer a un pequeño café de nuestra tierra que mi madre me recomendó. Necesito hablar contigo, para el retrato, claro."

"¿El Korovil? Yo también he oído de él pero no lo conozco."

"Sí, ése. ¿Vamos?"

"Vamos."

Mandarina los vio salir con un hondo y extraño contento. Eran una pareja ideal. Ella era el sol que iluminaba, calentaba y fertilizaba. El era la tierra fértil que ese sol encendía y fecundaba.

La comida en el Korovil fue una verdadera celebración. Todo celeste. Vinos buenos, platos sabrosos, música suave. Armonía alrededor, alegría a la mesa. Esos dos parecían hechos uno para el otro. Se entendieron y se quisieron. La conversación apasionada y sin interrupción. Casi se podría decir que habían crecido juntos, que tenían los mismos recuerdos. Una y otra vez él sabía lo que ella iba a decir antes de que lo dijera; ella lo mismo. Parecía

said it. She too. It seemed like they had very much to say to each other after a long and painful separation.

They agreed that he would show up at her suite the following morning ready to work. He did. When Mandarina opened the door there was Damian loaded down with an easel, rolls of canvas, brushes and a box of jars of oils. He looked like a real laborer of art and cut a figure that was more than a little ridiculous. When Amina saw him, she burst out laughing. Later Mandarina did too. And then, without conviction, Damian laughed too. Amina's laughter hurt him a little, but he forgave her immediately.

He set himself up by the window that faced the park where the light was best. She posed at the other end of the room, far from the light. He knew what he was doing. He wanted the light of his portrait to emanate from Amina and not from the window. He wanted to create the light and the air that surrounded her.

Before they started, they had a cup of tea and chatted for a while. Suddenly:

"What do you want me to wear?"

"For what?"

"For the portrait, dummy."

"Nothing."

"You didn't tell me you were going to paint me in the nude."

que tenían mucho que decirse después de una larga y dolorosa separación.

Quedaron en que él se presentaría en la suite de ella la mañana siguiente listo para trabajar. Así fue. Cuando Mandarina abrió la puerta allí estaba Damián cargando con un caballete, rollos de lienzo y una caja de tarros de óleos, brochas y pinceles. Parecía un verdadero obrero del arte y hacía una figura más que un poco ridícula. Cuando Amina lo vio, se rió. Después, Mandarina también. Más tarde, y a las fuerzas, se rió Damián. La risa de Amina le lastimó un tanto, pero la perdonó enseguida.

Se estableció al lado de la ventana que daba al parque donde la luz era óptima. La posó a ella en el fondo de la sala, lejos de la luz. El sabía lo que hacía. Quería que la iluminación de su cuadro emanara de Amina y no de la ventana. Quería inventar la luz y el aire que la rodearan. Esto puede ser egoísmo o compromiso, tal vez ambos.

Antes de empezar:

"¿Quieres café?"

"No. Yo té quiero." Los dos rieron el juego de palabras.

"Yo también te quiero."

Cuando viene Mandarina con el té, Amina le pasa a Damián su taza y le dice:

"Té tuyo."

"No sólo me tulles, tus ojos me paralizan." Se rieron otra vez.

"Té dime, té diré."

Con dimes y diretes siguió la animada charla un buen rato. De pronto:

"¿Qué quieres que me ponga?"

"¿Para qué?"

"Para el retrato, tonto."

"Nada."

"No me dijiste que iba a ser un desnudo."

"Forgive me, Amina, what I mean is that the clothes are painted last." The "dummy" and the "nothing" were buzzing in his head. He felt like a fool.

"You mean, you're going to paint me naked, and then you're going to dress me? That's cute!" Amina was enjoying the discomfort of the young man.

"No, dummy, I'm going to paint your face and head first. Then comes the body, immaculately and virtuously clothed. Do you understand?"

Now they were both "dummies." The equilibrium was reestablished. They both laughed heartily and went to work. To work and talk. It seemed that they talked only about La Karanova and her house in New Mexico. He never tired of hearing details about her life *ante-Damian*, A.D. They laughed, somewhat uneasily, when they realized that A.D. meant the opposite in English, after Damian.

Sometimes Amina became tired or bored of holding the same posture for long periods and Damian would scold her: "Don't move. Open your eyes. Your face fell off. Don't bite your lip. Smile." Sometimes she pouted. She would hear a "Grasshoppers to you!" That evidently was a very strong expression in her country. And she would leave. When she returned, she would find Damian working passionately. She would take her pose with an innocuous question: "Did your mother have many jewels?" And the beat went on.

Now and then she would practice her arias with Mandarina at the piano. When this happened, Damian achieved his finest successes. Perhaps singing was Amina's life. She poured into it all her passion and tenderness. As she sang the voice and the music entered the canvas, dressed in royal colors and the voluptuous aroma of black roses.

The friendship of the painter and the diva was genuine and intimate, as if they were old friends or

"Perdona, Amina, lo que quiero decir es que la ropa es lo último que se pone." El "tonto" y el "nada" le rebotaban en la cabeza. Se sintió idiota.

"¿Es que me vas a pintar desnuda, y luego me vas a vestir? ¡Qué antojo!" Amina estaba gozando el desconcierto del joven.

"No, tonta, primero te voy a pintar la cara y la cabeza. Después viene el cuerpo, inmaculada y virtuosamente vestido. ¿Me entiendes?"

Ya eran "tonto" y "tonta." El equilibrio otra vez establecido. Se rieron los dos con todo gusto y se pusieron a trabajar. A trabajar y a hablar. Parecía que hablaban solamente de La Karanova. Ella no se cansaba de oír pormenores de su vida y de Nuevo México. El no se cansaba de oír pormenores de su vida antes de Damián, A.D. Se rieron, un poco inquietos cuando acataron que A.D. quería decir lo contrario en inglés, *after* Damián.

A veces Amina se cansaba o se aburría de mantener la misma postura por largos ratos. Entonces Damián la reñía con: "No te muevas. Abre los ojos. Se te cayó la cara. No te muerdas el labio. Sonríete." Algunas veces se atufaba ella. Le soltaba un "¡Come chapulines!" que al parecer era una expresión bien fuerte en su tierra. Y se iba. Cuando volvía, encontraba a Damián laboriosamente comprometido. Tomaba su pose con una pregunta inocua: "¿Tenía muchas joyas tu madre?" Y seguía la fiesta.

De vez en cuando ensayaba sus arias con Mandarina al piano. Cuando esto ocurría, Damián conseguía sus mayores aciertos. Quizás el canto era la vida de Amina. En él volcaba toda su pasión y ternura mientras cantaba. La voz y la música se iban metiendo en el lienzo, vestidas de regios colores y de los voluptuosos olores de rosas negras.

La amistad del pintor y la diva era genuina e íntima como de viejos amigos o de queridos

beloved siblings. He wanted to carry the relationship farther. She did too. He fell in love with her from the very beginning. She fell in love later. They both ran into a mysterious wall between them that did not allow love to cross. He was not shy and did not lack assertiveness. Neither did she. Yet, neither one of them could take the first step, however much they wanted to. A certain respect, a fear or an awe held them back. They did not know why. An anxiety, an uneasiness that verged on anger grew up between them. Their impotence was a constant irritation. They shook it off and went on with their work and friendly conversation. Only to return to it.

Damian and Amina were busy as usual when Mandarina came in:

"Señora, Count Barnizkoff insists on seeing you."

"Send him away, I don't want to see him."

At this moment the said count burst into the living room. He was a dandy, elegantly dressed and combed and sporting a little line of a moustache that looked painted. He had the appearance of a spoiled brat too big and too fat for his age. He was raging or blubbering, one or the other.

"Karavelha, my love!"

"Karavelha, I am. Your love, no." Her manner and tone could not be more sarcastic.

"I need to talk to you."

"I do not feel any such need." Her irritation was growing.

"Why do you return all my letters, my flowers, my gifts?"

"Because you have touched them, and what you touch rots."

"I adore you, my love."

"I retain the pleasure of choosing my friends and my lovers. You're no good as a friend, much less as a lover. Get out!"

hermanos. El quería llevarla más allá. Ella también. El se enamoró desde el primer momento. Ella después. Se encontraron ambos con una barrera inexplicable entre ellos que no permitía relaciones amorosas. El no era esquivo y no le faltaba agresividad. Ella era igual. No obstante, ninguno de ellos podía dar el primer paso, por mucho que lo quisiera. Un cierto respeto, miedo o recelo los detenía. No sabían por qué. Nació en ellos una cierta inquietud, una incomodidad que rayaba en rabia. Su impotencia era una constante irritación. Se la sacudían y seguían con su trabajo y su cariñosa conversación, sólo para volver a ella.

Estando Damián y Amina ocupados como de costumbre, entró Mandarina;

"Señora, el conde Barnizkoff insiste en verla."

"Despídelo. No quiero verlo."

En ese momento interrumpió el mentado conde en la sala. Era una especie de petimetre, elegantemente trajado y peinado, y con una rayita de bigotito que parecía pintada. Tenía aspecto de niño mimado demasiado grande y gordo para su edad. Estaba rabiando o balbuceando, no se sabía cual.

"¡Karavelha, mi amor!"

"¡Karavelha soy. Amor tuyo no." El gesto y el tono no podían ser más sarcásticos.

"Necesito hablar contigo."

"Yo no siento tal necesidad." Su irritación iba creciendo.

"¿Por qué me devuelves todas mis cartas, mis flores, mis regalos?"

"Porque tú las has tocado, y lo que tú tocas tiene que podrirse."

"Es que te adoro, cariño."

"Yo me guardo el placer de escoger mis amigos y mis amantes. Tú no vales para amigo, mucho menos para amante, ¡vete!"

At that moment Barnizkoff tried to touch her, tried to put his arms around her. Amina rose like an avenging goddess and fired her homicidal look, the look of green fire and sparks of gold. "Out!" The piercing look and the atomic cry fulminated the count. Destroyed him. It was as if Amina had ripped off his bathrobe and had left him naked, with all his imperfections exposed. She did not leave him a single veil of dignity. Demolished, humiliated, stripped of his manhood, Barnizkoff fell back toward the door, hunched over, covering his impotent parts, as if indeed he had no pants. He disappeared into the nothing from which he had come. Amina remained stiff like Diana-the-huntress for an instant, still pointing to the door with a royal finger.

Damian, who had contemplated the whole scene in fascination, jumped from his stool, prey to unchained emotion. Beside himself, he took her in his arms, shouting, "At last, at last, Amina, at last you let me see you! At last you let me know you!" Amina, taken by surprise, remained stiff for an instant. Then she put her arms around him tightly, sobbing, "Damian, Damian!" They kissed in holy communion. Thus began the love affair that was going to blind two hemispheres for a long time and which is still remembered with affection.

The following day Damian approached his portrait as calm and serene as he had been one day when he approached his mother's portrait. That time he had found the key to the secret in a dream of religious fire. This time he found it in a dream of enchanted love. He went to the portrait and did something to it. Perhaps it was a kiss, a whisper, a sob. Suddenly Amina came to life and was complete, inside the frame of the painting.

He dressed her in a black evening gown his mother had worn at a gala performance in the White House where she had sung and triumphed. Damian had seen

En ese momento Barnizkoff quiso tocarla, quizas abrazarla. Amina se alzó como una diosa vengativa y lanzó la mirada mortífera, la mirada de fuegos verdes y chispas de oro. "¡Fuera!" La mirada lanza y el grito atómico fulminaron al conde. Lo dejaron aniquilado. Fue como si Amina le hubiera arrancado la bata y lo hubiera dejado desnudo, con todos sus desperfectos al descubierto. No le dejó un solo velo de dignidad. Deshecho, humillado, desvaronizado, Barnizkoff reculó hacia la puerta, jorobado, cubriéndose sus impotentes partes, como si de veras estuviera sin calzones. Se perdió en la nada de donde vino.

Amina permaneció tiesa como una Diana por un instante, todavía apuntando hacia la puerta con el dedo regio.

Damián, que habia contemplado toda la escena fascinado, saltó de su banquillo preso de una desenfrenada emoción. Loco, la tomó en sus brazos, gritando, "¡Al fin, al fin, Amina, al fin me dejas verte! ¡Al fin me dejas conocerte!" Amina, cogida de sorpresa, se mantuvo tirante por un instante. Luego lo abrazó, lo apretó, sollozando, "¡Damián, Damián!" Se besaron en santa comunión. Así empezaron los amores que deslumbraron a dos hemisferios por mucho tiempo y que aún se recuerdan con cariño.

El día siguiente Damián se acercó a su cuadro tranquilo y sereno como un día lo había hecho frente al retrato de su madre. Aquella vez había encontrado la llave del secreto en un sueño de fuego religioso. Esta vez la encontró en una ilusión de encantado amor. Se acercó y le hizo algo al retrato. Yo no sé qué. Quizás fue un beso, un susurro o un sollozo. De pronto apareció Amina viva y entera dentro del marco del cuadro.

La vistió con un traje negro de lujo que su madre había usado en una fiesta de gala en la Casa Blanca donde había cantado y triunfado. Damián lo había visto en una fotografía. El traje había pasado de

it in a photograph. The gown had gone out of style years ago, but as frequently happens, the style was a big thing once again. Maybe it was the dress, or perhaps it was a subconscious prejudice of the painter, the portrait of this woman had a striking resemblance with that of another woman now hanging in a church in New Mexico.

Because Amina was who she was, the portrait was hung in the best art gallery of Paris in a ceremony where all the artistic groups, the intellectuals, all the servants of art, appeared. The painting had a resounding success. Damian became an instant celebrity, known and praised everywhere.

From this day on he painted her every day. His paintings appeared in many museums and galleries. Although he received many requests for portraits, he turned them all down. It seemed that his mission in life was to glorify Amina. The fame he gave her was added to the fame she earned.

At a party a famous and vain movie star insisted that Damian do her portrait. He resisted and begged off, but she persisted. Finally, to get rid of her and in jest, he said to her, "Very well, I'll do your portrait. I'll do it in fifteen minutes, not one minute more. If you like it, you keep it and pay me ten thousand dollars. If you don't like it, I'll tear it up, and you don't owe me anything." Nothing happened.

A newspaperman heard this interchange and published it and suggested that the portrait be done on television. This created a wave of curiosity and publicity. The telephone would not stop ringing: the television stations and the press offering their services. The actress came to challenge him personally (for her this publicity was priceless). Damian accepted. A date was set.

Because it was a case of three celebrities—Amina, Damian, and Virgie Joy—the expectation for the event grew and grew. The publicity was unbelievable.

moda hacía muchos años, pero como frecuentemente ocurre, el estilo era la gran cosa otra vez. Quizás por el vestido, o tal vez por un prejuicio subconsciente del pintor, el retrato de esta mujer tenía un sorprendente parecido con el de otra mujer que ahora colgaba en una iglesia de Nuevo México.

Por ser Amina quien era, se colgó el cuadro en la mejor galería de París en una ceremonia donde aparecieron todos los grupos artísticos, la alta sociedad, los grupos intelectuales, todos los arrimados a la sombra del arte. El cuadro tuvo un éxito estruendoso. Damián se hizo personaje, figura instantánea, conocido y elogiado en todas partes.

A partir de este día la pintaba todos los días. Sus cuadros aparecían en muchos museos y galerías. Aunque recibía muchos pedidos, él se negaba a aceptarlos. Parecía que su misión en la vida era glorificar a Amina. A la fama que ella se ganaba se sumaba la que él le daba.

En una fiesta una famosa y vanidosa estrella de cine insistía en que Damián le hiciera su retrato. El se resistía y se disculpaba, ella porfiaba. Por fin, para deshacerse de ella, y en broma, le dijo: "Bueno, le hago el retrato. Se lo hago en quince minutos, ni un minuto más. Si le gusta, se queda con él y me paga diez mil dólares. Si no le gusta, lo rompo, y no me debe nada." Así quedó la cosa.

Un periodista había oído este intercambio y lo publicó y sugirió que se hiciera el retrato en la televisión. Esto desencadenó una curiosidad y una publicidad increíbles. El teléfono no dejaba de sonar: las estaciones de televisión ofreciendo sus servicios, la prensa y un sin fin de curiosos. La actriz vino en persona a retarlo (para ella esta publicidad no se podía comprar). Damián aceptó. Se fijó la fecha.

Como se trataba de tres figuras célebres: Amina, Damián y Virgie Joy, la expectativa para el acontecimiento creció y creció. La propaganda que se

It reached a point where it was decided to broadcast the performance around the world by satellite, so great was the interest. Damian collected a fortune. Damian appeared at the studio with Amina at his side. Virgie Joy was already there. He was amazingly calm and sure of himself. The possibility of failure did not even enter his mind. The words of his mother's letter echoed in his brain: "The portrait of La Karavelha will make you famous in Europe."

The canvas and Joy faced the cameras and the audience. A large clock was in the background. A bell rang. Complete silence. Damian moved deliberately, his brush strokes fast but controlled. He drew the contours of the body and head first, then he filled in the empty space. Everything with precision, no hesitation. It could almost be said that he had brought the portrait already made, and that he was only copying it. When the minute hand was at the point of marking the period, Damian faced the public, raised his brush on high like a torch and bowed from the waist in a chivalric gesture. *Fait accompli.*

The camera zoomed in on the artistic image of the famous and vain actress. The audience burst into resonant applause. The critics were united in their flattery and praise. His mother had been right. The portrait of La Karavelha had brought Damian fame, faith, and fortune.

So, it was spring. The honeymoon of the newlyweds was a dual tribute, one to the moon and one to the honey. It was a song and a dance to Love. Smiling, bold, and naughty, they went through famous hotels, sunlit beaches, elite casinos, select museums, guarded gardens, 24-karat yachts, and theaters singing and dancing to the tune and the beat of Love's flute. From the heights the gods observed

hizo era imponderable. A tal punto que se decidió proyectar el acto por satélite al mundo entero, tanto era el interés. Damián cobró un capital.

Damián se presentó en el estudio con Amina a su lado. Virgie Joy ya estaba allí. Andaba extraordinariamente sereno y dueño de sí mismo. La posibilidad del fracaso ni siquiera le entraba en la mente. Por su cabeza resonaban las palabras de la carta de su madre: "El retrato de la Karavelha te hará famoso en Europa." Y éstas le dibujaban una sonrisa de otro tiempo y de otro espacio en la cara.

El lienzo y la Joy estaban frente a las cámaras y al público. En el fondo un tremendo reloj. Sonó una campana. Un silencio total. Damián se movía deliberadamente, sus pinceladas rápidas pero controladas. Dibujó los contornos del cuerpo y de la cara primero, luego fue llenando los huecos. Todo con precisión, sin vacilación. Casi podría decirse que había traído consigo el cuadro ya hecho, y que sólo lo estaba copiando. Cuando la mano minutera estaba a punto de marcar el plazo, Damián le dio la cara al público, alzó su pincel alto como si fuera una antorcha y se dobló de la cintura con un gesto caballeresco. *Fait accompli.*

La cámara llenó la pantalla con la imagen artística de la famosa y vanidosa actriz. El público estalló en resonantes aplausos. La crítica fue universal en sus halagos y elogios. Su madre había tenido razón. El retrato de la Karavelha le había traído fama, felicidad y fortuna.

Pues bien, era la primavera. La luna de miel de los recién casados fue un homenaje doble, uno a la luna, otro a la miel. Fue una danza y una canción al Amor. Risueños, atrevidos y traviesos, pasaron por célebres hoteles, soleadas playas, prescritos casinos, selectos museos, insignes jardines, yates de 24 quilates y teatros bailando y cantando al son y compás de la flauta del amor. Los dioses, desde sus alturas,

the celebration with satisfaction and carpeted their way with rose petals. Damian and Amina gave the world something to celebrate. Television and the press recorded the miracle of this odyssey of love for the rejoicing of lovers everywhere.

Then they returned to their enchanted house in their land of enchantment. They arrived at sunset. Amina was overwhelmed and fascinated by the violence of the light, the height of the skies, the distance of the horizons, just as Amena had been before.

Datil and Petronilo were waiting outside, impatient and excited. As the car approached it seemed the light itself was trembling. The new Karanova and the same Datil faced each other, both of them vibrating with emotion.

"Señora!"

"Datil!" They embraced, their tears flowing. Petronilo could not speak. Finally, his tongue worked.

"Welcome, Amina, to your house that waits for you with deep affection."

"Petronilo, I wanted to meet you so much. I owe you so much."

There were many more expressions of affection. Happiness seemed to hover in the air and fill the estate. Suddenly Amina looked at Damian and said, "I want to see 'My pillow.'" He had never told her the name of his apartment, perhaps because it sounded childish. But her knowing it did not appear to surprise him.

As they came into the room, the setting sun had lit it with color and fire through the large windows. It looked like a magic place. Amina approached the flaming white wall in a state of hypnosis. She remained speechless before it for a long time. Then she ran the tips of her fingers over the traces of Amena's deliberately, slowly and affectionately, all

contemplaban la fiesta, complacidos, y les alfombraban el camino con pétalos de rosa. Damián y Amina le dieron al mundo algo que celebrar. La televisión y la prensa registraron el milagro de esta odisea amorosa para el regocijo de los amantes de todas partes.

Luego volvieron a su casa encantada de su tierra del encanto. Llegaron al atardecer. Amina estaba abrumada y fascinada por la violencia de la luz, la altura de los cielos, la distancia de los horizontes, como antes lo estuviera Amena.

Dátil y Petronilo estaban esperando afuera, impacientes y agitados. Al acercarse el coche, parecía que hasta la luz temblaba. Se enfrentaron la nueva Karanova y la misma Dátil, las dos vibraron de emoción.

"¡Señora!"

"¡Dátil!" Se abrazaron, las lágrimas corriéndoles a las dos. Petronilo no podía hablar. Al fin se le soltó la lengua.

"Bienvenida, Amina, a tu casa que te espera con todo cariño."

"Petronilo, tenía tantos deseos de conocerte. Tengo tanto que agradecerte."

Hubo muchas más expresiones de cariño. La alegría parecía flotar en el aire y llenar todos los huecos de la heredad. De pronto Amina se dirigió a Damián y le dijo, "Quiero ver 'Mi Almohada.'" El nunca le había dado el nombre de su departamento, quizás porque le pareció infantil. Pero no pareció extrañarle el que lo supiera.

Al entrar en el aposento, el sol poniente lo había encendido de color y fuego a través de los grandes ventanales. Parecía un sitio de fantasía. Amina se acercó a la blanca pared iluminada hipnotizada. Se quedó absorta contemplándola un largo trecho. Luego, pasó la punta de sus dedos por la huella de los de Amena en la losa, deliberada, lenta y

the while looking at Damian with eyes of infinite tenderness.

Datil prepared a meal, rich in odor and flavor and in exquisite liquors of their country. The house warmed up, cheered up, and smiled. It lived again. It dreamed again.

The conversation was exciting. The good faith was boundless. There was so much to say, so much to share. Petronilo felt a happiness and a pride beyond words. Datil was in heaven. The newcomers felt like two love birds who had seen everything, enjoyed supreme freedom together, and had now returned to occupy and enjoy their nuptial nest.

Petronilo wanted to hear Amina sing. With Datil at the piano, as she used to be for Amena, Amina sang as she never had before. Petronilo was bewitched, with tears of utter joy in his eyes.

Damian saw Amina go out and he did not follow her. He went up to the balcony of his room that faced the garden and the patios.

The night was flooded with moonlight, with green light. The air was thick with the fragrance of the black roses. Amina was standing in front of Amena's altar, silent and thoughtful. Damian waited for his wife, also silent and thoughtful.

afectuosamente. Miraba a Damián con ojos de infinita ternura.

Dátil preparó una comida rica de olores y sabores y finos licores de su tierra. La casa se calentó, se alegró, se sonrió. Volvió a vivir. Volvió a soñar. La casa es el cuerpo, así que el cuerpo nuestro es el alma de la casa. Cuando nuestro cuerpo está ausente, la casa se muere.

La charla animada. La buena fe infinita. Había tanto que decir, mucho que compartir. Petronilo sentía una felicidad y un orgullo más allá de las palabras. Dátil estaba en su gloria. Los recién llegados se sentían como dos pájaros amorosos que lo habían visto todo, gozando de la suprema libertad juntos y que han vuelto a ocupar y disfrutar su nido nupcial.

Petronilo quería oír a Amina cantar. Con Dátil al piano como antes lo hiciera con Amena, Amina cantó como nunca. Petronilo encantado, con lágrimas de sumo gozo en los ojos.

Damián vio a Amina salir, y no la siguió. Subió al balcón de su dormitorio que daba al jardín y a los patios.

La noche estaba llena de luna. El mundo inundado de luz verde. El aire denso del aroma negro de las rosas. Frente al altar de Amena estaba Amina, silenciosa y pensativa. Damián esperó a su esposa, también silencioso y pensativo.

CRUZTO, INDIAN CHIEF

CRUZTILLO IS A MOUNTAIN VILLAGE IN NORTHERN
New Mexico. It has a long, winding history that
disappears in the shadowy mists of myth and legend.
It was an Indian Pueblo in pre-Hispanic times.

When the Spaniards came, the friendly Indians
took the aliens in. The two people lived together in
complete harmony, each respecting the civil and
human rights of the other. In time they slept
together, each enjoying the warmth and affection of
the other to the fullest. The net result of this human
experience, the sharing of one roof, one table, and
one bed, was a new breed: the mestizo. Two people
became one people: one blood, one color, one odor.
All the evidence indicated that the new people
enjoyed being what they had become, that is, they
liked feeling, looking, and smelling the way they did.
They had no racial prejudices. Yesterday disappeared
and tomorrow appeared.

When the seekers of Eldorado first arrived in
Cruztillo, they were astonished to find a large cross
in the center of the village. The cross was adorned
with fresh floral and feather offerings. The Indians
were all wearing gold crosses around their necks. The
gold crosses were fascinating for religious and other
reasons.

This was amazing indeed. The Spaniards knew that

El cacique Cruzto

CRUZTILLO ES UN PEQUEÑO PUEBLO DEL NORTE DE
Nuevo México. Tiene una larga y tortuosa historia
que se pierde en las sombrías nieblas del mito y la
leyenda. Fue un pueblo indígena en tiempos pre-
hispánicos.

Cuando llegaron los españoles, los indios
hospitalarios los recibieron con cariño. Los dos
pueblos vivieron juntos en total armonía, cada cual
respetando los derechos civiles y humanos del otro.
Con el tiempo durmieron juntos, cada cual gozando
del calor y del afecto del otro hasta lo sumo. El
resultado final de esta experiencia humana, el
compartir un solo techo, una mesa y una cama, fue
una nueva casta, el mestizo. Dos pueblos se hicieron
uno: una sangre, un color, un olor. Todo indica que la
nueva raza se jactaba de ser lo que era, es decir, les
gustaba sentir, parecer y oler de la manera nueva. No
tenían prejuicios raciales. El ayer se desvaneció y el
mañana amaneció.

Cuando los buscadores de Eldorado, o de una casita
al pie de la montaña, primero llegaron a Cruztillo, se
sorprendieron al hallar una cruz en el centro del
pueblo. La cruz estaba adornada con frescas ofertas de
flores y plumas. Había más. Todos los indios
llevaban cruces de oro en el cuello. Las cruces de oro
fascinaban por razones religiosas o quizás por otras.

Esto era sorprendente de veras. Los españoles

they were the first Christians to come to New
Mexico. When they discovered that the name of the
village was Cruztillo the enigma was compounded.

As the Indians began to learn Spanish, the mystery
began to unravel. It appears that many, many years
ago, longer than anyone could tell, an Indian had
come out of the south. He was a simple, modest
man, an arrow-head-maker. He preached a new
gospel, a drum-beat never heard before—love and
brotherhood. His name was Cruzto.

All the village people, especially the children,
gathered around him. His parables began to make
sense. He performed many miracles. Raised people
from the dead, made the lame walk, the deaf hear,
the blind see, the insane sane. He changed water into
wine and established a program of Alcoholics
Anonymous. He taught them that smoking was
dangerous to their health.

His personal charisma and the magic of his gospel
convinced and converted the multitude. The Indians
became born-for-the-first-time Cruztians. They made
him chief. His symbol of authority was a cross.

One day he took his people to a mountain and
delivered his farewell address. He told them he must
return to his father. He did not mention his mother.
The heart-broken people saw him walk away into the
sunset waving a white feather (handkerchiefs were
unknown among the Indians). Nowhere in the legend
is there any reference to a crucifixion or an ascent
into heaven after the third day.

The legend, the symbol of the cross, the name of
the Indian chief and the values he had taught the
Indians made it very easy for the Spaniards to
convert the Indians to Christianity. It seemed, and
everyone believed it, that Cruzto had been sent by
the heavenly father to prepare his people for the new
religion. The Indians were indeed ready to be
Catholic, Apostolic, and Romantic.

sabían que ellos eran los primeros cristianos en Nuevo México. Cuando supieron que el nombre del pueblo era Cruztillo el misterio aumentó.

Cuando los indios empezaron a aprender español, el misterio se fue aclarando. Al parecer, hacía muchos, muchos años, más allá de la memoria de todos, había venido un indio del sur. Era un hombre sencillo, modesto, que hacía flechas. Venía predicando un evangelio nuevo, algo nunca oído: el amor y la hermandad. Se llamaba Cruzto.

Toda la gente del pueblo, especialmente los niños, se le rodeaban. Sus parábolas empezaron a cobrar sentido. Hizo muchos milagros. Resuscitó muertos, hizo andar a los cojos, hizo oír a los sordos, hizo ver a los ciegos, curó a los locos. Cambió el agua en vino y estableció un programa de Alcohólicos Anónimos. Les enseñó que fumar era dañoso para la salud.

Su encanto personal y la magia de su predicación convenció y convirtió a las multitudes. Los indios se convirtieron en recién-nacidos cruztianos. Lo hicieron cacique. La cruz fue su símbolo de autoridad.

Un día llevó a la gente a la montaña y les dio su despedida. Les dijo que tenía que volver a su padre. No mencionó a su madre. La gente entristecida lo vio perderse en el sol poniente agitando una pluma blanca (los pañuelos eran desconocidos entre los indios). En ninguna parte de la leyenda hay una sola referencia a una crucificación o a un ascenso al cielo después de tres días.

La leyenda, el símbolo de la cruz, el nombre del cacique y los valores que les enseñó a los indios facilitó la conversión de los indios al Cristianismo. Parecía, y todo el mundo lo creía, que el padre celestial había enviado a Cruzto a preparar a su gente para la nueva religión. Los indios de veras estaban preparados para ser católicos, apostólicos y románticos.

The kiva was razed and a church was built over the spot. A new way of life began, a blend of the new and the old. The Indian dances had a touch of flamenco and the jota. The Indian chants had echoes of cante jondo and the zarzuela. The Spanish language adopted some Indian words and pronunciations. The food became a mixture of the here and now and the there and then. Atole and oatmeal were not that far apart, after all. The people became an adulteration of east and west, the twain did meet. Sometimes they dreamed in Spanish. Sometimes they dreamed in Indian.

All of this happened a long time ago. The people retained vague memories of the early events and of the legend of Cruzto. Traditions and customs, containing elements of the two cultures, evolved. The one unifying force that bound them together was their religion and their reverence for the cross. The church, constructed in the shape of a cross, was a living testimonial to the depth of their faith. Cristo and Cruzto had merged into one single image for them.

The people showered the church with affection and devotion. The altar, the floor, the brass sparkled. The vestments of the santos were of the finest silks and brocades. Every spring the villagers went into a flurry of church-centered activity. They plastered the outside walls with new mud, whitewashed the inside walls, repaired all the damages done by time and the elements, scrubbed and polished.

One thing was wrong, however, and it caused deep concern. The old paintings and statues brought from Spain by the early settlers were quite deteriorated. The paint of the pictures was peeling. The porcelain of the faces and hands of the statues was cracking. Through the village priest, a distinguished artist from Taos was contracted to repair and refurbish these art works.

La kiva fue arrasada. Se construyó una iglesia sobre el sitio. Empezó una nueva vida, hecha de lo nuevo y de lo viejo. Las danzas de los indios tenían un algo de flamenco y de jota. Los cantos de los indios tenían ecos del cante jondo y de la zarzuela. La lengua española adoptó algunas palabras y pronunciaciones indígenas. La comida se hizo una mezcla de lo de aquí y ahora y lo de allá y entonces. La gente se hizo una adulteración de este y oeste, hechos uno. Algunas veces soñaban en español. Algunas veces soñaban en indio.

Todo esto ocurrió hace mucho tiempo. La gente tenía vagos recuerdos de los antiguos acontecimientos y de la leyenda de Cruzto. Nacieron tradiciones y costumbres que contenían elementos de las dos culturas. La gran fuerza unificadora que los unía era su religión y su reverencia a la cruz. La iglesia, construída en la forma de una cruz, era un vivo testimonio de su fe. Cristo y Cruzto se habían fundido en una sola imagen para ellos.

La gente vaciaba su cariño y devoción en la iglesia. Relucían el altar, el suelo y el bronce. Las vestiduras de los santos eran de los más finos brocados y sedas. Cada primavera los aldeanos entraban en un frenesí de actividad centrada en la iglesia. Emplastaban las paredes exteriores con barro nuevo, blanqueaban las paredes interiores, reponían todos los daños hechos por el tiempo y por los elementos, fregaban, pulían.

No obstante, algo estaba fuera de quicio, y esto preocupaba. Los viejos cuadros y estatuas traídos de España por los colonos habían desmejorado mucho. La tinta de las pinturas estaba pelándose. La porcelana de las caras y manos de las estatuas estaba cuarteándose. A través del cura del pueblo contrataron a un distinguido artista de Taos para restaurar y retocar estas obras de arte.

The artist came and went to work. At the beginning he worked alone. Since the church was in an isolated village, there was no priest in residence. One came once a month from Taos to give mass, hear confessions, give holy communion, perform weddings and baptisms. So the church was left pretty much alone in the interim.

One day a shy little girl of nine showed up at the church. The artist was glad for the company. He perceived her timidity at once and addressed her apprehensive silence with affectionate diffidence. Slowly, without looking at her, he would offer little tidbits of information about the figures he was repairing. Little by little her fear subsided. She started out by asking very intelligent questions. They became good friends. He told her stories, pausing here and there to let things sink in, to ask provocative questions, or just to watch the look on her face. He thoroughly enjoyed her giggles, her amazement, her surprise and incredulity, her incisive questions. She had an imagination that would not stop.

One of the stories that impressed her most was the legend of Cruzto. When the artist noticed her fascination, he outdid himself to make it interesting. He talked as if he himself had known Cruzto and as if everything he said were true.

"Cruzto did not walk off into the sunset waving a white feather as the people think. The people have forgotten; they are mistaken. He died in the kiva and was buried there by the elders. He is buried there now under this floor. Look at that crack in the floor. Cruzto is trying to come out. He wants to be baptized."

The artist could tell that the impressionable little girl with the vivid imagination had believed everything he said as if it were the gospel. He realized he had gone too far, yet, for some reason, he

Vino el artista y se puso a trabajar. Al principio trabajaba solo. Como la iglesia estaba en una aldea aislada, no había cura en residencia. Uno venía de Taos una vez a mes a dar misa, oír confesiones, dar la comunión, casar y bautizar. De modo que la iglesia estaba más bien abandonada entre esas visitas.

Un día apareció una niña esquiva de nueve años en la iglesia. El artista agradeció la compañía. Percibió su timidez enseguida y respondió a su aprehensivo silencio con cariñoso encogimiento. Poco a poquito, sin mirarla, le ofrecía pequeños informes sobre las figuras que estaba componiendo. Poco a poquito se desvaneció el miedo de la niña. Empezó haciéndole preguntas muy inteligentes. Se hicieron buenos amigos. El le contaba cuentos, pausando aquí y allí, dándole tiempo para que ella se percatara de ciertas cosas, para hacerle preguntas provocativas, o sólo ver la expresión de la cara. Gozaba en todo sentido de sus risas, sus asombros, sus sorpresas, su incredulidad y sus preguntas penetrantes. La niña tenía una imaginación sin límites.

Uno de los cuentos que más la impresionó fue la leyenda de Cruzto. Cuando el artista notó la fascinación de la niña, se excedió para hacer el cuento interesante. Hablaba como si él mismo había conocido a Cruzto y como si todo lo que decía fuera verdad.

"Cruzto no desapareció en el poniente agitando una pluma blanca. La gente ha olvidado. Está equivocada. Murió en la kiva y fue enterado allí por los mayores. Está enterrado aquí bajo este suelo. Mira esa grieta en el suelo. Cruzto esta tratando de salir. Quiere ser bautizado."

El artista se dio cuenta que la niña impresionable de la viva imaginación había creído todo lo que había dicho como si fuera el evangelio. Supo que se había pasado de la raya, sin embargo, por alguna

did not want to erase the illusion he had created. He found a solution: "This is a secret between you and me. Nobody must know. Cruzto would be very angry. Promise me you will never tell anybody." The little girl promised.

The days went by. The artist finished his work and went away. María de los Milagros, that was the little girl's name, went around in a trance. She could think of nothing else night and day. The thought of Cruzto being buried and abandoned in the cold ground mortified her. The idea of his need of baptism obsessed her. She forgot or ignored her promise of secrecy.

She could not help it. She blared out the whole story to her parents. The story was not quite the same, however. She claimed that Cruzto appeared to her in a vision and demanded that he be brought out of the earth and baptized. She added other embellishments of her own.

María was so sincere and so intense, her story so passionate and convincing, her parents believed it. They became extremely excited and called the villagers in. María was made to tell her story over and over again. With the same result. All the people were convinced. They were all excited. They started making strange associations. Wasn't her name María de los Milagros? Hadn't she been different and special always? Surely she must be the chosen one. The one chosen to perform a miracle.

These were simple people, born and raised in mystic traditions, in a time and place where miracles are possible. Of course, María contributed much to the illusion. We already know that she had an active imagination. Now we discover that she was an accomplished actress, a born performer. As she told her story she assumed a pose. She seemed to be

razón, no quizo borrar la ilusión que había creado. Encontró la solución: "Este es un secreto entre tú y yo. Nadie debe saber. Cruzto se enojaría mucho. Prométeme que no le dirás a nadie." La niña prometió.

Pasaron los días. El artista terminó su trabajo y se fue. María de los Milagros, así se llamaba la niña, iba por la casa en un estado de trance. No podía pensar de otra cosa noche y día. La idea de Cruzto enterrado y abandonado en la tierra fría la mortificaba. Pensar en su deseo de ser bautizado la obsesionaba. Olvidó o rechazó su promesa de no decir nada.

No pudo menos. Les desembocó todo a sus padres. La historia no resultó del todo la misma. Según ella Cruzto se le apareció en una visión e insistió en que lo sacaran de la tierra y lo bautizaran. Añadió otras elaboraciones propias.

María estuvo tan sincera y tan intensa, su historia tan apasionada y convincente, que sus padres la creyeron. Se excitaron muchísimo y llamaron a los aldeanos. María tuvo que contar su historia una y otra vez. Con el mismo resultado. Todos estaban convencidos. Todos excitados. Empezaron a hacer curiosas asociaciones. ¿No se llamaba María de los Milagros? ¿No había sido siempre diferente y especial? Por cierto ella era la elegida, la elegida para hacer un milagro.

Esta era gente sencilla, nacida y criada en tradiciones místicas en un tiempo y un lugar donde los milagros son posibles. Claro que María tuvo mucho que ver con la ilusión. Ya sabemos que tenía una imaginación activa. Ahora descubrimos que era una actriz de primera. Parecía estar encantada, en

under a spell, in a trance. Her voice acquired an authority never heard before. She looked and sounded as if she had been touched by the hand of God.

Moved and aroused by the words of the girl, the men rushed home to get picks and shovels. Soon the whole village was in the church. Because there was no priest to impede it, the men dug in a frenzy. Men dig slowly when they are digging a grave or a post hole. They dig fast when they are looking for a treasure or a miracle. The pit was deep when the bottom gave in and men fell through. They fell into a spacious room. Shouts, gasps and noises of amazement were heard by those above.

Torches illuminated the room. It was adorned with ancient Indian paintings and artifacts. Dead flies, moths and bugs could be seen here and there. In the center of the room, on a raised dais, lay the body of an Indian, wrapped in a blanket. There was a standing cross at the head of his bed. His bow and arrow, other hunting paraphernalia and pots of food were placed beside the body.

When the blanket was opened, it was discovered that the body was perfectly preserved. He looked and felt petrified. It could have been the dryness of the air or the perfect seal of the tomb at just the right temperature. Or it could have been a miracle. Who knows? The people chose to believe it was a miracle. A resurrection. And the one who made the miracle possible was María de los Milagros, chosen by God himself.

The floor was repaired. The body of Cruzto was placed in front of the altar with its pre-Christian cross at its head. The priest in Taos heard of the discovery and of the new arrangement in the church. He was shocked and angry at what he considered pagan worship and heresy. When he came to Cruztillo he was prepared to denounce the idolatry and banish Cruzto to the cemetery.

trance. Su voz adquiría una autoridad nunca oída.
Parecía y sonaba como tocada por la mano de Dios.
Movidos y alborotados por las palabras de la niña,
los hombres corrieron a casa por picos y palas.
Pronto toda la gente estaba en la iglesia. Como no
había cura que lo impidiera, los hombres estaban
excavando frenéticamente. Los hombres cavan lento
cuando están sacando una sepultura o haciendo un
hoyo de poste. Cavan rápido cuando buscan un
tesoro o un milagro. El hoyo ya estaba hondo cuando
se desfondó y se cayeron los hombres. Cayeron en un
salón espacioso. Los de arriba oyeron gritos,
boqueadas y ruidos de asombro.

Iluminaron el salón con antorchas. Estaba adornado
con antiguas pinturas indígenas y artefactos. Se
veían moscas, polillas y bichos muertos aquí y allí.
En el centro del Salón, en un tablado elevado, yacía
el cuerpo de un indio, envuelto en una manta
indígena. Había una cruz de pie a su cabecera. Su
arco y flechas, indumentaria de la caza y ollas de
comida estaban puestos al lado del cuerpo.

Cuando se abrió la manta se descubrió que el
cuerpo estaba perfectamente conservado. Parecía y se
sentía estar petrificado. Pudo haber sido la aridez del
aire. El sello perfecto de la tumba. La temperatura
necesaria. O pudo ser un milagro. ¿Quién sabe? La
gente quiso creer que fue milagro. Una resurrección.
Y la que hizo posible el milagro fue María de los
Milagros, escogida por Dios mismo.

Compusieron el suelo. Pusieron el cuerpo de
Cruzto delante del altar con su cruz pre-cristiana a su
cabecera. En Taos el cura oyó del descubrimiento y
del nuevo arreglo en la iglesia. Estaba escandalizado y
enojado con lo que él consideraba adoración pagana y
herejía. Cuando vino a Cruztillo venía dispuesto a
denunciar la idolatría y a desterrar a Cruzto al
campo santo.

It did not work out the way he had planned. When he heard María de los Milagros hold forth speaking, it seemed as if from the center of a dream, across mists of fantasy, a truth come forth, her truth. He became a believer. The cross, so intimately involved with the Cruzto myth and Cruzto's stated desire for baptism, assuaged the good priest's involuntary deviation from Catholic dogma.

It was with this rationale that he went to his bishop, taking María with him, to obtain permission to baptize Cruzto. He added that the baptism and recognition of this idol of the Indians, who had been so very Christian in his teachings, would serve to bring the Indians, who had become casual and careless about their Catholicism, back into the church.

The village priest's arguments were convincing. But what really got to the bishop was the performance of María de los Milagros. There was something atavistic, something oracular, in the tone and sound of her words, her posture, the look in her eyes. The bishop was carried away by the emotion, the drama and the mystery. To him, as to others, María had become the Star of the West who had come to announce, not the arrival, but the revival and the survival of the Messiah. He approved the baptism.

Cruzto was baptized. In the sight of God, and in the sight of man. With pomp and ceremony, the archbishop performed the baptism, accompanied by the bishop and all the priests and nuns in the area and all the Christians and Cruztians. Through it all Cruzto remained regal, majestic, and impassive. María, attired in a mantle embroidered and bejewelled by the ladies of the village, recited her latest version of her vision, enchanting and bewitching the multitude. The people were exalted and proud. They now had a two-dimensional faith

No resultó como él creía. Cuando oyó a María de los Milagros exponer, hablando, al parecer, del centro de un sueño, a través de nieblas de fantasía, surgió una verdad, la verdad de ella. Se hizo creyente. La cruz, tan íntimamente ligada al mito de Cruzto, y el deseo del bautismo, expresado por Cruzto justificaron la desviación involuntaria del dogma católico del buen cura.

Se presentó ante su obispo con esta justificación, llevando a María consigo, a pedir permiso para bautizar a Cruzto. Añadió que el bautismo y reconocimiento de este ídolo de los indios, que había sido tan cristiano en sus enseñanzas, serviría para traer a los indios, que se habían hecho indiferentes y descuidados con su Catolicismo, otra vez a la iglesia.

Los argumentos del cura de la aldea eran convincentes. Pero lo que verdaderamente le llegó al obispo fue la actuación de María. Había algo atavístico, algo oracular, en el tono y sonido de sus palabras, en su postura y en su mirada. El obispo fue seducido por la emoción, el drama y el misterio. Para él como para los otros, María se había convertido en la Estrella del Poniente que había venido a anunciar, no la llegada, sino el renacimiento y la sobrevivencia del Mesías. Aprobó el bautismo.

Cruzto fue bautizado. Ante los ojos de Dios y ante los ojos de los hombres. El arzobispo ejecutó la ceremonia, acompañado del obispo, todos los curas y monjas de las cercanías, como también de los cristianos y cruztianos. Por todo esto Cruzto se mantuvo regio, majestuoso e impasivo. María, en un manto bordado y enjoyado por las señoras del pueblo, recitó su última versión de su visión, encantando y seduciendo a la multitud. La gente estaba exaltada y orgullosa. Ahora tenían una fe y una religión de dos

and religion. A double cross. One Christian, one Cruztian. They had a priest and a priestess.

Cruztillo was on the map. It became the mecca of the followers of Cristo and the followers of Cruzto, the Jerusalem of all fellow travelers, the tourist attraction par excellence. Precisely at sunset María de los Milagros would appear on the steps of the church in her ecclesiastic mantle and her virginal crown of flowers to deliver her rehearsed and impassioned recital of the legend and her vision. Her magic never failed. Her listeners walked away convinced and converted, transported to a zone where belief and disbelief merge and become one exciting and titillating reality.

Cruztillo became an economic bonanza for the natives. Shops sprung up everywhere. Cruzto corn, Cruzto beans, Cruzto crosses, Cruzto rocks, Cruzto T-shirts, Cruzto post cards were sold to the devout and the curious. A cassette with María's throbbing narrative was a booming success. In the church, alone, cold and stiff, Cruzto gave no sign that he was aware of the turmoil and tempest he had created.

María was now a celebrity. The people looked at her with awe and reverence. Visitors were first intrigued with the child high priestess, later enchanted by her mystique. She loved her role and knew just how to cultivate and embellish it. She lived the dream she dreamed to the fullest. She had been a solitary daydreamer before, now she sought solitude even more. This only added to the magic and the mystery.

The artist, the one who had repaired and refurbished the artworks of the church, the one who had made up the far-out and fantastic story of Cruzto, read all about what had happened and was happening in Cruztillo and could not believe what he read and heard. The story was too far-fetched, too ridiculous to believe. Yet, there it was.

dimensiones. Una cruz doble. Una cristiana y otra cruztiana. Tenían un sacerdote y una sacerdotisa.

Cruztillo estaba en el mapa. La meca de los cristianos y de los cruztianos. El Jerusalén de los correligionarios de ambos. La atracción turística por excelencia. Precisamente a la puesta del sol aparecía María en las gradas de la iglesia en su manto eclesiástico y en su corona virginal de flores a dar su recital ensayado y apasionado de la leyenda y su visión. Su magia nunca fallaba. Sus oyentes se iban convencidos y convenidos, trasportados a una zona donde la creencia y la descreencia se funden y se hacen una sola realidad palpitante.

Cruztillo se convinió en bonanza económica para los naturales. Surgieron tiendas por todas partes. Se vendían cosas de Cruzto: cruces, maíz, frijoles, piedras, T-shirts, postales a los devotos y curiosos. Un cassette con la narrativa encantadora de María tuvo un éxito fantástico.

María era ya personaje. La gente la miraba con recato y reverencia. Los visitantes primero eran atraídos por la niña sacerdotiza, luego encantados por su misticismo. Ella gozaba su papel y sabía cultivarlo y desarrollarlo. Vivía el sueño que soñaba con todo gusto. Había sido una soñadora solitaria antes. Ahora procuraba la soledad aún mas. Esto sólo aumentaba la magia y el misterio.

El artista, el que había reparado y compuesto las obras de arte de la iglesia, el que había inventado la descabellada y fantástica historia de Cruzto, leyó lo que había ocurrido y estaba ocurriendo en Cruztillo y no podía creer lo que oía y leía. La historia era demasiado exagerada, demasiado ridícula para creer. No obstante, allí estaba.

He went to Cruztillo to see for himself. Sure enough, there was the regal and majestic figure of Cruzto in front of the altar. He tried to find María, the innocent, shy little girl of nine. He looked everywhere, asked everybody, to no avail. All the time, the Star of the West, Cruzto's high priestess, was hiding from him, watching him from a distance.

Fue a Cruztillo a ver por sí mismo. Era verdad,
allí estaba la regia y majestuosa figura de Cruzto
delante del altar. Trató de hallar a María, la
inocente, la esquiva niña de nueve años. La buscó por
todas partes, preguntó a todos, sin éxito. Mientras
tanto, la Estrella del Poniente, la sacerdotisa de
Cruzto, se escondía de él, lo vigilaba desde lejos.

HERNÁN CORTÉS AND CUAUHTÉMOC

IN 1519, SHORTLY AFTER THE DISCOVERY OF AMERICA,
the great conquistador, Hernán Cortés, arrived on the
shores of Veracruz, Mexico. He came in search of the
fabulous empire of the Aztecs.

Only four hundred men came with him. There
were from seven to nine million Indians in Mexico
at that time. Moctezuma, the emperor of the Aztecs,
had a standing army of three hundred thousand.

To think that Cortés, with his handful of men,
could conquer Mexico was a dream, an illusion, an
impossibility. The first thing that Cortés did was set
his ships on fire; closing off all possible retreat. The
Spaniards had only two choices: to conquer Mexico
or die in Mexico. There was no other way out.

Cortés knew it better than anyone else. His men
knew it too. They began the conquest!

Try to imagine the courage of these men. To find
themselves in a world totally unknown. To be
surrounded by millions of enemies. Not knowing
how many Indians there were or how large Mexico
was. Not knowing the dangers they were going to
meet. To live always within a mystery. It was as if
our astronauts arrived at an unknown planet to find
a civilization equal or superior to our own. This was
like a dream or a story out of *The Arabian Nights*. It
was almost unbelievable. The daring of the Spaniards
was also unbelievable.

HERNÁN CORTÉS Y CUAUHTÉMOC

EN 1519, POCO DESPUÉS DEL DESCUBRIMIENTO DE
América, llegó Hernán Cortés el gran conquistador, a
las playas de Veracruz, México. Venía en busca del
fabuloso imperio de los aztecas.

Lo acompañaban sólo cuatrocientos hombres.
Había en México entonces de siete a nueve millones
de indios. Moctezuma, el emperador de los aztecas,
tenía trescientos mil hombres bajo armas. Pensar
que Cortés con su puñado de hombres pudiera
conquistar México era un sueño, una ilusión, un
imposible. Lo primero que hizo Cortés fue ponerle
fuego a sus naves cerrando así la retirada. Les
quedaban sólo dos alternativas a los españoles:
conquistar México o morir en México. No había otra
salida.

Cortés lo sabía mejor que nadie. Sus hombres lo
sabían también. ¡Y se lanzaron a la conquista!

Traten de imaginarse la valentía de estos hombres.
Encontrarse en un mundo totalmente desconocido.
Estar rodeados de millones de enemigos. No saber
cuántos indios había ni la extensión de México. No
conocer los peligros que iban a encontrar. Vivir
siempre en el misterio. Era casi como si nuestros
astronautas llegaran a un planeta desconocido y
encontraran allí una civilización igual o superior a la
nuestra. Esto era como un sueño o un cuento de *Las
mil y una noches*. Era casi increíble. El atrevimiento
de los españoles era también increíble.

Of course the Spaniards had a few things in their favor. The first thing was that the Indians of Mexico had a legend of a white god, Quetzalcoatl. Many, many years before, this white god lived among them. He was very good to them and taught them many things. The Indians adored him. One day Quetzalcoatl told them goodbye and walked into the sea. He disappeared in the east, in the direction of the rising sun. The last thing he told them was: "I shall return."

The Spaniards came from the east, from the direction of the rising sun and they came by sea. They were white. The Indians believed that they were gods. They believed they belonged to the family of Quetzalcoatl. They believed Quetzalcoatl was keeping his promise to return.

In addition the Spaniards had horses. The Indians had never seen horses. Those monsters frightened them. At first they thought that the rider and the animal were one body.

The Spaniards had rifles and cannons, swords and lances of iron. The Indians only had bows and arrows and wooden lances. Finally, the Spaniards were veterans of many battles against the Moors in Spain. They knew a lot about war.

Another very important factor in the conquest of Mexico, one which favored the Spaniards, was the tyranny of the Aztecs. The Indians of Mexico belonged to many tribes. All dominated by the Aztecs and Moctezuma. The Aztecs were very cruel. They took other Indians as slaves. They took away their property. They demanded excessive taxes. So when the Spaniards arrived, some of the tribes considered them liberators and joined them.

The conquest began under these circumstances. The Spaniards began to win battles. Terrible battles. Four hundred Spaniards against uncounted Indians. Just staying alive between morning and night was a

Claro que los españoles tenían algunas cosas a su favor. Lo primero fue que los indios de México tenían una leyenda de un dios blanco, Quetzalcóatl. Hacía muchos, muchos años este dios blanco vivió entre ellos. Fue muy bueno con ellos y les enseñó muchas cosas. Los indios lo adoraban. Un buen día Quetzalcóatl se despidió de ellos y entró en el mar. Desapareció en el este, en la dirección del sol de la mañana. Lo último que les dijo fue: "Volveré."

Los españoles llegaron del este, de la dirección del sol de la mañana y por el mar. Eran blancos. Los indios creyeron que eran dioses. Creyeron que eran de la familia de Quetzalcóatl. Creyeron que Quetzalcóatl cumplía su promesa de volver.

Además los españoles tenían caballos. Los indios nunca habían visto caballos. Esos monstruos les asustaron. Al principio creyeron que el jinete y el caballo tenían un solo cuerpo. Los españoles tenían fusiles y cañones, espadas y lanzas de hierro. Los indios tenían sólo arcos y flechas y lanzas de palo. Finalmente, los españoles eran veteranos de muchas batallas con los moros en España. Sabían mucho de la guerra.

Otro factor muy importante en la conquista de México, y que favoreció a los españoles, fue la tiranía de los aztecas. Los indios de México pertenecían a muchas tribus. Todos dominados por los aztecas y Moctezuma. Los aztecas eran muy crueles. Tomaban a los otros indios como esclavos. Les quitaban sus propiedades. Les exigían tributos excesivos. De modo que cuando llegaron los españoles, algunas tribus los consideraron como libertadores y se aliaron con ellos.

En estas condiciones empezó la conquista. Los españoles empezaron a ganar batallas. Terribles batallas. Cuatrocientos españoles contra innumerables indios. Solo vivir desde la mañana hasta la noche era un milagro. Cada victoria era un

miracle. Each victory was an impossibility. Cortés
led his soldiers all the way. They looked
unconquerable. It was almost as if they were really
gods.

Fortunately Cortés found an Indian princess who
spoke Spanish. She was very beautiful. She became
his interpreter. Cortés called her "Doña Marina." The
Indians considered her a traitor and called her "La
Malinche."

Each day the brave Spaniards came a little closer to
Mexico City, the capital of the Aztec Empire. Each
day they overcame incredible obstacles. They
overcame hunger and thirst, cold and heat, rain,
sickness. Most important of all, they overcame fear.

The closer they came to Mexico the more nervous
Moctezuma became. He had sent his best soldiers
against the strangers. They had been defeated. He
couldn't stop them. He changed his strategy. He
began sending delegations of Indian nobles to Cortés
with rich gifts. These Indians were handsomely
dressed. They were handsome and elegant. They
were aristocratic and proud.

These Indians brought messages to Cortés from
Moctezuma. The Spaniards were impressed with the
culture, the education, and the nobility of the
Indians. These Indians were not savages.

The messengers brought expressions of friendship
from Moctezuma. He begged Cortés to return to his
own land and to leave Mexico in peace. Moctezuma
tried as best he could to avoid a confrontation. He
didn't want war. Malinche interpreted the
conversations.

There was no way of stopping Cortés. Mexico was
an obsession for him. He was going to win it or die
trying. The march toward Mexico City continued.

Finally the Spaniards entered Mexico City after
many sacrifices and a great deal of suffering. On
seeing the city, these men who had seen a large

imposible. Cortés dirigía a sus soldados cada vez. Parecían invencibles. Era casi como si de veras fueran dioses.

De buena suerte Cortés se encontró una princesa india que hablaba español. Era muy hermosa. Ella fue su intérprete. Cortés le dio el nombre de Doña Marina. Los indios la consideraban traidora y le dieron el nombre de La Malinche.

Cada día los valientes españoles se acercaban un poco más a la ciudad de México, la capital del Imperio Azteca. Cada día superaban increíbles obstáculos. Superaban el hambre y la sed, el frío y el calor, la lluvia, la enfermedad. Lo más importante de todo, superaban el miedo.

Cuanto más se acercaban a México más nervioso se ponía Moctezuma. Había enviado sus mejores soldados en contra de los forasteros. Habían sido derrotados. No pudo detenerlos. Cambió su estrategia. Empezó a enviarle delegaciones de indios nobles a Cortés con ricos regalos. Estos indios iban ricamente vestidos. Eran hermosos y elegantes. Eran aristocráticos y orgullosos.

Estos indios traían recados de Moctezuma para Cortés. Los españoles quedaron asombrados con la cultura, la educación y la nobleza de los indios. Estos indios no eran salvajes.

Los mensajeros traían expresiones de amistad de Moctezuma. Le rogaba a Cortés que volviera a su tierra y dejara a México en paz. Moctezuma hizo lo posible para evitar una confrontación. No quería más guerra. Doña Marina interpretaba las conversaciones.

No había manera de detener a Cortés. México era una obsesión para él. El se iba a ganar a México o iba a morir tratándolo. La marcha hacia México continuaba.

Por fin los españoles entran en México después de muchos sacrificios y muchos sufrimientos. Al ver la ciudad estos hombres que conocían mucho mundo y

portion of the world and knew many cities, were thoroughly amazed. Mexico, without a doubt, was the most beautiful city in the world. It was situated over a lake. Thousands and thousands of Indians went back and forth in canoes. There were flowers and birds of many colors everywhere. The streets were wide. The buildings and pyramids were large and impressive. The patios and gardens were lovely. All in all, the city was more beautiful, richer, and cleaner than the capitals of Europe. In some ways the civilization of the Indians was superior to the civilization of Europe.

Moctezuma received the conquistadores with affection and friendship. He gave them houses in which to live, food, and servants.

Not all the Indians felt friendship for the conquistadores. Many of them wanted to kill the Spaniards. Cortés became aware of this. He took Moctezuma prisoner. He held him hostage in order to keep control of the city. He forced the Indians to bring him gold and silver and precious stones as ransom. They filled entire rooms with treasure.

In the meantime Moctezuma conducted himself like a perfect gentleman. Cortés and the Spaniards became very fond of him. He kept on trying to avoid a war.

The Indians became more and more discontent. Angrier and angrier. They finally declared Moctezuma a traitor and elected Cuauhtémoc King. Cuauhtémoc made war on the Spaniards immediately.

Cortés made Moctezuma climb out on a rooftop to try to pacify the Indians. An Indian hit Moctezuma with a rock and killed him.

The war was fierce and brutal. Thousands of Indians and many Spaniards were killed. The canals of Mexico were filled with blood. Finally the city fell. The Spaniards executed Cuauhtémoc. They

muchas ciudades quedan maravillados. México, sin duda, era la ciudad más hermosa del mundo. Estaba situada sobre una laguna. Miles y miles de indios iban de una a otra parte en canoas. Había flores y pájaros de muchos colores en dondequiera. Las calles eran anchas. Los patios y jardines eran preciosos. Los edificios y pirámides eran grandes e impresionantes. En fin la ciudad era más hermosa, más rica y más limpia que las capitales de Europa. En algunos sentidos la civilización de los indios era superior a la civilización europea.

Moctezuma recibió a los conquistadores con cariño y amistad. Les dio casas en donde vivir, les dio comida y sirvientes.

No todos los indios sentían amistad para los conquistadores. Muchos querían matar a los españoles. Cortés se dio cuenta de esto. Hizo prisionero a Moctezuma. Lo tuvo de rehén para mantener el control de la ciudad. Obligó a los indios a que le trajeran oro y plata y piedras preciosas como rescate. Llenaron cuartos enteros de tesoro.

Entretanto Moctezuma se portó como un perfecto caballero. Cortés y los españoles llegaron a quererlo mucho. El seguía tratando de evitar la guerra.

Los indios se ponían más y más descontentos. Más y más enojados. Por fin declararon a Moctezuma traidor y eligieron a Cuauhtémoc rey. Cuauhtémoc inmediatamente les hizo la guerra a los españoles.

Cortés hizo a Moctezuma subir a una azotea a tratar de pacificar a los indios. Un indio le pegó a Moctezuma con una piedra y lo mató. La guerra fue feroz y brutal. Murieron miles de indios y muchos españoles. Los canales de México se llenaron de sangre.

Por fin México cayó. Los españoles ejecutaron a Cuauhtémoc. Lo quemaron vivo. Murió como héroe.

burned him alive. As he was burning he said calmly, "I am not on a bed of roses."

Cuauhtémoc is a national hero of Mexico. If you go there you will see statues to this great chief everywhere.

After the conquest, many more Spaniards came to Mexico. Many of them married Indian women. They formed a new people, the Indohispanic people. The Mexican of today carries in his veins the blood of Cortés and the blood of Cuauhtémoc, the blood of two noble people.

Estando ardiendo dijo con toda serenidad: "No estoy en un lecho de rosas."

Cuauhtémoc es un héroe nacional de México. Si ustedes van a México verán estatuas de este gran cacique en todas partes.

Después de la conquista vinieron más españoles a México. Muchos de ellos se casaron con indias. Formaron un nuevo pueblo, el pueblo indohispano. El mexicano de hoy lleva en sus venas la sangre de Cortés y Cuauhtémoc, héroes de dos nobles pueblos.

THE CONDOR

ERNESTO GARIBAY WAS ALONE IN HIS STUDY. IT WAS already close to midnight. The lamp illuminated the surface of his desk, leaving him and the rest of the room in shadows. The silence was dense and intense. One could almost hear his thoughts.

Ernesto had made a decision, a decision that stirred his whole heart and soul. The time had come to initiate a terrible and turbulent activity he had been planning for years. His plan was diabolical and, therefore, perfect.

Tonight's decision was the culmination of a long spiritual and painful process. It had all started in 1963 when Ernesto had taken a summer institute to Ecuador. He returned to Ecuador for several summers and later returned to establish the Center for Andean Studies.

From the very first moment the sierras and the jungles, the wide beaches, the high skies, the overwhelming light, the fierce sun, the sensual breezes and rains of that feverish and fertile world enchanted and intoxicated the literature professor from the University of New Mexico.

But what touched him more than anything else was the friendly and hospitable people of the heartline of the world. Ernesto had never known so much goodness and generosity in human relationships. So much respect. Civilized, in every

EL CÓNDOR

ERNESTO GARIBAY ESTABA SOLO EN SU DESPACHO. ERA ya cerca de media noche. La lámpara iluminaba la superficie de su mesa, dejándolo a él y al resto del aposento en la sombra. El silencio denso e intenso. Casi se podían oír sus pensamientos.

Ernesto había tomado una determinación que le estremecía todo el ser y el estar. Había llegado la hora de lanzar una terrible y turbulenta actividad que había venido elaborando por años. Su plan era diabólico, y por eso, perfecto.

La decisión de esta noche era la culminación de un largo proceso y sufrimiento espiritual. Todo había empezado en 1963 cuando Ernesto había llevado un instituto de verano al Ecuador. Siguió yendo varios veranos y más tarde fue a establecer el Centro de Estudios Andinos.

Desde el primer momento las sierras y las selvas, las amplias playas, los altos cielos, la luz avasalladora, el sol feroz, las brisas y lluvias sexuales de ese mundo febril y fecundo encantaron e intoxicaron al profesor de literatura de la universidad de Nuevo México.

Pero lo que más le llegó al corazón fue la amable y hospitalaria gente del corazón del mundo. Jamás había conocido Ernesto tanta bondad y generosidad en el trato humano. Tanta cortesía, tanta ceremonia, tanto respeto. En todo sentido civilizado. Ernesto

way. Ernesto soon felt at home. He began calling
Ecuador his second homeland. He wrote around then:

> Everything humanizes me here:
> the bizarre ways of courtesy,
> the poetic minuet of words,
> the rituals of the people.

Professor Garibay did not pay much attention to
the Indians at first. He had no dealings with them.
He considered them an extension of the landscape,
colorful and exotic, silent and mysterious, like the
jungle with its birds and flowers of many colors,
something like the volcano with its hidden fire and
violence. The Indians were a magic and silent
background to the artistic picture of that Andean
land.

No one knows when our immigrant began to
become aware that the silence of the Indians was a
scream. At the beginning the scream came to him as
a whisper, an echo or a murmur which he could not
quite decipher or identify, but which disturbed him
in a strange way. He tried to shake it off, but the
silent scream persisted. It was getting under his skin
more and more.

As time went on the scream became more and
more audible, until it began to rock the professor of
literature. He knew. Suddenly he knew and
recognized the source and the nature of what he had
been hearing. It was a scream of pain, a long lament,
a rosary of complaints of the injustices of ages and
centuries. He wrote about that time:

> Your Indians are emerging
> slowly out of the past,
> their eyes, their hopes,
> dragging behind them.

He let the eyes of his heart look upon the Indians.
And he was shocked with what he saw. He saw that
the Indians wore sorrow, despair, and poverty like a

pronto se aquerenció. Empezó a llamarle al Ecuador
su segunda patria. Escribió por entonces:

Aquí todo me humaniza:
la bizarra cortesía, el minuet de las palabras,
los rituales de la raza.

El profesor Garibay no se fijó mucho en los indios
al principio. No tenía relaciones con ellos. Los
consideraba algo así como una extensión del paisaje.
Algo colorido y exótico. Algo silencioso y misterioso
como la selva con sus aves y flores de muchos
colores, como el volcán con su fuego y violencia
escondidos. Los indios eran una especie de fondo
mágico y silencioso del cuadro artístico de esa tierra
andina.

No se sabe cuándo nuestro inmigrante empezó a
percatarse que el silencio de los indígenas era un
grito. Al principio le llegó como un susurro, un
rumor o un murmullo que no alcanzaba a descifrar o
identificar pero que le inquietaba de una manera
inexplicable. Trataba de sacudírselo pero el grito
disfrazado persistía. Más y más se le iba metiendo
bajo la piel.

Con el tiempo el grito se fue haciendo más patente
hasta que empezó a estremecer al profesor de
literatura. Cayó en la cuenta. De pronto conoció y
reconoció la fuente y la naturaleza de lo que había
venido oyendo. Era un grito de dolor, un largo
lamento, un rosario de quejas de injusticias
centenarias. Escribió entonces:

Tus indios vienen saliendo
lentamente del pasado,
los ojos, las esperanzas,
en el suelo arrastrando.

Echó la mirada de sus entrañas sobre la indiada. Y
se asustó con lo que vio. Se dio cuenta que los indios
llevaban la tristeza, la desesperanza y la pobreza

gray veil over their skins, like a black veil over their eyes, like a cross of black iron on their backs. He became conscious of the fact that pain has an odor and that that nauseating odor would not let him be.

The spiritual quake that shook Dr. Garibay was complete. He tried with all his heart to get close to the Indians, give his hand, embrace them, let them know he cared. It was not easy. The Indians withdrew, or at least it seemed that way. It was not only that the Indians did not trust him—and they had no reason to trust him—but that the Indians did not understand, or did not know how to respond. The good intentions of the stranger were so unheard of that they were suspicious.

The circumstances of the Indian became an obsession for Ernesto. He thought of nothing else. He concluded that Ecuador was a house divided into two parts: one half made up of conquerors (and their vassals, the *mestizos*) and the other half consisting of the conquered (the slaves). He thought that when the Incas were defeated, the conquerors did not only destroy a material and political empire, but that they also destroyed a spiritual and emotional empire. It seemed to him that the Indian, when he surrendered, wounded unto death, looked at the land and the life that surrounded him and saw nothing but darkness, danger, and torture.

The Indian sought refuge inside of himself and was waiting for a savior, a liberator, an Inca God who would come to rescue him. It was his only avenue to survival. As the centuries went by, the Indian became lost in the labyrinths of his own being and now he could not find a way out, even if he wanted it. He became the grave, the cemetery, of his own self.

The *chica*, the *paico*, and the coca leaves are now explained. Insensibility and stupefaction are one way to ease the path and to keep on living.

como una tela gris sobre la piel, como un velo negro sobre los ojos, como una cruz de hierro negro sobre las espaldas. Notó que el dolor tiene un olor y que ese olor nauseabundo no lo dejaba estar. El sacudimiento espiritual del Dr. Garibay fue total. Quiso de todo corazón acercarse al indio, extenderle la mano, abrazarlo, hacerle saber que le dolía. No fue fácil. El indio se resistió, o por lo menos, así parecía. No era sólo que el indio no le tuviera confianza, ya que no tenía por qué tenérsela, sino que el indio no comprendió o no supo cómo corresponder. Las buenas intenciones del extranjero eran algo tan inaudito que resultaban sospechosas y peligrosas.

La condición del indio se convirtió en obsesión para Ernesto. No pensaba en otra cosa. Concluyó que el Ecuador era un mundo dividido en dos partes: una mitad hecha de conquistadores (y sus vasallos, los mestizos), y la otra mitad de conquistados (los esclavos). Pensó que cuando los incas fueron derrotados, los vencedores no sólo destruyeron un imperio material y político sino que destruyeron a la vez un imperio espiritual y sentimental. Le pareció que al rendirse, el indio, herido hasta la muerte, echó la mirada sobre la tierra y la vida suya y no vio nada más que noche, amenaza y tormento. Se refugió dentro de sí mismo a esperar un salvador, un libertador, un dios inca que viniera a rescatarlo. Era su única manera de sobrevivir. Al pasar los siglos se fue perdiendo en los laberintos de su propio ser y ya no encuentra salida aunque la quisiera. Se convirtió en sepulcro, en cementerio, de sí mismo.

La chicha, el paico y las hojas de coca quedan explicados. La inconsciencia y la estupefacción son una manera de apagar el dolor y seguir existiendo.

One day in the countryside Ernesto asked an Indian:

"Who are you?"

"I don't know, Señor. I belong to Don Domingo's hacienda." This was too much. The poor devil did not even know he was an Ecuatorian, that he was a citizen and, as such, he had rights and privileges. On another occasion he read a full-page ad in the newspaper that an hacienda was for sale. There was a list of items that went with the sale. So many acres of arable land, so many acres of pasture land, so many head of cattle, so many sheep, so many horses. At the end of the list there was an item that made Ernesto cry. One of the items that went with the sale of the hacienda were two hundred Indians! So the Indian was not only a possession, he was chattel, merchandise.

The high rate of alcoholism among the Indians is frightening. But they have a strange way of drinking. A man and wife both drink to excess, but never together. When he is drunk, she is sober, and vice-versa. On the sides of the roads one can frequently see one or the other lying down, passed out. The other one is watching, making sure that nothing happens. Dr. Garibay found reasons for optimism and hope in this phenomenon. The concern did not only show the love they had for each other, and love is always a redeemer, it also demonstrates that the Indian is not suicidal, that he does not seek death, that he seeks life. All that is needed is an Inca god, an Inca Moses, to take him out of captivity.

These thoughts lifted the mind and body of the stranger. He started by saying to himself first and to anyone who would listen, "Something has got to be done. Someone has to do something." He ran into all the old common phrases: the Indian is lazy, he's a

Un día por el campo Ernesto le preguntó a un indio:

"¿Y tú qué eres?"

"Yo no sé señor. Yo pertenezco a la hacienda de don Domingo."

Esto era para reventar. El pobre diablo ni siquiera sabía que era ecuatoriano, que era ciudadano y que como tal, tenía derechos y privilegios. En otra ocasión leyó en el periódico un anuncio a toda página donde se vendía una hacienda. Había una lista de los haberes a vender. Tantas hectáreas de sembradío, tantas hectáreas de pasto, tantas cabezas de ganado vacuno, tantas cabezas de ganado ovejuno, tantos caballos. Al pie de la lista aparecía un ítem que hizo llorar a Ernesto. ¡Uno de los haberes que iban con la venta de la hacienda eran doscientos indios! De modo que el indio no sólo era posesión, sino que era ganado y mercancía.

El alcoholismo entre los indios es espantoso. Pero tienen una curiosa manera de beber. El marido y su mujer los dos toman en exceso, pero nunca toman juntos. Cuando él anda borracho, ella anda sobria y el inverso. Por los lados de los caminos con frecuencia se ve a uno o al otro tumbado, bien pasado. El otro está sentado a su lado cuidando que no le pase nada. El Dr. Garibay encontró en este fenómeno, motivos de optimismo y esperanza. Este cuidado no sólo demuestra el amor que se tiene, y el amor siempre es salvador, sino demuestra también que el indio no es suicida, que no busca la muerte, que busca la vida. Todo lo que hace falta es un dios inca, un Moisés inca, que lo saque del cautiverio.

Estos pensamientos le llenaban la cabeza y el cuerpo al extranjero. Empezó a decirse a sí mismo, primero, y a todos los que le escucharon, "Hay que hacer algo." "Alguien tiene que hacer algo." Se encontró con una barrera de condescendencia e indiferencia. Chocó con todos los viejos lugares

drunk, he's a thief, he's happy the way he is, he doesn't want anything else, he's stupid. His white friends told him of any number of projects instituted by the government to help the Indian that had failed because the Indian did not want to, or could not, or did not know how to take advantage of them. They told him how there were a multitude of laws in the books for the protection of the Indian. Dr. Garibay wondered what good were the projects if the Indian was not educated, if he was not prepared to take advantage of them. What good were the laws if they were not put into effect?

The white people were not totally insensitive or unjust. It was that discrimination, injustice, and prejudice had become institutionalized. Nobody felt responsible for what their ancestors had done. They felt they had done what they could without any success. It was up to them. In the meantime, the Indian kept sinking, for a long time, to a subhuman level. Ernesto wrote about them:

> Indian of the dark-skinned sorrows,
> beast of the white-skinned burden,
> pariah of the somber look,
> slave of the purple welts.

Dr. Garibay did not know when or how or why the "Someone ought to do something" slowly became "I have to do something." He returned to his native land with his soul atremble. There, far from the Andean lands, his thoughts and his feelings slowly blended into a single burning idea. The Indian was hurting, suffering, dying. He needed a liberator, an Inca God, to rescue and save him.

comunes: El indio es perezoso, es borracho, es ladrón, está feliz como es, no quiere más, es estúpido. Sus amigos blancos le contaron de una infinidad de proyectos instituidos por el gobierno para ayudar al indio que habían venido a menos porque el indio no quería, o no podía, o no sabía aprovecharlos. Le contaron que había una multitud de leyes para la protección del indio. El Dr. Garibay se preguntaba ¿de qué servían los proyectos si no se educaba, si no se preparaba al indio para utilizarlos? ¿De qué servían las leyes si no se implementaban?

No era que la gente blanca fuera del todo insensible o injusta. Era que el discrimen, la injusticia y el prejuicio se habían institucionalizado. Nadie se sentía culpable por lo que habían hecho sus antepasados. Ellos habían hecho lo que habían podido sin ningún resultado. Allá ellos. Entretanto, el indio seguía sumergiéndose, desde hacía mucho tiempo, a un nivel subhumano. Ernesto escribió por entonces:

Indio de penas morenas
bestia de la carga blanca,
paria de mirada negra,
siervo de macas moradas.

El Dr. Garibay no supo cuándo, ni cómo, ni por qué el "Alguien tiene que hacer algo" se fue convirtiendo en "Yo tengo que hacer algo." Volvió a su tierra con el alma estremecida. Allí, lejos de la tierra andina, sus pensamientos y sus sentimientos se fueron fundiendo en una ardiente idea. El indio adolecido, sufría, moría. Necesitaba un libertador, un dios inca, que lo rescatara y lo salvara. No había un indio libertador, un indio dios. Había que inventarlo. El profesor Ernesto Garibay tomó una determinación. El inventaría un indio legendario, un indio justiciero, que sacaría a su pueblo del cautiverio.

His house was at peace. Peace, solitude and silence hovered over the illuminated table. After years of spiritual turbulence and torment, the professor felt serene; he had become the master of the roads and the destiny that awaited him. Serenely, he took up his pen and began to draft the following letter:

Dear Mr. _____,

This deals with the kidnapping of your child, or of the non-kidnapping of your child. You will decide.

This letter is addressed to you and nine other wealthy men like yourself. You ten are going to finance a project of mine for the welfare of the poor. Each one of you is going to deliver $50,000 in cash to me on the 11th of November. If you don't, I'll be forced to kill one of your children (It could be yours) as evidence of my determination. A murder is not as complicated or as dangerous as a kidnapping. If this should happen you would receive another letter similar to this one, except that the ante would be $100,000. It would have the same warning.

Think it over. This is the most painless kidnapping possible. Statistics show that the victim almost always turns up dead in a kidnapping. I am offering you freedom from the pain and despair, from the tragedy, that go along with a kidnapping. There will be no victim, no suffering, unless you choose to have them. The choice is yours.

I could have chosen to kidnap your child and demanded a ransom of half a million. This would have been terribly traumatic and dangerous for you and for me. I am not asking for much, and you can well afford it. This way you guarantee the life, peace, and happiness of your family. Furthermore, you can claim the loss on your income tax return. You can feel proud of having contributed to the well-being of humanity.

Estaba su casa sosegada. La paz, la soledad y el silencio rodeaban la mesa iluminada. Después de años de turbulencia y tormentos espirituales, el profesor se siente sereno y dueño de los caminos y destino que le esperan. Tranquilamente, toma la pluma y se pone a redactar la siguiente carta:

Estimado Sr. _____ ,
   Se trata del secuestro de su hijo(a) _____ , o del no secuestro de su hijo(a) _____ . Usted decidirá.
   Esta carta va dirigida a usted y a otros nueve hombres adinerados como usted. Ustedes diez van a financiar un proyecto mío de auxilio para los pobres. Cada uno de ustedes me va a entregar 50,000 dólares en efectivo el 11 de noviembre. Si no cumplen me veré obligado a asesinar a uno de los niños (podría ser el suyo) como prueba de mi determinación. Un asesinato no es tan complicado ni tan peligroso como un secuestro. Si esto ocurriera, ustedes recibirían otra carta semejante a ésta, excepto que la demanda sería 100,000 dólares. Con la misma advertencia.
   Piénselo bien. Este es el secuestro menos doloroso posible. Las estadísticas demuestran que en un secuestro la víctima casi siempre resulta muerta. Yo le ofrezco una evación al dolor y a la desesperación, a la tragedia que acompañan a un secuestro. No habrá víctima, no habrá sufrimiento, a no ser que usted lo quiera. La elección es suya.
   Pude haber elegido secuestrar a su hijo y pedir un rescate de medio millón. Esto habría sido terriblemente traumático y peligroso para usted y para mí. Lo que pido no es mucho, y usted bien lo puede pagar. Así garantiza la vida, la paz y la felicidad de su familia. Además, puede descontar la pérdida en sus impuestos. Puede sentirse complacido de haber contribuido al bienestar de la humanidad.

I am not a criminal yet. I don't want to hurt anyone. I have a need to serve the poor, the wretched poor you ignore. If there is a crime, I'll not be to blame, you will. There is no way that either you or the police can identify me.

INSTRUCTIONS:

1. Show up at the Falcon Motel on the 11th of November at 10:00 p.m.
2. Go to room 198 on the first floor. Go in. The door will be open.
3. Bring the $50,000 in twenties, fifties, and hundreds. Unnumbered. Unmarked.
4. Put the money in a sealed package with your name on it. That way I can determine if you've complied.
5. You will find new instructions in the hotel room.
6. Be careful. My people will be watching. If there is anything wrong, if there is the slightest whiff of the police, or of an electronic device on your person or in your car, the deal is off. The first victim will appear. The ransom will be doubled.

As you can see, the plan is perfect. It is up to you to carry it out without a single false step. You have so much to lose.

A determined man who doesn't want to
cause you any harm.

Dr. Garibay stopped writing with something akin to a sigh. He felt tranquil and content. Sofia would type the letters tomorrow on a rented typewriter with the appropriate names of parents and children, a list prepared a long time ago. He went into his bedroom, he undressed slowly and deliberately, and went to bed. He cuddled up to Sofia's body and placed his hand where no other man had placed his. Sofia shuddered and moaned contentedly with pain and pleasure. He fell asleep thinking that the warmth of Sofia's *nalgas* of gold was the gentlest and most

No soy criminal todavía. No quiero hacerle daño
a nadie. Tengo la necesidad de ayudar a los pobres,
los miserables pobres que usted ignora. Si hay un
crimen, yo no tendré la culpa, usted sí. No hay
manera en que usted o la policía me puedan
identificar.

INSTRUCCIONES:

1. El 11 de noviembre preséntese usted en el Motel
   Falcón a las diez de la noche.
2. Diríjase usted a la habitación 198 en la planta
   baja. La puerta estará abierta. Entre.
3. Traiga consigo los 50,000 dólares en billetes de a
   veinte, de a cincuenta y de a cien. No
   numerados. No marcados.
4. Ponga el dinero en un paquete sellado, con su
   nombre. Así puedo yo determinar si ha
   cumplido.
5. En la habitación encontrará nuevas
   instrucciones.
6. Cuidado. Mi gente estará vigilando. Si hay un
   desperfecto, si siquiera un tufo a policía o
   aparatos electrónicos en su persona o en su
   coche, el plan queda cancelado. Aparecerá la
   primera víctima. Se doblará el rescate.

Como usted puede ver, el plan es perfecto. Le
toca a usted llevarlo a cabo sin una sola falla. Usted
tiene tanto que perder.

Un hombre determinado que no quiere hacerle a
usted ningún daño.

El Sr. Garibay terminó de escribir con algo que
aparecía un suspiro. Se sentía tranquilo y contento.
Sofía pasaría las cartas a máquina mañana en una
máquina alquilada, con los debidos nombres de
padres y niños, una lista preparada desde hacía
mucho tiempo. Entró en su alcoba, se desvistió lenta
y deliberadamente y se acostó. Se acurrucó al cuerpo
de Sofía y puso la mano donde no la había puesto
ningún otro. Sofía se estremeció y se quejó contenta
de pena y placer. El se durmió pensando que el calor
de las nalgas de oro de Sofía era el calor más suave y

delightful warmth of this and any other world. That if it could only be bottled . . .

It was the 15th of October. The letters arrived at their destination. Ernesto and Sofia were at peace with themselves. Their lot was cast. There was no return. They were prepared for everything. Together as always, and, forever.

Sofia was the queen and mistress of Ernesto's love and secrets. She was the loyal and daring companion of all his fancies and adventures. After they joined for the first time, they did not come apart, they remained attached. Two bodies with a single purpose, a single objective, a single heart. When Ernesto first told her his crazy scheme, she already knew it. Who knows how. She not only approved, but encouraged him to go ahead. She was a restless spirit, passionate and feverish.

At ten o'clock at night on the eleventh of November, Ernesto and Sofia were in the cafeteria of the Falcon Motel having coffee. They could see room 198 from where they were sitting. There were detailed instructions in room 198 for the delivery of the ransom, sufficiently programmed to throw any tracker, human or animal, off the scent. Among other things, there would not be anyone to receive the money. The money would remain at the indicated spot for eight days. Then, when they were sure, Ernesto and Sofia would pick it up.

The pillars of society began arriving before ten o'clock, each one with a package under his arm. Everything worked out as planned. It was incredible: suddenly Ernesto and Sofia had in their hands half a million dollars. The plan had been so simple, almost childish, that it was infallible. All the contributors received a "thank you" card.

Dr. Ernesto Garibay and his lovely lady, the mistress of his loves and whims, the one with the *nalgas* of gold, the one with the piercing eyes

más sabroso de éste y de todos los mundos. Que si sólo se pudiera embotellar. . . .

Era el 15 de octubre. Las cartas llegaron a su destinación. Ernesto y Sofía tranquilos. Lanzados ya, no había retorno. Ellos dispuestos a todo. Juntos como siempre, y para siempre.

Sofía era la reina y dueña de los amores y secretos de Ernesto. Era la compañera leal y atrevida de todas sus calenturas y aventuras. Cuando se unieron por la primera vez, no se apartaron, se quedaron unidos. El, dentro de ella. Ella, alrededor de él. Dos cuerpos con una sola razón, un solo criterio, un solo corazón. Cuando Ernesto primero le contó su descabellado plan, ya ella lo sabía. Quién sabe cómo. No sólo aprobó sino que lo incitó a que siguiera adelante. Espíritu inquieto, apasionado y febril.

A las diez de la noche, el 11 de noviembre, Ernesto y Sofía estaban en la cafetería del Motel Falcón tomando café. De donde estaban sentados se divisaba la puerta de la habitación 198. No había "gente." Ellos dos eran los únicos involucrados en el "no-secuestro." En el 198 había instrucciones detalladas para la entrega del rescate, suficientemente programadas para despistar a cualquier rastreador, humano o animal. Entre otras cosas, no habría nadie para recibir dinero. El dinero se quedaría por ocho días en el depósito indicado. Entonces, cuando estuvieran seguros, Ernesto y Sofía lo recogerían.

Antes de las diez empezaron a llegar los pilares de la sociedad, cada uno con un bulto bajo el brazo. Lo arreglos se concluyeron como anticipados. Parecía mentira, de pronto Ernesto y Sofía eran dueños de medio millón de dólares. El plan había sido tan sencillo, casi infantil, que resultó infalible. Todos los contribuyentes recibieron una tarjeta de agradecimiento.

El Dr. Ernesto Garibay y su bella dama, la dueña de sus amores y sabores, la de las nalgas de oro y de

returned to Quito. They felt they were in a state of
war. Ernesto wrote about that time:

> And I raised my chalice to the heavens
> and cast my challenge on the world.
> I opened the teeth of the thunder
> and kissed its brazen fist.

Their friends of long ago received them with open
arms. They were once again the team they had been
before when, together, they opened roads in the
sierras, the jungles, and the lands of Ecuador.
Valentina was there, the elegant queen of El
Pichincha. Elena was there, the mistress of laughter
and wit. Consuelo, the arbiter of love and menace.
Nico, the feisty Indian, resentful and bold. Carola,
queenly lady of the sierras and the jungles. Dr.
Montúfor, liberal and *bon-vivant*, whose caricatures
shook the nation with laughter or rage. Ottozamín,
the rebellious and genial Indian painter. And, above
all of them, Martín, the beloved Ecuatorian brother
who carried on his body and in his soul the pains
and laments of his vertical motherland.

These people, through the years, had shared with
the professor of the United States the sympathy and
agony for the destiny of the Indian. Before returning,
Ernesto had already counted on establishing a center
of studies (and attack) with these people. To study,
analyze the problems, and then formulate a plan of
attack.

Soon Martín and Ernesto found themselves alone.
He told him about the con game in the United
States. He told him he planned to do the same in
Quito and in other cities later. That he would do it
in the name of "El Cóndor." The important thing
was to establish the myth, the legend, of the
conquering and avenging Inca, the liberator of the
Indians.

los ojos espadas, han llegado a Quito. Están en
función de guerra. Escribió Ernesto por entonces:

> Y alcé mi cáliz al cielo
> y lancé mi reto al mundo.
> Le abrí los dientes al trueno
> y le besé el duro puño.

Los amigos de antaño los recibieron con los brazos
abiertos. Fueron otra vez el equipo que antes habían
sido cuando juntos habían abierto caminos por las
sierras, las selvas y las tierras del Ecuador. Allí
estaba Valentina, la elegante reina de Pichincha.
Estaba Elena, la dueña de la risa y la inteligencia.
Consuelo, la maestra del amor y la amenaza. Nico, el
indio bravo, resentido y atrevido. Carola, regia dama
de las sierras y las selvas. El Dr. Montúfar, liberal,
bon-vivant, cuyas caricaturas estremecían al país de
risa o de rabia. Ottozamín, el rebelde y genial pintor
indígena. Y sobre todos, Martín, el querido hermano
ecuatoriano que llevaba en su cuerpo y en su alma
los dolores y lamentos de su patria vertical.

Estos, a través de los años habían compartido con
el profesor de los Estados Unidos la simpatía y la
agonía por el destino del indio. Antes de volver ya
Ernesto había contado con formar un centro de
estudios (y de ataque) de esta gente. Estudiar,
analizar los problemas, y luego formular un plan de
ataque.

Pronto Martín y Ernesto se encontraron solos.
Ernesto le contó lo del timo en los Estados Unidos.
Le contó que intentaba hacer la misma cosa en Quito
y después en otras ciudades. Que lo haría en nombre
de "El Cóndor." Lo importante era establecer un
mito, una leyenda del inca conquistador y vengativo,
el libertador de los indios.

"But, brother, they are going to kill you. You are going to lose your life in Ecuador."

"What difference does it make? My life already belongs to Ecuador."

"Look, brother, you already know that I'll follow you and serve you in any way you wish. Tell me what you want me to do."

"Give up your job and come work for me. I'll pay you double what you're getting."

"I accept. Then what?"

"I want you to open an office. You put Elena in charge of it, and you put our people to work studying and researching the weaknesses of the people at the top. I want to find out where we can hit and come out undamaged. I also want you to have a big sign made reading *Llacta Cóndor*. You also have to open a bank account with the signatures of El Cóndor and yours, after finding out if bank accounts are secret and sacred and if the government can confiscate them or not. If it can, then we'll deal with a United States bank."

"And you, Ernesto, what is your role?"

"I'll be a humble retired professor who has returned to his adopted fatherland to rest, read, and write. That is my cover. No one, besides you, must know that Garibay is El Cóndor. Tell them, anyone who asks, that you don't know who El Cóndor is, that all your communications with El Cóndor take place by telephone, that your duties are limited to investigating and studying, that whatever other activities of El Cóndor there might be, they have nothing to do with you."

In these and other considerations the two friends spent most of the night. They decided what role each member of the staff was to play. They agreed on how to begin to create and how to launch the image of El Cóndor, the Indian Liberator. They would stand by

"Pero, hermano, te van a matar. Vas a dejar el pellejo en tierras del Ecuador."

"Qué más da. Ya mi pellejo es de las tierras del Ecuador."

"Mira, hermano, ya tu sabes, yo te sigo y te sirvo en lo que tu quieras. Dime ¿Qué quieres tú que yo haga?"

"Abandona tu empleo y vente a trabajar para mí. Yo te pago el doble de lo que ahora recibes."

"Acepto. ¿Luego qué?"

"Quiero que abras una oficina, que pongas a Elena de administradora, que contrates a nuestra gente a estudiar y a investigar las vulnerabilidades de las jerarquías. Quiero saber dónde podemos pegar y salir ilesos. Quiero que hagas hacer un tremendo letrero que rece "Llacta Cóndor." Quiero que abras una cuenta en el banco sobre la firma de El Cóndor y la tuya, investigando primero a ver si las cuentas bancarias son secretas y sagradas, y que el gobierno no pueda confiscarlas. Si no, operaremos sobre un banco de Estados Unidos."

"¿Y tú, Ernesto, cuál es tu papel?"

"Yo seré un humilde profesor retirado que vuelve a su segunda patria a descansar, a leer y a escribir. Ese será mi disfraz. Nadie, excepto tú, debe saber que Garibay es el Cóndor. Dile a quien te pregunte que no sabes quién es El Cóndor, que todas tus relaciones con El Cóndor son a través del teléfono, que tus funciones se limitan a investigar y estudiar, que cualesquiera que fueran las otras actividades de El Cóndor, no tienen nada que ver contigo."

En éstas y otras consideraciones los dos amigos se pasaron la mayor parte de la noche. Decidieron cuál sería el papel de cada uno del personal. Se pusieron de acuerdo de cómo empezar a crear y lanzar la imagen de El Cóndor y esperaron. A su debido tiempo los pilares de la sociedad se presentaron y entregaron el dinero demandado. Ahora el proyecto

carrying out the kidnapping, or non-kidnapping, that had worked out so well in the United States.

The names were chosen, the letters with the signature of El Cóndor were sent, and then they waited. At the appointed time the pillars of society showed up and delivered the money demanded. Now Project Cóndor had a million dollars to start operations. It was unbelievable. Who was going to think it would be so easy. The success was due to the simplicity of the plan and the modesty of the money demanded. The name of El Cóndor began to sound and resound. Who was he? What did he want? Where was this leading? The legend, the myth, had been born.

Of course, Dr. Garibay knew that sooner or later someone was going to notice the similarity between the scam in the United States and this one. He knew that points of contact between this one and that one would be sought. That someone would conclude that Dr. Garibay was there when it happened there and that he was here when it happened here. He appeared not to worry about it. It appeared that he had made it happen the same way on purpose, as if he wanted to be suspected.

Everything was going well, but it was necessary to make an exemplary splash to establish El Cóndor as the champion of the Indian. After discussing the matter with Martín, it was decided that the chief of police would be a choice example. The jails of Quito were overflowing with prisoners. Most of them were Indians, the rest were poor whites, which was almost the same thing. The prisoners lived in subhuman conditions. They were mistreated, starved. Hygienic conditions were deplorable. Many of them were being held unjustly.

By then Martín had already asked Ottozamín, on El Cóndor's behalf, to sketch the face of a noble, strong, and arrogant Indian in black and white. This

Cóndor tenía un millón de dólares para ponerse en función. Era increíble. Quién iba a creer que fuera tan fácil. El éxito estaba en la sencillez del plan y en la modesta cantidad demandada. Empezó a sonar y a resonar el nombre El Cóndor. ¿Quién era? ¿Qué quería? ¿A dónde llevaría esto? La leyenda, el mito, había nacido.

Claro que el Dr. Garibay sabía que tarde o temprano alguien iba a percatarse de la semejanza del timo de Estados Unidos y el de aquí. Sabía que se buscarían puntos de contacto entre esto y aquello. Que alguien iba a llegar a la conclusión que el Dr. Garibay estaba allá cuando esto ocurrió. Parecía que esto lo tenía sin cuidado. Parecía que adrede lo había hecho igual, como si quisiera que lo sospecharan.

Todo iba bien, pero era necesario dar un golpe ejemplar que estableciera a El Cóndor como campeón del indio. Después de discutirlo con Martín, se decidió que el jefe de policía sería el indicado como ejemplo. Las cárceles de Quito estaban rebosando de presos. La mayor parte de ellos eran indios, los demás eran pobres, que era casi igual. Esos presos vivían en condiciones inhumanas. Los maltrataban, los tenían muertos de hambre. Las condiciones higiénicas eran deplorables. Muchos de ellos estaban detenidos injustamente.

Por entonces ya Martín le había pedido a Ottozamín por parte de El Cóndor que le dibujara a blanco y negro la cara de un indio noble, fuerte y arrogante. Esto era para darle imagen al mito que

was to give an image to the myth that was beginning to grow. It also was for letter-heads, posters, and flyers for the propaganda campaign that was about to begin.

On one of those letter-heads, Ernesto sent the following letter to Mr. Bernardo Jaramillo y Cortés, Chief of Police:

Mr. Jaramillo,

The conditions in which the prisoners live in your jails are despicable, repugnant, and unacceptable. Those prisoners are human beings and have an innate right to their dignity and self-respect in any Christian and civilized society. Those who owe a debt to society should pay it, but as human beings and not as animals.

I don't believe the government is to blame. I know that the government gives you a certain amount for the feeding and care of each prisoner. What you are doing is pocketing most of the money.

El Cóndor demands that you do the following:

1. Improve the quality and quantity of the food one hundred percent.
2. Limit the number of prisoners per cell.
3. Clean up the cells.
4. Provide showers and toilet facilities for the prisoners.
5. Allow the prisoners to receive visits from their families in private and comfortable quarters.
6. Set free any prisoner held unjustly. You must know who they are, if you don't, find out.
7. Condemn and control your sadistic guards.

I give you two weeks, until the 15th of February, to start putting these reforms into effect. The prisoners will let me know. I swear by the bones of my ancestors that if you do not comply, you will answer directly and personally to me.

El Cóndor

empezaba a crecer. Era también para membretes, carteles y hojas sueltas para la propaganda que estaba por empezar.

En uno de esos membretes, Ernesto le envió la siguiente carta al Lic. Bernardo Jaramillo y Cortés, Jefe de Policía:

Sr. Jaramillo:

Las condiciones en que viven los presos en sus cárceles son despreciables, asquerosas e inaguantables. Esos presos son seres humanos, y tienen derecho nato a su dignidad y amor propio en toda sociedad cristiana y civilizada. Los que le deben una deuda a la sociedad, que la paguen, pero como seres humanos y no como animales.

No creo que el gobierno tenga la culpa. Me supongo que el gobierno le da a usted cierta cantidad para la alimentación y cuidado de cada preso. Lo que usted está haciendo es embolzarse la mayor parte de ese dinero.

El Cóndor manda que usted haga lo siguiente:
1. Mejorar la calidad y la cantidad de la comida cien por ciento.
2. Limitar el número de presos por celda.
3. Limpiar las celdas.
4. Proveerles duchas y servicios higiénicos a los presos.
5. Permitir que los presos reciban visitas de sus familias en circunstancias privadas y cómodas.
6. Poner en libertad a todo preso detenido injustamente. Usted debe saber quiénes son, y si no lo sabe, averígüelo.
7. Condene y controle a sus guardias crueles.

Le doy dos semanas, hasta el 15 de febrero, para que ponga en marcha las reformas. Los presos me harán saber. Le juro por los huesos de mis antepasados que si usted no cumple, usted me responderá directa y personalmente.

El Cóndor

Dr. Garibay was almost sure that the Chief of Police was not going to pay attention to him. He needed a violent and dramatic act to shake up the nation to complete the image of El Cóndor as the protector of the Indian and the poor. The letter was distributed all over the streets of Quito in flyers. The discussion, the speculation, the mystery exploded immediately: Who was he? What was he after? Where was all this leading? The newspapers, radio, and television talked about nothing else. The name El Cóndor was on the lips and thoughts of everyone. The long wait began.

As Ernesto had foreseen, Jaramillo did not do anything. Why? El Cóndor had to be a madman, a nobody. He was the Chief of Police, a well-known politician, a friend of the president, he belonged to a distinguished family and, furthermore, he was a real man. A man like him did not surrender. He posted policemen around his house, doubled the guard at the police building and tried to appear nonchalant.

On the 12th of February a case of whiskey arrived at his office. With it came this letter:

Dear Dr. Jaramillo,

I beg you to accept this humble gift from a man who admires and respects you. I am a foreign businessman, and I have a great business deal that can produce millions. I need a man like you to carry it off. I have already investigated you and know that you have the attributes and the contacts that I need. You open the doors, I'll provide the funding. We'll both make a fortune. I assure you that once I explain what is to be done and what awaits us, you're going to like it. We'll be partners.

I know that you have a problem with that Cóndor madman. I admire you for not giving in. That is one of the reasons I've selected you for my project.

So come to see me on the 17th of February at 2:00 p.m. at the Dos Aguas Restaurant on

El Dr. Garibay estaba casi convencido que el jefe de policía no le iba a hacer caso. No quería que le hiciera caso. Necesitaba un acto violento y dramático que sacudiera al país para completar la imagen legendaria de El Cóndor como protector del indio y del pobre. La carta se repartió por todas las calles de Quito en hojas sueltas. De inmediato explotó la discusión, la especulación, el misterio: ¿quién era? ¿qué quería? ¿a dónde iba todo esto? Los periódicos, la radio y la televisión no hablaban de otra cosa. El nombre de El Cóndor estaba en la boca y en los pensamientos de todos. Empezó la larga espera.

Como Ernesto lo había previsto, Jaramillo no hizo nada. ¿Por qué? El Cóndor tenía que ser un loco, un don nadie. El era el jefe de policía, distinguido político, amigo del presidente, de ilustre familia, además era muy hombre. Un hombre como él no se rendía. Cercó su casa de policías, dobló la guardia de la comandatura y quiso parecer tranquilo.

El doce de febrero llegó a su oficina una caja de whiskey. Venía acompañada de esta carta:

Estimado Dr Jaramillo:
Le ruego que acepte este humilde regalo de un hombre que lo admira y respeta.
Yo soy un negociante del extranjero y traigo entre mis manos un gran negocio que puede producir millones. Necesito un hombre como usted para llevarlo a cabo. Ya lo he investigado y sé que usted reúne los atributos y tiene los contactos que yo necesito. Usted abrirá los caminos. Yo proporcionaré los fondos. Juntos haremos fortuna. Le aseguro que una vez que yo le explique lo que hay que hacer y lo que nos espera, a usted le va a gustar. Seremos socios.
Ya sé que usted tiene un lío con ese loco Cóndor. Le admiro su coraje en no darse. Esa es una de las razones que lo he elegido a usted para mi proyecto. De modo que lo cito a usted para el 17 de febrero a las dos de la tarde en el Restaurante Dos Aguas en

Equinoccial St. By then it will be obvious that the threats of the Indian are meaningless. I urge you to show up. My affairs are urgent, and time is crucial. The least you can do is listen and decide if it is to your advantage. If it isn't you, it will have to be someone else.

Forgive me for not signing this letter. The delicacy of the transaction requires that I remain anonymous always, that I operate behind the scenes. It is important that no one see us together. It would be extremely dangerous for both of us.

I expect you on the 17th and look forward to a profitable and successful association. If you do not come, nothing has been lost.

A friend

It was two o'clock on the afternoon of February 17th. Ernesto was strolling slowly in front of the Dos Aguas Restaurant. He was wearing a dark wig over his gray hair. He was wearing contact lenses over his green eyes instead of his usual glasses. On the other side of the street Sofia was strolling. She was wearing a wig of long hair over her short hair. An amorphous topcoat covered her seductive contours. The two of them looked so ordinary, that is, they looked like everyone else, and thus looked like no one. They were anonymous and nondescript.

The Mercedes Benz of the great lord and devil splitter of the jails appeared at 2:10 driven by a chauffeur. Greed above all things, *avant toute chose*. The driver ran to open the door for his master. The latter got out of the car showing off his bodily, mental, and emotional obesity. A perfect specimen who had gorged and fattened himself in the human pig sty. His little moustache was trembling as if it were afraid of the mouth or as if it were dying of shame for being where it was.

Jaramillo walked toward the door of the restaurant. The driver got into the car. Before he got to the door,

la Calle Equinoccial. Para entonces estará patente que las amenazas del indio son ociosas. Le urjo que se presente entonces. Mis negocios son urgentes, y el tiempo manda. Lo menos que puede hacer es escuchar y ver si le conviene. Si no es usted, tendrá que ser otro.

Perdone usted que no firme esta carta. La delicadeza del negocio requiere que yo me mantenga siempre anónimo, que funcione detrás de bastidores. Es importante que nadie nos vea juntos. Sería sumamente peligroso para los dos.

Lo espero el 17 con anticipaciones de una beneficiosa y exitosa amistad. Si no viene, nada perdido.

Un amigo

Eran las dos de la tarde el 17 de febrero. Ernesto se paseaba lentamente frente al Restaurante Dos Aguas. Llevaba una peluca de cabello oscuro sobre su cabellera gris. Llevaba lentes de contacto sobe sus ojos verdes en vez de sus gafas acostumbradas. Al otro lado de la calle se paseaba Sofía. Llevaba una peluca de cabello largo sobre su pelo corto. Un abrigo enorme escondía y disfrazaba sus contornos seductores. Los dos parecían tan ordinarios, es decir, se parecían a todos y no se parecían a nadie. Eran anónimos e indescriptibles.

A las dos y diez apareció el Mercedes Benz del gran señor y rajadiablos de las cárceles guiado por un chofer. La avaricia sobre todas las cosas, *avant toute chose.* El chofer corrió a abrir la puerta a su amo. Este se bajó del coche ostentando su gordura corporal, mental y sentimental. Perfecto espécimen del que se ha cebado y engordado en el trochil humano. Se bajó con su bigotito estremecido, como si le tuviera miedo a la boca o como si se muriera de vergüenza de estar donde estaba.

Jaramillo se dirigió a la puerta del restaurante. El chofer se subió en el coche. Antes de llegar a la

the Chief of Police heard a voice that said, "Señor Jaramillo!" He stopped and turned to see who was calling him. Ernesto fired three shots into his chest. Only three sighs were heard. The silencer softened the sound of the shots. The chauffeur did not even notice. The attack was so fast and sudden that the body did not have time to fall to the ground. It stood swaying like a palm tree. Ernesto took hold of it and helped it to a good fall. When the body was horizontal, Ernesto nailed a dart with a condor carved on the handle on his chest. That dart would be the Cóndor's calling card from then on.

At the very moment when Ernesto fired, Sofia crossed the street and pumped three bullets into the chauffeur's forehead, everything without a hitch.

It appeared that no one became aware of the double farewell of two souls. Ernesto and Sofia got into their rented car parked right there as if nothing had happened. Sofia drove slowly. They looked like a middle class, middle-aged couple out for a ride that Sunday afternoon. They rode in silence because they had nothing to say to each other; they had already said it all.

Ernesto and Sofia returned the rental car and walked home. They went in. Closed the door. They fell into each other's arms and remained embraced for a long time without saying a word, and shaking only a little.

They had just killed two men. They had been preparing for this for a long time. They had said and repeated many times that what they had to do was not criminal, that it was just, that it was punishing the guilty, that it was improving the conditions of the Indian. They had begun their crusade, convinced that what they were doing was noble and just. But it was one thing to think about it and say it. Doing it was quite another.

puerta el jefe de policía oyó una voz que le dijo "¡Sr. Jaramillo!" Se detuvo y se volvió a ver quién lo llamaba. Ernesto le disparó tres tiros en el pecho. Sólo se oyeron tres suspiros. El silenciador amortiguó el sonido de los disparos. El chofer ni cuenta se dio. El ataque fue tan rápido y repentino que el cuerpo no tuvo tiempo de caer al suelo. Se quedó cimbrándose como una palmera. Ernesto lo cogió y lo ayudó a buen caer. Cuando el cuerpo estaba horizontal, Ernesto le clavó un dardo, cuyo puño tenía un cóndor labrado, en el pecho. Ese dardo sería la tarjeta de identidad de El Cóndor de allí en delante.

En el mismo instante en que Ernesto disparó Sofía cruzó la calle y le metió tres balas en la frente al chofer. Otra vez el silenciador convirtió los tiros en suspiros, todo perfecto.

Al parecer nadie se dio cuenta de la doble despedida de dos almas. Ernesto y Sofía se subieron en su coche alquilado estacionado allí mismo, como si nada. Sofía conducía lentamente. Parecían una pareja de clase media, de edad media, que andaba de paseo esa tarde de domingo. Que iba en silencio porque no tenía nada que decirse, porque ya se lo había dicho todo.

Entregaron el coche y anduvieron a casa. Sin pelucas, claro. Entraron. Cerraron la puerta. Y se abrazaron. Así permanecieron largo rato sin decir palabra, temblando un poco.

Acababan de dar muerte a dos hombres. Ya hacía mucho que se habían venido preparando para esto. Se había dicho y repetido muchas veces que lo que tenían que hacer no era criminal, era justicia, era castigar a los culpables, era mejorar la condición del indio. Habían iniciado su cruzada convencidos de que lo suyo era noble y justo. Pero una cosa es pensarlo y decirlo. Hacerlo es otra cosa.

El Cóndor and his lady continued silently in each other's arms. Suddenly they kissed. A kiss of flashes and lightning. All fire. A kiss that erased reality and time and opened the doors of heaven and eternity. They made love. They knew love as they had never known it. Violent and passionate. Furious, ecstatic. Exhausted, demolished, they fell asleep without having said a word, like two angels.

Since their first criminal adventure both of them had noticed that their love life had improved. They had talked about it. But the incomparable outpouring of love, passion, and desire, the joy and the ecstasy of this last union left no doubt. The odor, the ardor, and the color of human blood seems to awaken and release primitive forces and currents. The daring, the danger, and the terror, when life hangs by a single hair, draw out the eternal and fervent instinct of survival. Perhaps love is the best way to survive. If over all of this we project the sensation and the song of sin, we might understand the psychological and emotional circumstances of the two innocent murderers.

Ernesto woke up late the following morning. His companion was sleeping beside him like a child. He remained a long time thinking about the events of yesterday. He was surprised to find himself so calm, so sure of himself. Then he nudged Sofia with his elbow. She made some very sensual noises first, then she stretched languidly. She finally opened her eyes and the first thing she said was, "If I live a thousand years, I will never forget and I'll always celebrate what happened yesterday. Not the first part, the second!" Ernesto got up laughing, dressed quickly, and went out into the street to look for newspapers.

He returned very excited with an armful of newspapers. "Sofia, Sofia!" He threw one newspaper

El Cóndor y su dama seguían abrazados y callados. Su agitación temblorosa iba creciendo. De pronto se besaron. Un beso de destellos y relámpagos. Todo fuego. Todo furia. Un beso que borró el mundo y el tiempo y abrió las puertas del cielo y de la eternidad. Hicieron el amor. Conocieron el amor como nunca lo habían conocido. Violento y apasionado. Furioso, extasiado. Quedaron rendidos, molidos. Y se quedaron dormidos, sin haber dicho palabra, como dos angelitos, hasta otro día.

Desde su primera aventura criminal los dos habían notado que su vida amorosa había mejorado. Lo habían comentado. Pero el derroche de amor, pasión y deseo, el gozo y éxtasis incomparables de esta última unión no dejaba duda. El olor, el calor y el color de la sangre humana parece despertar y desatar fuerzas y corrientes primitivas. El atrevimiento, el peligro y el terror, cuando la vida está pendiente de un cabello, sonsacan el eterno y fervoroso instinto de la supervivencia. El amor acaso sea la mejor manera de sobrevivir. Si sobre todo esto proyectamos la sensación y la canción del pecado, tal vez comprendamos la situación psicológica y sentimental de los inocentes homicidas.

Ernesto se despertó tarde la siguiente mañana. Su compañera dormía a su lado como una niña. Permaneció largo rato pensando en los acontecimientos de ayer. Le sorprendió encontrarse tan sereno, tan dueño de sí mismo. Después le picó a Sofía con el codo. Ella hizo unos ruidos muy sensuales primero, luego se desperezó lentamente. Por fin abrió los ojos y lo primero que dijo fue, "Si vivo mil años no olvidaré nunca, y siempre celebraré, lo de ayer ¡No lo primero, lo segundo!" Ernesto se levantó riendo, se vistió rápidamente y salió a la calle a buscar los periódicos.

Volvió tremendamente agitado con un manojo de periódicos. "¡Sofía, Sofía!" Le lanzaba periódico tras

after another to Sofia. The headlines in bold black letters proclaimed what Dr. Garibay wanted to hear: "El Cóndor Kills!" "El Cóndor Keeps His Word!" "El Cóndor Flies!" It was not necessary to read the articles. They both knew that all of them were trying to face the image, the enigma, the mystery of a just and vengeful Indian. A promise for some. A threat for others. The impact that Ernesto and Sofia had planned had been achieved. The legend was created. The image, the figure, and the face of El Cóndor filled the skies, illuminating or darkening the Andean territory.

Martín came and the three of them celebrated the success of their efforts. All three agreed that the time had come to launch new projects in their campaign. First Martín had to call the main newspaper to see if it wanted to publish a weekly column written by El Cóndor under the masthead of "The Voice of El Cóndor" and topped with the sketch of the noble and arrogant Indian done by Ottozamín. He would then have to find a strong, sonorous, and dramatic voice to narrate television and radio programs still to be written. Go to Papagayo, an old friend, and the best television programmer, to create attractive scenes of clean, honest, and dignified Indians with the dynamic voice of El Cóndor thundering, "El Cóndor wants to see clean Indians, El Cóndor doesn't want to see dirty Indians. El Cóndor doesn't want to see drunk Indians," and many more, simple and direct messages, like those of a father for his children. Very soon this publicity and propaganda would hit the press, television, and radio. It would appear in posters in all the cities and in the Indian villages. A full-fledged campaign. Ernesto wrote about then:

> I saw the splendor of God,
> invincible in the golden cloud.

periódico a Sofía. Los titulares en grandes letras negras proclamaban con voz de trueno lo que el Dr. Garibay quería oír: "¡El Cóndor Mata! ¡El Cóndor Cumple! ¡El Cóndor Vuela!" No hacía falta leer las crónicas. Los dos sabían que todas tratarían de enfrentarse con la imagen, el enigma, el misterio de un indio justiciero y vengativo. Promesas para todos. Amenaza para otros. El impacto que Ernesto y Sofía se habían propuesto estaba conseguido. La leyenda estaba hecha. La imagen, la cara y la figura de El Cóndor llenaba el cielo, iluminando o ensombreciendo la tierra andina.

Vino Martín, y los tres celebraron el éxito increíble de la faena. Los tres concluyeron que había llegado la hora de lanzar nuevos proyectiles en la campaña. Primero, Martín tenía que llamar al periódico principal a ver si querían publicar un artículo semanal escrito por El Cóndor bajo el titular "La voz del Cóndor" y encabezado por la cabeza del indio bravo y noble de Ottozamín. Luego tendría que encontrar una voz fuerte, sonora y dramática para que comentara programas todavía por hacer por la televisión y la radio. Ir al Papagayo, viejo amigo, y el mejor programador de televisión, a que creara escenas atractivas de indios limpios, honrados y dignos bajo la voz dinámica de "El Cóndor" que tronara, "El Cóndor quiere ver indios limpios. El Cóndor no quiere ver indios sucios. El Cóndor no quiere ver indios borrachos." Y muchos más, mensajes sencillos y directos, como los de un padre para sus hijos. Dentro de poco estos proyectos de publicidad y propaganda inundarían la prensa, la televisión y la radio. Aparecerían en carteles por todas las ciudades y en los pueblos de los indios. Una campaña a todo dar. Escribió Ernesto por entonces:

Yo vi el resplandor de Dios,
indómito en el áurea nube.

I saw the shadow of his voice
on the high sierras, indigenous.

Dr. Garibay's first article appeared in the
newspaper under the banner "The Voice of El
Cóndor," which had become a flag of war. It was
headed by the noble and arrogant face of an Indian
conquistador. It appeared because El Cóndor was
news, because he was the greatest mystery of
Ecuador.

"I am El Cóndor, Indian inside and out, and Indian
of pure blood. I come from the heart of my people. I
come from the volcanic heart of my land. I come to
demand justice and democracy for the Indian. I come
to rescue the soul of my people. I am the choked-up
and silent scream of the Indian that is at long last
released. I am the voice of the forgotten and the
down-trodden.

"What you have seen is only the beginning. You
will be seeing projects and programs designed to
improve the living conditions of the Indians. For
this, I need the support of the Ecuatorians. If I don't
get it, I'll take it, whatever the cost. You already
know what I can do. Jaramillo received what he
deserved. I lament the death of his driver, but he saw
the face of El Cóndor, and anyone who sees his face
must die. I advise the new chief to put the reforms
into effect, or he'll get the same.

"I do not seek vengeance for four hundred years of
cruelty and inhumanity. You are not to blame for
what your ancestors did, but you are to blame for
what you are doing now. I don't want to hurt anyone.
My intentions are good and not evil. But I'm
prepared to do everything necessary to fulfill my
mission. The one who does not exploit, does not
mistreat the Indian has nothing to fear from me. The
one who continues to use and abuse my brother, let
him wait, sooner or later, I'll cut his throat. For that
one I am a living and fierce menace."

Vi la sombra de su voz
indígena en la alta cumbre.

Apareció en el periódico el primer artículo del Dr.
Garibay bajo el blasón, "La Voz del Cóndor," que ya
era pendón de guerra. Apareció encabezado por la
cara noble y brava de un indio conquistador.
Apareció porque El Cóndor era noticia, porque era el
misterio más grande del Ecuador.

"Yo soy el Cóndor, indio de pura cepa, de raza
pura. Vengo del corazón de mi pueblo. Salgo de las
entrañas volcánicas de mi patria. Vengo a demandar
justicia y democracia para el indio. Vengo a rescatar
el alma de mi gente. Soy el grito atragantado y
silencioso del indígena que al fin se ha lanzado. Soy
la voz del olvidado y atropellado."

"Lo que vosotros habéis visto es sólo el principio.
Ya iréis viendo proyectos y programas diseñados a
mejorar las vivencias del indio. Para esto necesito el
apoyo de los ecuatorianos. Si no lo recibo, lo
arrebataré, cueste lo que cueste. Ya sabéis de lo que
soy capaz. Jaramillo recibió lo que se tenía bien
merecido. Lamento la muerte del chofer, pero le vio
la cara a El Cóndor, y el que le vea la cara tiene que
morir. Le advierto al nuevo jefe que ponga en marcha
las reformas o le pasará lo mismo."

"No busco venganza por cuatrocientos años de
crueldad e inhumanidad. Vosotros no tenéis la culpa
por lo que han hecho vuestros antepasados sino lo
que estáis haciendo ahora. No quiero hacerle daño a
nadie. Busco el bien y no el mal. Pero estoy
dispuesto a todo para cumplir mi misión. El que no
explota, el que no maltrata al indio no tiene nada que
temer de mí. El que siga usando y abusando a mis
hermanos, que espere, tarde o temprano, le corto el
pescuezo. Para ése soy una viva y ferviente
amenaza."

The article continued, delineating in broad outlines what El Cóndor had in mind, and exhorted the Ecuatorian people to be patient and try to understand his intentions. He ended with these words, "I am the voice of your conscience." Never had *El Comercio* sold so many newspapers. The international press picked up the news. El Cóndor was now a *cause célèbre*, already a myth. Ernesto wrote about that time:

> In a corner of Quito
> I come upon a smile
> on the legendary rose.

The police fell upon Martín and submitted him to fierce interrogation. They could not get anything out of him. "I don't know who the Cóndor is. He communicates with me only by telephone. He gives me instructions pertaining to the office I run. We carry on research and investigations of a sociological and anthropological nature. We collect facts and statistics. He doesn't confide in me about his other activities." National and international journalists, as well as left-wing politicians, also came down upon him. He told them the same thing.

Ernesto and Sofia knew very well that they were being watched. They were sure that the government had put it all together. There were too many inescapable coincidences: the similarity between the two "kidnappings," the fact that Ernesto was there when the first one had happened and here when the second happened, the close friendship between Ernesto and Martín. Ernesto was a writer and so was the author of the articles. It is strange, but this did not seem to bother Ernesto at all. In fact, it seemed to satisfy something perverse in his character. This very open, almost childish, frankness had the investigators confused. His telephone, Martín's, and those of Llacta Cóndor were tapped. With a

El artículo sigue, delineando en rasgos generales lo que El Cóndor se propone, y exhortando al pueblo ecuatoriano a que tuviera paciencia y que tratara de comprender sus móviles. Terminó con estas palabras "Soy la voz de vuestra consciencia". Jamás había "El Comercio" vendido tantos periódicos. La prensa internacional acogió la noticia. El Cóndor ya era *cause célèbre*, ya era mito. Escribió Ernesto por entonces:

> En un rincón de Quito
> Le sorprendí una sonrisa
> A la rosa de los mitos.

La policía descendió sobe Martín y lo sometieron a una interrogación feroz. No le pudieron sacar nada. "Yo no sé quién será El Cóndor. Se comunica conmigo sólo por teléfono. Me da instrucciones pertenecientes a la oficina que yo dirijo. Nosotros hacemos estudios e investigaciones sociológicos y antropológicos. Recogemos datos y estadísticas. El no confía en mí sus otras actividades." Los periodistas nacionales e internacionales, como también los políticos de izquierda, lo acosaban a cada momento. A ellos les decía la misma cosa.

Ernesto y Sofía sabían bien que estaban vigilados. Estaban seguros que el gobierno había atado los hilos. Había demasiadas coincidencias ineludibles: la semejanza entre los dos "secuestros," el hecho de que Ernesto estaba allí cuando ocurrió el primero y aquí cuando ocurrió el segundo, la estrecha amistad entre Ernesto y Martín, Ernesto era escritor y el autor de los artículos era literato. Es curioso, pero a Ernesto no parecía preocuparle esto nada. En realidad parecía satisfacer algo perverso de su carácter. Esta misma abierta, casi infantil, franqueza traía a los investigadores despistados y confundidos. Su teléfono, el de Martín y los de Llacta Cóndor estaban tocados. Con un aparato radioeléctrico, había

radioelectric instrument, Ernesto discovered hidden microphones in different parts of the house and had neutralized them. He wanted them to know that he knew. On returning home on several occasions, Ernesto and Sofia had discovered that someone had turned the house upside down in search of evidence and then put everything back in its place. The conniving lovers took care not to leave anything that would give them away.

In the meantime, the scam of the "non-kidnapping" continued. Different cities. Ten participants every time. The total ransom, half a million dollars in sucres. Since it was already known that El Cóndor kept his word, that he did not lie, the harvest of gold was easy, almost automatic. The treasury of El Cóndor kept on growing. All the letters ended with, "Feel happy that you have contributed to the welfare of the poor."

It was time to strike another blow. Letters were sent to ten rich owners of haciendas, similar to the one sent to the chief of police before. They contained the following instructions:

1. Double the pay of the Indians.
2. Limit the work day to eight hours.
3. Limit the work week to five days.
4. Provide the Indians with sanitary drinking water.
5. Provide them with toilet facilities.
6. Cancel all the debts of the Indians.
7. Deliver five million sucres to El Cóndor for accounts pending.
8. Advise your foremen to treat the Indians with consideration.
9. You have thirty days to deliver the money and to put these reforms into operation.

The letter with the names was distributed in the cities and villages. It was also published in the newspaper with the suggestion that the rest of the

descubierto micrófonos escondidos en diferentes partes de la casa y los había neutralizado. Quería que supieran que él sabía. Al volver a casa en varias ocasiones descubrían que alguien había vuelto y revuelto la casa en busca de evidencia y puesto todo en su lugar otra vez. Los amantes intrigantes se cuidaban de no dejar nada que los delatara.

Entretanto el timo del "no-secuestro" seguía. En distintas ciudades. Siempre diez participantes. El rescate total, medio millón de dólares en sucres. Como ya se sabía que El Cóndor cumplía, que no mentía, la cosecha del dinero era fácil, casi automática. La tesorería de El Cóndor iba creciendo. Todas las cartas terminaban con, "Tenga usted el consuelo de haber contribuido al bienestar de los pobres."

Era tiempo ya de dar otro golpe. Se enviaron cartas a diez hacendados ricos, parecidas a la que antes se había enviado al jefe de policía. Contenían las siguientes instrucciones:

1. Doblar el sueldo de los indios.
2. Limitar el día de trabajo a ocho horas.
3. Limitar la semana de trabajo a cinco días.
4. Proveerles agua potable a los indios.
5. Proveerles servicios higiénicos.
6. Cancelar todas las deudas de los indios.
7. Entregar cinco millones de sucres a El Cóndor por cuentas atrasadas.
8 Aconsejar a sus mayordomos a que traten a los indios con consideración.
9. Tiene treinta días para entregar el dinero y para poner en marcha estas instrucciones.

La carta, con los nombres, fue distribuida en hojas sueltas por la ciudad y los pueblos. También fue publicada en el periódico con la advertencia a los demás hacendados de la nación de que hicieran lo

hacienda owners do the same, because sooner or later their turn would come. They all complied, except one. A colonial dinosaur. He was fat too. It seems that those who suck human blood get very fat.

Nico had become the most loyal disciple of El Cóndor. El Cóndor was for him the Inca god he had dreamed of and had waited for all his life. He wanted to place his life at the feet of El Cóndor. He begged Martín to let him see him. Ernesto had already given him difficult and dangerous assignments in which he had conducted himself with discretion and intelligence.

The time had come to give him a truly important assignment: the elimination of the fat, colonial *hacendado*, Don Atanacio Ajodí. He told Martín to tell Nico to wait for a telephone call from El Cóndor at the public telephone on the corner of Wilson and Plaza at three o'clock.

"This is El Cóndor. Listen only. Old man Atanacio Ajodí did not comply. He has to die. I want you to kill him on the 6th of June. Tonight I will send you the weapon and the dart. Put three bullets into him and nail the dart onto his chest. Try not to be seen. If there are witnesses, kill them too. Do it your way. Try your own tricks. I don't want you to talk, tell me only yes or no."

The answer came back, tremulous and passionate, "Yes, Papá Cóndor!"

On the 6th of June Ernesto and Sofia were on a trip with friends. The cruel Ajodí felt smug and secure. He had armed Indians circling the house. Nico slipped through the night like a shadow. He slid over the ground like a serpent. He climbed walls like a monkey. He jumped from roof to roof like a cat. He was a real Indian. A hunter and a warrior in the old way. He arrived at his destination without the guards seeing or hearing him. They would not have done anything if they had seen him, because they too were

mismo porque tarde o temprano les llegaría su turno. Cumplieron todos menos uno. Un dinosaurio colonial. También gordo. Es curioso, pero los que chupan sangre humana engordan mucho.

Nico se había convertido en el discípulo más ferviente de El Cóndor. El Cóndor era para él el dios incaico que había soñado y esperado toda su vida. Quería poner su vida a sus plantas. Le rogaba a Martín que le permitiera verlo. Ya Ernesto le había dado responsabilidades difíciles y peligrosas en las que se había comportado con discreción e inteligencia.

Había llegado el momento de encargarle algo verdaderamente serio: la eliminación del gordo hacendado colonial, don Atanacio Ajodí. Le dijo Ernesto a Martín que le dijera a Nico que esperara una llamada telefónica de El Cóndor en el teléfono público en la esquina de Wilson y Plaza a las tres de la tarde.

"Habla El Cóndor. Escucha nomás. El viejo Atanacio Ajodí no ha cumplido. Tiene que morir. Quiero que tú lo mates la noche del 6 de junio. Esta noche te enviaré el arma y el dardo. Le pones tres balas y le clavas el dardo en el pecho. Procura que no te vea nadie. Si hay testigos, los matas también. Hazlo a tu manera. Date tus propias mañas. No quiero que hables, sólo dime sí o no". Volvió la respuesta, temblorosa y apasionada, "¡Sí, papá Cóndor!"

El seis de junio Ernesto y Sofía andaban de viaje con sus amigos. El cruel Ajodí se sentía ufano y seguro. Tenía indios armados cercando la casa. Nico se coló por la noche como una sombra. Se deslizó por la tierra como una serpiente. Trepó tapias y paredes como un mono. Saltó tejados como un gato. Era indio de veras. Cazador y guerrero de vieja estirpe. Llegó a su meta sin que lo vieran o sintieran los guardias. No habrían hecho nada si lo hubieran visto

expecting the visit of El Cóndor. It was time for the evil *patrón* to pay what he owed. The three shots found their mark. They sounded like three sighs, followed by other sighs, the farewell of a soul on its way to hell. The operation was so exquisite that his wife did not even find out that she was sleeping with a corpse until the next morning.

The news exploded immediately. The newspapers, television, and radio were full of the phantom crime. There was no doubt El Cóndor had struck again. The dart with the Cóndor handle stuck on the chest proclaimed it. There was no way of implicating Ernesto, since he had been under surveillance by the government every moment.

A vortex of discussion and speculation spread throughout the nation and even abroad. Some said that he was a sorcerer, a demon. Some said he was the spirit of Atahualpa. Some said that he was a professional killer who wanted to become dictator. The Indians were happy and smiling. Now they had a protector they called "Papá Cóndor," "Papito Cóndor," "Taíta Cóndor." Ernesto wrote then:

> From cascade to cascade
> I go through the canyons.
> I carry El Oriente stuck on the forehead,
> and I carry the Andes stuck on my back.

From the beginning Dr. Garibay cultivated the friendship of Joaquín Llanero, relative and right arm of the president of the republic. He wanted the president to receive direct information about his life in Ecuador. The two couples visited each other and went out often. Sr. Llanero could testify that the foreigner was doing what he had said he had come to

porque ellos también estaban esperando la visita de El Cóndor. Ya era hora de que el mal patrón pagara las que debía. Los tres tiros hallaron su nicho. Salieron como tres suspiros, seguidos por otros suspiros, la despedida de un alma camino al infierno. Tan esquisita fue la operación que la mujer ni supo que dormía con un cadáver.

La noticia estalló la siguiente mañana. Los periódicos, la televisión y la radio estaban llenos del crimen fantasmagórico. No había duda. El Cóndor había pegado otra vez. El dardo con el puño de cóndor clavado en el pecho del difunto lo proclamaba. No había modo de implicar a Ernesto, ya que había estado bajo la lupa del gobierno cada momento.

Se soltó sobre el país, y hasta en el extranjero, toda una vorágine de discusión y especulación. Unos decían que era un brujo, un demonio. Otros decían que era el espíritu de Atahualpa. Algunos decían que era un matón profesional que quería hacerse dictador. Los indios andaban contentos y sonrientes. Ya tenían un protector, a quien llamaban "papá Cóndor," "papito Cóndor," "taíta Cóndor." Escribió Ernesto por entonces:

De cascada en cascada
voy por las quebradas.
Pegado en la frente
Llevo a El Oriente,
y en la espalda llevo
a los Andes clavados.

Desde temprano el Dr. Garibay procuró y cultivó la amistad de Joaquín Llanero, pariente y brazo derecho del presidente de la república. Quería que el presidente recibiera informes directos de su vida en el Ecuador. Las dos parejas se visitaban y con frecuencia salían juntos. El Sr. Llanero podía atestiguar que el extranjero estaba haciendo lo que

do. That presently he was finishing a book under the title of *Andanzas, danzas y extravagancias.* That he was well into a translation into English of Blasco Ibáñez' *Entre Naranjos.* He could tell anyone who was interested that Ernesto, as well as Sofia, was so gentle, so friendly, such normal people, that those suspicions that they were associated with El Cóndor could not be applied to them. Ernesto frequently praised the president and what he was trying to do. He also condemned the cricket circus that was the congress which tied the president's hands. The same thing appeared in "La Voz del Cóndor" articles. Ernesto knew very well that, although they could not pin a single crime on him legally, the president could declare him *persona non grata* and expel him from the country.

The time had come to start a project already studied and programmed. It was a matter of constructing a bath house and a market place on opposite sides of the highway. One of the poorest and most forsaken Indian villages had been selected. The elders of the village had been consulted and their cooperation obtained.

Martín was instructed to seek an interview with the president. Martín with the talent that characterizes him, got it. He presented the president with plans and sketches from engineers and architects. El Cóndor offered to pay for the materials, the technicians, and the builders. The Indians would do the work. The president was asked to provide the heavy machinery to move and remove dirt and rock.

This was a big gamble. An alliance between a known criminal and a legal president! If this happened, El Cóndor would receive legitimacy. Martín did it. The president accepted. The chief of the Indians and the chief of the whites were now partners for better or for worse.

decía que había venido a hacer. Que en estos días estaba terminando un libro que La Casa de la Cultura iba a publicar bajo el título de *Andanzas, danzas y extravagancias*. Que estaba muy metido en la traducción al inglés de *Entre Naranjos* de Blasco Ibáñez. Podía decirle a quien se interesara que tanto Ernesto como Sofía eran tan suaves, tan blandos, tan gentes de todos los días, que no podía atribuírseles esas sospechas de que ellos estuvieran relacionados con El Cóndor. Asimismo condenaba al circo de grillos que era el congreso que tenía al presidente maniatado. Lo mismo aparecía en los artículos de "La Voz del Cóndor". Ernesto sabía muy bien que aunque no le pudieran pegar ningún crimen legalmente, el presidente bien podía expulsarlo del país como *persona non grata*.

Era hora ya de lanzar un proyecto ya bien estudiado y programado. Se trataba de construir una casa de baños y un mercado en sendos lados de la carretera. Se había escogido uno de los pueblos indígenas más pobres y más abandonados. Se había consultado con los mayores del pueblo y se había conseguido su cooperación.

A Martín se le encargó que buscara una entrevista con el presidente. Martín con ese talento que le caracteriza, consiguió la entrevista. Le presentó al presidente planes y dibujos de los ingenieros y arquitectos. El Cóndor se ofrecía a pagar los materiales, los técnicos y los constructores. Los indios harían el trabajo. Al presidente se le pedía que proporcionara la maquinaria pesada para mover y remover tierra y piedras.

Esto era jugársela a lo grande. ¡Una alianza entre un conocido criminal y el presidente legal! Si esto se conseguía, El Cóndor conseguiría legitimidad. Martín lo consiguió. El presidente aceptó. El jefe de los indios y el jefe de los blancos ahora eran compañeros en el bien y en el mal.

Construction began. El Cóndor, the government, and the Indians, together in a marvel of cooperation, soon completed the project. On one side of the highway was one structure. It was the bath house. It had a fountain, a lawn, trees, bushes, flowers, and sprinklers in front. There was a porch with arches and benches. Inside there were twelve stalls, six for men and six for women, each one with its own door and lock. The stall was divided into two compartments: one for dressing and undressing, the other for the shower. Dr Garibay had been told that no Indian man or woman was going to undress in public. Outside there were tables and chairs for those who were waiting, and windows facing another garden to the back. On the men's side there was an Indian man in charge, on the women's side, an Indian woman. They provided towels and soap to the guests, a small bottle of perfumed lotion for the women. At one end of the building there was a laundry room where the Indian women could wash their clothes in warm water and soap. The mayor of the village agreed to use these services first to induce the rest of the Indians to do the same, and they did.

The structure on the other side of the street was the same on the outside. Inside it was divided into commercial compartments where the Indians could show and sell their arts and crafts, weaving, and products. Everything was administered by Indians trained by Martín's staff. A large sign, "Llacta Cóndor," was erected over both structures. This health and commercial center became a mecca for tourists and for natives, whites and Indians, full of curiosity. They found a clean village, clean Indians, hardworking people, busy white-washing their houses, planting trees, bushes, flowers, and lawns. This construction would serve as a model for others

La construcción se puso en marcha. El Cóndor, el gobierno y los indios, juntos en una maravilla de cooperación, pronto le dieron fin a la obra. En un lado de la carretera estaba una estructura. Era la casa de baños. Tenía una fuente, césped, árboles, arbustos y flores, con regaderas automáticas en frente. Había un portal con arcos y asientos. Por dentro había doce celdas, seis para hombres y seis para mujeres, cada una con su puerta y cerrojo. La celda estaba dividida en dos compartimientos: uno para vestirse y desvestirse, y el otro la ducha. Le habían dicho al Dr. Garibay que ningún indio o india se iba a desvestir en público. Afuera había mesas y sillas para los que esperaban, con ventanales que daban a otro jardín atrás. En el lado de los hombres estaba un indio encargado, en el lado de las mujeres, una india. Estos les daban a los huéspedes toallas y jabón, para las mujeres una bolsita de crema aromática. En un rincón de la construcción había una lavandería donde las indias podían lavar su ropa con jabón y agua caliente. El alcalde del pueblo, y otros líderes indígenas se comprometieron a utilizar estos servicios primero para inducir a los demás indios a que hicieran lo mismo. Y cumplieron.

La estructura del otro lado de la calle era igual en el exterior. Por dentro estaba dividida en compartimientos comerciales en donde los indios podían mostrar y vender sus artesanías, tejidos y productos. Todo administrado por indios, aleccionados por el personal de Martín. Sobre ambas estructuras se levantó un tremendo letrero: "Llacta Cóndor." Este centro higiénico y comercial se convirtió en meca para los turistas y para los naturales, blancos e indios, llenos de curiosidad. Encontraban un pueblo limpio, indios limpios, gente trabajadora, todos encalando sus casas, sembrando árboles, arbustos, flores y césped. Esta construcción serviría de modelo para otras ya proyectadas. El

already planned. The next village had been selected already and arrangements made.

In the meantime the letters kept going out. To factories, industries, government agencies, the armed forces, business of all kinds. They all contained a list of reforms, a claim for accounts pending, and the threat of avenging lightning. There were more deaths, although fewer and far between, executed by Ernesto sometimes, by Sofia once in a while, by Nico most of the time. In most cases the letter was enough to produce the reforms and the delivery of the money. Everyone knew that El Cóndor did not lie. The treasury kept growing.

A new reality began to appear throughout the country. The Indians began to come out of the interior caves and caverns where they had hidden for four hundred years. They became aware of themselves. They found their lost self-respect. They walked the earth as they once had in Inca times, with pride and human dignity. Their lands, jungles, and sierras were theirs once more. The voice of El Cóndor echoed in the Andes. Ernesto wrote about then:

> Your bronze is solid metal,
> your poncho is armor
> that oppression cannot pierce:
> for you're a man and not a beast.

For a long time Nico had had a whole army of young educated Indians, aggressive and committed, spread out through the villages registering the Indians and instructing them in the privileges of voting. The elections came. El Cóndor put his heart and soul into the campaign. He sent out letters and pleas by all the avenues of communication. He supported the re-election of the president, an honest and just man. He made a list of candidates to elect and another of candidates to defeat. The Indians

siguiente pueblo ya estaba seleccionado y los arreglos hechos.

Entretanto las cartas seguían saliendo. A fábricas, a industrias, a agencias gubernamentales, a las fuerzas armadas, a negociantes de todos tipos. Todas llevaban su lista de reformas, su reclamo de cuentas atrasadas y la amenaza de un rayo fulminador. Hubo más muertes ejecutadas por Ernesto a veces, por Sofía alguna vez, y por Nico las más veces. La mayor parte de las veces sólo la carta bastaba para producir las reformas y la entrega del dinero. Ya se sabía que El Cóndor no mentía. La tesorería iba creciendo.

Empezó a hacerse patente por todo el país una nueva realidad. Los indios empezaron a salir de sus cuevas y cavernas interiores donde habían estado agazapados por más de cuatro cientos años. Cobraron conciencia de sí mismos. Encontraron su amor propio perdido. Pisaron la tierra como antes lo hicieron en tiempos incaicos, con orgullo y dignidad humana. Sus tierras, selvas y sierras fueron suyas otra vez. La voz del Cóndor resonaba en las alturas. Escribió Ernesto por entonces:

> Tu bronce es sólido metal,
> tu poncho coraza es
> que el rigor no puede doblar:
> por ser hombre y no res.

Ya hacía mucho tiempo que Nico tenía todo un ejército de jóvenes indígenas, cultos, bravos y comprometidos esparcidos por los pueblos registrando a los indios e instruyéndolos en el privilegio de votar. Vinieron las elecciones. El Cóndor se lanzó cuerpo y alma a la campaña electoral. Salieron cartas y pregones por todas las avenidas de comunicación. Apoyó la reelección del presidente, que era un hombre honrado y justo. Hizo una lista de candidatos que elegir y otra de candidatos que derrotar. Los indios votaron como

voted like never before, and the poor voted, and the multitudes that sympathized with El Cóndor voted. All the good ones won, and all the bad ones lost. For the first time the country had a liberal and democratic president with a liberal and democratic majority in the congress.

When the election was over and the direction of the new government established, the new congressmen received a whole series of bills on human rights by mail. These included one on Affirmative Action which required that every state agency, every industry, every business recruit a percentage of Indians corresponding to the percentage of the population. It also required that these institutions establish training seminars for Indians to prepare them for positions of authority. The other bills, fastidiously studied and documented, were of the same nature. The activity and commitment of Martín and his staff in this project cannot be exaggerated.

These bills were discussed and debated in the congress, supported by all the authority of the president and the constant pressure of El Cóndor, who insisted that all of them be approved together. The day of the vote arrived.

El Cóndor let out a clarion call that was heard in every corner of Ecuador: "I want twenty thousand Indians in the streets of Quito on the 28th of August. I want twenty thousand poor whites in the streets of Quito. I want you to close off all entrances and exits of the city. I want you to occupy the center of all the streets. Do not allow a single vehicle to move, except for ambulances and my own trucks that will be distributing food and refreshments. I don't want any violence. I don't want drunks or *locos*. I want a

nunca, y votaron los pobres y votaron las multitudes que simpatizaban con El Cóndor. Ganaron todos los buenos y perdieron todos los malos. Por la primera vez hubo en el país un presidente liberal y democrático con una mayoría liberal y democrática en el congreso.

Terminadas las elecciones y establecida la orientación del nuevo gobierno, los nuevos congresistas recibieron por correo toda una serie de proyectos de ley sobre derechos humanos. Estos incluían uno intitulado "Acción Afirmativa" que demandaba que cada agencia de gobierno, cada industria, cada negocio reclutara un porcentaje de indígenas correspondiente al porcentaje de la población. Demandaba también que todas estas instituciones establecieran seminarios de entrenamiento para indígenas para prepararlos para puestos de autoridad y alto mando. Los otros proyectos de ley, fastidiosamente estudiados y documentados, eran de la misma índole. No se puede exagerar la actividad y compromiso de Martín y su personal en esta empresa.

Estos proyectos se discutieron y debatieron en el congreso, apoyados por toda la autoridad del presidente y por la constante presión de El Cóndor, que insistía que todos ellos fueran aprobados juntos. Llegó el día de la votación.

El Cóndor lanzó un grito que se oyó en cada rincón del Ecuador. "Quiero veinte mil indios en las calles de Quito el 28 de agosto. Quiero veinte mil blancos pobres en las calles de Quito. Quiero que cierren todas las entradas y todas las salidas de la ciudad. Quiero que se planten en el centro de todas las calles. No permitan que se mueva un solo vehículo, con la excepción de ambulancias y los camiones míos que repartirán comida y refrescos. No quiero violencia. No quiero borrachos ni locos. Quiero una

peaceful and popular manifestation. If anyone misbehaves, my people will crush him."

Twenty thousand Indians did not show up. Forty thousand appeared. Twenty thousand poor whites did not appear. Forty thousand showed up. The people of Quito poured into the streets, curious, perhaps, or because they had nowhere else to go, or probably, they sympathized. As if by a miracle, musicians, singers, and dancers appeared too. The city was completely immobilized, but not inert. The city vibrated, throbbed with happiness, good faith, and life. There had never been a popular celebration of such magnitude and vitality in the history of Quito. The Ecuatorians were brothers.

The trucks of El Cóndor navigated through the human sea, identified by the well-known banner of the Indian hero, distributing food: ears of corn, cheese, bread, and soft drinks. Candy and cookies for the children. Everyone happy and pleased. From time to time the multitude made way for an ambulance on its way to the hospital.

It was obvious. Indisputable. No politician could miss it. El Cóndor had shown before that he was an economic and social power. Now, everyone could see that El Cóndor was the most powerful political figure in the nation. The congress approved all the bills initiated by El Cóndor. It was known that the president would sign them. The people went home, without any violence, without a single incident. Ecuador was no longer the same. It was now the highest and noblest symbol of democracy in Latin America.

When Ernesto and Sofia first arrived in Ecuador they bought a large hacienda in the high sierras. The construction of an enormous house was begun at once on the perpendicular side of an immense

manifestación pacífica y popular. Si alguien se porta mal, mi gente lo aplastará."

No aparecieron veinte mil indios. Aparecieron cuarenta mil. No aparecieron veinte mil blancos pobres. Aparecieron cuarenta mil. La gente de Quito se volcó en las calles, por curiosidad, acaso, o por no tener adonde ir, o tal vez, por simpatía. Aparecieron también, como milagro, músicos, cantantes, danzantes. En cada esquina había una fiesta. Grupos de niños cantaban y bailaban cantos y danzas tradicionales en todas partes. El pueblo cantaba y bailaba. La ciudad estaba totalmente inmovilizada, pero no inerte. La ciudad vibraba, pulsaba de alegría, de buena fe y de vida. Jamás había habido una celebración popular tan inmensa y vital en la historia de Quito. Todos los ecuatorianos eran hermanos.

Por ese mar humano y agitado navegaban los camiones de El Cóndor, identificados por el ya conocido pendón del indio héroe, repartiendo víveres: choclos, queso, pan y refrescos. Caramelos y galletas para los niños. Todo el mundo contento y cómodo. De vez en cuando la multitud le abría el paso a una ambulancia camino al hospital.

Era obvio. Era patente. A ningún político se le podía escapar. El Cóndor había demostrado antes que era un poder económico y social. Ahora era manifiesto que El Cóndor era el poder político más potente del país. El congreso aprobó todos los proyectos de ley iniciados por El Cóndor. Se sabía que el presidente los firmaría. La gente se fue a su casa, sin violencia ninguna, sin una sola avería. El Ecuador ya no era el mismo. Ahora era el símbolo más alto y más noble de la democracia en la América Latina.

Cuando Ernesto y Sofía primero llegaron al Ecuador, se compraron una tremenda hacienda en la sierra. Se empezó entonces la construcción de una enorme casa en el mismo lado perpendicular de un

escarpment with violent waterfalls on each side. The house had a large balcony that faced a big plaza below. The building had taken a long time because it was necessary to carve the hard granite of the mountain. The house was not finished. It was a veritable fortress. The time had come for Ernesto and Sofia to occupy their new and last quarters. Except that Ernesto was no longer Ernesto, and Sofia was no longer Sofia. He was now El Cóndor. She was his mate.

The transformation had been long and slow. When they first arrived, they set out to learn Quechua. They were more than successful. When they learned the language, they visited the villages and coaxed the elders to tell them their stories, their legends and myths. They read everything written about the ancient Incas. They studied the ruins, the idols, the artifacts, and the pottery of that old culture. The time came when Ernesto and Sofia talked to each other only in Quechua.

They were saturated with the Indian reality. Indian reality first invaded their thoughts, then it penetrated their feelings. Later, it seems, it even infiltrated their biology. They now thought, felt, and even dreamed like Indians. Total involvement is capable of everything. Giving yourself body and soul to a noble cause can produce miracles.

The changes came about in such an exquisite way that they were not noticed for a long time. The first thing that happened was that Ernesto's silver hair started turning dark. Finally, the thick black hair, now long, did not leave any room for doubt. A fundamental change had taken place. The phenomenon could be justified with natural causes: change of diet, minerals in the water, some change in metabolism.

But the hair was not all. At the same time that the color and the texture of the hair was changing, other,

inmenso risco con violentas cataratas en ambos lados. La casa tenía un gran balcón que daba no a un patio sino a una plaza grande. La obra había durado mucho porque fue necesario labrar y cavar el granito duro de la montaña. La casa estaba ahora terminada. Era una verdadera fortaleza. Era un palacio imperial. Había llegado el momento en que Ernesto ya no era Ernesto y Sofía ya no era Sofía. El era ahora El Cóndor. Ella era la Condoresa.

La transformación había sido larga y lenta. Cuando primero llegaron se dedicaron a aprender quechua. Lo consiguieron con creces. Una vez dominada la lengua, visitaron los pueblos sonsacando a los ancianos a que les contaran sus cuentos, leyendas y mitos. Se leyeron todo lo que había escrito sobre los antiguos incas. Estudiaron las ruinas, los ídolos, los artefactos y la cerámica de esa vieja cultura. Llegó el momento en que Ernesto y Sofía se comunicaban sólo en quichua.

Estaban saturados, empapados, de la realidad indígena. Lo indígena primero invadió sus pensamientos, luego compenetró sus sentimientos. Más tarde, al parecer, infiltró hasta su biología. Ya pensaban, sentían y hasta soñaban como indios. El compromiso total es capaz de todo. El entregarse cuerpo y alma a una causa noble puede producir milagros.

Los cambios se efectuaron de una manera tan exquisita que pasaron inadvertidos por mucho tiempo. Lo primero que ocurrió fue que los cabellos plateados de Ernesto se fueron tornando oscuros. Al fin la gruesa cabellera negra, ahora larga, no dejó lugar a dudas. Había ocurrido un cambio fundamental. El fenómeno se podía justificar a través de causas naturales: cambio de dieta, minerales en el agua, algún cambio de metabolismo.

Pero el cabello no fue todo. A medida que se alteraba el color y la textura de éste, otras

more radical, changes were taking place. Again the alteration was so slow that no one noticed it for a long time. Subtle deformations in the features and in the bone structure of the skull of the man who had been Dr. Garibay were taking place. The result was that the face of the old professor became the face of the posters that Ottozamín had one day sketched. He was rejuvenated entirely. He now had an athletic and heroic look. Sofia went through similar changes. She took on the appearance of an Inca princess, like the ones etched in ancient gold jewelry or painted on the ceramics of olden times. She started calling her lover "Altor," which in Quechua means "king." He called her "Altora." Altor wrote about then:

> The sierra, the valley and the sylva
> of my errant Ecuador
> are the theater and the stage
> of my amorous mission.

No one was more amazed, even frightened, with the changes that had taken place in Altor and Altora than their own friends. They were very much aware of being in the presence of a miracle that they could not even begin to explain. Although the two of them treated them with the affection of before, it was no longer the same. Their friends felt uncomfortable, somewhat scared. They and others began saying that El Cóndor, because there was no longer any doubt as to who El Cóndor was, was the reincarnation of Atahualpa himself who had returned to the world to liberate his people.

Although El Cóndor and his mate were now under the protection of the president and the government, because of the sympathy and mutual political goals that united them, El Cóndor's life was in danger. Assassins of the radical right, fanatical reactionaries, wanted to kill him. And he knew it. For some time now hundreds of Indians surrounded El Cóndor's

alteraciones más radicales estaban teniendo lugar.
Otra vez la transformación fue tan lenta que el
mundo no se dio cuenta por largo tiempo. Empezaron
a desarrollarse sutiles deformaciones en las facciones
y en la osamenta del cráneo del que antes había sido
el Dr. Garibay. El resultado fue que la cara del viejo
profesor llegó a ser idéntica a la de los carteles que
un día dibujara Ottozamín. Se rejuveneció todo.
Quedó con un cuerpo atlético y heroico. Sofía sufrió
cambios parecidos. Llegó a tomar la apariencia de
una princesa incaica, como las que vemos dibujadas
en antiguas joyas de oro o en la cerámica de viejos
tiempos. Empezó ella a llamarle a su amado, "Altor,"
que en quichua quiere decir "rey." El le llamó,
"Altora." Escribió Altor por entonces:

> La sierra, la vega y la selva
> de mi Ecuador andante
> son el teatro y el escenario
> de mi faena amante.

Nadie quedó más maravillado, ya hasta alarmado,
con los cambios realizados en Altor y Altora, que sus
propios amigos. Tenían plena conciencia de estar en
la presencia de un milagro que no podían ni empezar
a explicar. Aunque los dos se trataban con el cariño
de antes, ya no era igual. Se sentían incómodos, un
tanto asustados. Empezó a divulgarse entre ellos y
los demás, la idea de que "El Cóndor," porque ya no
había duda ninguna de quién fuera El Cóndor, era la
reencarnación de Atahualpa mismo, que había vuelto
al mundo a liberar a su pueblo.

Aunque El Cóndor y su Condoresa estuvieran
ahora bajo la protección del presidente y del gobierno
por la simpatía y unidad de metas políticas que les
unía, la vida de El Cóndor estaba en peligro.
Asesinos de la extrema derecha, los fanáticos
reaccionarios, podían y querían matarlo. Y él lo
sabía. Hacía tiempo ya que cientos de indios

house. They came to render homage and veneration to their *Taíta Cóndor*, but above that, they came to protect him.

It was time to move to his mountain fortress. No one knows how the Indians found out the day. Very early that morning multitudes of Indians began to arrive and flood the streets around their Condor's house.

When Altor and Altora came out into the street, a rhythmic and sonorous chant rose that resounded and echoed through the streets and shook the city like thunder: "Taíta Cóndor! Mamita Cóndor!" At that moment the mantle of high command descended on them. The multitude was offering them the scepter of king and queen, was offering them their complete loyalty. The graceful gesture, the aristocratic appearance, the domineering eyes, the Inca vestments they wore, and even the affectionate smile that illuminated their Indian faces, everything showed that Altor and Altora knew perfectly well that they were the emperor and the empress of the new kingdom of the Incas. They were lords and masters of the world of the Andes.

The white car of El Cóndor, with Nico at the wheel, moved slowly through the multitude like a boat through a sea of happy faces. The Indians sang, danced, and threw flowers and blessings. The same thing happened when the car left the city. Along the road there were thousands of Indians who cheered and waved white handkerchiefs. Even when the car climbed the winding roads of the cordillera, the Indians were there. The trip had not been announced but they found out, who knows how. It appeared that all of the Indians had poured onto the roads to honor their king and queen.

When they established themselves in their last Llacta Cóndor, Altor and Altora took on a new role. Every day at six in the evening Altor came out on

rodeaban la casa de El Cóndor. Habían venido a rendirle homenaje y veneración a su taíta Cóndor, claro, pero sobre todo eso habían venido a protegerlo.

Había llegado la hora de mudarse a su reducto en las sierras. Quién sabe cómo supieron los indios el día de la mudanza. Esa madrugada empezaron a llegar multitudes de indios que inundaron las calles contingentes a la casa de su "Cóndor."

Cuando Altor y Altora salieron a la calle, surgió un canto rítmico y sonoro que resonaba y retumbaba por las calles y sacudía a la ciudad como un trueno: "¡Taíta Cóndor! ¡Mamita Cóndor!" En ese momento cayó sobre los dos el manto de alto mando. La multitud les estaba entregando el cetro de reyes y señores, les estaba ofreciendo su lealtad total. El gesto gallardo, el aspecto aristocrático, la mirada avasalladora, la toga incaica que vestían, y hasta la misma sonrisa cariñosa que iluminaba su cara indígena, todo ponía en manifiesto que Altor y Altora tenían conciencia entera de que eran el emperador y la emperatriz del nuevo reino de los incas. Eran amos y dueños del mundo de los Andes.

El coche blanco de El Cóndor, con Nico al volante, se movía por la multitud lentamente como un barco por un mar de caras alegres. Los indios cantaban, bailaban y les echaban flores y bendiciones. Lo mismo ocurrió al salir el coche de la ciudad. A lo largo de los caminos había miles de indios que saludaban y agitaban pañuelos blancos. Aún cuando el coche subía los tortuosos caminos de la cordillera los indios estaban allí. El viaje no se había anunciado pero ellos lo supieron, quién sabe cómo. Al parecer, toda la indiada se había volcado a los caminos a honrar a sus reyes y señores.

Al establecerse en la última Llacta Cóndor, Altor y Altora asumieron un papel adicional. Todos los días a las seis de la tarde Altor salía al balcón. La plaza

the balcony. The plaza was always full of Indians. He spoke to them of love, brotherhood, democracy, compassion, honesty, self-respect. He spoke to them as if they were children, his children. Indians came from all parts of the country. Sometimes a chief would bring his entire village. All of them listened in fascination. Not only did they have a leader, now they had a teacher. Altora came out to the balcony on Wednesday mornings to speak to the Indian women. She spoke to them about hygiene, health, nutrition, education. She had trained Indian girls that gave demonstrations. The women listened, looked, and learned.

A chief asked Altor one day, "Papá Cóndor, why don't you become president?" The answer was, "I am no good for president. Furthermore, I can serve my people better here than in the presidency." And it was true. Any time an injustice came to his attention, it was enough to send a letter for the matter to be corrected. Meantime the tributes kept coming. They were necessary to pay for the projects he had going, some of them in cooperation with the government.

Ecuatorian reality had changed. The Indians were now active contributors to the life of the nation. It became evident everywhere that agriculture produced more and better products. That industry and commerce had improved in efficiency and productivity. That everything was better.

Everyone was amazed at the transformation of the Indian. When he lifted his head and straightened his body, when he recovered his self-respect and his human dignity, the Indian revealed that he was handsome, intelligent, and worthy of respect. The sorrow of hundreds of years rose, and the wind blew it away. Contentment and optimism took its place.

The Indians brought gifts to El Cóndor: produce from their farms, arts and crafts, even money. Nico

siempre estaba llena de indios. Les hablaba del amor, la hermandad, la democracia, la compasión, la honradez, el amor propio. Les hablaba como a niños, como si fueran sus hijos. Venían indios de todas partes del país. A veces venía un alcalde con todo su pueblo. Escuchaban todos fascinados. No sólo tenían jefe, ahora tenían maestro. Altora salía al balcón los miércoles por la mañana a hablarles a las indias. Les hablaba de la higiene, la salud, la alimentación, la educación. Tenía indias entrenadas que les daban demostraciones. Las indias escuchaban, miraban y aprendían.

Un cacique le preguntó a Altor un día, "Papá Cóndor, ¿por qué no se hace presidente?" La respuesta fue, "Yo no sirvo para presidente. Además, yo puedo servirle a mi gente mucho mejor aquí que en la presidencia." Y era verdad. Cada vez que llegaba a su atención noticia de alguna injusticia, bastaba una carta suya para que se arreglara el asunto. Entre tanto los tributos seguían viniendo. Estos eran necesarios para pagar los proyectos que tenía en movimiento, algunos de ellos en cooperación con el gobierno.

La realidad ecuatoriana había cambiado. Los indios eran ahora activos contribuyentes en la vida del país. Se notó por todas partes que la agricultura rendía más y mejores productos. Que la industria y el comercio habían mejorado en eficiencia y productividad. Que todo marchaba mejor.

El mundo entero quedó maravillado con la transformación del indio. Al alzar la cabeza y enderezar el cuerpo, al recobrar su amor propio y la dignidad humana, el indio reveló que era hermoso, inteligente y digno de su respeto. La tristeza centenaria se alzó, y el viento se la llevó. La alegría y el optimismo ocuparon su lugar.

Los indios le traían regalos a El Cóndor: productos de sus tierras, obras de artesanía y hasta dinero.

on behalf of El Cóndor did not accept them. They also brought him artifacts, jewels, precious stones, and pottery of the ancient Incas they had hidden and kept always or which they found in secret ruins of the ancient civilization which only they knew. El Cóndor accepted these. He converted the old house of the hacienda into a museum which in time became the most important museum of Inca antiquities. People from all over the world came there to admire the marvels of what had once been The Great Inca Empire.

Nico, the administrator of this kingdom, converted the hacienda into a true laboratory for agricultural experimentation. The best seeds, the biggest and meatiest breeding stock were produced there, which he distributed among the Indians. In addition he made of the hacienda a ranch for llamas, alpacas, and vicuñas, animals on the verge of extinction. He collected them through-out the country, brought them from Bolivia and Perú, and dedicated himself to improving the breed.

Altor and Altora had fulfilled their mission. They had converted their illusion into a new nation. They were happy in their mutual love and in the adoration of their people. They did not remember Ernesto Garibay and Sofia. The *nalgas* of gold were now *nalgas* of bronze. The metamorphosis was now complete.

Nico, por parte de El Cóndor, no aceptaba nada de eso. También le traían artefactos, joyas, piedras preciosas, cerámica de los antiguos incas que ellos habían escondido y guardado desde siempre o que sacaban de ruinas secretas de esa antigua civilización que sólo ellos conocían. Estos sí aceptaba El Cóndor. Convirtió la antigua casa de la hacienda en un museo que con el tiempo llegó a ser el museo más importante de antigüedades incaicas. Allí venían gentes de todo el mundo a admirar las maravillas de lo que antes había sido el Gran Imperio Inca.

Nico, el capataz de ese reino, convirtió la hacienda en un verdadero laboratorio de experimentación agrícola. Allí se producían las mejores semillas, los más grandes y más carnudos sementales, los cuales él repartía entre los indios. Además hizo de la hacienda un rancho de llamas, alpacas y vicuñas, animales ya en el umbral de la extinción. Las recogió por todo el país, las trajo de Bolivia y del Perú, y se dedicó a mejorar la raza.

Altor y Altora habían cumplido su misión. Habían convenido su ilusión en una nueva nación. Eran felices en su mutuo amor y en la adoración de su pueblo. Ya ni se acordaban de Ernesto Garibay y de Sofía. Las nalgas de oro ahora eran de bronce. La metamorfosis era total.

The Little Marble Llama

Close to Quito, on the side of Cotopoxi, there is a lovely hacienda. It belongs to Don Fermín and Doña Sulema Chiriboga. They have a beautiful thirteen-year-old daughter. Her name is Isabelina.

The child is a loner, a silent one, a dreamer. She could be seen roaming through the country side, resting under a tree, playing on the sides of the pond. Always alone. At first her mother wanted the maid to accompany her. The child refused violently to accept company of any sort. Since nothing happened to her, they let her be. At home the child spent long hours alone in her room.

Not entirely alone. Isabelina had a little friend who shared her loneliness and her dreams. It was a little marble llama. Nobody knew how the little llama ended up in her hands. It seemed to be a prehistoric work. Isabelina talked to the llama constantly, as other little girls talk to their dolls. She told her very secret things, things, she couldn't tell anybody: her dreams, her illusions, her anxieties, her joys and her resentments. It seemed that the little llama understood her. If Don Fermín and Doña Sulema were aware of this affectionate dialogue, they gave no indication of it. Isabelina slept with her beloved llama over her heart.

Don Fermín was a wealthy cattleman and was very much involved in the politics of his country.

LA LLAMITA DE MÁRMOL

ALLÍ CERCA DE QUITO, POR EL LADO DEL COTOPAXI,
hay una preciosa quinta. Es de don Fermín y doña
Sulema Chiriboga. Tienen una linda niña de trece
años. Se llama Isabelina.

La niña es solitaria, silenciosa y soñadora. Se le
veía vagar por los campos, descansar debajo de un
árbol, juguetear a la orilla del estanque. Siempre sola.
Su madre quiso al principio que la acompañara la
muchacha. La niña se negó rotundamente a que la
acompañara nadie. Como no le pasaba nada la
dejaron hacer. En la casa la niña se pasaba largas
horas sola en su habitación.

No sola del todo. Isabelina tenía una amiguita que
compartía sus soledades y sus sueños. Era una
llamita de mármol. Quién sabe cómo vino la llamita
a dar en sus manos. Parecía ser una obra
prehistórica. Isabelina le hablaba constantemente a la
llamita, así como otras niñas le hablan a sus
muñecas. Le contaba cosas muy secretas, cosas que
no podía contarle a nadie: sus ensueños, sus
ilusiones, sus cuitas, sus gozos y sus iras. Parecía
que la llamita la comprendía. Si don Fermín y doña
Sulema se percataron de este cariñoso diálogo, no
dieron ninguna indicación de ello. Isabelina dormía
con su querida llamita sobre el corazón.

Don Fermín era un acaudalado ganadero y estaba
muy involucrado en la política de su país. Doña

Doña Sulema was an illustrious and lovely lady of an old and distinguished family. She was very much committed to the social life of the capital, to her gowns and jewels, to her own person. So it was that neither the father nor the mother had time and affection for the long-suffering child who lived and sorrowed in their house but didn't live with them. Perhaps that is why Isabelina was a loner, a quiet one, and a dreamer.

Sometimes when Isabelina felt specially hurt or surprisingly happy, she caressed and stroked the little llama and told her with infinite tenderness: "my llamita, my beloved llamita!" When this happened the llama became mysteriously warm and gave off a strange light from within. From here came the powerful illusion, the real conviction, that Isabelina had that the little llama was alive. That she was not alone in the world.

In one of her solitary walks through the lush lands of her equatorial hacienda Isabelina caressed and conversed with her little llama, as usual. Butterflies lit up the flowers. Breezes caressed the leaves of the trees. The sun warmed the water and the land. The scent of life and contentment was in the air.

"My little llama, I am so alone. I am so sad. My daddy has no time for me. My Mom doesn't pay attention to me. The maid doesn't understand me. I don't have any brothers and sisters. The children at school don't like me because I am the patrón's daughter. I want to laugh, I want to sing, I want to play. You can't laugh, or sing, or play by yourself." Her independent tears flowed silently by themselves. Her solitary sobs shook her childish body. The llama didn't answer but it became hot and bright. Even though the llama was burning her hands and its light blinded her eyes, Isabelina didn't seem to be surprised by the phenomenon.

Sulema era una ilustre y bella dama de rancio abolengo. Estaba muy comprometida en la vida social de la capital, en sus ropas y joyas, en su propia persona. Así es que ni el papá ni la mamá tenían tiempo y cariño para la sufrida niña que vivía y adolescía en su casa pero que no vivía con ellos. Quizá por eso la niña Isabelina era solitaria, silenciosa y soñadora.

Alguna vez cuando Isabelina se sentía especialmente herida o sorprendentemente feliz, acariciaba y frotaba a la llamita y le decía con infinita ternura, "¡Llamita mía, llamita querida!" Cuando esto ocurría la llamita se ponía misteriosamente caliente y despedía un extraño fulgor interno. De allí se desprendía la poderosa ilusión, la verdadera convicción, que Isabelina tenía que la llamita estaba viva. Que no estaba sola en el mundo.

En una de sus solitarias andanzas por las tierras lozanas de su hacienda equinoccial, Isabelina acariciaba y conversaba con su llamita de mármol como de costumbre. Las mariposas encendían las flores. La brisa acariciaba las hojas. El sol calentaba el agua y la tierra. Olía a vida y a alegría.

"Llamita, mía, qué sola estoy. Qué triste soy. Mi papi no tiene tiempo para mí. Mi mami no me hace caso. La muchacha no me entiende. No tengo hermanitos. En la escuela los niños no me quieren porque soy hija del patrón. Quiero reír, quiero cantar, quiero jugar. Sola no se ríe, ni se canta, ni se juega." Sus lágrimas independientes fluían solas y silenciosas. Sus sollozos solitarios sacudían su cuerpo infantil. La llamita no contestó pero se puso muy caliente y luminosa. Aunque la llamita le quemaba las manos, y aunque su resplandor le cegaba los ojos, Isabelina no pareció extrañarse con el fenómeno.

The following day, by the pond, the melancholy girl was gathering flowers and talking to her beloved llama. Suddenly an Indian boy appears. Handsome, white native outfit, barefoot. He must have been thirteen years old. Silently he offers a bunch of flowers to the little girl. Silently, she receives them. A bond of hushed tenderness arises between them, spiritual attraction, psychic need. Without saying a word they sit down and toss pebbles into the water. A mysterious and silent communication takes place between them. Isabelina returns home at dusk strangely and deeply affected, a smile of utter content sketched on her face.

From here on out Isabelina and the Indian boy met in the fields as if by arrangement, without there being one. The Indian boy appeared wherever the girl happened to be. They learned to amuse themselves. They played ball, hide-and-go-seek, running.

It didn't take Isabelina long to discover that the Indian boy didn't speak Spanish. She spoke to him in Spanish and he answered her in Quechua, without this interfering at all in their comprehension. They understood each other beautifully. Perhaps it was their eyes. Maybe it was the sincerity of their voices. It could be their desire that it be so.

Meanwhile, at home, everything had changed. Don Fermín and Doña Sulema could not help but notice the change in the behavior of their daughter. The silent girl became talkative; she never stopped talking. The taciturn and melancholy girl became cheerful and mischievous. She sang, laughed, and danced around the house. The parents didn't understand, but they were grateful.

The strange thing is that they didn't ask themselves why she had changed. That they didn't see or become aware of the presence of an Indian boy that accompanied Isabelina during the day. Is it that they were completely blind? Or, is it that the little

El siguiente día, a la orilla del estanque, la niña triste recogía flores y le decía cosas a su llamita consentida. De pronto aparece un indito. Guapo, traje indígena blanco, descalzo. Tendría trece años. En silencio le ofrece un ramo de flores a la niña. Ella lo recibe en silencio. Entre los dos surge un lazo de callada ternura, de atracción espiritual, de necesidad psíquica. Sin decir palabra se sientan y botan piedritas en el agua. Se establece entre ellos una misteriosa y quieta comunicación. Al atardecer Isabelina vuelve a casa extraña y hondamente conmovida, con una sonrisa de extremado contento grabada en la cara.

De allí en adelante Isabelina y el indito se encontraban por el campo como por compromiso, sin que lo hubiera. El chico indígena aparecía por dondequiera que la niña anduviera. Aprendieron a divertirse y a reírse. Jugaban a la pelota, al escondite, a correr.

No tardó mucho Isabelina en descubrir que el indito no hablaba castellano. Ella le hablaba en español y el le contestaba en quechua, sin que eso interviniera en nada en su comprensión. Se entendían a las mil maravillas. Acaso era la mirada. Tal vez la sinceridad de la voz. Quizás fuera el querer.

Entretanto, en la casa, todo había cambiado. Don Fermín y doña Sulema no pudieron menos que percatarse de la mudanza en el comportamiento de su hija. La niña callada se hizo voluble; hablaba hasta por los codos. La niña taciturna y melancólica se volvió alegre y traviesa. Canturreaba, reía y bailaba por la casa. Los papás no comprendieron pero lo agradecieron.

Lo curioso es que no se preguntaron el por qué del cambio. Que no vieran y se dieran cuenta de la existencia de un indito que acompañaba a Isabelina durante el día. ¡Es que estaban del todo ciegos? ¿O,

Indian was invisible? The fact is that the Indian appeared as if by magic the moment that Isabelina went out into the fields. At dusk he disappeared. Nobody knew where. It didn't seem to concern anyone either.

"You have to learn Spanish." Isabelina said to her friend one day. The two children dedicated themselves body and soul to the new task. They spent hours and hours passionately committed to the study and practice of Spanish. Passion, interest, and good faith are the best instruments for learning. Very soon the two young people were talking like magpies in the official language of Ecuador. Since the boy didn't have a name, Isabelina called him Atahualpa.

The education didn't stop there. Isabelina, who had been indifferent and careless in her studies up till then, now studies and learns like a fanatic. It's because she is studying and learning for two. After school everything she had learned went from one juvenile mind to another. The nuns at school couldn't understand this sudden voracious appetite for knowledge. Her parents accepted this educational eagerness with equanimity, as something natural, due to maturity.

At night, in the solitude and silence of her room, Isabelina stroked her llama and told her, "My llamita, my dear llamita, thank you for Atahualpa, thank you for my happiness. Thanks to you I now laugh and sing. I am no longer alone." The llama became warm and lit up. It trembled. You could almost say it was trying to talk.

Time went by. Atahualpa and Isabelina were growing up. Their idyllic and bucolic life was rich and deep. Between their games and adventures, their affectionate educational and cultural labors continued. They devoured books and discussed them. They carried on scientific experiments. They

es que el indito era invisible? Lo cierto es que el indito aparecía como por magia el momento que Isabelina salía al campo. Por la tarde desaparecía. Nadie sabía a dónde. No parecía preocuparle a nadie tampoco.

"Tienes que aprender español," le dijo Isabelina a su amigo un día. Se dedicaron los dos niños cuerpo y alma a la nueva tarea. Se pasaban horas y horas apasionadamente entregados al estudio y a la práctica del español. La pasión, el interés y la buena fe son los mejores instrumentos para el aprendizaje. Dentro de poco los chicos charlaban como cotorras en la lengua oficial del Ecuador. Como
el niño no tenía nombre, Isabelina lo bautizó Atahualpa.

La educación no terminó allí. Isabelina, que hasta entonces había sido indiferente y descuidada en sus estudios, ahora estudia y aprende como fanática. Es que estudia y aprende para dos. Después de clases todo lo que había aprendido pasaba de una mente juvenil a otra. Las monjas del colegio no supieron comprender este repentino voraz apetito de conocimiento. Los papás aceptaron el afán educativo de su hija con ecuanimidad, como algo natural, cosa de madurez.

Por las noches, en la soledad y silencio de su dormitorio, Isabelina le hablaba y acariciaba a su llamita de mármol. "Llamita mía, llamita querida, gracias por Atahualpa, gracias por mi felicidad. Gracias a ti ahora río y canto. Ya no estoy sola." La llamita se ponía caliente y se encendía. Se estremecía. Casi se podría decir que quería hablar.

Fue pasando el tiempo. Atahualpa e Isabelina iban creciendo. Su vida idílica y bucólica seguía rica y densa. Entre juegos y aventuras, la cariñosa labor educativa y cultural. Devoraban libros y los discutían. Hacían experimentos científicos.

explored caves and ruins and collected samples of anthropological and geological interest.

Suddenly, one day:

"Lovely señorita, one day you gave me the name of Atahualpa. It is the name I bear, the only one I have."

"And isn't it enough?"

"No. I need a last name. I have already picked it out."

"And what is your name going to be?"

"Atahualpa Servidor."

"Why servant?"

"Because I came into the world to serve you."

"Alright, I accept Servidor, but it is now time for you to start calling me 'tú' instead of 'usted!'"

"I can't, señorita. You are a princess, and I am your humble servant. 'Usted' is a respect I owe you and you deserve."

They dropped the subject. She couldn't be without him. She lived only to see him. He couldn't be without her. He lived only to see her. They needed each other to exist. As they woke up each morning, the illusion of seeing each other immediately appeared. When they were apart, they sought each other in the air, in space, in memories, in hopes. Love had been born, and they, in their innocence, didn't know it. Up till now they had been children pursuing childish goals. Suddenly they were no longer children. They were something more, with new and strange desires, with different and unknown appetites. The two of them were now sixteen years old. They had spent three years in children's games. Suddenly the game had become serious.

Life became complicated. She could no longer tell her friend everything as before. He couldn't find the words to express his feelings. If one time he took her hand to help her climb a rock, both of them trembled and became silent. They no longer looked at each

Exploraban cuevas y minas y recogían muestras de interés antropológico y geológico.

Un día de buenas a primeras:

"Hermosa niña, un día usted me dio el nombre de Atahualpa. Es el nombre que llevo, el único que tengo."

"¿Y no te basta?"

"No. Necesito un apellido. Ya lo tengo escogido."

"¿Y cómo te vas a llamar?"

"Atahualpa Servidor."

"¿Por qué servidor?"

"Porque yo vine al mundo a servirle a usted."

"Bueno, acepto 'Servidor,' pero ya es hora de que me trates de 'tú' y no 'usted.'"

"No puedo, señorita. Usted es una princesa, y yo soy su humilde servidor. El 'usted' es un respeto que yo le debo y usted se merece."

Así quedaron las cosas. Ella no podía estar sin él. Vivía sólo para verlo. El no podía estar sin ella. Vivía sólo para verla. Se necesitaban uno al otro para poder existir. Al despertar cada mañana surgía de inmediato la ilusión de verse. En sus separaciones se buscaban uno al otro por el aire, por el espacio, por el recuerdo, por la esperanza. Es que había nacido el amor, y, ellos, en su inocencia, no lo sabían. Hasta ahora habían sido niños, persiguiendo metas infantiles. De pronto, ya no eran niños. Eran algo más, con nuevos y extraños deseos, con distintos y desconocidos apetitos. Tenían ya, los dos, dieciséis años. Habían pasado tres años de juegos juveniles. De pronto el juego se había puesto serio.

La vida se puso complicada. Ella ya no podía decirle todo a su amigo como antes. El no hallaba las palabras para explicar sus sentimientos. Si alguna vez él le daba la mano a ella para ayudarle a trepar una roca, los dos se quedaban temblando y silenciosos. Ya no se miraban frente a frente, cara a cara, como acostumbraban. Su mirada se soslayaba. Buscaban la

other eye to eye, face to face, as they used to do. They looked the other way. They tried not to touch each other. They became formal, somewhat deceptive, and of course, terribly uncomfortable. During this time the little marble llama was constantly on fire, so hot it burned, giving off lights that flashed. Isabelina knew it and didn't know what to do.

Since Isabelina was religious, she told the priest in the confessional what was happening to her. The priest, who knew many things, who knows how, knew immediately what was happening to the two adolescents.

"It's that you two are in love, my daughter."

"If that is true, what are we going to do?"

"You'll have to get married."

"My parents are not going to allow me to marry an Indian."

"I know."

"What do I do?"

"I don't know."

Self-conscious and pensive Isabelina spent long hours trying to find a solution to her dilemma. She understood everything now. They had to get married. The Catholic Church was not going to marry them. An Indian priest would have to marry them.

Isabelina explained to Atahualpa the discoveries she had made with respect to their feelings. She told him the decision she made about their marriage. The uneasiness that had grown between them disappeared immediately. The shyness and tightness that had worried them so much evaporated. To understand and to work things out was to clear the skies of their existence. It was to fill their world with light and joy. They learned to love each other honestly and openly.

However, love is not enough. The marble llama, or fate, intervened here. There is no way of knowing

manera de no tocarse. Se pusieron ceremoniosos, un tanto falsos, y desde luego, terriblemente incómodos. En estos días la llamita de mármol se mantenía constantemente encendida, caliente que quemaba, y despedía luces que fulminaban. Isabelina lo sabía y no sabía qué hacer.

Como Isabelina era religiosa, le contó al cura en la confesión lo que le pasaba. El cura, que sabía muchas cosas, quién sabe cómo, supo de inmediato lo que ocurría con los dos adolescentes.

"Es que están enamorados, mi hijita."

"Si eso es verdad, ¿qué vamos a hacer?"

"Se tendrán que casar."

"Mis padres no van a permitir que yo me case con un indio."

"Ya lo sé."

"¿Qué hago?"

"No sé."

Pensativa y ensimismada Isabelina se pasó largas horas tratando de hallarle una solución a su dilema. Ya lo comprendía todo. Tenían que casarse. La iglesia católica no los iba a casar. Los tendría que casar un sacerdote indio.

Isabelina le explicó a Atahualpa los descubrimientos que había hecho respecto a sus sentimientos. Le contó la determinación que había tomado sobre su matrimonio. Desapareció de inmediato la incomodidad que había crecido entre ellos. Se esfumó la esquivez y tirantez que tanto les había preocupado. Comprender y resolver fue despejar los cielos de su existencia. Fue llenar su mundo de luz y alegría. Aprendieron a quererse honesta y abiertamente.

No obstante, el amor no es bastante. Aquí intervino la llamita de mármol, o el destino. No se

which. In a cave they had used since childhood and where they kept their books and things one day Atahualpa found a gold nugget. The two young people began to search and dig everywhere. The emotion that gripped them was like a fever. Finally, in a dark corner of the cave they came upon the vein of the yellow metal. The young man spent a long time digging out chunks of gold until they had a large amount.

This was like a fairy tale. The princess and the peasant and an impossible love. Then, as if by magic, a treasure appears that opens the doors of promise and hope. The two lovers, panting and transfigured, laughed, cried, shouted. In a moment of silence they thought they heard the little llama laughing.

When their spirits calmed down, Isabelina began to work out a plan of action. It was obvious that they couldn't convert the gold into cash without arousing suspicions and bringing down all sorts of difficulties upon themselves. She decided that they would take a year to arrange matters to their satisfaction.

From then on Isabelina began to go to Quito with small amounts of gold, so as not to attract attention, to sell. She always went to different banks, exchanges, and jewelries. When she went on trips to different cities with her parents, she'd run off and do the same. When they had a respectable amount, they went to the bank and opened an account in the names of Atahualpa and Isabelina Servidor.

At the end of the year they had set for themselves they were ready. Isabelina left her parents a farewell letter in which she told them that she was going where her destiny and her love called her, please not to look for her, and asked for their blessing.

At night, without anyone seeing them, the two young lovers rode away in search of a home and a

puede saber cuál. En una cueva que acostumbraban desde niños y donde guardaban sus libros y sus cosas, Atahualpa un día se halló una pepita de oro. Se pusieron los dos chicos a buscar y escarbar por todas partes. La emoción que les embargaba era como una fiebre. Por fin en un extremo oscuro dieron con la veta del metal amarillo. El joven estuvo arrancando piezas de oro con un cuchillo por largo rato hasta que tenían una gran cantidad.

Esto era como un cuento de hadas. La princesa y el aldeano con amores imposibles. Luego, como por milagro, aparece un tesoro que les abre las puertas de la promesa y la esperanza. Los dos enamorados, jadeantes y transfigurados, reían, lloraban, gritaban. En un momento de silencio creyeron que oyeron a la llamita reír.

Cuando se calmaron los espíritus, Isabelina se puso a tramar un plan de acción. Estaba visto que no podían convertir el oro en efectivo sin despertar sospechas y echarse encima toda clase de imposibles. Decidió que se tomarían un año para arreglar las cosas a su satisfacción.

De allí en adelante Isabelina empezó a ir a Quito con pequeñas cantidades de oro, para que no llamaran la atención, a venderlas. Siempre iba a distintos bancos, casas de cambio y joyerías. Cuando iba de viaje con sus padres a diferentes ciudades se escabullía y hacía lo mismo. Cuando tenían una cantidad respetable, fueron al banco y abrieron una cuenta bancaria en los nombres de Atahualpa e Isabelina Servidor.

Al cerrarse el año señalado ya estaban listos. Isabelina les dejó una carta de despedida a sus padres donde les decía que se iba adonde su destino y su amor la llamaban, que por favor no la buscaran y que le dieran su bendición.

Por la noche, sin que nadie los viera, salieron los dos jóvenes enamorados a caballo en busca de un

future of their own. The little marble llama rides snug and happy over the heart of the young lady. On the pack horse they are leading there is a leather pouch full of gold nuggets. The birthplace of that gold was camouflaged and hidden for when it was needed.

No one ever knew if Atahualpa had a family. Perhaps he really fell out of the sky. Isabelina did have a family, but it was as if she hadn't, as if she too had fallen out of the sky. So she was everything for him, and he was everything for her. When their first son was born, in the wave of love and pride that swept them, Atahualpa told his wife, "Our family begins with us, and since our love is eternal, it will live forever."

As time went on a series of novels written by a certain Atahualpa Servidor began to appear in Ecuador. They were romantic and sentimental novels. They spoke about ideal love, complete loyalties, sacred intimacies and exquisite tenderness. The novels captured the imagination of the Ecuatorian people. The name of Atahualpa echoed throughout the nation. But no one knew who he was. Inquiries to the publishing houses came to naught. The mystery enhanced the interest and the curiosity. One day a national panel of writers granted Atahualpa The National Prize of Literature.

The president of the republic would present the prize at a gala banquet. All of high society and all the distinguished people of the nation were present. Among them, Don Fermín and Doña Sulema Chiriboga. Atahualpa, Isabelina, and their three sons were the cynosure of all eyes.

It was unbelievable, everyone said, that such a beautiful and distinguished family could have gone undetected in a country as gossipy as Ecuador. All were amazed at the beauty and aristocracy of Isabelina, at the grace and nobility of Atahualpa, the

hogar propio y de un porvenir suyo. La llamita de mármol va cómoda y contenta sobre el corazón de la joven. Sobre el caballo de carga que llevan de diestro va un saco de cuero repleto de pepitas de oro. El lugar del nacimiento de ese oro quedó disfrazado y escondido para cuando hiciera falta.

No se supo nunca que Atahualpa tuviera familia. Quizás de veras cayó del cielo. Isabelina sí tuvo familia, pero fue como si no la tuviera, como si ella también hubiera caído del cielo. Así es que ella lo fue todo para él, y él lo fue todo para ella. Cuando nació su primer hijo, en la oleada de amor y orgullo que les arrebató, Atahualpa le dijo a su esposa, "Nuestra familia empieza con nosotros, y como nuestro amor es eterno, vivirá para siempre."

Iba pasando el tiempo y empezaron a aparecer en el Ecuador una serie de novelas escritas por un tal Atahualpa Servidor. Eran novelas románticas y sentimentales. Hablaban de amores ideales, lealtades totales, de intimidades sagradas, de exquisitas ternuras. Las novelas captaron la imaginación del pueblo ecuatoriano. El nombre de Atahualpa resonaba por toda la nación. Pero nadie sabía quién era. Indagaciones a las editoriales venían todas a menos. El misterio aumentaba el interés y la curiosidad. Un día un jurado nacional de escritores le otorgó a Atahualpa el Premio Nacional de Literatura.

El presidente de la república le presentaría el premio en un gran banquete de gala. Allí estaban presentes toda la alta sociedad y todas las figuras distinguidas del país. Entre ellos, don Fermín y doña Sulema Chiriboga. Atahualpa, Isabelina y sus tres hijos eran el blanco de todas las miradas.

Era increíble, decían todos, que una familia tan hermosa y tan distinguida, hubiera pasado inapercebida en un país tan chismoso como el Ecuador. Todos se quedaron admirados con la belleza y aristocracia de Isabelina, con el garbo y nobleza de

handsomeness and behavior of the boys. Atahualpa left the audience speechless with his response to the president's presentation. It was a true literary gem. It began:

"My life began the day I met my wife. My novels are the living history of my life with her. Every word I write I dedicate to her in a song of eternal homage." And he continued in that vein. Words like these get to the Ecuadorians, a romantic and sentimental people to the marrow of their bones. When the writer finished speaking there was an overflow of emotion and enthusiasm. Thunderous applause, cheers, shouts, even tears.

Doña Sulema, who wasn't shy in social matters, opened her way through the multitude that surrounded the Atahualpas by shoving with Don Fermín by the hand.

"Sr. Servidor, I am your most ardent fan."

"You're very kind, señora."

"I've read all your books, and I love them."

"Many thanks, señora."

"You're going to have to autograph these books for me."

"Delighted, señora." He signed.

"You and your wife have to come to my parties. Give me your address to send you the invitations."

"I'm afraid, señora, that it is not going to be possible."

"Why?"

"Because my wife and I do not have an address. We live in my books, and we never go out. If you want to see us, open any of my books anywhere."

This shut the mouth of the effusive and vain lady. Atahualpa gave his attention to others who were waiting. She remained silent and opened the cover of the first book and found this message:
"Servidor of your family and mine."

Atahualpa, con la hermosura y educación de los niños. Atahualpa dejó a todo el mundo plantado con su responso a la presentación del presidente. Fue una verdadera joya literaria. Empezó así:

"Mi vida empezó el día que conocí a mi esposa. Mis novelas son la historia viva de mi vida con ella. Cada palabra que escribo a ella dedico en un canto de eterno homenaje." Así prosiguió. Palabras como éstas les llegan a los ecuatorianos, pueblo romántico y sentimental, hasta lo vivo. Cuando el autor terminó, hubo un derroche de emoción y entusiasmo. Aplauso atronador, vítores, gritos, hasta lágrimas.

Doña Sulema, que nunca se quedaba atrás en cosas sociales, se abrió camino por la multitud que rodeaba a los Servidor a fuerza de empujones con don Fermín de la mano.

"Sr. Servidor, yo soy su más apasionada admiradora."

"Muy amable, señora."

"Me he leído todos sus libros, y me encantan."

"Muchas gracias, señora."

"Me va a tener que firmar estos libros."

"Encantado, señora." Y firmó.

"Usted y su señora van a tener que venir a mis fiestas. Déme su dirección para enviarle las invitaciones."

"Me temo, señora, que eso no va a ser posible."

"¿Por qué?"

"Porque mi esposa y yo no tenemos dirección. Vivimos en mis libros, y nunca salimos. Si usted quiere vernos, abra cualquiera de mis libros en cualquier parte."

Esto le tapó la boca a la efusiva y vanidosa señora. Atahualpa les dio su atención a otras personas que lo esperaban. Ella se quedó silenciosa y abrió la portada del primer libro y encontró este mensaje: "Servidor de su familia y de la mía."

Don Fermín and Dona Sulema didn't recognize
their daughter. Perhaps it was because they had
never known her, because they had never really seen
her. Of course they didn't recognize Atahualpa
because they had never known him. During the four
years that the Indian lived on the hacienda they
never saw him. They didn't even become aware of
his existence. They returned to their hacienda and to
their loneliness, the loneliness they had so avidly
cultivated and that they now deserved.

Don Fermín y doña Sulema no conocieron a su hija. Quizás porque nunca la habían conocido, porque nunca la habían visto de veras. Claro que no conocieron a Atahualpa porque nunca lo habían conocido. En los cuatro años que el indio permaneció en la hacienda ellos nunca lo vieron. Ni siquiera se percataron de su existencia. Volvieron a su hacienda y a su soledad, la soledad que con tanto afán habían cultivado y que ahora se merecían.

THE RING OF TRUTH

NICOLÁS WAS WALKING DOWN THE STREET. ON HIS LEFT there was a hotel, on his right, the beach. The breeze was soft and cool. The palm trees were brimming with sunlight and life. He was pensive and blue, as was his custom. He was in a hurry.

Without knowing why, he took a notion to walk through the hotel and come out at the other end. He found himself in a long passageway. There were windows that faced the sea on one side. There were doors to the rooms on the other. the guests of the hotel would gather there at sunset to gaze in reverence at the incandescent colors of the setting sun. Nicolás imagined that the hotel rooms had windows that opened up into a garden in the back of the hotel.

Suddenly Nicolás realized that it was taking a long time to reach the end of the passageway. He walked faster. He felt a tiny squeeze of anguish inside. He shook it off. He was in a hurry.

When he thought he would never get there, he did. But there was no way out! Irritated, and out of sorts, he went down the stairs to the lower floor. There he ran into a beautiful woman.

"Please, lady, can you tell me how I can get out of this blasted hotel?"

"Come with me, sir, I'll show you."

He followed her through several hallways until

EL ANILLO DE VERDAD

IBA NICOLÁS POR LA CALLE. A SU IZQUIERDA HABÍA un hotel, a su derecha estaba la playa. La brisa suave y fresca. Las palmeras llenas de sol y vida. Iba pensativo y melancólico, como de costumbre. Iba con prisa.

Sin saber por qué se le antojó entrar por el hotel y salir en el otro extremo. Se halló en un largo pasillo. Ventanas que daban al mar por un lado. Las puertas de las habitaciones por el otro. Allí se reunían los huéspedes al atardecer a contemplar reverentes los colores incandescentes del sol poniente. Nicolás se figuró que las habitaciones tendrían ventanas que daban a un jardín detrás del hotel.

De pronto Nicolás se dio cuenta que se tardaba demasiado en llegar al fin del pasillo. Apretó el paso. Sintió de pronto un pequeño aprieto de una pequeña inquietud. Se la sacudió. Tenía prisa.

Cuando creyó que nunca iba a llegar, llegó. ¡Pero no había salida! Irritado, y de muy mala gana, bajó la escalera al piso inferior. Allí dio con una hermosa mujer.

"Por favor, señorita, ¿me puede usted decir por dónde puedo yo salir de este serenado hotel?"

"Venga conmigo, caballero, yo le indicaré." La siguió por varios corredores hasta llegar a una puerta

they came to a green door. As he walked behind her, Nicolás became aware of the poetry and melody of her movements. She didn't walk, she rippled, she floated, in slow, deliberate motion, full of grace, as if in a dream, as if in another time, something imagined.

"Here's your way out and escape, sir. I am Ivana."

"A thousand thanks, lovely lady. I am no longer in a hurry to leave. I am Nicolás."

They shook hands. The contact was electric, magnetic. Something out of this world, something cosmic. Nicolás felt that God was smiling on him, that his soul was trembling, that his blood was boiling. We have no way of knowing what Ivana's sensations and feelings were. To judge by the vibrant and pulsating look in her eyes, they were the same.

As their hands came apart, Ivana said to herself, without knowing that she did so, "those eyes have something. Something that fascinates me, something that deprives me of me!" She said it in a low and faint voice, almost a whisper, almost a sigh. Nicolás said to himself, knowing that he did so, "those eyes set me on fire, dominate me, conquer me!" Nicolás heard what Ivana was saying because she kept on repeating it. She didn't hear what he said, but she knew what he said, without his repeating it. . . . This magic moment didn't last long, but for those two it would last forever. It was like a dream when the five senses are suspended: suspicion, reason, logic, disbelief, and criteria. Five other senses come into play, senses that do not yet have a name.

They went out into the garden. It was exactly as Nicolás had imagined it. They said goodbye politely and affectionately. He was in a hurry. She stays behind, silently waving her hand. He walks away very slowly waving his hand.

Suddenly she shouts, "I want you to know, Nicolás, that I had a sweetheart in Turkey." Nicolás

verde. Puerta de mala muerte. Nicolás se supuso que
era puerta de servicio. Al ir tras ella Nicolás se dio
cuenta de la poesía y la melodía de sus
movimientos. No andaba, ondulaba, flotaba, en
acción lenta y deliberada, llena de gracia, como en un
sueño, come en otro tiempo, como algo imaginado.

"Le ofrezco su salida y escape, caballero. Yo soy
Ivana."

"Gracias mi, bella dama. He perdido el afán de
salir. Yo soy Nicolás."

Se dieron la mano. El contacto fue eléctrico,
magnético. Algo fuera de este mundo, algo cósmico.
Nicolás sintió que Dios le sonreía, que le temblaba
el alma, que la sangre le hervía. No podemos saber
cuáles fueron las sensaciones y sentimientos de
Ivana. A juzgar por la vibrante y palpitante mirada de
sus ojos, fueron los mismos.

Al soltarse las manos, Ivana se decía para sí, sin
saber que lo hacía, "Esos ojos tienen algo. ¡Algo que
me fascina, algo que me roba a mí de mí!" Lo decía
en voz baja y sutil, casi susurro, casi suspiro. Nicolás
se decía para sí, sabiendo que lo hacía, "¡Esos ojos
me fulminan, me dominan, me conquistan!" Nicolás
oyó lo que Ivana decía porque lo repetía. Ella no oyó
lo que él decía, pero supo lo que él decía sin que lo
repitiera. Este momento mágico no duró mucho, pero
para esos dos durará para siempre. Fue como un
sueño en que se suspenden los cinco sentidos: se
suspenden la sospecha, la razón, la lógica, la
incredulidad y el criterio. Entran en juego otros cinco
sentidos que aún no tienen nombre.

Salieron al jardín. Era exactamente como Nicolás
lo había imaginado. Se despidieron cortés y
cordialmente. El tenía prisa. Ella se queda callada
agitando la mano. El se aleja muy despacio agitando
la mano.

Repentinamente, ella le grita, "¿Sabes, Nicolás,
que yo tuve un novio en Turquía?" Nicolás sintió un

felt a great satisfaction that she said "had" instead of "have." It is difficult to know why, considering that they barely knew each other, that they had hardly exchanged a couple of words.

For no apparent reason, Ivana begins to run toward Nicolás. He sees her coming as if from a distance, as if in a dream. He sees that she seems to float over the earth. Something like the astronauts walking on the moon. He waits for her with his heart in his mouth and his soul in his eyes.

She, panting. He, vibrating. She removed a ring from her left hand. Obviously it was an engagement ring, a solitary diamond set in gold.

"Here, Nicolás, take it."

"I shouldn't, Ivana. It must be important to you."

It's that all of this is coming to an end, and I don't want you to forget me."

Somehow, Ivana was in the arms of Nicolás. He heard himself murmuring into her ear.

"Ivana, I suspect that you have music in your veins. Is it true?"

"I don't know. You tell me."

"I think there is laughter in your soul. Is it true.?"

"I don't know. You tell me."

"I am convinced that there is a song behind your eyes of sun-drenched gold. Is it true?"

"I don't know. You tell me. You, with your eyes of a cat, can see it all and know it all. You tell me if I have music in my blood, laughter in my soul, and a song hidden in my eyes."

Back in the shadows of his mind, Nicolás almost perceived that all of this was ritualistic, ceremonial, cabalistic, something unreal. He thought about it but ignored it.

At this moment, the curtain came down. The play was over. Nicolás woke up. He remained indecisive and confused for a moment, suspended between the there and the here. The images of his dream fluttered

tremendo contento que ella dijera "tuve" y no "tengo." Difícil es saber por qué, ya que apenas se conocían, que apenas habían cambiado dos palabras.

Inexplicablemente, Ivana empieza a correr hacia Nicolás. El la va acercarse como desde lejos, como en un sueño. Ve que ella parece que flota sobre la tierra, algo así como vimos a los astronautas en la luna. La espera con el corazón en la boca y el alma en los ojos.

Jadeante ella, palpitante él. Se quitó el anillo de la mano izquierda. Estaba claro que era una anillo de compromiso, un brillante en arco de oro.

"Toma, Nicolás, llévatelo."

"No debo, Ivana. Debe serte importante."

"Es que esto se acaba, y no quiero que me olvides. Llévatelo."

Sin saber cómo, Ivana estaba en los brazos de Nicolás. El se oyó susurrándole al oído.

"Ivana, sospecho que tienes música en las venas. ¿Es verdad?"

"Yo no sé. Dime tú."

"Creo que hay risa en tu alma. ¿Es verdad?"

"Yo no sé. Dime tú."

"Estoy convencido que llevas una canción detrás de tus ojos de oro dorado. ¿Es verdad?"

"Yo no sé. Dime tú. Tú con tus ojos de gato, puedes verlo y saberlo todo. Dime tú si tengo música en la sangre, risa en el alma y una canción escondida en los ojos."

Por allá por los detrases y sombras de su pensamiento, Nicolás medio percibió que todo esto era algo ritualista, ceremonial, cabalista, algo irreal. Lo pensó, pero no le hizo caso. Al llegar este momento, bajó el telón. El drama se acabó. Nicolás se despertó. Se quedó un momento indeciso y confundido, suspendido entre el acá y el allá. Las imágenes de su sueño aleteaban a su rededor, sin

around him, without falling into any pattern. They came and went. All, except one. The eyes of sun-drenched gold with their penetrating and throbbing look. That look was buried and fixed in his heart.

He was annoyed at having awakened at such an inopportune moment. The very moment when the great miracle might have happened. He didn't even get to kiss her. How treacherous dreams can be!

Nicolás got up and took a bath. In the shower, as he surrendered to the caresses of the warm water, he strolled mentally through internal landscapes with Ivana by the hand. His face revealed the intense satisfaction he carried inside.

When he put on his clothes he found a lady's ring in his pocket, a gold ring with a solitary diamond. An engagement ring. It was the ring Ivana gave him in his dream!

The dreamer's reason came out immediately to snuff out impossibilities. It wasn't the same ring. It couldn't be. Obviously he had found the ring and forgotten about it as he did so many things. The ring had come first and had solicited the dream. That's what reason said. He didn't believe it. He was convinced that the ring had come, in a mysterious and inexplicable way, from the world of the great beyond to the world of the great right here.

The years went by. Nicolás never married. He never fell in love. Love affairs, many. He was forever searching for Ivana in other women. He never found her.

One day Nicolás found himself in a far-away island, an island he had never seen before. He was on his vacation, strolling with his loneliness and his constant melancholy. He walked alone down the street. The sea was on his right. The breeze was soft and cool. The palm trees were brimming over with sunlight and life. He was pensive and sad, as usual.

All of a sudden, and by surprise, he became aware

detenerse en ningún orden, venían y se iban. Menos una. Los ojos de oro dorado con su mirada penetrante y punzante. Esa, la llevaba clavada en el corazón.

Se sintió irritado de haber despertado en momento tan inoportuno. El instante mismo en que pudo haber pasado el gran milagro. Ni siquiera llegó a besarla. ¡Qué traicioneros son los sueños!

Nicolás se levantó y se bañó. En la ducha, entregado a las caricias del agua caliente, mentalmente se paseaba por los paisajes interiores con Ivana de la mano. Su rostro revelaba el intenso contento que llevaba dentro.

Cuando se vistió se encontró un anillo de mujer en el bolsillo, un anillo de oro con un brillante. Un anillo de compromiso ¡Era el anillo que Ivana le dio en su sueño!

La razón del soñador saltó de inmediato a despabilar imposibles. No era el mismo anillo. No podía ser. De seguro él se había hallado el anillo y lo había olvidado como olvidaba tantas cosas. El anillo había venido primero y había solicitado el sueño. Eso decía la razón. El no lo creyó. Quedó convencido que ese anillo había pasado, de una manera misteriosa e inexplicable, del mundo del más allá al mundo del más acá.

Pasaron los años. Nicolás nunca se casó. Nunca tuvo amores. Amoríos, muchos. Siempre buscando a Ivana en otras mujeres. Nunca la encontró.

Un día Nicolás se encontró en una isla lejana, nunca vista antes. Andaba de vacaciones, paseando su soledad y su constante melancolía. Iba solo por la calle. A su derecha estaba el mar. La brisa suave y fresca. Las palmeras llenas de sol y vida. Iba pensativo y triste como de costumbre.

De repente, y de buenas a primeras, se percató que

that there was a hotel on his left. It was the same hotel he saw one day in a dream of another time! He ran in, half out of his mind, panting and tremulous, expecting to find Ivana. Everything was as he remembered it. The long passageway was there with its windows facing the sea. He went through it on the run, ran down stairs, at the end, found the battered green door and went out into the garden. Nothing. Ivana wasn't there. He wanted to shout to her, but he didn't.

It was late afternoon. The guests of the hotel were in the passageway, Nicolás among them, contemplating the setting sun as it flooded the surface of the sky and the sea with incandescent colors and fires.

Nicolás was fondling a gold ring with a solitary diamond that he carried on a gold chain around his neck with infinite tenderness. It was clear that the barrier between the ideal world and the real world had ceased to exist for him. He crossed that frontier back and forth as if it weren't there.

It has to be said. Nicolás was the permanent prisoner of an impossible love. The mistress of his love and dreams was an ideal woman, an image woman, an idea woman. Ethereal, unreachable, untouchable. She was a woman melody in Nicolás' blood, laughter in his soul, a song in his eyes. Only he, with the eyes of a cat, can see her. Inside an inner and magical ring Nicolás and Ivana live and love in a dream-made tropical garden.

a su izquierda estaba un hotel. ¡Era el mismo que un día viera en un sueño de otro tiempo! Entró, enloquecido casi, jadeante y tembloroso, esperando hallar a Ivana. Todo era como él lo recordaba. Allí estaba el largo pasillo con sus ventanales que daban al mar. Lo repasó corriendo, bajó la escalera en el fondo a saltos, encontró la puerta verde de mala muerte y salió al jardín. Nada. Ivana no estaba. Quiso gritarle, pero no lo hizo.

Era el atardecer. Los huéspedes del hotel se encontraban en el pasillo, Nicolás entre ellos, contemplando el sol poniente que inundaba la superficie del cielo y del mar de colores y fuegos incandescentes.

Nicolás acariciaba un anillo de oro y un brillante que llevaba en una cadena de oro en el cuello con infinita ternura. Estaba visto que la barrera entre el mundo ideal y el mundo real había dejado de existir para él. El cruzaba esa frontera, ida y vuelta, como si no la hubiera. Hay que decirlo. Nicolás era prisionero permanente de un amor imposible. La dueña de sus amores y sus sueños era una mujer ideal, mujer imagen, mujer idea. Incorpórea, inalcanzable, intocable. Una mujer que ritmaba en la sangre de Nicolás, que reía en su alma y cantaba en sus ojos. Sólo él, con sus ojos de gato, la puede ver. Dentro de un anillo interno y mágico Nicolás e Ivana viven y se quieren en un jardín tropical onírico.

Rising Gold, Falling Gold

THERE ARE GOLDS THAT RISE, TURNING INTO LIGHT, towards the heavens. There are golds that fall, turning into shadow, towards the ground. One is the gold of the rosebud seeking springtimes and sunrises. The other is the gold of the ripened fruit seeking autumns and sunsets. One is ardent desire. The other is painful anguish.

In the rise and fall of time and space these currents of gold seldom meet. They follow different courses in their wandering ways. So one lacks a shadow to outline and define it. Light does not delineate nor illuminate the other.

When there is good luck, a miracle or an accident, the ascending gold and the descending gold, deflected and guided by divine chance, in their ceaseless quest, meet. The dynamics, the illusion and the optimism of the rising gold incites, inflames, and lights the falling gold. The experience, understanding, and patience of the falling gold informs, directs, and forms the rising gold.

The two rivers of gold meet, embrace, and become one: a complete gold, made of light and shadow, full of vertical power, that rises and falls, burns and sleeps. They became a sea of gold whose waves rise joyfully up to the sun, the moon, and the stars and come down happily to the peace and comfort of the

Oro que sube, oro que baja

Hay oros que suben, haciéndose luz, hacia el cielo. Hay oros que bajan, haciéndose sombra, hacia el suelo. Uno es el oro del capullo que busca primaveras y amaneceres. El otro es el oro del fruto maduro que busca otoños y atardeceres. Uno es ansia viva. El otro angustia turbia.

En el sube y baja del tiempo y del espacio estos oros rara vez se encuentran. Llevan distintos caminos en sus peregrinos destinos. Así es que uno carece de sombra que lo dibuje y lo defina. La luz al otro no delinea y no ilumina.

Cuando hay suerte, milagro o accidente, el oro del ascenso y el oro del descenso, desviados y guiados por el divino azar en su incesante vagar, se encuentran. La dinámica, ilusión y optimismo del oro que sube incita, enciende e ilumina el oro que baja. La experiencia, comprensión y paciencia del oro que baja informa, orienta y forma el oro que sube.

Los dos ríos de oro se encuentran, se abrazan y se hacen uno. Un oro íntegro hecho de luz y de sombra, lleno de energía vertical que sube y baja, arde y duerme. Un mar de oro cuyas olas, hechas luz, se alzan alegres hacia las estrellas, el sol y la luna y bajan contentas al reposo y consuelo del mar. Un

sea. A golden sea of waves that dream, contemplate, and think in the shadows.

He was the gold that was falling, serene and master of his sunset in its implacable descent. She was the gold that was rising, cheerful and commanding of her sunrise in its assertive ascent. He was full of night. She was bursting with day. He carried autumn on his back. She walked on the flowers of spring.

The story of these two is long and complicated. Its beginning is quite simple. Its results are complex and unexpected.

Mercedes Paredes was the cleaning woman at the house of Gustavo and Cristal Montalvo once a week. When Cristal found out that Mercedes had a nine year old daughter, she insisted that she bring her along and not leave her alone. That is how Mariluz first came to the Montalvo home.

The impression that Gustavo and Cristal had of the child was that she was shy and withdrawn. She did not say a word. She did not make a sound. She answered questions briefly and reluctantly. She followed her mother around the house in silence, hiding her face and her eyes. As for the rest, she was so pretty, so exquisite of face and figure, so well-mannered, that she won everybody over.

Mariluz did not have a father. Mercedes never said why. This happens frequently among the poor. There are fathers who appear and disappear and who sometimes appear again, only to disappear again, leaving the poor woman another child to feed.

Perhaps because of this, perhaps because she needed a father, the little girl was attracted to Gustavo, instinctively, trembling and scared. She would appear silently at the door of the study where Gustavo wrote and would look at him for a long time with an expression of indescribable tenderness on her face. When Gustavo became aware of her

mar de oro sin olas que sueña, contempla y piensa en la sombra.

El era el oro que bajaba, sereno y dueño de su atardecer, en su lento descenso. Ella era el oro que subía, risueña y reina de su amanecer, en su recio ascenso. El, lleno de noche. Ella, rebozando de día. El llevaba el otoño a cuestas. Ella pisaba las flores de la primavera.

La historia de estos dos es larga y complicada. Tiene principios bien sencillos y resultados complejos e inesperados

Mercedes Paredes hacía la limpieza en la casa de Gustavo y Cristal Montalvo una vez por semana. Cuando Cristal supo que Mercedes tenía una niña de nueve años, insistió que la trajera con ella y que no la dejara sola. Así es como Mariluz primero vino a la casa Montalvo.

La impresión que Gustavo y Cristal tenían de la niña era que era esquiva y retirada. No decía palabra. No hacía ruido. Apenas, y a las fuerzas, contestaba preguntas. Acompañaba a su madre por la casa en silencio, escondiendo la cara y la mirada. Por lo demás, era tan bonita, tan exquisita de figura y facciones, tan bien educada, que se ganaba la simpatía de todos.

Mariluz no tenía padre. Mercedes nunca dio explicaciones. Esto ocurre con frecuencia entre los pobres. Hay padres que aparecen y desaparecen y que a veces vuelven a aparecer, para volver a desaparecer, dejándole a la pobre mujer otro crío que mantener.

Quizá por eso, quizá porque le hacía falta un padre, la niña se fue acercando a Gustavo, instintivamente, temblorosa y asustada. Aparecía en silencio en la puerta del estudio donde Gustavo escribía y lo miraba largo, una expresión de indescriptible ternura en la cara. Cuando Gustavo se

presence and raised his eyes, the little girl would run away.

One day Mercedes and Mariluz were alone in the house. The Montalvos returned home unnoticed. They heard what they never would have thought possible. They heard Mariluz talking non-stop, singing like a bird, laughing like mother nature herself. She was full of life, sparkle, and joy. Gustavo and Cristal could not believe what they heard. It was a side of Mariluz they did not know. At that moment Mariluz won over the Montalvos, forty-five years old, married for twenty years, and without any children. Suddenly, in a flash, Mariluz became the daughter they would have liked to have. They looked at each other and knew they were both thinking the same thing.

They went in. Mariluz went out like a light, like a radio, like a television set. The little girl lowered her head, hid her face and her eyes and stopped being what she always was and she became what she had always been again. Gustavo and Cristal fell in love with her completely. Gustavo, with that brusque style that characterized him, and which Mariluz adored in secret, said:

"Hey, Marifibs, you're not going to fool me any longer. Now I know that you can talk, that you can sing and laugh!"

Mariluz turned as red as a tomato. She squirmed. It looked as if she was dedicated passionately to boring a hole in the carpet with the tip of her patent leather shoe. She spun around abruptly and ran off. Gustavo, Cristal, and Mercedes heard her giggles and laughter in the next room. Her laughter was full of grace, relief, and mischief. It sounded as if she were happy that she had been caught, as if she wanted to be known as she really was. An avenue of communication had been opened.

From then on Mariluz was for Cristal the daughter

daba cuenta de su presencia y alzaba los ojos, la niña huía.

Un día cuando Mercedes y Mariluz estaban solas en la casa, los Montalvo llegaron desapercibidos. Oyeron lo que nunca habrían creído posible. Oyeron a Mariluz hablar como una cotorra, cantar como un pájaro, reír como la primavera misma. Estaba llena de vida, chispa, alegría. Gustavo y Cristal no podían creer lo que oían. Era un lado de Mariluz que no conocían. En ese momento Mariluz se ganó a los esposos Montalvo, de cuarenta y cinco años de edad, casados ya veinte años, que no tenían hijos. De pronto, de una manera relampagueante, Mariluz se convirtió en la hija que hubieran querido tener. Se miraron y supieron que los dos estaban pensando la misma cosa.

Entraron. Mariluz se apagó como una luz, como un radio, como un televisor. La niña bajó la cabeza, escondió la cara y la mirada y dejó de ser lo que siempre era y fue lo que siempre había sido otra vez. Es que Mariluz era dos, o más. Gustavo y Cristal la quisieron de veras. Gustavo, con ese estilo brusco, pero no torpe, que le caracterizaba, y que Mariluz adoraba en secreto, dijo:

"¡Ay, Marimentiras, ya no me vas a volver a engañar. Ya sé que sabes hablar, que sabes cantar, que sabes reír."

Mariluz se puso como un tomate. Se retorcía. Parecía que se dedicaba apasionadamente a hacer un hoyo en la alfombra con la punta de su zapatito de charol. De repente se dio la vuelta y salió corriendo. Gustavo, Cristal y Mercedes oyeron sus risitas y risoterías en el otro cuarto. Estaban llenas de gracia, de alivio y de malicia. Era como si se sintiera contenta de que la hubieran descubierto, como si quisiera que la conocieran como verdaderamente era. Se había abierto la brecha de comunicación.

De allí en adelante Mariluz fue para Cristal la hija

she had always wanted and never had. She poured on her the waves of maternal love she had stored for so many years. She took her shopping. Dressed her like a little princess. She always did this discretely so as not to offend Mercedes. But she did not have to worry. The mother was delighted with the attention her daughter was receiving and with the new category the child was achieving. Mariluz began to imitate Cristal: her style, her gestures, her manner of speaking, her prejudices. She wanted to be a little Cristal. Whatever "Auntie Cristal" said was gospel. And Cristal? She was in heaven. She was forming, fashioning the child in her own image. The fact was that there was a certain resemblance between the two, a vague something that joined them. It was as much of a resemblance as possible between a child of nine and a woman of forty-five.

Gustavo looked upon all of this with a certain satisfaction and some condescension. What was going on was all right with him, and he let them be. From time to time the three of them went to a movie or out to dinner. Mariluz was still shy with him.

He wrote every day. He himself did not know when he began to miss the child during the week, when he began to look forward to Saturday with a vague illusion as yet nameless.

When Saturday came, the child soon disappeared. She was at the door of Gustavo's study. No longer fearful and shy. Now she was sure of herself. She watched Gustavo openly and naturally and with a certain satisfaction, as if he were an object of art. Now and then he would raise his eyes, look at her and smile. She would answer with a soft look and a vague smile. One time he winked at her. She opened her eyes wide, like a frightened fawn. Then she winked at him.

She turned around and walked away. She strutted,

que siempre quiso y nunca tuvo. Volcó sobre ella olas de amor materna almacenado por tantos años. La llevaba de compras. La vestía como una princesita, pero siempre con discreción para no ofender a Mercedes. Sin necesidad. La madre estaba encantada con la atención que su hija recibía y con la nueva categoría que la niña empezaba a alcanzar. Mariluz empezó a imitar a Cristal: sus modales, sus gestos, su manera de hablar, sus prejuicios. Quiso ser una pequeña Cristal. Todo lo que decía "tía Cristal" era evangelio, la palabra de Dios. ¿Y Cristal? Cristal en la gloria. Estaba formando a la niña en su propia imagen. La verdad era que había un cierto parecido entre las dos, un cierto aire que las unía. Es decir, las semejanzas posible entre una niña de nueve años y una mujer de cuarenta y cinco.

Gustavo miraba todo esto con cierto contento y un tanto de condescendencia. Le parecía bien y las dejaba hacer lo que quisieran. De vez en vez iban al cine los tres o salían a comer. Mariluz todavía estaba reservada con él.

Todos los días él escribía. El mismo no supo cuándo empezó a echarla de menos durante la semana, cuándo empezó a esperar el sábado con una vaga ilusión que aun no tenía nombre.

Llegaba el sábado y pronto la niña se perdía de vista. Era que estaba a la puerta del estudio de Gustavo, ya no recelosa y esquiva. Ahora se presentaba dueña y segura de sí misma. Contemplaba a Gustavo abierta y desenfadadamente, con una cierta satisfacción, como si él fuera un objeto de arte. De vez en cuando él alzaba los ojos, la miraba y le sonreía. Ella le respondía con una blanda mirada y una leve sonrisa. Una vez él le guiñó el ojo. Ella abrió los ojos grandes como venadita sorprendida. Luego le contestó con otro guiño.

Se dio la vuelta y se fue. No corriendo como solía.

skipping every third step. On her face there was a ripe smile trying to burst into laughter, which she did not allow. It was a kind of euphoria, the euphoria of the winner relishing a victory. "He winked at me! He noticed me!" She herself did not know what was happening to her. She did not know she was the daughter who pleased a father who loved her.

One Saturday, without a preamble, she asked, "Sr. Montalvo, what is it you write?"

"Don't call me Sr. Montalvo."

"What do I call you? I call Sra. Montalvo Auntie Cristal. Should I call you uncle?"

"No, I'm nobody's uncle. Call me Gustavo. That's my name."

"Okay. What is it you write, Gustavo?"

"Stories."

"Will you tell me one?"

"Whenever you wish."

Gustavo's gruffness did not seem to alarm Mariluz. It seemed to attract her. From that day on Gustavo and Mariluz spent Saturdays together. Mercedes and Cristal smiled when they heard the chatter and the sudden bursts of laughter that came from the study. They could be seen in the garden watering, trimming the rose bushes, digging and raking. Gustavo loved the unique mixture of wit and innocence, grace and awkwardness, ignorance and intelligence that spurted spontaneously like sparks, like poetry, from the lips and the eyes of the little girl. He was entering more and more into a sentimental involvement that he could never leave.

One day Gustavo came to Cristal all upset. He had just discovered that Mariluz, after three years in public school, could not read and did not know her numbers. Considering Mariluz's native intelligence, this was incredible. When they discussed this with

Zarandeándose, dando pequeños saltitos cada tres pasos. En la cara tenía una rica sonrisa que quería irrumpir en risa, que ella no permitía. Exhibía una especie de euforia, la de la vencedora que goza de una victoria. ¡Me guiñó el ojo! ¡Se fijó en mí!—Ella misma no sabía lo que ocurría. No sabía que era la hija que complacía a un padre que la quería.

Un sábado, sin preámbulos dijo:

"Sr. Montalvo, ¿qué es lo que usted escribe?"

"No me digas Señor Montalvo."

"¿Qué le digo? A la Sra. Montalva le digo tía Cristal. Le digo tío a usted?"

"No, yo no soy tío de nadie. Dime Gustavo, que así me llamo. Y trátame de tú."

"Bueno, entonces, ¿Qué es lo que escribes, Gustavo?"

"Escribo cuentos."

"¿Me contarás alguno?"

"Sí, cuando tú quieras."

La brusquedad de Gustavo no parecía alarmar a Mariluz. Parecía atraerle. A partir de ese día Gustavo y Mariluz se pasaban el día sábado juntos. Mercedes y Cristal se sonreían al oír las animadas charlas, las repentinas risotadas, que salían del estudio. Se les veía en el jardín regando, podando los rosales, escarbando y rastrillando. A Gustavo le encantaba la curiosa mezcla de ingenio y de inocencia, de gracia y torpeza, de ignorancia e inteligencia que brotaba espontáneamente como chispas, como poesía, de los labios y los ojos de la niña. Más y más iba entrando en un compromiso sentimental que él mismo no habría podido explicar y del que nunca saldría.

Un día viene Gustavo a Cristal todo molesto, de veras exaltado. Acababa de descubrir que Mariluz, después de tres años de escuela pública, no sabía leer, no sabía sus números. Dada la inteligencia nata de Mariluz, esto era increíble. Al discutirlo con

Mercedes, they found out that Mariluz did not like school now and never had. Mercedes was desperate; she did not know what to do. When she lost her father, Mariluz became an introvert, a loner, and a dreamer. She hid inside herself and had refused to come out until now—with the Montalvos.

Cristal and Gustavo dedicated themselves body and soul to educating Mariluz. She dedicated herself in the same manner to learning. She did it to please and satisfy her beloved teachers. She learned fast because she wanted to, because she felt like it. Very soon she was reading Gustavo's stories, discussing them with grace and perspicacity, establishing in this way another line of communication.

A desire, almost an anguish, to learn everything was born in Mariluz. She wore herself out reading and studying. She wanted to be worldly, to rise to the level of her cultured and elegant benefactors. She began to shine in school, to earn awards and honors. She came home to share her intellectual discoveries, to discuss and comment with Gustavo and Cristal the vistas that were opening for her.

They advised, drilled, and directed her in her studies. They bought her encyclopedias and books appropriate for her age and development. The child's motivation could not have been higher. A very real sense of family developed for the three of them. Mariluz's visits increased. She stayed overnight on many occasions, sometimes as long as a week. By now she had her own bedroom. It is difficult to know what Mercedes's feelings were. One thing was sure. She didn't feel any jealousy or envy. On the contrary, she looked on all of this with complacency and pride. Gustavo and Cristal could not have been happier and more satisfied. Mariluz had completely filled a vacuum that existed in their life.

Mercedes, supieron que a Mariluz no le gustaba la escuela ahora y no le había gustado nunca. Mercedes estaba desesperada, no sabía qué hacer. La niña se introvertió, se hizo solitaria y soñadora cuando perdió al padre. Se escondió dentro de sí misma, y no había querido salir hasta ahora con los Montalvo.

Cristal y Gustavo se entregaron cuerpo y alma a educar a Mariluz. Ella se entregó de la misma manera a estudiar y aprender. Lo hacía por congraciar y complacer a sus queridos maestros. Aprendió a saltos gigantescos, porque quiso, porque le dio la gana. Pronto estaba leyendo los cuentos de Gustavo, comentándolos con gracia y perspicacia, estableciendo así un nuevo lazo de correspondencia entre los dos.

Surgió en Mariluz un anhelo, casi angustia, de aprenderlo todo. Se desvivía leyendo y estudiando. Quería hacerse digna, subir al nivel de sus cultos y elegantes bienhechores. Empezó a relucir en sus clases, a ganar premios y honores. En casa venía a compartir sus experiencias y descubrimientos intelectuales, a discutir y comentar con Gustavo y Cristal los caminos que se le estaban abriendo.

Ellos la aconsejaban, la adiestraban y la dirigían en sus estudios. Le compraban enciclopedias y libros propios para su edad y desarrollo. La motivación de la niña no podía ser mayor. Creció entre los tres un verdadero sentimiento y consuelo de familia. Las visitas de Mariluz aumentaron. Se quedaba la noche en muchas ocasiones, a veces, hasta semanas enteras. Ya tenía su dormitorio propio. Es difícil saber cuáles fueron los sentimientos de Mercedes. Pero algo era evidente. No sentía ni celos ni envidia. Al contrario, ella misma miraba todo aquello con complacencia y orgullo. Gustavo y Cristal estaban contentos y satisfechos como nunca. Mariluz había llenado por completo un vacío que existía en su vida.

The years went by in this manner. Mariluz became a beautiful teenager. She walked on flowers and sunrises. She filled the house with good cheer with her singing, good humor, and delightful laughter. She was the brightest star of her school and the favorite of her teachers. Gustavo now pushed her away brusquely when she tried to sit on his lap. It was no longer proper. She either laughed or pouted.

"Do you have a boyfriend?"

"No, Gustavo."

"Why not?"

"Because I like them all."

She tried to put an end to the conversation.

"Isn't there one among all of them?" He had to insist.

"None."

"How do you explain that?"

"It's easy. They are all silly or crazy, selfish and egoistic. Besides, there isn't a single one like you."

"But you fool, don't you know that I was like those things, and that, in part, I still am?" He was sorry he had insisted.

"I don't care. I'll wait until I find a man like you." Then, with deliberate mischief, "If it weren't for Aunt Cristal, I'd choose you." Her eyes left no room for doubt.

Gustavo did not answer. She went away. He was left in a state of shock. He was deeply shaken. Something he had been suspecting in a vague way, denying it to himself, above all fearing it, was now out in the open. Mariluz's love had gone beyond love for a father. He never mentioned the subject again. She did not either. He consoled himself in thinking that this was a passing fancy, an adolescent thing.

The leaves fell from the calendar. New watches replaced the old ones. Tomorrows became yesterdays,

Así fueron pasando los años. Mariluz se hizo una bella adolescente. Pisaba flores y primaveras. Llenaba la casa de alegría con sus canciones, buen humor y rica risa. Era la más lucida estrella de su escuela y la consentida de sus profesores. Gustavo dejó de darle las ya acostumbradas nalgadas. La rechazaba bruscamente cuando quería sentársele en el regazo. Ya no era decoroso. Ella se reía o hacía pucheros.

"¿Tienes novio?"

"No, Gustavo."

"¿Por qué no?"

"Porque me gustan todos." Quiso darle fin a la conversación.

"¿Y entre ellos, no hay uno solo?"

"Ninguno."

"¿Cómo explicas tú eso?"

"Es muy fácil. Es que todos son tontos o locos, niños, aprovechados y egoístas. Además, no hay uno solo que sea como tú."

"Pero, tonta, ¿no sabes que yo era todas esas cosas a su edad, y que, en parte todavía lo soy?" Le pesaba haber insistido.

"No importa. Esperaré hasta que encuentre a un hombre como tú."

Luego, con deliberada malicia, "Si no fuera por mi tía Cristal, te escogería a ti." La mirada que le dio no dejaba lugar a duda.

Gustavo se calló. Ella se fue. El se quedó temblando. Estaba hondamente sacudido. Algo que había venido sospechando imprecisamente, negándose a sí mismo, y, más que todo, temiendo, se había hecho patente. El amor de Mariluz pasaba ya de lo paternal. No volvió a mencionar el tema otra vez. Ella tampoco. El se consolaba con la idea de que esto era una circunstancia pasajera, cosas de la adolescencia.

Cayeron las hojas de los calendarios. Relojes nuevos reemplazaron a los viejos. Las mañanas se

the future became the past. The luminous gold rose in agitated flaming waves. The aging gold descended in serene and pleasant ripples. She was rising up to life with love and without fear. He was coming down to death with affection and without terror. In the silence of honesty and honor, her waves and his ripples called to each other, looked for each other, in mute and ardent silence.

At the university, Mariluz, now a full-grown woman, continued to gather and enjoy triumphs like fruits from the tree of history. Always surrounded by friends, she feasted on the rich university years to her heart's content. Parties, clubs, dances, theater, symphonies, everything. Never a boyfriend. Full of grace and charm, with jolly and piquant personality, she was an artist of dissuasion, the mistress of the cold shoulder. Men always found themselves, not knowing how, on the other side of a glass curtain. They were very close. They could see and hear, but they could not touch. Distance without distance, the most terrible distance of all. Gustavo was deeply moved by this rejection of love, but he did not dare say anything. In his mind, in secret, the "if it weren't for Aunt Cristal, I'd choose you" reverberated.

Just as Mariluz was a star in the social arena, she was a luminary in the university sphere. She gathered awards and scholarships like daisies. She graduated in mathematics with honors. The tender trinity of tremulous parents was present: Gustavo, Cristal, and Mercedes. They were happy and proud of the child who once could not read and who now wrote for others to read.

That night the reception for Mariluz was a gala affair. All of the friends of the graduate were there. Cristal and Mariluz wore identical evening dresses. They looked like mother and daughter, which for all intents and purposes they were. On Cristal's face there was an expression of complete satisfaction, of

hicieron ayeres, el futuro, pasado. El oro luminoso subía en agitadas olas encendidas. El oro dorado descendía en tranquilas ondas placenteras. Ella ascendía a la vida con amor y sin temor. El bajaba a la muerte con amor y sin terror. En el silencio del honor y del pudor, las olas de ella y las ondas de él se llamaban y se buscaban en ardiente y muda quietud.

En la universidad Mariluz, ya hecha toda una mujer, seguía picando y gozando victorias como frutas del árbol de la historia. Siempre rodeada de amigos, disfrutó los lozanos años de universidad a todo dar. Fiestas, tertulias, bailes, teatros, sinfonías, todo. Novio nunca. Llena de gracia y delicadeza, de una salerosa y picante personalidad, era artista del desvío, maestra del resfrío. Los hombres se encontraban siempre, sin saber cómo, del otro lado de una cortina de vidrio. Muy cerca. Podían ver y oír, pero no podían tocar. La distancia sin distancia, la cercana, es la más terrible de todas. Gustavo miraba esta negación al amor conmovido, pero no se atrevía a decir nada. En su cerebro, en secreto, reverberaba el "Si no fuera por mi tía Cristal te escogería a ti".

Así como era estrella en la esfera social, así era Mariluz luminaria en la zona universitaria. Recogía premios y becas como azucenas. Se graduó con honores en matemáticas. Estaba presente la tierna trinidad de padres palpitantes: Gustavo, Cristal y Mercedes. Estaban felices y orgullosos de ver a la niña que antes no sabía leer y que ahora escribía para que otros leyeran.

Esa noche la recepción de Mariluz fue de gala. Estaban presentes todos los amigos de la recién graduada. Cristal y Mariluz lucían idénticos trajes de noche. Parecían madre e hija, que, en realidad lo eran. En la cara de Cristal había una expresión de total satisfacción, de realización maternal. Gustavo

maternal fulfillment. Gustavo was a bundle of paternal pride. His feelings appeared in his eyes, and he, very much a man, tried to hide them.

The young people enjoyed themselves as only they could. From eating and drinking they went to singing and dancing, talking all the way. They played a waltz. Mariluz struck a pose in front of Gustavo, and with a rather bold gesture, challenged him to dance. He wanted and did not want to resist. They danced. They danced very well together. Like father and daughter. A keen observer might have seen something more, something invisible. Cristal and Mercedes watched them dance with approval. They did not see, or did not want to see the invisible.

Because of her merits and brilliant university record, and, of course, the impression she left at the interview, Mariluz obtained an excellent administrative position with the state electric company. She soon made herself known and respected. She triumphed as always. She gathered laurels like carnations. In spite of the pressures and responsibilities of her employment, she dedicated all her free time to the Montalvos, offering them the affection, respect, and comfort of the loving daughter she was. She enriched and sweetened their lives.

For some time Cristal's health had been failing. She was thin and fragile. Doctors attended her regularly with no results. Gustavo and Mariluz looked after her with devotion. They indulged her tenderly. She told them not to worry, that she felt no pain, that she was not suffering. When they were together, all three chatted, laughed, and joked as usual, as if nothing were wrong. When Gustavo and Mariluz were alone, they cried.

Gustavo did not know when uncomfortable and unwanted thoughts about Mariluz first began to invade him. Perhaps it was when she told him, "If it weren't for Aunt Cristal, I'd choose you." For a long

era un manojo de orgullo paternal. La emoción le subía a los ojos y él, varonil, la trataba de disimular.

Los jóvenes se divirtieron a lo grande, como sólo ellos saben hacerlo. Del comer y tomar pasaban al cantar y bailar, sin dejar de reír y hablar. De pronto se oyó un vals. Mariluz se plantó delante de Gustavo, y, con un gesto atrevidillo lo retó a bailar. El quiso y no quiso resistir. Bailaron. Bailaron muy bien. Como padre e hija. Un agudo observador acaso habría visto algo más, algo invisible. Cristal y Mercedes los cuidaron bailar complacidas. No vieron, o no quisieron ver, lo invisible.

Por sus méritos y su brillante carrera universitaria y, claro, la impresión que dejó en la entrevista, Mariluz se consiguió un excelente puesto administrativo en la compañía eléctrica del estado. Pronto empezó a darse a conocer y a respetar, a triunfar como siempre, a recoger laureles como claveles. No obstante la presión y obligaciones de su empleo, dedicaba todo su tiempo libre a los Montalvo, brindándoles el cariño y el consuelo de la hija consentida que era. Les enriquecía y endulzaba la vida.

Hacía ya algún tiempo que la salud de Cristal venía decayendo. Se veía flaca y frágil. Los médicos la atendían constantemente sin que mejorara. Gustavo y Mariluz se desvivían por cuidarla. La miraban con ternura. Ella les decía que no se apenaran, que no le dolía nada, que no sufría. Cuando estaban juntos, los tres charlaban, reían y bromeaban como siempre, como si nada. Cuando Gustavo y Mariluz estaban solos, lloraban.

Gustavo no sabía cuándo empezaron a invadirle pensamientos incómodos e inoportunos tocantes a Mariluz. Quizá fuera cuando ella le dijo, "Si no fuera por mi tía Cristal te escogería a ti." Por mucho

time he could shake off these thoughts easily because he considered them improper and disloyal to Cristal and lacking in respect for Mariluz. Furthermore, they compromised his own self-respect. Then they danced on her graduation night. Something unforeseen, mysterious, and magnetic happened that night. Without words, gestures, or looks, they said many things to each other.

From then on life was a torment for Gustavo. Try as he might, he could not stop thinking of Mariluz, and his thoughts made him blush and feel shamed. When she was present he had to force himself to take his eyes off her. The same thing was happening to her. Imprisoned passions are destructive demons. The two suffered in silence.

Cristal's illness put the swarm of painful thoughts to flight. The two of them dedicated themselves to making life pleasant for her. The love felt for her filled their bodies and souls and left no room for anything else. War brought them peace.

"Mariluz, we have to talk. The hour of my death is approaching."

"Don't say that, Aunt Cristal. You're going to get well."

"No, my daughter. One always knows. I don't mind dying. I've had a very good life. God has been very good to me. He gave me a perfect husband and a loving daughter. I always enjoyed good health. My illness has not been painful."

"Aunt Cristal, you have been my true mother. Since I was a child, I wanted to be like you. I always imitated everything about you. Losing you will be losing my beloved mother."

"That is true, dear. I, too, wanted you to be like me. I always felt proud that you dressed, wore your hair, and looked like me. Seeing you now is like seeing myself at your age, as if I had been born again.

tiempo pudo espantar estos pensamientos con facilidad por considerarlos impropios, desleales a Cristal y faltos de respeto a Mariluz; además comprometían su amor propio. Luego bailaron la noche de la graduación. Algo imprevisto, misterioso e invisible ocurrió esa noche. Sin palabras, ni gestos, ni miradas, se dijeron muchas cosas.

De allí en adelante la vida fue un martirio para Gustavo. Por mucho que quisiera no podía dejar de pensar en Mariluz, y sus pensamientos lo ruborizaban y lo avergonzaban. Cuando ella estaba presente le costaba un ojo quitarle los ojos. A ella le ocurría lo mismo. Las pasiones prisioneras son verdaderas fieras. Los dos sufrían en silencio.

La enfermedad de Cristal ahuyentó todo ese enjambre de dolorosos pensamientos. Los dos se dedicaron cuerpo y alma a hacerle la vida placentera. El amor que los dos sentían para ella les llenaba el cuerpo y el alma y no dejaba cupo para otra cosa. Encontraron paz en la guerra.

"Mariluz, es necesario que hablemos. La hora de mi muerte se está acercando."

"No diga eso, tía Cristal. Usted se va a reponer."

"No hija. Uno siempre sabe. A mí no me duele morir. He tenido muy buena vida. Dios ha sido muy bueno conmigo. Me dio un perfecto marido y una cariñosa hija. Siempre gocé de buena salud. Mi enfermedad no ha sido dolorosa."

"Tía Cristal, usted ha sido mi verdadera madre. Desde niña he querido ser como usted. Siempre la he imitado en todo. Perderla a usted será perder a mi querida madre."

"Es verdad, hija. Yo también quería que fueras como yo. Siempre me sentí orgullosa que te vistieras, te peinaras y hablaras como yo. Verte ahora es como verme a mí misma a tu edad, como si

Leaving you now will be like leaving my own daughter."

"Tell me, Aunt, what are Gustavo and I going to do?"

"I'm worried about Gustavo. He's a noble man. He can stand on his own feet, come what may. He's also very human, very sensitive, very sentimental. So he's in danger. There is where he needs your help. My death is going to be a terrible blow to him. Promise me, dear, that you will watch over him, that you will not let him suffer."

"I promise, Aunt, with all my heart."

In this and other conversations Cristal gave Mariluz many instructions. She told her that Gustavo was very careless, that she would have to see that he ate well, that he had clean clothes, that he have his hair cut, that he go to the doctor and to the dentist. Above all, she insisted, "Don't leave him alone too much. Loneliness will kill him." The two women cried every time. It is strange but Cristal gave no advice and made no reference to the future or possible marriage of either Gustavo or Mariluz. It did not seem to be necessary.

Cristal spoke to Gustavo too.

"Gustavo, my love, we have to talk. As you know, I'm dying."

"Don't say that, sweetheart. You are going to get well."

"No, Gustavo, I can already feel the nearness of death. One knows. I give thanks to God for giving me such a compassionate illness."

"What am I going to do without you?"

"Accept my death as I accept it. Be grateful for the happiness we have shared. I loved you and you loved me from the beginning till the end. That is a gift given to very few. Only one thing was missing, a

hubiera vuelto a nacer en ti. Dejarte ahora será dejar a mi querida hija."

"Dígame, tía, ¿Qué vamos a hacer Gustavo y yo?"

"Gustavo me preocupa. Es un hombre noble. Por ese lado se sostiene solo, pase lo que pase. También es muy humano, muy sensible, muy sentimental. Por ese lado necesita tu ayuda. Mi muerte va a ser un terrible golpe para él. Prométeme, hija, que vigilarás sobre él, que no lo dejes sufrir."

"Se lo prometo, tía, con todo mi corazón."

En esta y otras conversaciones Cristal le encargó muchas cosas a Mariluz. Le dijo que Gustavo era muy descuidado, que ella tendría que ver que comiera bien, que tuviera ropa limpia, que se hiciera el pelo, que fuera al médico y al dentista. Sobre todo, insistía "No lo dejes solo mucho. La soledad lo matará." Las dos lloraban cada vez. Es curioso pero Cristal no dio ningún consejo, o hizo alusión alguna, al futuro o posible matrimonio de Gustavo o de Mariluz. No parecía hacer falta.

Cristal hablaba con Gustavo también:

"Gustavo, querido, ya es hora de que hablemos. Como ya tú sabes, me estoy muriendo."

"No digas eso, mi amor. Te vas a reponer."

"No, Gustavo, ya yo siento la proximidad de la muerte. En esto no se engaña una. Le doy gracias a Dios que me dio una enfermedad tan compasiva."

"¿Qué voy a hacer sin ti?"

"Aceptar mi muerte como la acepto yo, contenta y agradecida por la felicidad que hemos compartido. Te quise y me quisiste desde el principio hasta el fin. Esa es una dicha dada a muy pocos. Solo una cosa

daughter. Mariluz came to fill that void in our lives with happiness and pride. No one deserves more. No one should ask for more."

Gustavo could not speak. Violent sobbing shook his entire body. Cristal continued. "Don't cry, my darling. You are not going to be alone. Mariluz will always be at your side. She'll take care of you. I want you to give her all my jewels and all my clothes; fortunately they fit her well. If you think it's all right, make a new will and leave Mariluz everything when you die. I don't want any sorrow or tears. When you think of me, do so with joy."

There were more conversations like this one. But Gustavo refused to be consoled. Life without Cristal was a night without a moon or a light, a night open to every danger and every penalty, a night of unending cold.

One morning Cristal was dead. She died in her sleep, without pain, at peace. On her face there was a smile of complete contentment. A good woman, a good life, a good death.

Cristal had been right. Gustavo fell into a black depression. Nothing seemed to matter to him. He wandered around the house like a sleepwalker, like a phantom, holding on to his silence and his introversion. Sometimes he would pause in front of some object that had belonged to Cristal. He would look at it a long time, then caress it tenderly, gently. Sometimes he would sink into an easy chair with his eyes open, but closed. No one knew what he was thinking. He was a pitiful sight.

Mariluz had to get angry, scold him soundly, to get him to eat, to shave, to go to bed. He answered obediently, "Yes, my dear, whatever you say." When Mariluz was on the edge of despair, thinking that she was not going to be able to pull Gustavo out of his depression, believing, as well, that he was dying on purpose, he began to come out by himself. Not all at

nos faltaba, una hija. Vino Mariluz a llenar ese vacío de alegría y orgullo. Nadie merece más."

Gustavo no encontraba palabra. Fuertes sollozos le sacudían el cuerpo entero. Cristal continuó: "No llores, amor mío. No te vas a quedar solo. Mariluz estará siempre a tu lado. Ella te cuidará. Quiero que le des todas mis joyas y mi ropa, que afortunadamente le queda bien. Si te parece bien, haz un nuevo testamento dejándole a Mariluz todo cuando tú te mueras. No quiero nada de tristezas ni melancolías. Cuando pienses en mí, hazlo con alegría."

Hubo más conversaciones como ésta. Pero Gustavo no consentía en consolarse. La vida sin Cristal era una noche sin luz ni luna, una noche abierta a todo peligro y a todo castigo, una noche llena de frío.

Una mañana Cristal amaneció muerta. Murió dormida, sin agonía, en paz. Tenía dibujada en la cara una sonrisa de contento total. Una buena mujer, un buen vivir, un buen morir.

Cristal había tenido razón. Gustavo cayó en un negro letargo. No parecía importarle nada. Andaba por la casa como un sonámbulo, como un fantasma, guardando su silencio y su introversión. A veces se detenía ante algún objeto que había sido de Cristal. Lo contemplaba largo, luego lo acariciaba tierna, delicadamente. Otras veces se embutía en un sillón con los ojos abiertos pero cerrados. No se sabía en qué pensaba. Daba pena verlo.

Mariluz se vio obligada a ponerse brava, a reñirlo fuertemente para que comiera, para que se hiciera la barba, para que se acostara. El contestaba dócilmente a sus insistencias con "Sí, mi hijita, lo que tú digas."

Cuando Mariluz estaba a punto de desesperarse, creyendo que no iba a poder sacar a Gustavo de su abatimiento, creyendo, incluso, que se estaba dejando morir, empezó a salir solo. No de súbito. Muy lento. Un poco esquivo. A tientas. Una pregunta incisiva

once. Very slowly. Somewhat shy. Feeling his way. A sharp question accompanied by a penetrating look. A joke here, unexpected laughter there. He began to write for short periods. Sometimes he would hum. Mariluz was patient and played along, drawing him out at his own pace.

Suddenly, one day he was all there. Complete, body and soul. Laughter returned to the Montalvo house. The bath of pain and sorrow had been good for him. He came out clean. Penitence brings back innocence. He had to suffer in order to be able to live. He was then sixty years old, and she was twenty-four. They had shared fifteen years of loving and honorable intimacy.

The life of the two became rich and pleasant. The house throbbed with lively chatter, intense discussions, frequent laughter. Tedium and routine went out the window. Gustavo wrote with new and alert energy, always listening for her key at the door. They cooked, ate, and washed dishes as if every day were a red-letter day, every moment a jubilation, and time a smile. She scolded him openly and shamelessly as if she were used to it. He received her nagging with delight, because he was, indeed, used to it.

Mariluz began to wear Cristal's clothes and jewelry. Gustavo looked at her fascinated. It was as if he were seeing his young wife, newlywed, as if she had not died, as if she had been born again and had returned to bewitch him.

The exiled thoughts returned to their native land. They returned new and clean, converted into desires. Desires that jumped to the eyes, the lips, even to the fingertips, to be stopped there by honor, or respect, or love. When the conversation became dangerous and was on the point of becoming expression, one or the other deflected it into safer avenues. The presence of the memory of Cristal in the house was

acompañada de una mirada penetrante. Un chiste
aquí, allá una carcajada inesperada. Empezó a
escribir por ratos. A veces canturreaba. Mariluz supo
darle por el lado, a sonsacarlo al ritmo que él
marcaba.

Un buen día salió entero, alma presente y cuerpo
presente. Volvió la alegría a la casa Montalvo. El
baño de dolor y pena le resultó bien. Salió limpio.
Salió nuevo. La penitencia devuelve la inocencia.
Tuvo que sufrir para poder vivir. Tenía él entonces
sesenta años, y ella veinticuatro. Llevaban quince
años de cariñosa y honesta intimidad.

La vida de los dos se hizo rica y placentera. La casa
palpitaba con la animada charla, las intensas
discusiones, las frecuentes risotadas. Echaron por la
ventana el tedio y la rutina de la vida. Cuando
Mariluz estaba ausente, Gustavo escribía con nuevas
y despiertas energías, el oído siempre alerta al ruido
de su llave en la puerta. Hacían de comer, comían y
lavaban platos como si cada día fuera fiesta, cada
momento una danza y el tiempo una sonrisa. Ella lo
reñía desenfadada y desvergonzadamente, como si
tuviera una larga costumbre. El recibía sus regados
como halagos, porque él sí tenía costumbre.

Mariluz empezó a vestir la ropa y las joyas de
Cristal. Gustavo la miraba embelesado. Era como si
estuviera viendo a su esposa joven, recién casada,
como si no se hubiera muerto, como si hubiera
renacido y vuelto a fascinarlo.

Volvieron los pensamientos desterrados a su tierra
natal. Volvieron limpios y nuevos, convertidos en
deseos. Eran deseos que brotaban a los ojos, a los
labios, hasta la punta de los dedos, para ser detenidos
allí por el pudor, el respeto o el amor. Cuando la
conversación se ponía demasiado intencionada y
estaba a punto de convertirse en expresión, uno o el
otro se desviaba por caminos menos peligrosos. La
presencia de la memoria de Cristal en la casa no era

not inopportune or threatening. On the contrary, it seemed to favor the miracle that was about to happen. They would go to bed, he to his room, she to hers. What was left unsaid and undone remained suspended in the silence and in time. Silence and time throbbed and waited.

Mariluz was the brave one, less inhibited by layers of history. It was she who dared put her feelings into words. It was she who made insinuating remarks, the one with the suggestive looks. One day, all of a sudden she said, "Do you remember, Gustavo, the day I told you I didn't have a boyfriend because I wanted one like you?" Her voice was almost a whisper.

"How could I forget?" His voice sounded hoarse and dry.

"Do you remember that I told you that if it weren't for Aunt Cristal I would choose you?"

"Yes, I haven't been able to forget it."

"Aunt Cristal is no longer with us. I now choose you as my lover." Her voice and her whole body were shaking.

"But do you know what you're saying? I could have been, I have been, your father."

"You were. You no longer are. You're the only man I love, the man I've always loved."

"What you propose is impossible."

"It is not impossible. I love you, and I know you love me. Nothing else matters."

"I love you, Mariluz, with all my being."

"I love you, Gustavo, with all my soul."

Two rivers of gold met in the heavens, one flowing up, one flowing down. The river of gold that rose in lively waves of light and fire stopped. The river of gold that fell in serene ripples of embers and shadows stopped. Both rivers stopped, they ceased to rise and fall, they met and became one deep and vast

inoportuna ni celosa. Al contrario, parecía favorecer el milagro que estaba por acontecer. Se iban a acostar, él a su cuarto, ella al suyo. Lo no dicho, lo no hecho se quedaban suspendidos en el silencio y el tiempo. Y el silencio y el tiempo se quedaban temblando.

Mariluz era la más valiente, la menos cohibida por las capas de la historia. Fue ella la que se atrevió a poner sus sentimientos en palabras. Fue ella la que soltaba puntadas insinuadoras, la de las miradas sugestivas. Un día de buenas a primeras:

"¿Recuerdas, Gustavo, el día que te dije que no tenía novio porque quería uno como tú?" Su voz era casi un susurro.

"¿Cómo lo iba a olvidar?" Su voz sonó ronca y seca.

"¿Recuerdas que te dije que si no fuera por mi tía Cristal te escogería a ti?"

"Sí. No lo he podido olvidar."

"Ya no está mi tía Cristal. Ahora te escojo a ti como mi amante." Le temblaban la voz y el cuerpo entero.

"¿Pero sabes tú lo que estás diciendo? Yo pude haber sido, he sido, tu padre."

"Lo fuiste. Ya no lo eres. Eres el único hombre que yo quiero, el hombre que he querido siempre."

"Lo que tú propones es un imposible."

"No es imposible. Yo te quiero, y sé que tú me quieres. No hace falta más."

"Te quiero, Mariluz, con todo mi ser."

"Te quiero, Gustavo, con toda el alma."

Se encontraron dos ríos de oro en las alturas, uno que subía y uno que bajaba. El río que subía en agitadas olas de luz y fuego se detuvo. El río de oro que bajaba en serenas ondas de ascuas y sombra se detuvo. Los dos ríos se detuvieron, dejaron de ascender y descender, se encontraron, y se fundieron

lake of love. The waves and the ripples disappeared in the water. The water stirred and whirled with internal life and energy. The sunrise and the sunset came together and became one single light without nights or shadows, caressed and fired by a complacent sun.

en un hondo y vasto lago de amor. Las olas y las ondas se hundieron en el agua. El agua se remolinó, movida por energía y vida internas. El amanecer y el atardecer se unieron y se hicieron una sola luz sin noches ni sombras, acariciada y encendida por un sol complacido.